UN SAUVETEUR POUR FINLEY

SAUVETAGE À EAGLE POINT

TOME 5

SUSAN STOKER

DU MÊME AUTEUR

Pour la confiance de Cassidy (1 Mars 2024)

<u>Delta Force Deux</u>

Un refuge pour Gillian

Un refuge pour Kinley

Un refuge pour Aspen

Un refuge pour Jayme

Un refuge pour Riley

Un refuge pour Devyn

Un refuge pour Ember

Un refuge pour Sierra

<u>*Hawaï : Soldats d'élite*</u>

Un paradis pour Élodie

Un paradis pour Lexie

Un paradis pour Kenna

Un paradis pour Monica

Un paradis pour Carly

Un paradis pour Ashlyn

Un paradis pour Jodelle

<u>Mercenaires Rebelles</u>

Un Défenseur pour Allye

Un Défenseur pour Chloé

Un Défenseur pour Morgan

Un Défenseur pour Harlow

Un Défenseur pour Everly

Un Défenseur pour Zara

Un Défenseur pour Raven

Ace Sécurité

Au Secours de Grace

Au Secours d'Alexis

Au Secours de Bailey

Au Secours de Felicity

Au Secours de Sarah

Forces Très Spéciales Series

Un Protecteur Pour Caroline

Un Protecteur Pour Alabama

Un Protecteur Pour Fiona

Un Mari Pour Caroline

Un Protecteur Pour Summer

Un Protecteur Pour Cheyenne

Un Protecteur Pour Jessyka

Un Protecteur Pour Julie

Un Protecteur Pour Melody

Un Protecteur pour l'avenir

Un Protecteur Pour Les Enfants de Alabama

Un Protecteur Pour Kiera

Un Protecteur Pour Dakota

Forces Très Spéciales : L'Héritage

Un Sanctuaire pour Caite

Un Sanctuaire pour Brenae

Un Sanctuaire pour Sidney

CHAPITRE UN

Finley Norris soupira de frustration en baissant les yeux vers son poignet. Elle était tombée hier soir. C'était vraiment idiot. Elle était chez elle et avait simplement trébuché pour rien. Heureusement que personne n'avait été là pour la voir s'étaler maladroitement par terre. Son poignet lui faisait mal, très mal. Mais vivre dans une petite ville avait ses avantages. Elle avait appelé le docteur Snow et il avait accepté de la recevoir, même si techniquement, c'était en dehors de ses horaires.

Son poignet n'était pas cassé. Elle avait seulement une entorse. Mais ce fut quand même une surprise très désagréable de constater qu'il lui était impossible de réaliser ce qu'elle devait faire le plus tôt possible.

Chaque matin, elle se rendait dans sa boulangerie, Le Bec Sucré, située sur la place du centre-ville. La pâtisserie était la passion de Finley, là où elle se sentait la plus à l'aise. Ses créations culinaires ne la jugeaient pas et ne la faisaient pas se sentir trop timide, trop grosse ou pas assez cool. Et elle éprouvait une grande joie à voir le plaisir que ses muffins, cookies, roulés à la cannelle et autres pâtisseries procuraient aux habitants et aux touristes.

Mais ce matin, il n'y aurait *pas* de pâtisseries à cause de son foutu poignet. Les larmes menacèrent de couler le long de ses joues, mais elle trouva la force et la volonté de les retenir. Après plus de vingt minutes à s'efforcer de mesurer les ingrédients de sa main gauche sans parvenir à pétrir une boule de pâte, Finley comprit qu'elle ne pourrait jamais ouvrir sa boulangerie aujourd'hui si elle n'obtenait pas un coup de main.

Ce n'était pas qu'elle refusait de demander de l'aide, mais il était 5 heures 30 du matin et la plupart des gens n'étaient pas des lève-tôt comme elle. Sauf peut-être Caryn.

Prenant sur elle, Finley saisit son téléphone. Elle inspira profondément, espérant ne pas réveiller Caryn ou Drew, et cliqua sur le prénom de son amie.

— Qu'est-ce qui ne va pas ? demanda immédiatement Caryn au lieu de la saluer.

Finley ne put s'empêcher de sourire.

— Pourquoi tu penses que ça va forcément mal ? demanda-t-elle.

— Parce qu'il est je ne sais pas quelle heure, qu'il fait tout noir dehors et que tu m'appelles. Je sais que tu te lèves tôt chaque matin pour préparer ces roulés à la cannelle auxquels je ne peux vraiment pas résister, mais tu ne m'as jamais *appelée* aussi tôt. Alors, qu'est-ce qu'il se passe ?

— Je suis tombée hier. Mais je vais bien, s'empressa-t-elle de préciser afin de rassurer son amie. C'est juste que je me suis fait une entorse au poignet. Je comptais embaucher quelqu'un pour m'aider les matins, mais je ne m'en suis pas encore occupée et il m'est presque impossible de faire quoi que ce soit. Je me demandais si tu pouvais éventuellement venir m'aider pour la matinée ? Je te promets de trouver bientôt quelqu'un à embaucher pour que ça ne devienne pas un problème quotidien. Je suis sûre que mon poignet ira mieux d'ici quelques jours.

Finley n'arrêtait pas de parler, mais elle ne pouvait pas s'en empêcher. Elle n'était pas douée pour demander de l'aide et culpabilisait que ce soit si tôt et à la dernière minute.

— Oh, chérie j'aurais bien aimé, dit Caryn avec regret. Mais Drew et moi avons rendez-vous avec un groupe de dix garçons et filles du lycée pour leur première séance d'entraînement en tant que pompiers juniors. Sinon, je serais venue évidemment.

Finley sentit son cœur se serrer.

— Ce n'est pas grave, dit-elle en faisant de son mieux pour ne pas laisser la déception transparaître dans sa voix.

— Tu me fais confiance ? lui demanda Caryn.

— Bien sûr, répondit immédiatement Finley sans hésiter.

Elle ne connaissait pas Caryn depuis longtemps, mais elle était déjà l'une de ses meilleures amies. Avec Lilly, Elsie et Bristol. Étonnamment, les cinq femmes – six, si l'on incluait Khloe, la bibliothécaire qui traînait occasionnellement avec elles – s'étaient tout de suite très bien entendues, même si elles étaient toutes différentes.

— Cool. Je vais envoyer quelqu'un pour t'aider dans environ quinze minutes. Ça te va ? Ça te laisse le temps de préparer tes pâtisseries avant l'ouverture ?

Finley ferma les yeux, soulagée.

— Oui. Je veux dire, je ne pourrai pas proposer autant de choses que d'habitude, mais je pourrai mettre une fournée de roulés à la cannelle au four et je ferai des muffins banane-noisette au lieu du pain parce que ce sera plus rapide. Oh et je pourrai aussi faire des biscuits à la citrouille avec un glaçage à la crème au beurre comme c'est officiellement l'automne.

— Mon Dieu, me donner faim aussi tôt et avant que je n'aille m'entraîner pour aller *ensuite* m'occuper d'adolescents c'est cruel de ta part, se plaignit Caryn.

Finley gloussa, puis lui dit :

— Merci beaucoup pour ton aide.

— C'est à cela que servent les amis. Je passerai un coup de fil dès qu'on aura raccroché pour t'envoyer de l'aide.

— Merci.

— Tu aurais dû m'appeler quand tu es tombée, la réprimanda Caryn.

— J'allais bien, insista Finley.

— Tu t'es foulé le poignet. Et j'imagine que tu as dû aller voir le docteur Snow. Tu aurais dû appeler, répéta Caryn.

Finley réalisa que son amie avait sans doute raison. Mais elle avait l'habitude de se débrouiller toute seule. Honnêtement, il ne lui était même pas venu à l'esprit de contacter une de ses amies. Lorsqu'elle rencontrait des épreuves, elle faisait ce qu'elle pouvait pour avancer.

— Je suis désolée, dit-elle sincèrement.

— Ce n'est pas grave. On est là pour toi. Je vais aller passer ce coup de fil. On se parle plus tard.

Finley ouvrit la bouche pour lui demander qui elle comptait appeler, mais elle n'en eut pas l'occasion avant qu'elle ne raccroche.

Haussant mentalement les épaules, Finley verrouilla son propre téléphone et se tourna vers le désastre qu'était sa cuisine. Avec une seule main valide, son poste de travail était très désordonné. Il y avait de la farine étalée partout, même sur le sol. Mais comme elle devait se servir de sa main gauche alors qu'elle était droitière, pour mesurer et remuer, il lui était extrêmement difficile de faire cela proprement.

Quinze minutes plus tard, on toqua à la porte d'entrée de la boulangerie. Il était encore trop tôt pour qu'il y ait des clients, Finley comprit donc qu'il devait s'agir de la personne que Caryn avait contactée pour lui venir en aide. Souriant, elle quitta la cuisine et s'avança jusqu'à l'entrée.

Lorsqu'elle vit qui se tenait de l'autre côté de la porte vitrée, elle faillit faire demi-tour.

Brock Mabrey attendait patiemment qu'elle lui ouvre.

Fichue Caryn ! Finley aurait vraiment dû lui demander qui elle appelait à l'aide.

Brock était la dernière personne au monde qu'elle voulait voir. Caryn savait, ou du moins se doutait, à quel point elle admirait et aimait cet homme... et à quel point elle était timide en sa présence. Elle devait probablement croire lui rendre service en les forçant à se retrouver tous les deux.

En réalité, l'avoir à ses côtés serait une torture. Quand il était là, elle ne parlait quasiment pas, elle avait toujours l'impression de ne pas être à la hauteur. Il avait été agent des douanes et de la protection des frontières, quand même. Et désormais, il était le propriétaire du Old Town Auto, le garage où tout le monde amenait sa voiture lorsqu'elle avait besoin d'être réparée.

Et il était tellement beau, c'était difficile de le regarder.

Il avait des cheveux courts et noirs, d'énormes bras musclés qui l'envelopperaient certainement merveilleusement bien, une mâchoire carrée et des lèvres charnues qu'elle ne pouvait s'empêcher d'admirer à chaque fois qu'elle le voyait. En gros, il pouvait avoir toutes les femmes qu'il voulait, et même s'il était toujours gentil avec elle quand leurs amis se réunissaient, Finley ne pouvait pas imaginer que Brock puisse vouloir plus que de l'amitié avec quelqu'un comme elle.

Soupirant, tout en sachant qu'il lui était impossible de faire comme si elle ne l'avait pas vu, Finley avança jusqu'à la porte d'entrée comme si elle se rendait à la potence. Elle déverrouilla la porte et l'ouvrit.

— Salut, dit-elle timidement, gardant les yeux rivés sur son torse au lieu de croiser son regard.

— Salut. Caryn m'a appelé pour me dire que tu avais besoin d'aide, dit Brock.

C'était l'occasion pour elle de lui répondre que non, à vrai dire, elle avait trouvé une solution et tout était OK pour elle, mais comme elle avait vraiment besoin d'aide si elle voulait ouvrir dans moins d'une heure, elle acquiesça.

— Oui. Merci.

Brock entra dans sa boulangerie et hop, l'endroit normalement spacieux lui parut soudain rétrécir. C'était le cas chaque fois qu'il était dans les parages. Une fois qu'il fut entré, Finley ferma la porte derrière lui, puis resta plantée là, en le regardant un peu maladroitement.

— Je peux ? demanda-t-il doucement en désignant son poignet bandé.

Comme elle ne protestait pas, il tendit la main vers elle. Dès la seconde où ses doigts touchèrent sa peau, un frisson lui parcourut l'échine.

Il avait des mains très viriles. Elles étaient larges, calleuses et elle pouvait distinguer les traces de cambouis sous ses ongles. Ce qui ne l'avait jamais repoussée. Elle l'avait déjà vu se laver vigoureusement les mains, mais comme il passait beaucoup de temps à réparer des véhicules, ses doigts étaient toujours tachés. En voyant sa main large tenir la sienne avec tant de soin et de douceur, elle désira encore plus ce qu'elle savait ne jamais pouvoir obtenir.

— Que s'est-il passé ? demanda-t-il doucement.

Finley haussa les épaules et regarda son poignet. Elle aimait voir ses mains sur la sienne. Peut-être un peu trop.

— Je me suis emmêlé les pieds. Je me suis rattrapée avec ma main.

Brock grimaça.

— Aïe.

— Ouais, acquiesça-t-elle. Le docteur Snow m'a dit que mon poignet n'était pas cassé, j'ai seulement une entorse, mais je suis droitière, alors...

— J'imagine que ça devient difficile de malaxer avec ça. Tout comme sortir et rentrer les plaques dans le four.

— Effectivement.

— Eh bien, je suis à ta disposition. Tes désirs sont des ordres, dit-il avec un sourire.

Pendant un instant, Finley se demanda ce qu'il ferait si elle le poussait contre le comptoir et l'embrassait comme jamais. Mais dès que cette pensée se forma dans son esprit, elle la repoussa. Il serait probablement mortifié.

Elle repensa au jour où il était venu la voir pour lui annoncer ce qui était arrivé à Caryn. Finley avait été tellement stressée et inquiète pour son amie qu'elle avait oublié d'être timide en sa présence. Elle l'avait malmené, l'avait traîné jusqu'à la porte de son magasin et avait insisté pour qu'il l'emmène voir Caryn sur le champ afin qu'elle s'assure qu'elle allait bien.

En y repensant, Brock n'avait pas semblé lui en vouloir d'avoir été si pressante.

— C'est un peu gonflé, dit Brock en tâtant son poignet.

Finley l'avait bandé ce matin-là, comme le lui avait

conseillé le docteur, mais elle pouvait quand même voir qu'il était plus gros que son poignet gauche.

— Oui.

— Tu as pris quelque chose contre la douleur ?

Son inquiétude la fit rougir de plaisir. Finley acquiesça.

— Seulement des médicaments en vente libre.

— Tant mieux. Alors, où est-ce que tu veux que je me mette ?

Pendant une seconde, Finley crut qu'il avait pu lire dans ses pensées, celles qui projetaient de le pousser contre le comptoir et de l'embrasser. Elle croisa son regard et alors qu'elle observait ses yeux couleur chocolat, elle aurait pu jurer y lire du désir... pour *elle*.

Il sourit.

— Tu es mignonne le matin, lâcha-t-il.

Clignant des yeux, Finley se força à se concentrer. Elle était ridicule. Brock était juste là pour l'aider. Parce que Caryn l'avait appelé. Il n'était quand même pas en train de flirter avec elle.

Non ?

Il tenait toujours sa main, l'un de ses doigts caressant son poignet et même avec le bandage, elle ressentait son contact. Il était penché vers elle et le sourire qui étirait ses lèvres était tendre. C'était... perturbant.

Alors Finley fit ce qu'elle faisait toujours : elle baissa les yeux et fit de son mieux pour prendre de la distance avec ses sentiments.

— Il faut mélanger la pâte des roulés à la cannelle et commencer à faire les muffins.

Elle tenta de retirer sa main, mais il ne la laissa pas faire.

Au lieu de ça, il hocha simplement la tête, enroula les doigts autour des siens et se dirigea vers la cuisine, à l'arrière de la boulangerie.

Abasourdie, Finley se laissa guider. Elle garda les yeux rivés sur leurs mains liées et la vue de ses doigts rêches entrelacés avec les siens lui provoqua des papillons dans le ventre. À quand remontait la dernière fois qu'elle avait touché quelqu'un de façon si nonchalante ? Surtout un homme. Cela faisait des années.

Lorsque Brock jeta un coup d'œil au désastre que représentait son espace de travail dans la cuisine, il laissa échapper un rire rauque.

— OK... par où tu veux commencer ?

Finley était tout à fait consciente qu'il n'avait pas encore lâché sa main. Elle ne savait pas vraiment s'il avait oublié qu'il la tenait. Mais elle ne souhaitait pas l'embarrasser en le soulignant et honnêtement, elle appréciait ce qu'elle ressentait. Elle avait bien envie de prolonger la sensation.

— J'ai réussi à tout mettre dans le bol, dit-elle en désignant le grand récipient en acier inoxydable posé sur le comptoir. Mais je n'ai pas pu remuer le tout correctement.

— D'accord, alors c'est ce que nous allons faire en premier.

Il se dirigea vers le bol et Finley le suivit docilement.

— Je suis très nul en cuisine, mais si tu me dis quoi faire, je pourrai probablement me débrouiller. Si jamais quelqu'un se plaint du goût, rejette la faute sur moi.

— Merci d'être venu m'aider, lâcha-t-elle, un peu bouleversée.

Elle n'aurait jamais pu ouvrir la boulangerie ce matin s'il n'était pas venu.

Brock s'arrêta net et se tourna vers elle. Il leva son autre main et effleura sa joue des doigts.

— Je n'échangerais ma place pour rien au monde, dit-il.

Puis il serra doucement la main qu'il tenait toujours avant de la relâcher enfin pour attraper la grosse cuillère dans le bol. Celle dont elle avait essayé de se servir pour tout mélanger avant d'abandonner lorsque la farine et tous les autres ingrédients s'étaient répandus sur le sol et le comptoir.

Brock contracta les muscles de ses bras tandis qu'il commençait à mélanger le tout avec facilité. C'était littéralement la chose la plus sexy que Finley ait jamais vue de sa vie.

Elle aurait aimé pouvoir sortir son téléphone et le filmer, mais cela risquait de paraître super bizarre.

— Tu veux sortir les ingrédients pour la suite pendant que je mélange ? demanda Brock.

Prenant une grande inspiration et essayant de se ressaisir, Finley acquiesça. Ils avaient beaucoup de travail à faire si elle voulait pouvoir ouvrir aux horaires habituels. Elle se retourna pour prendre un autre bol et fit de son mieux pour reprendre son rôle de pâtissière.

CHAPITRE DEUX

Brock sourit en remuant une nouvelle fournée de pâte. Il avait été très heureux lorsque Caryn l'avait appelé. Habituellement, quand il recevait un appel si tôt le matin, c'était pour lui annoncer qu'ils allaient devoir effectuer une recherche, mais là, c'était bien mieux. Il n'avait pas hésité à assurer à Caryn qu'il irait aider Finley. Il n'était pas ravi d'apprendre qu'elle s'était fait mal, mais il était tout à fait disposé à venir lui donner un coup de main dans sa boulangerie.

Il y avait quelque chose chez cette femme qui le faisait chavirer. Il était un homme rustique. Il n'y avait rien qu'il aimait plus que de se salir les mains. Il adorait camper, pêcher, faire de la randonnée, regarder le sport à la télévision et bricoler des moteurs. Mais passer sa matinée à mesurer la farine, pétrir la pâte et à sentir l'odeur de la cannelle et du sucre était un rêve devenu réalité. Tout simplement car il le faisait avec Finley. Elle était une énigme. D'abord terriblement timide, elle finissait ensuite par lui donner des ordres.

Ça lui plaisait. Beaucoup.

L'une des choses qu'il aimait le plus chez elle, c'était qu'elle ne le jugeait pas. Elle se comportait avec les gens comme s'ils étaient des amis de longue date. Il avait déjà vu plus d'une personne entrer énervée dans sa boutique et en ressortir avec le sourire.

Il appréciait également qu'elle se fiche que ses doigts soient tachés de cambouis. Elle ne lui avait pas demandé s'ils étaient propres ou non. Il les avait lavées plusieurs fois mais il ne pouvait pas cacher qu'il réparait des véhicules pour gagner sa vie. Il avait aimé son travail pour les douanes et la protection des frontières, mais rien ne lui procurait plus de satisfaction que lorsqu'il avait les entrailles d'une voiture étalées devant lui et qu'il la remettait en état.

Manifestement, Finley aussi avait trouvé sa voie. Et en plus de ça, c'était une très bonne amie. Il l'avait vue faire lorsqu'elle était avec ses copines. Elle se levait tôt le matin pour préparer de délicieuses pâtisseries pour sa boulangerie et pour rendre ses clients heureux, puis retrouvait souvent les filles l'après-midi.

Elle avait passé plusieurs heures auprès de Bristol, l'aidant dans son atelier de vitraux. Elle avait accompagné Lilly à un mariage pour lequel cette dernière était la photographe attitrée, quelques week-ends plus tôt, même si elle était déjà debout depuis l'aube pour sa boulangerie. Brock était même certain qu'elle n'avait pas manqué un seul match de football de Tony. Lorsque Caryn avait été blessée, elle lui avait apporté assez de pâtisseries pour que la prochaine fois qu'elle se rende chez le dentiste il lui trouve probablement plusieurs caries.

Elle avait même conquis la réticente Khloe. Il les avait entendues parler, comme deux vieilles copines, des chatons errants que Khloe nourrissait derrière la bibliothèque.

Pendant des mois, Brock avait été obsédé par cette

femme. Il n'arrêtait pas de penser à elle. Il avait envie qu'elle le regarde avec affection – au lieu de fuir activement son regard – et qu'elle se sente aussi détendue avec lui qu'elle l'était avec ses amis.

Lilly lui avait répété plus d'une fois que la seule raison pour laquelle elle était si tendue en sa présence était parce qu'elle était attirée par lui. Mais il n'était pas sûr d'y croire. Il n'avait jamais vu de signe qui lui prouvait qu'elle s'intéressait à lui d'un point de vue sentimental.

Jusqu'à ce matin.

Lorsqu'il avait pris sa main dans la sienne, il avait senti son pouls s'accélérer sous ses doigts. L'espace d'un instant, il avait eu l'impression qu'elle voulait faire plus que de se tenir timidement devant lui, mais elle avait rapidement baissé les yeux avant de redevenir gênée.

Mais quand même, cet aperçu du désir dans ses yeux... cela l'avait frappé de plein fouet. Il sentait qu'il progressait avec elle, même si ce n'était que de petits pas. Ça lui allait.

Tandis qu'il plaçait une plaque de muffins dans le four et enlevait les douze autres qui venaient de finir de cuire, Finley soupira de plaisir.

— Ils sont superbes, dit-elle avec un sourire.

Lorsqu'il était arrivé au début, la situation avait été plutôt gênante entre eux alors qu'elle lui indiquait quoi mettre dans quel bol, comment mélanger correctement tous les ingrédients – il ne savait pas du tout qu'il y avait une bonne et une mauvaise façon de mélanger la farine, le sucre et les épices, mais apparemment si – mais désormais, elle était beaucoup plus détendue.

— Et ils sentent aussi terriblement bon, dit Brock. Je ne suis pas très fan de la citrouille à la base, mais je crois que tu viens de me faire changer d'avis.

— Attends qu'ils soient couverts de glaçage, je te garantis que tu vas adorer.

Brock ne put que sourire. Elle était tellement adorable.

— J'en suis sûr, la rassura-t-il.

Ensemble, ils parvinrent à préparer suffisamment de pâtisseries pour les habitués qui s'étaient présentés tôt et Finley ouvrit ses portes avec seulement quinze minutes de retard.

— Merci beaucoup pour ton aide, mais je peux gérer toute seule maintenant, lui dit-elle.

Brock l'ignora. Il se tenait derrière elle au comptoir, emballant les gâteaux que les gens commandaient tandis qu'elle s'occupait des encaissements et faisait la conversation. De temps en temps, il se rendait dans la cuisine et sortait un autre plateau de muffins ou de biscuits. Il déposa le glaçage sur les cookies sous les instructions de Finley et à eux deux, ils parvinrent à faire face à l'affluence matinale. Il ne restait pratiquement plus rien en vitrine lorsque l'horloge indiqua 9 heures, mais Finley paraissait contente, alors Brock supposa que tout s'était plutôt bien passé pour quelqu'un qui n'avait plus l'usage de sa main et qui était assisté par un débutant.

Baissant les yeux vers sa montre, Finley cligna des yeux de surprise.

— Oh ! Je n'avais pas réalisé à quel point il était tard. Tu ne dois pas te rendre au travail ?

Brock haussa les épaules.

— J'ai déjà appelé Jesus pour le prévenir que je serai en retard aujourd'hui.

— C'est ton assistant, c'est ça ? demanda-t-elle.

— Non, c'est le co-propriétaire du garage, la corrigea Brock. Et il est habitué à mes horaires parfois décalés. Quand on nous appelle pour une mission de recherche, il se retrouve tout seul. Mais lui et les autres employés peuvent largement se débrouiller sans moi. Justement, en parlant de ça... tu as déjà pensé à embaucher quelqu'un pour t'aider ?

— Pourquoi, tu envisages de postuler ? demanda-t-elle avec un sourire.

Putain, Brock adorait voir ce sourire sur son visage. Surtout quand il *lui* était adressé.

Avant ce matin, elle avait toujours été trop timide pour lui adresser la parole, et encore moins pour le taquiner.

— Ne me tente pas, chérie, dit-il d'une voix traînante.

Ses joues se teintèrent de rose et Brock lutta pour ne pas l'attirer contre lui et l'embrasser comme il en rêvait depuis des mois. Il fourra ses mains dans ses poches pour tenter de se contrôler.

Finley était tellement belle et il était évident qu'elle n'en était absolument pas consciente. Il avait eu une longue discussion à ce sujet avec Bristol un jour et elle lui avait expliqué que Finley était convaincue qu'à cause de son poids, personne ne s'attarderait jamais sur elle.

Elle avait tellement tort. Non seulement Brock n'arrêtait pas de la regarder, mais il avait dû lui lancer non pas trois, ni quatre, mais cinq longs coups d'œil. Elle avait des courbes partout où il fallait.

Sa mère avait été une femme corpulente et il avait toujours été témoin de l'amour profond que son père lui avait porté toute sa vie. Il répétait sans cesse à Brock que ce n'était pas l'extérieur qui comptait, mais *l'intérieur*. Et son vieux n'avait pas tort.

Il avait perdu ses deux parents il y a quatre ans. Sa mère avait fait une crise cardiaque et Brock serait toujours convaincu que son père n'avait tout simplement pas pu continuer sans elle. Même s'il était plutôt en bonne santé, il était mort quelques mois plus tard. Ils auraient tous les deux immédiatement adoré Finley. Et il était persuadé qu'elle les aurait ensuite conquis tout aussi rapidement.

Brock percevait cette beauté que visiblement Finley ne voyait pas. Elle avait des cheveux bruns épais et ondulés très indépendants. Elle les gardait attachés lorsqu'elle était à la boulangerie et il n'avait pas réalisé à quel point ils étaient longs jusqu'à ce qu'elle se mette à traîner avec les autres filles. Ils descendaient jusqu'en bas de son dos – et il avait tout fait pour ne pas les toucher ce soir-là. Pour ne pas promener ses doigts à travers les mèches brillantes... ou les attraper dans son poing.

Ses yeux noisette étaient vifs et curieux et il adorait ses petites pattes d'oie lorsqu'elle riait. Elle faisait presque quinze centimètres de moins que son mètre quatre-vingts, mais il savait sans le moindre doute qu'elle serait parfaite contre lui.

Mais c'était son corps qui le gardait éveillé le soir. Brock n'avait pas honte d'avouer qu'il s'était touché plus d'une fois en pensant à ce qui se cachait sous ses vêtements. Ses seins étaient pleins et voluptueux. Ses cuisses épaisses. Elle avait une taille dans laquelle il pouvait enfoncer les mains en la prenant.

Brock était un homme costaud, musclé et un peu rustre. Il avait envie d'une femme qu'il n'aurait pas peur de briser s'ils faisaient l'amour. Quelqu'un qui pourrait prendre ce qu'il avait à donner et exprimer ses envies au lit.

Il voulait également d'une femme qui était intéressée par les mêmes choses que lui. Il n'avait pas besoin qu'elle adore parcourir des kilomètres et des kilomètres à ses côtés, mais quelqu'un qui aimerait bien partir camper avec lui de temps en temps, ou rester à ses côtés pendant qu'il pêchait ou soit aussi excité que lui lorsque son équipe sportive préférée jouait.

Brock savait qu'il cherchait la perle rare et jusqu'à ce qu'il rencontre Finley, il n'était pas sûr qu'une telle femme existe. Mais après l'avoir fréquentée, après avoir appris à la connaître, écouté ses amies parler d'elle – il était bien conscient qu'elles la valorisaient toujours pour susciter son intérêt – il avait le sentiment qu'elle était exactement celle qu'il avait cherchée durant toutes ces années.

Non, son poids ne le repoussait pas, pas le moins du monde. Cela la rendait encore plus attirante à ses yeux. Il adorait sa silhouette, son odeur – celle de la cannelle et de la vanille – et sa personnalité. Il aimait sa timidité autant qu'il appréciait ses petites remarques insolentes qu'elle ne dévoilait habituellement jamais en sa présence.

Le silence entre eux s'étira tandis qu'il rêvassait et Brock vit qu'il mettait Finley mal à l'aise, alors il fit de son mieux pour repousser ses pensées.

— Non, mais plus sérieusement, tu as vraiment besoin d'aide, ma belle.

— Je sais, dit-elle en haussant les épaules. Cette boulangerie a été mon rêve pendant si longtemps. Et quand je l'ai ouverte au début, je m'en sortais à peine. Tout ce que je gagnais était réinvesti dans l'inventaire. Pendant un moment, j'ai cru que je n'allais pas y arriver. Certaines personnes étaient contrariées que je ne vende pas de café, mais ça aurait été idiot puisque le Broyeur est juste à côté. Les gens ont fini par accepter de devoir faire la queue deux fois pour aller chercher leur café et leur pâtisserie le matin et les affaires sont restées stables depuis. Mais le fait de m'être blessée me fait vraiment *réaliser* qu'il faut que j'embauche quelqu'un pour m'aider.

— Tu as quelqu'un en tête ? demanda Brock.

Finley secoua la tête.

— Non. Je ne peux pas embaucher un adolescent parce que je suis seulement ouverte quand ils sont en cours.

— Je peux demander autour de moi, voir si je trouve quelqu'un, proposa-t-il.

— Et moi je pourrais simplement mettre un pied dehors et demander à Silas, Otto et Art, dit Finley avec un sourire.

Brock éclata de rire. Les trois hommes plus âgés qui s'asseyaient devant le bureau de poste tous les jours en jouant aux échecs et en faisant les commères étaient les piliers essentiels de Fallport.

— C'est vrai.

— Mais si jamais tu entends parler de quelqu'un qui a besoin d'un travail, je veux bien être au courant. J'adorerais employer quelqu'un comme Elsie. Évidemment, pour le moment, elle n'a pas besoin d'aide, mais quand elle vivait dans ce motel avec son fils... c'est une personne comme elle que je rêverais de trouver. Quelqu'un qui aurait vraiment besoin d'un travail.

Brock n'était pas surpris. Sa Finley avait un cœur en or.

Il ne s'inquiétait pas du tout de la considérer comme « sienne » alors qu'elle ne l'était pas. Il avait des vues sur elle depuis un certain temps maintenant et plus il apprenait à la connaître, *plus* il était attiré par elle, pas l'inverse. Mais pour Brock elle n'était seulement pas *encore* à lui.

— Je demanderai, je verrai ce que je trouve.

— Merci.

— Je t'en prie. Je vais aller glacer d'autres biscuits avant de partir. Est-ce que je peux faire autre chose ?

— Tu en as déjà trop fait, lui dit Finley.

— Qu'est-ce qu'il te faut d'autre, Fin ?

Le surnom lui échappa.

— Tu peux peut-être préparer une autre fournée de pâte à muffins ? Je ne pense pas devoir faire d'autres roulés à la cannelle, mais il faut que j'approvisionne quand même un peu la vitrine.

— Ça marche. Mais je pense que tu ferais mieux de me superviser, dit-il.

Et il n'essayait pas de passer plus de temps avec elle. Il en avait envie, certes, mais il ne voulait pas prendre le risque de gâcher l'une de ses délicieuses friandises.

À son grand soulagement, Finley acquiesça.

— Je peux servir les clients tout en te supervisant en même temps.

Évidemment qu'elle le pouvait. Brock avait le sentiment qu'elle pouvait faire tout ce qu'elle voulait une fois qu'elle s'en donnait les moyens. S'il n'était pas venu ce matin, elle aurait quand même trouvé un moyen de préparer ses pâtisseries, il en était certain.

Le temps que Brock s'en aille, il était déjà 10 heures 30. Il était couvert de farine, sentait la cannelle – tout comme Finley d'habitude – et avait un grand sourire aux lèvres. La matinée avait été bonne et il avait déjà hâte d'être à demain.

Finley ne lui demanderait peut-être plus son aide, mais elle l'obtiendrait quand même. Son poignet n'allait pas guérir dans la nuit et il s'assurerait d'être là tant qu'elle aurait besoin de lui.

Le lendemain matin lorsque Brock se présenta au Bec Sucré, il fut surpris de voir Davis Woolford qui attendait déjà devant la porte.

— Bonjour, dit Brock en s'approchant.

— Bonjour, répondit Davis.

— Tout va bien ? lui demanda Brock.

Davis acquiesça, mais n'expliqua pas pourquoi il était là.

Brock n'eut pas l'occasion de lui poser plus de questions lorsque Finley déverrouilla soudain la porte.

Ce matin, elle portait une robe fleurie qui descendait jusqu'à ses genoux. Elle était serrée au niveau de sa poitrine et s'évasait au niveau de ses hanches pour tourbillonner autour de ses cuisses. Brock sentit qu'il devenait dur et il lutta pour se contrôler. Il ne voulait pas que Finley se sente mal à l'aise et si elle voyait son érection, elle risquait de ne plus vouloir l'avoir à ses côtés.

— Salut ! dit-elle avec un sourire.

Brock était ravi de voir qu'elle semblait plus à l'aise avec lui ce matin que la veille.

— Bonjour, dit-il.

— Salut, Davis. Je n'ai encore rien de prêt ce matin, mais si tu veux attendre à l'intérieur avant que j'ouvre, tu peux, lui dit-elle.

— Je ne suis pas là pour la nourriture, dit-il. J'ai entendu dire que tu cherchais quelqu'un pour t'aider. Je ne suis pas sûr de pouvoir être là tout le temps, parce que parfois je ne dors pas très bien et j'ai du mal à gérer ma colère, mais...

Il s'arrêta, puis prit une grande inspiration.

— J'étais cuisinier dans l'armée.

Brock se tourna pour regarder l'homme. C'était un sans-abri... enfin, plus autant qu'avant. Les habitants de Fallport lui avaient construit une petite maison, une sorte de cabane, et l'avaient placée derrière le Sunny Side Up. Sandra, la gérante du restaurant, faisait de son mieux pour s'occuper de lui comme il se doit. Elle s'assurait qu'il mangeait, avait un endroit où laver ses vêtements et se laver. Il avait un peu moins de 30 ans et était bien trop jeune pour être aussi désabusé. Mais c'étaient les conséquences du stress post-traumatique.

— C'est vrai ? dit Finley.

— Oui. Je pourrais... tu sais... t'aider... si tu as besoin. En cuisine. Pas avec les clients.

Finley tendit la main vers lui et prit la sienne. Brock ne put s'empêcher de remarquer qu'elle n'hésita pas une seule seconde, même si les mains de l'homme étaient sales.

— J'adorerais, oui.

— Je n'ai pas beaucoup d'expérience en pâtisserie, lui dit-il avec honnêteté.

— Brock non plus et il s'est très bien débrouillé hier, dit Finley. Je suis prête à essayer si toi aussi.

Davis acquiesça.

— Il y a des toilettes à l'arrière si tu veux te laver les mains. Je crois que j'ai aussi un autre élastique pour les cheveux si tu as besoin.

Davis ne fut pas vexé par ses mots et hocha simplement la tête avant de se diriger dans la cuisine.

Dès la seconde où il disparut à l'arrière, Brock tendit les bras vers Finley.

Sans réfléchir, il l'attira plus près, la serrant fort contre lui. Ce ne fut que lorsqu'elle fut collée contre son torse qu'il réalisa qu'il n'aurait pas dû la toucher sans sa permission.

Mais cela ne sembla pas la déranger. Au contraire, elle se blottit contre lui et lui rendit son étreinte et Brock réalisa qu'il ne s'était pas senti aussi bien depuis longtemps.

— Tu es vraiment incroyable, dit-il doucement en respirant son odeur, voulant qu'elle l'imprègne pour qu'il puisse la sentir toute la journée.

Finley se contenta de hausser les épaules.

Il la sentit s'écarter et il la relâcha à contrecœur. Elle rougissait à nouveau et Brock aimait voir à quel point il l'affectait. Car elle l'affectait tout autant.

Elle replaça une mèche de cheveux derrière son oreille en levant les yeux vers lui, puis baissa à nouveau le regard vers son torse. Elle faisait ça tout le temps, elle l'observait sans croiser son regard. Tendant la main vers lui, Brock plaça un doigt sous son menton et l'encouragea à le regarder droit dans les yeux.

Dès l'instant où leurs regards se croisèrent, il lui dit :

— Sérieux, beaucoup de gens ne lui laisseraient même pas une chance.

— Alors, ils sont idiots. Davis est génial. Sans lui, on n'aurait sûrement jamais retrouvé Bristol à temps.

— D'après ce que j'ai entendu, tu y es pour beaucoup, toi aussi, dit Brock.

— Peut-être. Mais sérieusement, Davis est quelqu'un de bien. Certes, il a ses démons, mais j'ai vu qui il était vraiment au fond et tu l'as dit toi-même hier, j'ai besoin d'aide.

— Tu n'as pas à me convaincre, dit Brock en baissant la main avec réticence.

Mais ce faisant, il ne put s'empêcher de faire courir son doigt le long de sa gorge.

Ils restèrent là, au milieu de la boulangerie, se regardant pendant un long moment avant qu'ils n'entendent Davis revenir.

— Je suis prêt, dit-il.

Se tournant vers lui, Brock le vit debout devant l'entrée de la cuisine. Il avait relevé ses longs cheveux noirs en un chignon, lavé ses mains et avait également enfilé un tablier qu'il avait visiblement trouvé dans la cuisine.

— Effectivement, dit Finley avec un sourire. Mon Dieu, avec deux personnes pour m'aider je vais remplir la vitrine sans aucun problème aujourd'hui.

Elle n'avait pas tort.

Davis s'avéra être un excellent assistant. Finley n'eut jamais besoin de se répéter. Il ne disait pas un mot en travaillant, mais il était évident qu'il avait de l'expérience en cuisine. Au bout d'un moment, Brock se tourna vers l'évier et se mit à laver les ustensiles afin de ne pas les déranger.

— J'ai peut-être trouvé quelqu'un qui serait parfait pour t'aider à la caisse, lui dit Brock.

Finley se tourna vers lui.

— C'est vrai ?

— Oui. Jesus a un voisin qui n'a pas de chance et qui essaie de récolter de l'argent pour l'envoyer à sa sœur, pour l'aider à lutter contre son cancer du côlon. Elle est au Brésil. Le type a du mal à trouver un boulot dans le coin.

— Pourquoi ?

— Pourquoi quoi ?

— Pourquoi il a du mal à trouver un travail ?

— Je n'ai pas vraiment parlé aux gens qui lui ont fait passer des entretiens, mais j'imagine que c'est parce qu'il est assez costaud. Il fait un peu moins de deux mètres et est très corpulent. J'imagine que les gens sont intimidés par lui. Et il est originaire du Brésil... les habitants de Fallport sont plus inclusifs qu'avant, mais il y en a beaucoup qui sont encore discriminants envers ceux qui n'ont pas grandi ici. Mais Jesus dit que c'est quelqu'un de bien. Il travaille dur, il est attentionné et malgré son apparence, il est très doux.

Finley hocha la tête.

— Ça me suffit. S'il vient me voir vers 15 heures, quand je fermerai la boulangerie, j'aurai le temps de le rencontrer, dit-elle sans aucune hésitation.

Et voilà. Son grand cœur donnait envie à Brock d'être lui-même une bonne personne.

— Je préviendrai Jesus et je suis sûr qu'il viendra.

— Comment il s'appelle ?

— Ah, oui, c'est vrai que ça peut être utile, dit Brock en riant. Liam. Je ne connais pas son nom de famille, désolé.

— Ce n'est pas grave. C'est déjà bien d'avoir son

prénom. Je ne voudrais pas que quelqu'un entre et que je croie qu'il s'agisse du type qui cherche du travail alors que c'est seulement un client qui veut un muffin.

Brock lui sourit.

— J'imagine qu'avec ma description, tu aurais su que c'était lui, même si tu ne connaissais pas son prénom. Et puis, tu serais probablement *capable* de convaincre n'importe quel client de travailler avec toi.

Elle secoua la tête d'un air amusé.

— Je suis sérieux. Tu deviens amie avec tous ceux qui mettent un pied dans ta boulangerie.

— Tu me rappelles une femme que j'ai rencontrée en Afghanistan, dit Davis, parlant pour la première fois depuis une heure. Elle ne parlait pas anglais, mais à chaque fois que j'entrais pour acheter du pain, elle me traitait comme son fils. Elle m'entraînait derrière le comptoir pour me montrer le pain frais qu'elle venait de sortir du four et insistait pour me donner le double de ce que je pouvais acheter.

— C'est gentil, dit Finley.

— Oui. Jusqu'au jour où les rebelles ont mis le feu à l'établissement, persuadés que les femmes ne devaient pas avoir le droit de posséder une entreprise. Que ce n'était pas leur place.

Finley inspira brusquement.

— Oh, non.

— Oui. Je ne l'ai jamais revue. Je ne sais pas du tout ce qui lui est arrivé. J'aime à penser qu'aujourd'hui elle est heureuse et en bonne santé, mais je n'en sais rien.

— Je suis tellement désolée, dit Finley.

Elle fit un pas vers Davis, mais avant que Brock ne puisse l'avertir de ne pas le toucher, elle s'arrêta, comme si elle savait instinctivement qu'elle devait laisser un peu d'espace à son nouvel assistant.

— Oui. Moi aussi. On a fini ? demanda-t-il brusquement.

Finley acquiesça.

— Je crois bien, oui. Tu as été d'une grande aide. Tu peux venir m'aider quand tu veux, Davis. En général, je suis là dès 4 heures du matin.

Le vétéran hocha la tête.

— Donne-moi juste un instant je vais aller chercher un peu d'argent pour te payer.

— Pas besoin. Je vais y aller.

Brock regarda Davis enlever son tablier, l'accrocher au mur, puis hocher la tête dans leur direction avant de sortir.

Dès la seconde où ils entendirent la porte d'entrée se refermer, Finley se tourna vers Brock.

— Ça me fait de la peine de savoir qu'il souffre.

— Tu lui fais du bien.

Elle se mit à rire de façon amère.

— Mouais, je lui rappelle une femme dont le commerce a été réduit en cendres. C'est tellement bien pour lui.

Brock ne put s'empêcher d'aller vers elle. Il tendit le bras et posa la main sur son avant-bras avant de le serrer doucement.

— Non, tu lui rappelles une femme qui a été un point positif dans ce que j'imagine être une mission très difficile, rétorqua-t-il.

— Peut-être.

Elle ne paraissait pas convaincue. Mais Brock comprit où Davis voulait en venir. Certes, il n'était pas heureux que cette femme ait perdu son commerce, mais lorsque l'on souffrait de stress post-traumatique, cela aidait de se remémorer de bons souvenirs. Et même si la fin avait été tragique, Davis avait manifestement beaucoup aimé se rendre dans la boulangerie de cette dame, autant qu'elle appréciait de le voir.

— Comment va ton poignet ce matin ? demanda-t-il, voulant changer de sujet et remonter le moral de Finley.

Elle fit immédiatement pivoter sa main droite.

— Ça va. C'est toujours douloureux, mais c'est mieux qu'hier.

— Tant mieux.

— Avec Davis qui m'aide, tu n'auras probablement pas besoin de venir ici demain. Je suis sûre que d'ici là j'aurai retrouvé l'usage de ma main.

Brock tenta de ne pas laisser paraître sa déception.

— Ça te *dérange* que je sois ici ? demanda-t-il.

Elle secoua la tête.

— Bien sûr que non.

— Tant mieux. Parce que je préfère commencer ma journée avec toi plutôt que de rester assis sur mon canap' chez moi.

C'était plutôt culotté, mais Brock en avait assez de tourner autour du pot avec cette femme.

Elle le regarda, les yeux écarquillés.

— Même si ce n'est probablement pas bon pour mon tour de taille de goûter toutes tes pâtisseries, dit-il en tapotant son ventre avec un sourire.

Puis il lui posa la question qui lui avait trotté dans la tête toute la matinée.

— Je sais que tu fermes à 15 heures. Ça te dit qu'on se retrouve vers environ 16 heures 30 pour aller faire la randonnée de Barker Mil ? Tu m'as dit que tu aimais marcher et les températures devraient être agréables à cette heure-ci, ni trop chaudes, ni trop fraîches.

Plus elle restait là en le fixant, plus Brock devenait incertain. Il ne voulait pas lui donner l'occasion de le rejeter, alors il continua de parler.

— L'équipe de RES se relaie sur les sentiers pour s'assurer que les touristes vont bien et pour leur faire savoir que nous sommes là si jamais il arrive quelque chose. Jusqu'à présent, ça a bien fonctionné, on a trouvé quelques personnes qui avaient des ampoules et qui avaient besoin de premiers soins et on a répondu à pas mal de questions sur les sentiers du coin. Le vieux Grogan nous a même donné des figurines Bigfoot toutes molles qu'il a fait fabriquer pour les offrir aux enfants qu'on croise durant nos randonnées. C'est une bonne opération de communication jusqu'à présent. Aujourd'hui, c'est mon jour et je me disais que tu voudrais peut-être prendre l'air. Une fois que tu auras rencontré Liam, bien sûr. Mais tu as probablement déjà autre chose de prévu.

Il se força à se taire et il retint pratiquement son souffle en attendant sa réponse.

— Je... eh bien... Pourquoi moi ? demanda-t-elle enfin.

— Parce que je te trouve plutôt géniale. Et j'aime passer du temps avec toi. Tu es drôle, et gentille et ça me fait du bien d'être avec toi.

Elle écarquilla les yeux de surprise.

— Je ne veux pas te mettre mal à l'aise, donc si tu penses que ce n'est pas une bonne idée pour un premier rendez-vous de partir avec un homme qui t'emmène au fin fond de la forêt, ce n'est pas grave non plus. À vrai dire, c'était probablement une idée stupide...

— Non ! lâcha-t-elle avant de rougir. Je veux dire, je te fais confiance, Brock. Comment pourrais-je dire non ? C'est juste que... un rendez-vous ?

Brock grimaça. Il n'aurait pas dû dire ça. Mais il ne voulait pas qu'elle croie une seule seconde qu'il voulait simplement être son ami. Il appréciait son amitié, évidemment, mais il voulait plus.

— Oui. On peut aller dîner à la place, si tu veux. Ou aller au bowling. Il n'y a pas grand-chose à faire à Fallport, mais je suis sûr qu'on pourra trouver quelque chose. Je pourrais peut-être parler à Sandra et voir si elle peut nous préparer un pique-nique ou quoi et on pourrait aller au parc Wagon. Non, en fait il y aura trop de monde après l'école.

— Une randonnée, ça me plaît bien, dit-elle, l'empêchant de se ridiculiser un peu plus.

— Ah oui ? ne put-il s'empêcher de demander.

— Oui, acquiesça-t-elle timidement.

Et voilà qu'elle regardait à nouveau son menton au lieu de ses yeux.

— Je comptais retrouver Lilly pour discuter du gâteau qu'elle voudrait que je prépare pour son mariage, mais ça peut attendre. Ou alors je peux l'appeler si j'ai un moment aujourd'hui. Comme elle et Ethan se marient à Halloween, je pensais que ce serait sympa d'avoir un gâteau à thème. Pas avec un glaçage noir par contre, parce que j'imagine déjà tous les invités qui souriront avec les dents toutes noires sur les photos. Mais peut-être un gâteau sur trois étages, avec un glaçage blanc et la silhouette des arbres noirs avec quelques corbeaux sur les branches nues et la garniture pourrait être similaire.

Brock sourit pendant qu'elle parlait. Il était évident qu'elle était nerveuse à l'idée d'être responsable du gâteau de Lilly, mais il savait que, quoi qu'elle décide de faire, non seulement ce serait magnifique, mais ce serait toujours aussi bon.

— Pardon, je m'égare, dit-elle en rougissant une fois de plus.

— Ça ne me dérange pas, dit-il avec sincérité.

— Ça fait longtemps que je n'ai pas fait de randonnée. Tu n'as pas peur que je...

— Quoi ?

— Que je ne puisse pas tenir le rythme ? Tu es clairement en meilleure forme que moi. Je veux dire, regarde-toi, regarde-*moi*.

Brock détesta le dénigrement qu'il perçut dans sa voix.

— Je te regarde, crois-moi, et il n'y a absolument rien qui cloche chez toi, dit-il avec ferveur.

Ils se fixèrent pendant un long moment. Il put lire l'espoir et la méfiance dans son regard et il était plus que déterminé à s'assurer qu'elle ne doute jamais de ses sentiments pour elle.

Il avait *envie* de lui dire à quel point elle était belle à ses yeux. À quel point il ne pouvait pas s'empêcher de penser à ses courbes et combien il avait envie de les sentir sous ses mains. Qu'il fantasmait à l'idée de l'avoir dans son lit. Mais ce serait un peu trop, même pour quelqu'un d'aussi brusque que Brock.

— Ce n'est pas une marche forcée, Fin. C'est simplement une promenade dans les bois. Et puis, tu es en forme. Je t'ai entendu dire aux filles que tu prenais des cours en ligne de yoga et de Zumba le soir.

Finley déglutit avec difficulté avant de prendre une grande inspiration par le nez.

— Je ne suis pas sûre que ce soit une très bonne idée... mais, oui, j'aimerais bien faire une randonnée avec toi.

— Si, c'est une *bonne* idée, insista Brock, plus que soulagé qu'elle accepte.

Tout ce dont il avait besoin, c'était qu'elle le laisse faire un pas vers elle, juste un peu et il lui montrerait à quel point ils pourraient être bien ensemble.

Il n'était pas un idiot, il était bien conscient que même si les gens appréciaient ce qu'il faisait avec l'équipe de recherche et de sauvetage, il n'était pas le gendre idéal non plus. Il jurait trop souvent, travaillait beaucoup, n'avait pas fait d'études supérieures, était un véritable mécano et ne se souciait pas vraiment de ce qu'il fallait dire ou ne pas dire en société. Mais il était loyal. Et doué avec ses mains... autant au garage que sous la couette. Il n'avait jamais fait de mal à une femme, jamais, et il considérait que ceux qui le faisaient méritaient d'être enfermés pour de bon.

Il réalisa que Finley le regardait, attendant qu'il sorte de ses pensées et il se gifla mentalement.

— C'est une bonne idée, répéta-t-il fermement. Je viendrai te chercher vers 16 heures 30 si ça te va.

— Ça marche. Merci.

— De rien. Merci à *toi* d'avoir accepté, ajouta-t-il.

Elle rougit encore et Brock ne put que sourire.

— Il vaut mieux que je déverrouille la porte, sinon je risque d'avoir une émeute sur les bras, dit-elle au bout d'un moment.

Brock acquiesça et se tourna vers la porte qui menait à la boulangerie. Il lui indiqua de passer devant lui et ne put s'empêcher de regarder ses fesses tandis qu'elle marchait. Elles étaient larges et rondes... et il saliva rien qu'en imaginant à quoi elle ressemblerait à quatre pattes devant lui pendant qu'il se préparerait à la prendre par-derrière.

Elle se tourna et le surprit en train de la regarder – et au lieu de le lui reprocher, elle lui fit un sourire timide.

Il avait du mal à réaliser qu'elle lui laissait enfin une chance et Brock se jura mentalement de faire très attention à ne pas tout foutre en l'air. Évidemment, c'était plus facile à dire qu'à faire, mais maintenant qu'il avait rencontré une femme qui semblait cocher toutes les cases imaginaires qu'il avait pour une potentielle partenaire, il n'allait rien faire qui puisse compromettre ses chances.

Il était très reconnaissant que Caryn l'ait appelé hier matin. Sans avoir passé ces deux matinées avec lui, elle ne se serait jamais suffisamment détendue pour accepter son rendez-vous. Il en devait une à Caryn.

— Merci encore d'être venu m'aider. C'est très gentil, dit Finley. Je peux te payer si…

— Hors de question, dit Brock en fronçant les sourcils. Je ne suis pas ici pour l'argent.

— Alors *pourquoi* tu es là ? lui demanda Finley.

Il sentait qu'elle était gênée de poser la question, mais elle redressa les épaules et parvint à le regarder droit dans les yeux en attendant sa réponse.

— Parce que ça fait des mois que j'attends que la plus belle femme de Fallport réalise que je suis complètement sous son charme, qu'elle me laisse une chance. Et d'ailleurs, Fin… maintenant que tu l'as fait, je vais faire tout mon possible pour que tu ne le regrettes pas. On se voit cet après-midi.

Puis il se pencha et l'embrassa sur la joue. Même cette simple caresse de ses lèvres sur sa peau lui donna envie de plus. Le parfum de la cannelle et de la vanille imprégnait ses narines et Brock avait le sentiment qu'il le sentirait toute la journée… ce qui ne serait pas désagréable.

Il lui sourit, puis tendit la main vers la porte pour l'ouvrir avant de s'en aller. Un couple attendait l'ouverture du magasin sur le trottoir, et Brock les salua d'un signe de tête en se dirigeant vers son pick-up. Il avait plus de dix ans et c'était son bébé. Il l'avait ramené à la vie en bricolant le moteur et en changeant à peu près toutes les pièces internes. Il ronronnait comme un chaton et avait même assez de puissance sous le moteur pour dépasser la voiture de police la plus rapide qui soit.

Alors qu'il roulait jusqu'au garage Old Town, Brock fronça les sourcils en pensant à Finley qui était seule dans sa boulangerie tous les matins. C'était quelque chose auquel il n'avait pas pensé jusqu'à présent et il réalisa que c'était dangereux pour elle de se rendre au travail quand il faisait encore nuit avant que les habitants ne soient vraiment réveillés. N'importe qui pouvait la prendre par surprise et la forcer à entrer dans sa pâtisserie quand elle ouvrait.

L'idée que quelqu'un puisse faire du mal à Finley lui glaça le sang. Elle n'avait peut-être pas besoin qu'il l'aide le matin, mais il n'était pas certain de pouvoir rester à l'écart désormais.

Certes, Davis serait sûrement là certains matins, mais ça ne lui suffisait pas. Il se sentait déjà très protecteur envers elle maintenant qu'elle avait accepté son rendez-vous. Et en ce qui le concernait, elle était déjà sous sa responsabilité. C'était à lui de la protéger.

Il savait sans l'ombre d'un doute qu'elle n'aimerait pas beaucoup sa vision des choses. Mais si elle n'était pas au courant, ça ne pourrait pas la blesser.

Et rien ni personne ne pourrait lui faire du mal – jamais.

CHAPITRE TROIS

Finley était nerveuse. Elle n'arrivait pas à croire que Brock Mabrey l'avait *invitée* à sortir avec lui. C'était presque surréaliste. Elle s'était sentie un peu moins nerveuse en sa présence ce matin. Hier, elle parvenait à peine à aligner deux mots cohérents à la suite. Mais plus elle passait du temps avec lui, plus elle était à l'aise.

Il l'avait prise par surprise lorsqu'il lui avait demandé si elle voulait bien partir en randonnée avec lui. *Aucun* des hommes avec lesquels elle était sortie ne lui avait jamais demandé si elle voulait faire une activité physique pour un rencard. C'étaient toujours des films, des dîners... des activités sédentaires. Comme s'ils ne s'attendaient pas à ce qu'elle soit physiquement capable de faire du vélo, du roller, ou même juste marcher. Elle ne pouvait pas vraiment leur en vouloir. Son poids était plus synonyme de : « Donne-moi un donut ! » plutôt que « Allons courir ensemble ».

Finley avait le sentiment que Brock était différent des hommes avec lesquels elle était sortie. Elle avait bien vu qu'il reluquait ses fesses lorsqu'elle marchait devant lui. Le désir et la satisfaction qu'elle avait lus dans ses yeux l'avaient traversée de toute part. C'était agréable. Très agréable. Même si elle n'était toujours pas sûre que ce soit une bonne idée de sortir avec lui, car elle se connaissait, elle savait qu'il ne lui en faudrait pas beaucoup pour tomber raide dingue de lui. À vrai dire, elle était déjà à mi-chemin.

Elle avait passé assez de temps avec lui pour savoir que c'était un type bien. Ce n'était pas un connard. Il ne surfacturait pas ses clients. Il était poli, mais ne faisait jamais de lèche aux gens. Et le fait qu'il ait insisté pour recommander l'ami de son copropriétaire parce que le gars voulait aider sa sœur au Brésil n'avait fait qu'aider Finley à lui faire entièrement confiance.

Le rendez-vous avec Liam Silva s'était extrêmement bien passé. Effectivement, cet homme était très doux et impatient de travailler, comme promis. Il avait été un peu intimidant au départ, simplement à cause de son apparence, mais il était évident qu'il s'était efforcé de paraître inoffensif. Finley avait discuté avec lui pendant une demi-heure et l'avait immédiatement embauché ensuite. Il avait paru surpris de décrocher le poste, ce qui l'avait attristée. Il était évident qu'il avait eu du mal à trouver un emploi et était extrêmement reconnaissant.

Elle avait de la paperasse à remplir et elle devait vérifier avec Drew – qu'elle avait embauché comme comptable il y a quelques mois de ça – toutes les questions juridiques, mais il semblait que Le Bec Sucré avait enfin un nouvel employé. Les habitants allaient être contents, car par le passé Finley avait toujours dû fermer son commerce lorsqu'elle devait s'absenter. Comme lorsqu'elle avait appris pour Caryn. Ou quand les recherches pour retrouver Bristol avaient été en cours.

Même si Finley n'avait aucun mal à fermer sa boulangerie lorsque ses amis avaient besoin d'elle, ce serait agréable de ne plus avoir à le faire. Celui lui permettrait également d'accepter d'autres contrats de traiteur – comme la préparation du gâteau de mariage de Lilly et Ethan – puisqu'elle pourrait bientôt confier les opérations quotidiennes à Liam.

L'entretien s'était terminé assez tôt pour que Finley puisse rentrer chez elle et se changer avant de revenir sur la place centrale pour retrouver Brock. Elle s'arrêta pour discuter avec Art, Silas et Otto, qui étaient à leur place habituelle devant le bureau de poste. C'était agréable de voir Art, le grand-père de Caryn, retrouver son état normal. Après qu'il s'était fait poignarder chez lui, tout le monde avait craint qu'il ne s'en remette pas. À 91 ans, ce n'était pas garanti.

— Il y a eu beaucoup d'allées et venues au Bec Sucré récemment, dit Otto, cherchant clairement à obtenir des informations sur ce qu'il se passait avec Davis, Liam et Brock.

— Quoi, tu ne penses pas que je devrais avoir des clients ?

Art s'esclaffa.

— Tu t'es fait mal au poignet ? demanda Silas.

Finley haussa les épaules.

— Oui, j'ai trébuché sur un gros morceau d'air que quelqu'un avait laissé devant moi. C'est juste une entorse.

— Caryn a appelé Brock pour qu'il vienne l'aider hier, expliqua Art à ses amis.

Ils se tournèrent immédiatement vers lui.

— Tu savais ça et pourtant tu ne nous as rien dit ? demanda Otto.

— Oui, depuis quand tu nous caches les bons potins ? se plaignit Silas.

Art eut un rictus.

— C'est agréable d'avoir un train d'avance sur vous. J'ai passé trop de temps à n'être au courant de rien quand j'étais alité. Alors je me rattrape.

— C'est pas sympa, grommela Silas. On a partagé tout ce qu'on pouvait avec toi et c'est comme ça que tu nous remercies ?

Finley s'amusait de voir les trois amis se quereller, même si elle *culpabilisait* un peu que ce soit à cause *d'elle*.

Otto reporta son attention sur elle.

— Donc... c'est pour ça que Brock était là si tôt ? Pour t'aider à pâtisser ?

— Voilà.

— Il n'est pas parti avant 10 heures, hier matin. Et pas avant 9 heures aujourd'hui. Ça fait beaucoup de *pâtisseries*, songea Silas à voix haute.

Finley se sentit rougir, mais acquiesça.

— Effectivement.

— Et... Liam Silva ? Il était là après la fermeture..., dit Art.

C'était plus une constatation qu'une question.

— Je l'ai embauché pour qu'il m'aide au comptoir, leur expliqua-t-elle.

— Très bon choix !

— Il était temps.

— Super !

Finley sourit aux trois hommes.

— Alors pourquoi es-tu de retour ici ? Tu es pourtant rentrée chez toi tout à l'heure, dit Otto.

— Brock et moi on va faire une partie de la randonnée de Barker Mill.

Les trois hommes lui adressèrent un grand sourire et elle vit presque les rouages s'activer dans leurs cerveaux.

— Ce n'est rien de sérieux, ajouta-t-elle rapidement, faisant de son mieux pour empêcher le trio de répandre une rumeur comme quoi ils allaient se marier ou ce genre de bêtise.

— Mouais, mouais.

— Bien sûr.

— Finley, un homme comme Brock Mabrey ne se présente pas volontairement pour aider une femme à préparer des cookies et des cupcakes s'il n'envisage pas que cette femme en question lui prépare ces mêmes pâtisseries dans sa *propre* cuisine après avoir passé une longue nuit dans son lit, l'informa Silas.

Finley le regarda avec de grands yeux écarquillés.

— Exactement, acquiesça Art en hochant fermement la tête.

— Et tu ne pourrais pas trouver mieux que Brock, ajouta Otto. Cet homme connaît très bien les voitures et je suppose que son souci du détail s'étend à d'autres domaines, dit-il en lui faisant un clin d'œil.

— On va juste faire une randonnée. C'est tout, insista Finley. Je veux dire, Brock et moi c'est le jour et la nuit.

— Les opposés s'attirent, lui dit Silas.

— Attends, qu'est-ce que ça veut dire exactement ? demanda Art à Finley en fronçant les sourcils et en levant la main pour empêcher Otto de commenter.

Finley haussa les épaules aussi nonchalamment qu'elle le put.

— Vous nous imaginez vraiment ensemble ? dit-elle avec un rire amer. La boulangère lourdaude et l'ancien douanier sexy ? Pff, bien sûr.

Art secoua la tête et agita l'index dans sa direction.

— Il n'y a rien qui cloche chez toi, ma petite. Et pour répondre à ta question, oui, je vous imagine bien.

— Ça fait longtemps qu'il a jeté son dévolu sur toi, ajouta Otto en hochant la tête.

Silas tapota son ventre proéminent et se détendit sur sa chaise.

— Il n'y a rien de mal à être plantureuse. Ma femme – qu'elle repose en paix – avait de sacrées courbes et je vais te dire une chose, notre vie amoureuse était explosive. Une bonne relation n'a rien à voir avec le numéro qui s'affiche sur la balance lorsque l'on grimpe dessus, mais plutôt avec la façon dont tu soutiens ton partenaire et dont tu es là pour lui dans les moments difficiles ou ennuyeux. N'importe qui peut avoir une super relation durant les moments agréables comme les vacances, les anniversaires et j'en passe. Mais c'est quand on est fatigué, ou grincheux et contrarié que ça compte.

Il n'avait pas tort. Finley acquiesça.

— Je sais.

— Tu es sûre ? la défia Art.

Finley se redressa.

— Oui. Je suis *qui* je suis. Et si ça ne plaît pas aux autres, tant pis. Je ne ferai jamais du trente-deux et je n'aimerais pas que ce soit le cas. J'aime trop la nourriture. Je suis une bonne amie, j'essaie d'être une bonne personne, d'aider les autres quand je peux. Et même si ça fait très longtemps que je n'ai pas été en couple, j'aime à penser que mes amis savent que je suis là pour eux dans les bons comme dans les mauvais moments.

— C'est le cas, dit une voix grave derrière elle.

Finley se figea.

— Pitié, ne me dites pas que c'est Brock, chuchota-t-elle aux trois hommes devant elle qui arboraient tous un immense sourire.

— Ce n'est pas Brock, s'exécuta docilement Otto.

Finley ferma les yeux et fit de son mieux pour étouffer son embarras. Ce n'était pas vraiment à cause de ce qu'elle avait dit, parce qu'elle avait réalisé que Silas avait raison. Il fallait qu'elle arrête de se dénigrer. Même si elle était toujours un peu mal à l'aise en présence de Brock parce qu'il était très beau et qu'elle ne s'était jamais vraiment considérée comme jolie, elle aimait *beaucoup* qui elle était. Elle avait fini par accepter son poids il y a déjà bien longtemps et elle savait parfaitement ignorer les blagues sur les gros et les commentaires blessants qu'elle entendait parfois sur elle.

Elle avait mis du temps à en arriver là aujourd'hui. Sa mère avait quand même été mannequin nom de Dieu... et elle avait toujours été déçue par le poids de Finley. Elle lui avait toujours fait des remarques désobligeantes sur la taille de ses vêtements qui ne cessait d'augmenter et sur ce qu'elle mangeait. Lorsqu'elle était enfant, les dîners avaient été atroces, car sa mère lui servait toujours de toutes petites portions, la laissant continuellement affamée.

Elle n'avait pas connu son père. Apparemment, il était parti dès qu'il avait appris que sa mère était enceinte. Finley aimait penser que peut-être que s'il avait été présent, il aurait pu réprimander sa mère lorsqu'elle la harcelait sur son poids.

Une main large s'enroula autour de sa taille, puis Brock l'attira contre lui avant de se pencher pour lui embrasser la tempe.

— Salut, dit-il.

Finley leva les yeux vers lui et pendant un moment, elle eut l'impression qu'ils étaient seuls au monde. C'était excitant d'être tenue si près. Et, comme d'habitude, il était magnifique. Il portait un pantalon cargo et un tee-shirt bleu marine avec le logo Old Town sur le devant.

Il sentait le savon, ce qui lui fit comprendre qu'il s'était douché il y a peu de temps. Il avait les cheveux relevés, comme s'il avait passé la main dedans pendant qu'ils étaient mouillés et qu'ils avaient simplement séché comme ça.

Elle se lécha inconsciemment les lèvres en le regardant, se demandant ce que ça ferait s'il l'embrassait *vraiment*, au lieu de simplement déposer un baiser sur sa tempe.

Un raclement de gorge et un gloussement la ramenèrent sur terre et lui firent réaliser où elle se trouvait. Ne supportant pas la rapidité avec laquelle elle se mit à rougir, elle se tourna vers les trois hommes. Ils lui souriaient toujours.

— Très bien, bon... Brock est là, donc on va y aller. C'était super de discuter avec vous. Ne vous attirez pas trop d'ennuis, d'accord ? dit-elle au trio.

— Ça, on ne peut pas te le garantir.

— Ben bien sûr.

— Aucune chance.

Leurs réponses lui firent secouer la tête d'un air à la fois exaspéré et plein d'affection. Elle regarda à nouveau Brock. Il avait toujours les yeux rivés sur elle, comme s'il n'avait jamais détourné le regard.

— Je suis prêt, dit-il.

Finley se tourna et Brock garda une main sur elle, la déplaçant jusqu'à ce qu'elle repose dans le bas de son dos. Il la guida jusqu'à son pick-up qui était garé sur le trottoir devant Le Bec Sucré.

— J'avais oublié que tu devais te changer, dit-il en marchant. Désolée.

— Ne le sois pas. Après avoir parlé à Liam, j'ai eu tout le temps de courir chez moi et d'enfiler une tenue plus appropriée pour marcher.

— De courir chez toi ? demanda-t-il.

Finley rit.

— C'est une façon de parler. Je n'ai pas vraiment couru. J'ai pris la voiture.

— Bien sûr. Je n'émettais pas un jugement en partant du principe que tu n'étais pas *capable* de courir. J'étais juste curieux. Je ne cours pas moi-même, j'ai toujours détesté ça. Je préfère soulever des poids ou marcher. Et pour info, Finley... je t'aime comme tu es. Je ne voudrais pas non plus que tu fasses du trente-deux. Je n'ai jamais compris les femmes qui voulaient avoir la peau sur les os. Pour être en bonne santé, oui. Mais ça n'a rien à voir avec le poids. Certaines personnes sont en meilleure santé quand elles font du trente-deux, et d'autres quand elles font du quarante-huit.

Il l'étudia alors, le regard enflammé.

— Mais pour moi, personnellement..., continua-t-il, j'ai toujours été attiré par les femmes qui avaient des courbes. Et tu *es* une très bonne amie, ainsi qu'une bonne personne, et nous savons tous que tu es là pour nous, quoi qu'il arrive. Bref, du coup... ça s'est bien passé avec Liam ?

Finley eut la chair de poule. Elle était gênée que Brock ait entendu ce qu'elle disait à Art, Otto et Silas, mais ses mots apaisèrent l'inquiétude qu'elle avait nourrie depuis le moment où elle s'était rendu compte qu'elle était attirée par cet homme. Le fait que Brock lui avoue franchement que non seulement la forme de son corps ne le dérangeait pas, mais qu'en plus il était attiré par elle *à cause* de ses courbes, était incroyable.

Elle lui sourit timidement, se sentant plus légère qu'elle ne l'avait été depuis longtemps. Elle se sentait toujours mal à l'aise, mais à chaque minute qu'elle passait avec lui, cette gêne se transformait en quelque chose de plus... intime.

— Liam a été super. Il est très enthousiaste. Il n'a jamais travaillé pour de la clientèle alors il devra apprendre à être ferme mais juste face aux demandes des clients, mais je pense qu'il va s'en sortir. Du moins, je l'espère.

— Moi aussi.

— Il m'a dit que ça ne le dérangeait pas de travailler huit heures par jour, ce qui est génial pour moi. Il viendra à 6 heures, déjeunera en milieu de matinée, puis on aura tous les deux terminé à 15 heures. Je pense qu'avec lui, je pourrai préparer en avance une partie des pâtisseries pour le lendemain, ou au moins préparer la pâte. Ça me fera gagner beaucoup de temps parce que je n'aurai plus à diviser mon temps entre le comptoir et la cuisine.

Elle savait qu'elle s'égarait, mais elle ne pouvait pas s'en empêcher.

— Merci de me l'avoir recommandé. Il m'a parlé un peu de sa sœur et j'espère vraiment que l'argent qu'il pourra envoyer chez lui l'aidera à obtenir plus tôt le traitement dont elle a besoin.

— Je suis sûr que oui, dit Brock en la guidant vers le côté conducteur de son pick-up.

Il ouvrit la portière et lui fit signe d'avancer.

— Vas-y, grimpe.

— Ce ne serait pas plus facile pour moi de monter de l'autre côté ? demanda-t-elle en penchant la tête sur le côté.

— Probablement. Mais comme ça, personne ne peut te prendre par surprise pendant que tu grimpes.

C'était assez paranoïaque... mais mignon à la fois. Haussant les épaules et réalisant que le côté du pick-up par lequel elle montait n'avait pas trop d'importance, Finley grimpa à l'intérieur et se glissa sur la banquette. Il n'y avait pas de console centrale et elle sourit en regardant l'intérieur rétro du véhicule.

— Tu l'as super bien rénové, lui dit-elle.

— Merci. Tu l'aurais vu quand je l'ai acheté la première

fois. Je l'ai acheté pour cent cinquante dollars dans une casse. Je l'ai restauré pendant mon temps libre pour décompresser de mon ancien travail.

— C'était si difficile que ça ? lui demanda Finley tandis qu'il enclenchait la marche arrière et quittait le trottoir.

Elle grimaça.

— Pardon, ce n'est pas comme ça que je voulais le dire, ajouta-t-elle rapidement. Je ne sais pas exactement en quoi consistait ton travail.

— Ce n'est pas grave. Tu pourras me demander ce que tu veux, je ne me vexerai pas, lui dit Brock d'un ton léger. Je faisais ce à quoi tu penses probablement quand tu entends parler des douanes... je me tenais aux postes-frontières et je vérifiais les papiers de tous ceux qui entraient dans le pays. Je n'ai jamais travaillé dans les aéroports, ce dont je suis reconnaissant. Je préfère être aux frontières. J'inspectais les véhicules à la recherche de drogues illégales, de produits agricoles et d'armes... même de personnes. Tu sais, comme ces semi-remorques remplis de gens qui entrent clandestinement aux États-Unis. J'ai également patrouillé le long des frontières à pied, essayant d'attraper ceux qui entraient, et crois-le ou non, ceux qui essayaient également de *quitter* le pays illégalement.

— Comme le long de la frontière mexicaine, vers le mur ?

— Oui. Mais aussi à la frontière canadienne. Il y a beaucoup de gens qui passent par les forêts qui longent les États du Nord pour entrer aux États-Unis.

— Oui, je ne pensais pas vraiment à tout ça, je pensais aux douanes.

— Il y a également des criminels qui tentent de quitter les États-Unis à l'insu des autorités. Ils font généralement l'objet d'un mandat d'arrêt. Meurtriers, trafiquants de drogues, pédophiles... ce genre de personne.

— Waouh, donc, oui j'imagine que c'était particulièrement éprouvant parfois.

— C'est le mot, oui. Les gens désespérés sont prêts à faire des choses très dangereuses quand ils sont coincés. Disons que je préfère chercher des gens qui ont envie d'être retrouvés plutôt que ceux qui restent cachés, dit Brock en haussant les épaules. Puis il prit une grande inspiration et tapota le tableau de bord de son pick-up.

— Donc, oui, réparer ce bébé a été un bon moyen d'évacuer le stress.

— J'imagine.

Ils se garèrent sur le parking du sentier de Barker Mill et Brock éteignit le moteur.

— Tu es prête ?

— Oui.

Lorsqu'elle tendit la main vers la poignée de la porte, Brock secoua la tête.

— Par ici, dit-il en désignant sa portière d'un coup de tête.

Finley leva les yeux au ciel, mais s'exécuta à nouveau. Il tendit la main et l'aida à se glisser sur le siège. La sensation de ses doigts contre les siens la fit soupirer. Il était chaud et ses mains à elle étaient habituellement toujours froides.

— Ça ne te dérange pas ? dit Brock alors qu'elle descendait du siège.

Il n'avait toujours pas lâché sa main et Finley en était plutôt contente.

— Qu'est-ce qui ne me dérange pas ? demanda-t-elle.

— Mes mains.

Elle le regarda en fronçant les sourcils.

— Comment ça ?

— Elles sont tachées. J'ai beau les frotter, je n'arrive pas à enlever le noir. J'imagine que si j'arrêtais de travailler sur les voitures elles finiraient par reprendre leur teinte normale, mais je te promets qu'elles sont propres.

— Moi, mes doigts sont toujours gelés, lâcha Finley. Je veux dire, *tout le temps*. J'imagine que c'est un problème de circulation, mais je m'y suis habituée. Je trouve que tes mains sont géniales. Elles sont très chaudes et tes doigts sont bien plus longs que les miens, alors ils s'enroulent autour comme s'ils faisaient un câlin à ma main. OK, ce que je dis est complètement stupide, pardon.

— Pas du tout, la rassura Brock.

— Et pour les taches, on s'en fiche. Tu as des mains de travailleur, Brock. Il n'y a rien de mal à ça. Laisse-moi deviner... il y a eu une femme à un moment donné dans ta vie qui te l'a reproché.

Il tordit les lèvres.

— Ouais.

— Eh ben, c'est une idiote.

Cette fois-ci, Brock s'esclaffa.

— Je ne peux pas dire le contraire. C'est juste que... tu ne m'as même pas demandé si je les avais lavées avant de t'aider en cuisine.

— Je t'ai vu les laver dans l'évier avant qu'on ne commence. Pourquoi est-ce que je douterais de toi ? Oh, attends, parce qu'*elle* l'a fait aussi.

Finley ne savait pas qui était cette femme mystérieuse qui avait fait chier Brock avec ses mains, mais elle ne l'aimait clairement pas.

— Je l'avais emmenée dans un beau restaurant et elle avait honte de l'état de mes mains. Je venais d'aider un pote à remplacer le moteur de sa voiture et c'était un travail particulièrement salissant. Il avait oublié de vider le réservoir d'huile et cette merde s'était répandue partout. Elle m'a demandé d'aller me laver les mains alors je me suis exécuté au lieu de lui préciser que j'avais pris une douche avant de passer la chercher. Quand je suis retourné à table, elle avait les yeux rivés sur mes doigts et j'ai fini par lui demander si elle préférait aller ailleurs, expliqua-t-il en haussant les épaules. Elle m'a dit oui.

— J'espère que tu l'as larguée, marmonna Finley.

Ils étaient toujours à côté de sa camionnette, sa main encore dans la sienne.

Brock secoua la tête.

— En fait, c'est elle qui m'a largué.

— Je t'avais dit qu'elle était idiote, répéta Finley. Je ne suis pas sûre que je pourrais faire confiance à un mécano qui n'a *pas* de cambouis sur les mains, dit-elle avec honnêteté. Et puis, tout comme tu m'as rassurée plus tôt en me disant que mon poids n'avait pas d'importance, ce ne sont pas les taches sur ta peau qui m'importent.

— C'est quoi, alors ? demanda-t-il.

Finley rougit, réalisant qu'elle avait foncé tête baissée vers ce sujet de conversation. Elle trouva le courage, au plus profond d'elle-même de lui répondre sincèrement.

— C'est la façon dont tu me *regardes* au lieu de *m'ignorer*. Comment tu écoutes ce que je dis. Combien tu es prêt à tout laisser tomber pour aller aider tes amis. Le fait que tu serais prêt à passer une heure avec le fils d'Elsie, à répondre aux mêmes questions sur les voitures, indéfiniment sans t'énerver. À quel point tu es patient et prêt à quitter ta zone de confort pour m'aider en cuisine quand il est évident que la pâtisserie n'est pas ton activité favorite.

Puis comme elle n'aurait pas pu s'en empêcher même si elle l'avait voulu, elle souleva leurs mains jointes jusqu'à ses lèvres et embrassa ses phalanges, en prenant soin de plaquer sa bouche contre une grosse tache pour appuyer ses propos.

Ses mots et son geste eurent un effet immédiat sur Brock. Ses pupilles se dilatèrent et elle vit son torse se soulever et s'abaisser rapidement. Elle-même se sentit un peu étourdie.

— Tu es si féroce quand tu défends les autres, dit-il d'un ton brusque.

Finley haussa les épaules. Elle avait toujours été comme ça. C'était bien plus facile de s'énerver quand les autres étaient maltraités que lorsque c'était elle.

Alors que Brock commençait à se pencher vers elle et que Finley fut certaine qu'il était sur le point de l'embrasser, ils furent interrompus par quatre hommes en âge d'être à l'université qui quittaient le sentier.

Brock s'écarta, mais elle lut la promesse dans ses yeux. Un regard qui la fit frissonner avec anticipation.

Brock serra sa main et l'attira vers le départ du sentier. Il hocha la tête vers les jeunes.

— Vous partez à la recherche de Bigfoot ? leur demanda l'un d'eux.

— Ça dépend... vous l'avez aperçu ? demanda Brock.

— Non, mais, on a trouvé une grosse empreinte de pas. C'est impossible que ce soit celle d'un animal. C'est forcément Bigfoot !

— Alors oui, on part à sa recherche, leur dit Brock.

— Bonne chance, mec !

— Prenez des photos si vous le trouvez !

— Vous n'aurez pas de réseau là-haut, on l'a appris à nos dépens. Alors, ne vous perdez pas, dit un autre.

Une fois que le quatuor fut derrière eux et qu'ils eurent pénétré la forêt, Brock jeta un coup d'œil à Finley.

— Ne t'inquiète pas, j'ai mon téléphone satellite.

— Je ne suis pas inquiète, lui dit-elle.

Et c'était vrai. S'il y avait bien quelqu'un avec qui elle était à l'aise pour aller dans la forêt, c'était Brock.

— Tu penses vraiment qu'ils ont trouvé une empreinte ? demanda-t-elle.

— Si c'est le cas, j'imagine qu'il s'agit simplement d'un souvenir de l'émission de paranormal, dit Brock d'une voix traînante. D'après ce que Lilly disait, ils se sont promenés dans toute la forêt avec de faux pieds.

— J'avais oublié cette histoire, gloussa Finley. Tu as probablement raison.

— Évidemment que j'ai raison, la taquina Brock.

Elle leva les yeux au ciel.

Ils marchèrent le long du sentier balisé, saluant d'un signe de tête les autres randonneurs qu'ils croisaient. C'était confortable d'être avec Brock. Finley ne ressentait pas le besoin de combler ce silence entre eux. Et elle ne pouvait pas nier qu'elle adorait lui tenir la main.

Dès que cette pensée lui traversa l'esprit, il la relâcha et Finley pensa que c'était fini.

Mais il tendit ensuite son autre main vers elle en agitant les doigts.

— Quoi ?

— Donne-moi ton autre main.

Elle le contourna et lui donna sa main. Ils continuèrent de marcher sur le sentier.

— Pourquoi tu as fait ça ? demanda-t-elle au bout d'un moment, sans pouvoir contenir sa curiosité.

— Parce que tu as dit que tes mains étaient toujours froides, alors je me suis dit que maintenant j'allais réchauffer celle-ci.

Finley se sentit fondre. Elle n'avait pas besoin qu'un homme lui offre de gros bouquets de fleurs. Ni de cadeaux extravagants. Elle avait besoin de ce que Brock lui donnait actuellement : de la gentillesse et de la considération.

Et ça la faisait flipper. C'était leur premier rendez-vous. Comment pouvait-il déjà être autant en phase avec elle ?

Était-ce un simple stratagème pour la mettre dans son lit ?

Mais dès qu'elle eut cette pensée, elle la repoussa. Brock n'avait pas besoin de travailler dur pour qu'une femme couche avec lui. D'après ce qu'elle savait – et ses amies l'avaient rapidement rassurée – Brock n'avait pas eu de petite copine depuis très longtemps. Cela ne voulait pas dire qu'il ne couchait pas avec quelqu'un de temps en temps, mais Finley ne pensait pas que c'était son style.

Non, comme elle le lui avait déjà dit, il écoutait les gens. Et il était évident que Brock savait très bien comment les traiter. Pour comprendre ce dont ils avaient besoin et pour le leur donner. Tout comme il l'avait fait avec elle. Il lui avait offert son temps et son aide quand elle en avait eu le plus besoin. Et il avait fait attention à ce qu'elle lui avait expliqué concernant ses mains.

Ils avaient déjà parcouru environ un kilomètre et demi lorsqu'ils tournèrent à l'angle du sentier et tombèrent sur une femme, assise sur le côté, en train de pleurer. Brock se précipita immédiatement vers elle pour voir ce qui n'allait pas.

Ils apprirent qu'elle s'appelait Rebecca et que son petit ami avait cru voir quelque chose entre les arbres et lui avait demandé de rester là où elle était. Il lui avait assuré qu'il reviendrait. Mais cela faisait maintenant trente minutes et elle était désormais complètement paniquée à l'idée qu'il ait pu se perdre.

Brock se tourna vers Finley et elle lui dit immédiatement :

— Je vais rester ici avec elle. Vas-y.

Le soulagement qu'elle lut dans ses yeux la rassura sur le fait qu'elle pouvait l'aider et ne pas être un fardeau.

— Prends ça, dit-il en lui tendant son téléphone satellite. Appelle Ethan et explique-lui ce qu'il se passe.

— Non, dit fermement Finley. Je ne vais pas te prendre ton seul moyen de communication pendant que tu t'aventures dans les bois. *Toi* appelle Ethan, moi je reste ici. Sur le sentier très bien balisé, où il y aura plein de gens qui passeront et pourront nous aider si besoin.

Les lèvres de Brock tressautèrent.

— OK.

— Ça ira, lui dit-elle doucement. Vas-y, fais ce que tu as à faire. Attends, est-ce que tu es sûr de pouvoir t'éloigner du sentier tout *seul* ?

— Oui. Parce que j'ai une boussole et même si ce n'était pas le cas, je pourrais retrouver le chemin les yeux fermés.

— OK. Alors on se voit à ton retour.

Il hésita pendant un moment, puis tendit la main vers elle. Il enroula l'une de ses mains larges et chaudes autour de sa nuque et l'attira plus près. Il posa les lèvres sur les siennes – et Finley tressaillit lorsqu'elle goûta l'homme auquel elle n'arrêtait pas de penser depuis des mois pour la première fois.

La sensation de sa langue léchant ses lèvres la fit soupirer et elle attrapa l'un de ses énormes biceps avant d'enfoncer ses ongles dans sa chair à travers le coton de son tee-shirt tandis qu'elle tendait timidement sa propre langue pour rencontrer la sienne.

Les étincelles qui la traversèrent lorsqu'il caressa sa langue de la sienne furent surprenantes mais en aucun cas malvenues.

Brock s'écarta un peu trop tôt à son goût, mais il devait

se dépêcher et retrouver le petit ami de cette femme avant qu'il ne fasse nuit. La même chaleur que celle qui coulait dans ses veines brilla dans les yeux de Brock qui la fixa encore un moment. Puis il se lécha sensuellement les lèvres, comme s'il voulait encore goûter chaque parcelle d'elle sur sa peau. Lorsqu'il retira sa main de sa nuque, son pouce effleura sa mâchoire. Finley lutta pour ne pas vaciller. Cet homme était mortellement séduisant... et elle n'était pas sûre de pouvoir le supporter s'il ne voulait qu'une aventure de courte durée.

— J'en rêve depuis bien trop longtemps, dit-il doucement.

Ses mots rassurèrent Finley, lui confirmant que, quoi qu'il arrive, ce ne serait pas bref.

— Pareil, murmura-t-elle.

— Désolé que notre premier rencard ait été interrompu, lui dit-il.

— Si tu te dépêches pour retrouver cet homme, on pourra continuer, rétorqua-t-elle.

Il s'esclaffa.

— OK. Je reviens dès que possible. Ne quitte *pas* le sentier. Quoi qu'il arrive. Et ne la laisse pas le quitter non plus. Tu as compris ?

— Oui.

— Ça me dérange de te laisser seule ici, avoua-t-il.

Finley secoua la tête.

— Je vais bien. Vas-y, Brock. Sérieusement.

— D'accord. J'y vais, dit-il en reculant.

Puis il observa la femme qui pleurait encore.

— Restez avec Finley. Je reviens avec votre petit ami dès que je peux.

Finley le regarda partir jusqu'à ce qu'il disparaisse entre les arbres, puis se tourna vers la femme.

— Vous croyez vraiment qu'il va le retrouver ? demanda-t-elle en larmes.

— Oui. C'est votre jour de chance... Brock fait partie de l'équipe de recherche et de sauvetage locale. Il n'y a littéralement personne de plus qualifié que lui pour retrouver votre petit ami.

Ses paroles semblèrent la rassurer et Finley la guida un peu loin de là où elle se trouvait jusqu'à un grand arbre qui était tombé. Elles s'assirent et Finley fit de son mieux pour occuper l'esprit de Rebecca jusqu'à ce que Brock revienne.

Environ une heure plus tard, Finley leva la tête en entendant le bruit de pas en approche et vit Talon qui s'avançait vers elles. Se relevant, elle fronça les sourcils dans sa direction.

— Qu'est-ce qu'il se passe ?

— Rien, la rassura-t-il rapidement avant de se tourner vers la femme. C'est toi Rebecca ?

Elle acquiesça.

— OK, moi c'est Tal. Mon pote est celui qui est parti chercher ton petit ami. Il s'avère qu'il est dans une situation délicate, il est tombé dans un trou et s'est foulé la cheville. Mais il va bien, donc ne t'inquiète pas. Brock nous a appelés et les autres sont en train d'aider Mike à rejoindre le sentier en ce moment même. Je suis là pour vous escorter, toi et Fin, jusqu'aux voitures. On les retrouvera là-bas.

— Oh ! Vous êtes sûr qu'il va bien ? demanda Rebecca.

— Affirmatif. Et *toi,* ça va ? demanda Tal en désignant le sentier, leur indiquant de passer devant lui.

Il se tourna vers Finley en lui faisant un clin d'œil au passage.

Elle n'avait jamais été aussi heureuse de voir quelqu'un de sa vie. Rebecca avait oscillé entre l'hystérie, en se demandant ce qui était arrivé à son petit ami, et la fureur, lorsque

Finley n'avait pas voulu la laisser se rendre seule dans les bois pour aller le chercher. Elle était soulagée que l'homme disparu aille bien et qu'elle soit tirée d'affaire, pour ainsi dire, car elle n'était plus obligée de baby-sitter Rebecca. Alors qu'ils marchaient, elle apprit que Brock avait appelé Ethan, Tal et Drew lorsqu'il avait retrouvé Mike qui était blessé. Ethan et Drew étaient immédiatement venus aider Brock, tandis que Tal avait été envoyé pour les rapatrier elle et Rebecca. Elle était doublement contente d'avoir refusé de prendre le téléphone satellite de Brock.

Le temps qu'ils aient tous les trois atteint le parking, il faisait bien plus frais et le soleil commençait à se coucher. L'arrivée de l'automne s'accompagnait de journées plus courtes et de nuits plus longues. Même si Finley n'avait jamais aimé l'été, elle n'était pas fan des températures glaciales de l'hiver non plus.

Mike était assis sur le siège passager d'une Ford Excursion, discutant avec les trois gars de l'équipe de recherche et de sauvetage. Lorsque Rebecca le vit, elle courut vers lui en pleurant de façon hystérique.

— Elle est un peu dramatique, nan ? demanda Tal.

Finley fit de son mieux pour étouffer son rire. Il n'avait pas tort.

— On dirait que Brock a tout aussi hâte de te voir que Rebecca avec son petit ami, remarqua Tal alors que Brock se précipitait vers eux.

— C'était sympa de te voir, lui dit Tal avec un autre clin d'œil.

Il leva le menton en direction de Brock en passant, mais ce dernier ne sembla même pas le remarquer, toute son attention était portée sur Finley.

— Ça va ? lui demanda-t-il en s'approchant.

Finley fronça les sourcils.

— Bien sûr, pourquoi ? demanda-t-elle.

Brock prit une grande inspiration en s'arrêtant devant elle.

— Je ne sais pas. C'est juste que j'ai détesté te laisser seule là-bas.

— Je n'étais pas seule. Et je n'étais pas en danger. J'étais sur le sentier tout le long. Tout allait bien pour moi.

— Je sais, c'est juste que... *putain*.

Il passa une main dans ses cheveux et Finley ne put s'empêcher de le trouver mignon quand il était contrarié.

Elle tendit la main et la posa sur son torse.

— Je vais *bien*, Brock. Mais merci de t'inquiéter.

— Tu n'as pas à me remercier pour ça, dit-il, saisissant sa main avant de froncer les sourcils. Merde, tu es gelée.

Finley gloussa.

— Pas vraiment. Je t'ai dit que j'avais toujours les mains froides.

Sans un mot, Brock se tourna et la guida jusqu'à son véhicule.

— Tu n'es pas obligé de, je ne sais pas... faire quelque chose d'officiel puisque c'est toi qui l'as retrouvé ? demanda Finley en le suivant.

— Ethan s'occupera du rapport.

Il ouvrit sa portière et lui indiqua de monter. Sans un mot, Finley grimpa et se faufila jusqu'au siège passager. Brock la suivit, puis prit une grande inspiration avant de se tourner vers elle.

— Merci de m'avoir fait prendre le téléphone.

— Qu'est-ce qui s'est passé exactement ? demanda-t-elle.

— Je l'ai trouvé vingt minutes après t'avoir quittée. Il était tombé dans un grand trou recouvert de débris et s'était fait très mal à la cheville. Il ne voulait pas que je la touche et il hurlait de douleur. Et puis, tu l'as vu, ce n'est pas un petit gabarit. J'aurais probablement pu le faire passer par-dessus mon épaule et le porter, mais il se serait plaint et aurait crié tout le long. Je me suis dit que c'était mieux d'appeler du renfort. Je n'ai pas supporté de ne pas pouvoir te tenir au courant.

Finley haussa les épaules.

— Ce n'est pas grave. Je n'étais pas inquiète.

Il pencha la tête sur le côté avant de la regarder.

— C'est vrai ? Je suis parti une heure quand même.

— Ben, oui, pourquoi je le serais ? Brock, tu es plus chez toi dans les bois qu'en ville. Je savais que, quelle que soit la situation, tu la maîtriserais sans problème.

— Putain, dit Brock dans sa barbe. Comment ai-je pu être aussi chanceux ? dit-il avant de secouer la tête. Ce n'était pas comme ça que j'imaginais notre premier rendez-vous.

Finley gloussa.

— Eh bien, tu pourras te rattraper la prochaine fois.

Puis elle rougit. Et s'il n'avait pas envie de la revoir ? Elle était terriblement présomptueuse.

— Oh que oui, murmura-t-il.

Puis, il lui prit la main. Mais au lieu de la tenir, il souleva légèrement sa cuisse et y enfouit ses doigts.

— C'est pour te réchauffer, grommela-t-il avant de mettre le contact.

Finley sentit son ventre faire des sauts périlleux. Ce n'était pas ce qu'il y avait de plus conventionnel ou romantique, mais pour elle, cela signifiait beaucoup. Elle se rapprocha de lui sur son siège, aussi près que sa ceinture le lui permettait et soupira de satisfaction tandis qu'il les ramenait à Fallport.

Lorsqu'il s'engagea sur la route où se trouvait sa petite maison, Finley fronça les sourcils.

— Il faut que j'aille chercher ma voiture, lui rappela-t-elle. Elle est derrière Le Bec Sucré.

— Je viendrai te chercher demain matin, je t'amènerai au travail.

— Tu n'es pas obligé...

— Je sais. Mais je vais le faire quand même.

Finley ne put que sourire face à la détermination dans sa voix.

— OK. Merci.

Il détendit un peu les épaules comme s'il craignait qu'elle le contredise.

— De rien.

Il se gara dans l'allée et descendit. Finley n'essaya même pas de sortir de son côté, sachant très bien qu'il préférait qu'elle le fasse du sien. Elle se glissa rapidement sur la banquette et il prit à nouveau sa main pour l'aider à sortir. Puis, il la raccompagna jusqu'à sa porte. Une fois qu'elle eut déverrouillé la serrure, elle se tourna vers lui.

— Merci pour la randonnée.

— Désolé que ça ne se soit pas passé comme prévu.

— Oh... on est sortis et on s'est dégourdi les jambes. On a pu parler un peu. Tu as sauvé un type en détresse. Je crois que ça s'est plutôt bien passé.

Brock sourit.

— Je te promets que le prochain rencard se passera mieux. Justement, en parlant de ça... ça te dit d'aller au bowling avec moi ?

— Quand ?

— Demain ?

Finley éclata de rire.

— J'ai rendez-vous avec Lilly.

— Ah oui. Tu as des trucs à faire. OK, tu me diras quand tu seras prête alors. Tu as mon numéro n'est-ce pas ?

— Oui, oui. Lilly s'est assurée qu'on avait toutes les numéros de tout le monde.

— Tant mieux, dit-il avant de faire un pas en avant. Je peux ?

Finley savait exactement ce qu'il lui demandait et elle acquiesça timidement. Elle avait eu envie de sentir à nouveau ses lèvres contre les siennes depuis leur premier baiser sur le sentier.

Il prit son visage dans sa main, effleurant sa joue de son pouce.

Finley ferma les yeux et soupira lorsque leurs lèvres se rencontrèrent. D'abord, leur baiser fut doux et lent, puis Brock gémit profondément et glissa son autre main dans ses cheveux. Il la maintint immobile en inclinant la tête et ouvrant la bouche.

Ils se dévorèrent comme si la planète était à deux doigts d'exploser et qu'ils vivaient leurs derniers instants.

Le temps que Brock lève la tête, ils haletaient tous les deux. Les tétons de Finley frottaient de façon inconfortable contre son soutien-gorge et elle serra les cuisses pour tenter de contrôler ce désir entre ses jambes. Cet homme était *terrible*.

— *Putain,* murmura Brock.

C'était agréable de voir qu'elle n'était pas la seule à être affectée par leur baiser.

— Rentre et ferme bien la porte derrière toi, dit-il après avoir pris une grande inspiration.

Mais il lui tenait toujours la tête. Ses doigts caressaient son cuir chevelu, lui provoquant des picotements le long de l'échine.

— D'accord... mais il faut d'abord que tu me lâches, lui dit-elle avec un petit rictus.

— Ouais, je sais. J'essaie, marmonna-t-il.

C'était exaltant de savoir qu'il était autant attiré par elle qu'elle l'était par lui. Finley avait les mains posées sur son torse, le caressant de façon absente et elle ne put s'empêcher de sentir les propres tétons durs de Brock sous son tee-shirt. Il prit enfin une grande inspiration et s'écarta d'elle.

— On se voit demain matin. Je peux venir te chercher à 4 heures 25 ?

— Tu es sûr de vouloir te lever aussi tôt ? demanda-t-elle.

— Affirmatif.

— Très bien alors, oui, 4 heures 25 c'est parfait. Merci.

Brock acquiesça et quitta son petit porche. Il ne se retourna pas et se dirigea vers son pick-up.

— Rentre, Fin. Ferme bien la porte.

Elle continua de le regarder en poussant la poignée pour entrer dans sa maison. Elle lui sourit une dernière fois avant de s'enfermer à l'intérieur. Elle verrouilla la serrure, puis prit une grande inspiration avant de s'appuyer contre la porte. Elle porta la main à ses lèvres et sourit.

La journée avait été... surprenante. Elle avait recruté deux nouveaux employés, avait eu son premier rencard après une éternité et on l'avait embrassée comme si elle était la personne la plus importante au monde.

Oui, cela ne la dérangerait pas de vivre plus de journées comme ça.

CHAPITRE QUATRE

Cela faisait presque une semaine que Finley s'était fait mal au poignet et que Brock avait commencé à venir les matins pour l'aider à pâtisser. Son poignet était complètement guéri, mais Brock continuait de passer la voir. Davis venait également de temps en temps depuis le jour où il avait toqué à sa porte. Les deux hommes avaient été d'une grande aide.

Mais c'était Liam qui lui avait changé la vie en travaillant pour la boulangerie. Cet homme était vraiment parfait. Il était charmant et sympathique et il avait immédiatement maîtrisé l'art de la vente. Si quelqu'un achetait un roulé à la cannelle, il pouvait facilement le convaincre de prendre un muffin ou un cookie pour plus tard. Non seulement les ventes de Finley avaient augmenté depuis qu'il était arrivé il y a quelques jours, mais elle avait également le sentiment que l'ambiance générale du magasin était plus légère.

Habituellement, elle devait partager son temps entre le fait de travailler au comptoir et pâtisser dans la cuisine. Mais comme ces derniers jours elle avait pu se concentrer uniquement sur la pâte, le glaçage et le fait d'enfourner les plaques de cuisson et de les sortir, elle avait été bien plus productive et ses clients habituels n'avaient pas l'impression de devoir se précipiter lorsqu'ils décidaient de ce qu'ils voulaient.

Finley avait même réussi à tester quelques recettes et mieux approvisionner les rayons qu'avant. Elle aurait dû embaucher quelqu'un depuis bien longtemps.

Si Liam continuait à s'en sortir, Finley espérait développer son commerce. Elle n'avait pas eu le temps de proposer des commandes de gâteaux ou d'autres produits, mais elle avait toujours espéré offrir ce service-là un jour. Elle était super excitée à l'idée de préparer le gâteau de mariage de Lilly et Ethan et elle savait que son amie n'aurait aucun mal à la recommander autour d'elle… notamment aux clients qui l'embauchaient comme photographe pour leurs propres mariages.

Dans l'ensemble, tout allait très bien, autant professionnellement que personnellement. Elle voyait Brock chaque matin et le plus souvent, il passait après la fermeture du Bec Sucré pour discuter un peu plus. Ils n'étaient pas encore sortis pour leur deuxième rendez-vous, mais ils prévoyaient de le faire bientôt.

Le bowling, ce n'était pas trop son truc, mais Finley se fichait un peu de ce qu'ils *faisaient* tant qu'elle passait du temps avec Brock. Cela lui paraissait désormais stupide qu'elle ait été si réticente à apprendre à le connaître et elle regrettait le temps perdu que lui avait coûté son manque de confiance en elle. Il avait les pieds sur terre, était sympathique et aussi fou que cela puisse paraître, il semblait vraiment craquer pour elle.

Elle entendit la cloche au-dessus de la porte d'entrée sonner tandis qu'un autre client entrait dans la boulangerie.

Elle entendit Liam l'accueillir, puis il s'avança jusqu'à la porte qui menait à la cuisine.

— Il y a une Khloe qui demande à te voir, l'informa-t-il.

— C'est vrai ? Fais-la venir ici. Et pour info, elle est toujours la bienvenue dans la cuisine quand elle vient. Tout comme mes autres amis.

Liam hocha la tête.

— Aucun problème. Je te l'envoie.

Quelques secondes plus tard, Khloe apparut dans l'encadrement de la porte. Même si Finley avait déjà eu l'occasion de la fréquenter, elle ne la connaissait pas aussi bien que Lilly, Elsie, Bristol et Caryn.

Ce matin, Khloe paraissait... stressée. C'est le seul mot qui lui vint à l'esprit. La bibliothécaire silencieuse avait toujours été réservée. Aucun des proches de Finley ne savait grand-chose d'elle. Elle était arrivée en ville il y avait environ un an et avait obtenu le poste à la bibliothèque. Parfois, elle et Raiden – un autre membre de l'équipe de RES de Brock – semblaient très bien s'entendre et Finley se demandait même s'ils ne partageaient pas plus qu'une relation patron employée. Puis parfois, ils semblaient à peine se supporter.

Peu importe ce qu'il se passait entre eux, le chien de Raiden *adorait* Khloe, à la grande surprise des autres. Le limier était entièrement dévoué à Raiden et ne semblait remarquer personne d'autre... à part son employée.

Khloe venait régulièrement à la boulangerie pour acheter un roulé à la cannelle pour son petit déjeuner, mais jamais pour discuter avec Finley en particulier, alors elle était très curieuse de savoir ce qui avait motivé sa visite.

— Salut ! dit-elle d'un air jovial.

— Salut, répondit Khloe. Je ne veux pas te déranger.

— Mais tu ne me déranges pas, la rassura Finley. Tout va bien ?

— Oui, dit-elle sans hésiter. Mais j'ai besoin de ton aide.

— Bien sûr. Qu'est-ce qu'il se passe ?

— Je dois quitter la ville un certain temps... et tu sais les chatons dont je m'occupe derrière la bibliothèque ? Ça m'inquiète de les laisser. Je me demandais si tu pouvais garder un œil sur eux ?

— Oui bien sûr !

— Je les nourris le matin et je les surveille tout au long de la journée. Je leur ai fait une petite maison, pour les protéger du soleil et les garder au sec quand il pleut. C'est juste une boîte en bois avec un trou, mais ils semblent beaucoup l'apprécier. Elle est à côté de la benne à ordures derrière et les gens qui se garent là-bas les ont laissés tranquilles jusqu'à présent, mais je suis quand même inquiète.

— Ah, ben oui, j'imagine. Je le serais aussi. Je serai ravie de garder un œil sur eux. Tu pars combien de temps ?

Khloe baissa les yeux et sembla soudain trouver le sol très intéressant.

— Je ne sais pas trop.

Finley fronça les sourcils. Elle n'aimait pas que Khloe ait soudain l'air anxieuse.

— Tu sais que tu peux tout me dire et que je ne dirai rien à personne, n'est-ce pas ? se sentit-elle obligée de préciser.

Khloe la regarda.

— Bien sûr. Ce n'est rien de grave, juste un truc que je dois faire à la maison.

Finley ne crut pas à son air faussement nonchalant. Quel que soit ce qu'elle comptait faire – elle ne savait même pas ce qu'était « la maison » pour Khloe – c'était manifestement important... et cela stressait clairement la biblio-thécaire.

La dernière chose que Finley voulait faire, c'était de la stresser encore plus, alors elle lui répondit :

— D'accord. Est-ce qu'il faut que j'achète de la nourri-ture pour chats ?

Khloe secoua la tête, ses épaules s'affaissèrent légère-ment et elle parut un peu moins sur la défensive.

— Non, je m'en occupe. Tu veux passer pour que je te montre un peu ce que j'ai fait jusqu'à présent ?

— Oui. Tu tombes bien. Je viens tout juste de sortir ces cupcakes du four comme ça ils n'auront qu'à refroidir pendant que je m'absente, lui dit Finley avec un sourire. Est-ce que la maman chatte est là aussi ?

— Malheureusement, non. Je ne l'ai pas vue dans les parages, c'est pour ça que je me suis occupée de ses chatons. Je ne sais pas si elle s'est fait renverser ou si un autre animal l'a attrapée...

— Oh, c'est triste.

Khloe acquiesça.

— Ils sont en bonne santé ? Tu les as amenés chez le vétérinaire ?

Étonnamment, Khloe retroussa les lèvres d'un air ironique.

— *Jamais* je n'emmènerai un animal que j'aime chez cet abruti.

Finley cligna des yeux en entendant sa remarque sévère sur le seul vétérinaire en ville. Le docteur Ziegler avait une cinquantaine d'années et était le vétérinaire de Fallport depuis des années.

— Hmm... d'accord, dit-elle d'un ton hésitant.

— Il est tellement vieux jeu qu'il aurait tout aussi bien pu obtenir son diplôme dans les années 1800, s'emporta

Khloe. Il ne connaît aucune des nouvelles procédures qui ont été approuvées pour les troubles les plus simples. Et en plus, il refuse que les propriétaires soient auprès de leurs animaux lorsqu'ils se font euthanasier. Qui fait *ça* ? Il affirme que c'est moins traumatisant pour les gens, mais ce sont des conneries. Et l'animal ? Même si je n'en ai aucune preuve, je *sais* qu'ils sont conscients qu'ils sont en train de mourir. Tu aimerais toi être en train de mourir tout en étant entourée d'inconnus ? Non, la présence de tes proches t'apporterait du réconfort pendant que tu serais effrayée et désorientée. C'est barbare, et je ne lui fais absolument pas confiance.

Finley fronça les sourcils.

— Ouais, ce n'est pas cool. Je n'ai pas d'animaux, mais je n'imagine pas ne pas pouvoir être avec eux si je devais les faire euthanasier.

— Exactement. Il est trop ancré dans ses habitudes. Il n'est même pas prêt à envisager des traitements alternatifs comme l'acupuncture ou les remèdes homéopathiques. Alors, pour répondre à ta question, non, je ne lui ai pas amené les chatons. Il voudrait probablement les faire piquer parce qu'ils sont errants, dit Khloe.

Finley n'avait jamais vu Khloe aussi énervée auparavant. Elle semblait être une femme complètement différente de celle que Finley avait un peu appris à connaître. Normalement, elle était très succincte, comme si elle ne voulait pas parler du tout ni se faire remarquer. Sauf quand elle se disputait avec Raiden, évidemment. Mais désormais, elle se tenait là, devant elle, les poings serrés, le regard noir. Si le docteur Ziegler avait été là, Finley ne doutait pas une seconde qu'il aurait tremblé dans ses bottes.

— Très bien, on oublie le vétérinaire. Est-ce que les chatons ont l'air d'aller bien ? Est-ce que je dois faire attention à quoi que ce soit ? Et s'il se passe quelque chose, est-ce qu'il faut que je les amène à Christiansburg ?

Il s'agissait de la ville la plus proche de Fallport, à quarante minutes de l'autoroute I-480.

Khloe inspira profondément, comme pour se calmer.

— Ils vont bien. Ils sont en bonne santé. Il ne leur arrivera rien. J'ai juste besoin que tu m'assures qu'ils soient nourris. Ils ont tendance à s'éloigner de leur petite maison ces jours-ci, ils sont assez grands maintenant, mais ils reviennent toujours la nuit. Si jamais on annonce un orage, tu peux les ramener avec la boîte dans la bibliothèque. Ils reviennent toujours si le mauvais temps se fait sentir.

— À l'intérieur ? Raiden est au courant ? Attends – pourquoi tu ne *lui* demandes pas de s'en occuper ?

— Bien sûr qu'il est au courant, dit Khloe avec un sourire et Finley réalisa que lorsqu'elle souriait, cela changeait complètement son apparence.

Elle semblait plus accessible. Elle fronça son nez de façon adorable.

— Je demanderais *bien* à Raid, mais... il a beaucoup de choses à gérer en ce moment. Il travaille dur à la bibliothèque, plus les obligations de recherche et de sauvetage. Je n'ai pas envie de l'embêter avec autre chose. Et puis, Duke n'aime pas trop les chatons et c'est réciproque. Assure-toi juste de fermer la porte qui mène à la pièce centrale de la bibliothèque et préviens Raid qu'ils sont à l'intérieur et tout ira bien pour eux.

— OK.

— Merci beaucoup, vraiment, dit-elle.

Finley hocha la tête et alla se laver les mains dans l'évier. Elle ne savait absolument pas que Khloe était autant passionnée par les animaux. Finley vivait à Fallport depuis un moment et elle n'avait même pas rencontré le vétérinaire du coin. Elle ne savait pas comment Khloe avait pu avoir une aussi mauvaise impression de cet homme, mais elle réalisa que les chatons n'auraient pas pu trouver meilleure sauveuse.

Après avoir expliqué à Liam qu'elle revenait, Finley suivit Khloe et elles traversèrent la place pour se rendre à la bibliothèque. Elle était située juste en face du Bec Sucré. Elles saluèrent Art, Otto et Silas. Deux personnes étaient assises au Cercle, le kiosque au milieu de la pelouse de la place et Finley sourit en voyant le petit sac du Bec Sucré posé entre elles. Elle ne se lassait jamais de voir les gens apprécier ses pâtisseries.

Elles contournèrent le côté sud-est de la bibliothèque, s'éloignant de La Cave. La bibliothèque se trouvait entre le cabinet médical du docteur Snow et la salle de billard, et certains habitants trouvaient cela ironique de voir ce bâtiment sobre à côté de ce bar tristement célèbre, mais ce n'était pas comme si leurs clients respectifs se mélangeaient. La bibliothèque fermait bien avant qu'il y ait du tapage dans la salle de billard.

Dès qu'elles eurent tourné à l'angle, Finley aperçut la boîte entre la benne à ordures et le bâtiment. Elle ne vit aucun chaton, alors elle supposa qu'ils étaient en train d'explorer ailleurs, comme l'avait mentionné Khloe.

Cette dernière ouvrit le haut de la boîte. Il y avait une couverture à l'intérieur qu'elle secoua avant de la repositionner. Elle expliqua à Finley qu'elle lui apporterait des couvertures et serviettes propres pour remplacer celles qui étaient sales, ainsi qu'un sac contenant la nourriture qu'elle leur donnait depuis le début.

Elles s'extasièrent devant les photos des chatons sur le téléphone de Khloe.

Ils étaient trois, un tricolore, un noir et un petit marron et blanc.

— Ils sont assez habitués à ma présence, mais ne t'offusque pas s'ils ne s'attachent pas à toi tout de suite. Ils ont tendance à s'enfuir lorsque quelqu'un d'autre que moi les approche, ce qui ne me dérange pas vraiment. La dernière chose dont j'ai envie, c'est qu'un client de La Cave ne vienne les embêter. Mais comme tu vas les nourrir, ils vont rapidement s'habituer à toi, je pense. Et je suis certaine que tout le monde croit que cette boîte est une poubelle, alors ils ne se donnent pas la peine de venir enquêter. Ça et le fait qu'ils soient trop impatients d'entrer dans le bar pour boire, dit sèchement Khloe.

— Tu vas essayer de leur trouver un foyer ? demanda Finley. Tu ne peux pas les laisser vivre ici pour toujours, non ?

Khloe soupira.

— Non. Et oui, j'adorerais leur trouver un foyer.

— Et Bristol et Lilly ?

— Eh ben quoi ?

— Elles ont toutes les deux de grandes maisons. Je parie que ça ne les dérangerait pas de les prendre chez elles.

— Tu penses ?

— Tu peux toujours leur poser la question.

— Peut-être. En attendant, merci de garder un œil sur eux pendant mon absence.

— Pas de problème, lui dit Finley. Et tu ne sais vraiment pas combien de temps va durer ton séjour ?

Un voile sombre sembla soudain passer devant les yeux de Khloe.

— Non. J'espère pas plus d'une semaine, mais honnêtement, ça peut être plus.

— Tu es sûre que tout va bien ?

— Oui, dit-elle brusquement, lui faisant comprendre qu'elle ne voulait pas en dire plus sur sa destination ni la raison de son départ. Je les nourris habituellement le matin. Je ne vis pas très loin, seulement quelques rues plus loin. Je viens avant l'ouverture des commerces. Quand les voitures commencent à entrer sur le parking, les chatons ont tendance à s'en aller en vadrouille pour la journée.

— Ce n'est pas un problème. Je vais au travail vers 4 heures 30 chaque matin de toute façon.

— Je sais, dit Khloe avec un petit sourire. C'est pour ça que je t'ai demandé ton aide.

— Est-ce qu'il faut que je fasse autre chose une fois que ma journée est terminée ?

— Non, ça devrait aller. Garde juste un œil sur l'application de météo. Merci beaucoup.

— Pas de souci. Et sache que... si jamais tu as *besoin* de parler, je sais écouter.

Khloe parut presque mélancolique un instant avant que ses traits ne se détendent à nouveau.

— Merci. Mais ça va.

— Promis ? lui demanda Finley.

— Promis. J'imagine qu'il est l'heure pour toi d'y retourner et je suis sûre que Raiden est déjà en train de ronchonner parce que je suis partie depuis trop longtemps.

— Ah oui ? Il n'a pas l'air d'être le genre de type qui se préoccupe de ça.

Khloe haussa les épaules.

— Ouais, tu as raison. Il n'a probablement même pas *remarqué* que j'étais partie, dit-elle avec un petit rire.

Finley n'en était pas si sûre. Tout en essayant de ne pas fixer Brock du regard lorsqu'ils étaient entre amis, elle avait remarqué que Raiden observait Khloe les quelques fois où elle s'était jointe à eux. Elle ne savait pas vraiment ce qu'il y avait entre eux. Ils passaient vraiment du chaud au froid, parfois ils s'entendaient bien et d'autres jours ils faisaient tout pour rester loin de l'autre.

— Tu as mon numéro. Si quelque chose semble anormal, envoie-moi un texto, lui dit Khloe.

— Ça marche. Même si je ne sais pas vraiment ce que tu pourras faire à distance.

— Tu serais surprise, lui dit mystérieusement Khloe. Enfin bref, même si je n'ai pas voulu demander à Raiden de prendre soin des chatons, je suis sûre qu'il t'aidera si tu en as besoin.

Finley acquiesça.

— Quand est-ce que tu pars ?

— Ce soir.

Elle écarquilla les yeux.

— Ah déjà ?

— Oui.

— D'accord, fais bon voyage alors.

Khloe sourit.

— Oui. Merci encore.

Finley comprit qu'il était temps pour elle de rentrer à la boulangerie. Elle fit ses adieux à Khloe et retourna vers le côté du bâtiment. Elle aurait pu passer par la bibliothèque, mais elle appréciait la fraîcheur de l'après-midi d'automne. Nous étions en octobre et le mariage de Lilly et Ethan approchait à grands pas. D'après ce qu'elle avait entendu, la grange rénovée sur la propriété de Bristol et Rocky, là où la cérémonie aurait lieu, était superbe.

Elle avait retrouvé Lilly il y a quelques jours et cette dernière avait approuvé le projet de Finley pour le gâteau de mariage Halloween. La cérémonie serait décontractée, et même si ce n'était pas déguisé non plus, Lilly voulait que tout le monde soit à l'aise... ce qui voulait dire, pas de costume, ni de cravates et pas de robes chics. Et ça convenait très bien à Finley.

Liam la salua en levant le menton vers elle lorsqu'elle entra et Finley fut heureuse de constater qu'il avait vendu beaucoup de pâtisseries durant le peu de temps qu'elle avait passé avec Khloe. Oui, tout allait vraiment mieux pour elle et Finley ne put s'empêcher de sourire en se rendant dans la cuisine pour glacer les cupcakes qu'elle avait préparés un peu plus tôt.

* * *

Observant sa montre, Brock vit qu'il était 15 heures 30. Finley devait avoir terminé sa journée à la boulangerie, à moins qu'elle ne finisse plus tard... ce qui arrivait fréquemment.

Elle travaillait dur pour faire de son entreprise un succès et Brock était très fier d'elle.

— Je vais faire une pause, dit-il à Jesus.

— Compris. C'est l'heure d'aller voir Finley. Pas de problème, dit son collègue avec un sourire.

Brock se fichait que tous ses employés sachent qu'il était fou amoureux de la jolie boulangère.

— Liam m'a dit qu'elle lui avait versé son premier salaire plus tôt que prévu. Il m'a dit qu'elle savait qu'il avait besoin d'envoyer de l'argent à sa sœur et elle a voulu s'assurer qu'il puisse le faire rapidement. Je te jure, j'ai cru qu'il allait pleurer, expliqua Jesus à Brock. Et en plus, elle lui a donné une prime de cinq cents dollars... un cadeau de sa part pour s'assurer que sa sœur reçoive les soins dont elle a besoin le plus rapidement possible. En ce qui me concerne, je n'achèterai plus jamais les gâteaux d'anniversaire de mes enfants ou autres pâtisseries ailleurs qu'au Bec Sucré.

Brock n'était pas surpris par la générosité de Finley. Elle était comme ça.

Il se rappela mentalement de faire lui-même un don à Finley pour qu'elle le transmette à Liam. Il n'était pas certain que l'homme accepterait de l'argent de sa part, mais de sa patronne... Si elle était simplement incluse dans son salaire, cela pourrait fonctionner.

— Ça lui fera plaisir, dit-il à Jesus.

Il sortit son téléphone et se dirigea vers la cour fermée derrière le garage. Caryn et Drew utilisaient cette zone pour s'entraîner certains matins, et Caryn s'était même arrangée pour que certains des véhicules les moins endommagés soient utilisés pour l'entraînement des pompiers de Fallport et pour le programme de jeunes pompiers qu'elle était en train de lancer. Le Département Incendie de Fallport subissait un changement majeur au niveau de l'équipe et du programme de formation, ce qui, pour Brock, était une bonne chose.

Lorsqu'il était encore employé par le gouvernement, il suivait constamment des formations supplémentaires, non seulement pour maintenir ses compétences à flot, mais également pour se familiariser avec les nouvelles méthodes qu'utilisaient les contrebandiers pour faire entrer leur marchandise illégale dans le pays. Le fait que le Département Incendie de Fallport n'ait pas pris la peine d'organiser la moindre formation depuis plusieurs années était consternant et relevait carrément de la négligence.

Brock sortit dans la cour, appréciant la sensation du soleil sur son visage après avoir passé la majeure partie de la journée enfermé dans le garage à travailler sur des voitures. Il cliqua sur le prénom de Finley sur son téléphone et réalisa qu'il souriait en attendant qu'elle décroche.

— Salut, dit-elle à l'autre bout du fil.

— Salut toi, dit Brock. Comment s'est passée ta journée ?

— Super. Bien chargée. J'ai finalisé les derniers détails du gâteau de Lilly et Ethan. J'ai prévu de faire un gâteau test la semaine prochaine, pour pouvoir modifier tout ce qui ne va pas dans le design et pour m'assurer que Lilly valide. On a vendu trois douzaines de cupcakes supplémentaires aujourd'hui et je viens de sortir du four une nouvelle fournée de cookies à la citrouille pour demain. Je les glacerai demain matin. Oh, et Khloe m'a apporté de quoi donner aux chatons errants dont elle s'occupe pendant son absence.

— Où est-ce qu'elle va ? demanda Brock.

— Je ne sais pas. Elle n'a pas voulu me dire. À vrai dire, elle semblait même plutôt mystérieuse à ce sujet, mais je n'ai pas voulu m'en mêler. Elle a aussi dit qu'elle ne savait pas trop quand elle reviendrait.

— Hmm, murmura Brock.

Il se mit en tête de demander à Raiden des nouvelles de son employée pour s'assurer qu'elle allait bien. Leur relation semblait compliquée, mais il devait forcément avoir plus d'informations que Finley. Brock aimait bien Khloe. Elle était un peu distante, mais elle n'avait jamais rien fait ou dit quelque chose qui puisse lui faire penser que ce n'était pas une bonne personne. Et puis, Duke l'aimait bien – enfin, il l'adorait même – et Brock avait toujours fait confiance à l'instinct d'un animal.

— Alors... tu as des plans pour ce soir ?

— Eh bien, je comptais rentrer chez moi et essayer une nouvelle recette de biscuits à la citrouille. Et je veux m'assurer que je me rappelle comment faire mes gâteaux à la mélasse avant de les mettre à la vente demain.

— Miam, dit Brock. Si tu as besoin d'un goûteur, je suis disponible.

Finley gloussa et Brock ne se rappelait pas avoir déjà entendu meilleur son. Il adorait quand Finley était heureuse.

— Je ne suis pas sûre de pouvoir te faire confiance. Tu as le palais d'un homme affamé qui n'a pas mangé de sucre depuis des années.

Elle n'avait pas tort. Il n'avait pas la patience de se préparer des desserts et lorsqu'il allait faire les courses, il s'en tenait généralement à des produits riches en protéines et pauvres en sucre. Le fait d'avoir été avec Finley cette semaine lui avait permis de voir exactement ce dont il manquait. Il avait adoré chaque chose qu'elle lui avait demandé de goûter, y compris les biscuits à l'avoine et aux cerises qu'il ne pensait pas pouvoir apprécier.

— C'est vrai. Mais je crois que c'est surtout parce que tes pâtisseries sont délicieuses, lui dit-il. Est-ce qu'éventuellement tu voudrais un peu de compagnie pendant que tu cuisines ce soir ?

— Si cette compagnie c'est toi, alors oui, lui dit-elle.

Une fois de plus, Brock soupira de satisfaction. Il adorait voir qu'elle ne jouait pas avec lui. Elle n'était pas timorée, n'essayait pas de prétendre qu'elle n'avait pas envie de le voir aussi souvent que lui.

— Et demain soir ? Je me disais qu'on pourrait concrétiser cette soirée au bowling dont on avait parlé ?

— Avec plaisir, dit-elle immédiatement. Mais il faut que je te prévienne, ça fait des années et des années que je n'ai pas joué.

— Pas de problème.

— À vrai dire, je pense même que tu seras gêné par ma façon de jouer au bowling. Tu sais, debout face à la piste, tenant la boule à deux mains, avant de me pencher et de la lancer... et que neuf fois sur dix elle finit dans la gouttière.

Brock éclata de rire. Mais il avait déjà hâte de se tenir derrière elle, admirant ses jolies fesses chaque fois qu'elle se pencherait pour faire rouler la boule.

— Brock ? Tu es toujours là ?

— Pardon, oui je suis là. Et je me fiche de savoir comment tu joues au bowling ou combien de fois ta boule finit dans la gouttière. Je veux juste passer du temps avec toi.

— Pareil, dit-elle doucement avant de lui demander : Comment s'est passée ta journée ? Tu as réussi à réparer des voitures ?

Brock se mit à rire.

— J'ai passé une bonne journée. Et je n'ai pas réparé de moteurs ou quoi, mais j'ai fait huit vidanges d'huile et trois changements de pneus, dit-il d'un ton narquois.

— *Ouuuh*. Une journée passionnante, hein ?

Brock avait déjà expliqué à Finley qu'il préférait de loin trouver ce qui n'allait pas au niveau de la mécanique de la voiture et ce qui l'empêchait d'être vraiment performante. Les vidanges ne figuraient pas parmi ses tâches préférées, mais l'argent c'était de l'argent, et il était prêt à vidanger toute la journée si cela permettait à son entreprise de continuer à fonctionner.

— C'est à peu près tout. Tu veux que j'apporte quelque chose pour le dîner avant de venir ? demanda-t-il.

— Et si je nous cuisinais quelque chose ? proposa-t-elle.

— Je n'ai pas envie de te déranger, lui dit-il.

— Brock, mettre des filets de poulet dans le four du bas pendant que j'utilise celui du dessus pour mes biscuits ne me dérange pas. Tu aimes les brocolis ?

— Oui.

— Tant mieux. J'en ferai aussi, avec beaucoup d'épices et

peut-être un peu de fromage par-dessus. J'ai été fainéante avec le dîner cette semaine et il faut que je cuisine de bonnes choses pour contrer toutes les saloperies que j'ai mangées.

— Tu n'es pas fainéante, rétorqua immédiatement Brock.

Elle gloussa.

— Si, quand il est question de préparer de vrais repas, crois-moi, je le suis. Bref, viens quand tu veux. Je termine quelques trucs ici et je devrais être chez moi dans trente minutes environ.

Brock eut envie de raccrocher et de se rendre immédiatement chez elle, pour qu'il puisse passer autant de temps que possible avec elle, mais il avait une autre vidange à faire avant de pouvoir partir.

— Ça me va. Je t'enverrai un message quand je serai en route.

— D'accord. Eh, Brock ?

— Oui, Fin ?

— Cette semaine a été géniale. Et tu y es pour beaucoup. Merci de m'avoir recommandé Liam. Et de m'avoir aidée les matins. Et d'avoir encouragé Davis lorsqu'il était présent. Ça... ça compte beaucoup pour moi.

— Je t'en prie. Moi aussi j'ai passé une bonne semaine.

— Tant mieux alors. À tout à l'heure.

— À toute, dit Brock avant de rompre la connexion.

Il resta dans la cour, rêvassant à sa douce boulangère pendant deux ou trois minutes avant de pivoter et de retourner au garage. Plus vite il aurait fini sa journée de travail, plus vite il pourrait rentrer chez lui, prendre une douche et se rendre chez Finley.

CHAPITRE CINQ

Finley quitta Le Bec Sucré avec le sac de nourriture pour chat et une couverture propre sous les bras, un grand sourire aux lèvres. La soirée précédente avec Brock avait été... merveilleuse. Elle avait été parfaitement détendue en sa présence, tellement qu'elle avait porté un legging fin et usé, et un tee-shirt trop grand pour elle, avec un petit trou au niveau de l'ourlet. Sa tenue confortable habituelle. Et cela ne semblait absolument pas le déranger. Durant ses relations précédentes, elle n'aurait jamais envisagé de porter quelque chose d'aussi décontracté avec quelqu'un qu'elle fréquentait depuis peu. Il lui fallait toujours au moins quelques semaines avant de se sentir assez à l'aise pour le faire. Mais avec Brock, tout était différent. Avec lui, elle avait l'impression de pouvoir être elle-même tout simplement. Et ça passait par le fait de porter ce qui la rendait heureuse et dire ce qui lui passait par la tête.

Hier soir, il l'avait aidée à préparer les biscuits et l'avait félicitée pour ceux-ci. Il avait avoué qu'il ne comprenait pas cet engouement pour la citrouille, mais après avoir goûté ses biscuits à la courge recouverts de sucre, il avait déclaré être converti. Il avait également apprécié le poulet cuisiné simplement avec les brocolis... et elle repensait encore au baiser qu'il lui avait donné avant de la quitter pour la nuit.

Plus Finley passait du temps avec Brock, plus elle avait envie de lui. Il la faisait se sentir belle, ce qui n'était pas chose facile. Même si elle avait appris à accepter son corps il y a plusieurs années, la façon dont son regard s'enflammait et son érection évidente qui s'était pressée contre elle pendant qu'ils s'embrassaient... eh bien, cela lui avait donné encore plus d'assurance en ce qui concernait sa sexualité.

Elle devait reconnaître qu'elle était nerveuse à l'idée de se retrouver nue devant lui, si leur relation allait jusque-là. Il était tellement musclé et Finley avait le sentiment qu'il n'avait pas une once de graisse sur tout le corps. La dernière chose dont elle avait envie, c'était qu'il soit déçu en voyant à quoi elle ressemblait sous ses vêtements. Il lui avait répété, plusieurs fois, verbalement et par ses actes, qu'il l'aimait exactement comme elle était, mais elle avait toujours ce petit doute qui persistait.

Mais ce n'était pas aujourd'hui qu'elle allait s'en préoccuper. Ils allaient avoir leur deuxième rencard officiel ce soir-là, même s'ils se voyaient tous les jours depuis une semaine. Elle aurait bien aimé qu'il vienne à nouveau passer du temps chez elle, mais Brock était déterminé à l'emmener dehors. Il disait qu'il voulait la montrer. Ce qui la faisait à nouveau se sentir spéciale.

Il n'avait pas honte d'être vu avec elle en public.

Par le passé, elle était notamment sortie avec un homme qui ne l'avait jamais invitée à dîner, n'était jamais allé faire du shopping avec elle, et ne lui tenait même pas la main ni la touchait lorsqu'ils étaient en public. Lorsqu'ils avaient rompu, il avait avoué qu'il avait honte que ses amis le voient avec quelqu'un comme elle. Elle avait mis du temps à s'en remettre.

Mais avec Brock, elle n'avait pas cette inquiétude. Dès qu'il en avait l'occasion, il posait ses mains sur elle. Que ce soit lorsqu'ils se baladaient, regardaient un film, se tenaient dans la cuisine du Bec Sucré... il était toujours en train de la toucher.

Alors s'il voulait aller au bowling, elle irait volontiers. Peu importe qu'il appelle cela leur deuxième rencard, leur cinquième, ou leur sixième. Elle était juste contente qu'il veuille passer du temps avec elle.

Mais d'abord, il fallait qu'elle se concentre sur ce qu'elle avait à faire aujourd'hui. À commencer par aller s'occuper des chatons dont Khloe prenait soin. Davis était actuellement dans la cuisine du Bec Sucré, en train de mélanger la première fournée de pâte pour les roulés à la cannelle.

Elle lui annonça qu'elle serait de retour d'ici dix minutes environ et se dirigea vers la porte.

Fallport était calme à cette heure-ci et plutôt sombre. Les étoiles dans le ciel scintillaient au-dessus de sa tête tandis qu'elle traversait la pelouse de la place. Elle tourna à gauche et contourna le cabinet médical, comme elle l'avait fait la veille avec Khloe. Elle marcha rapidement jusqu'à la boîte près des ordures – et fut ravie de voir une petite tête marron pointer le bout de son museau.

Finley s'agenouilla et approcha lentement le bol de nourriture en plastique. Elle s'adressa aux chatons en murmurant doucement, ne voulant pas les effrayer tout en remplissant le bol. Puis, elle le poussa vers l'ouverture de la boîte et en quelques secondes, les trois chatons encerclèrent le bol et se mirent à manger. Ils ne vinrent pas vraiment vers elle pour obtenir des caresses, mais au moins, ils ne s'étaient pas enfuis quand elle s'était approchée. Finley supposa que la nourriture y était pour beaucoup.

Elle n'avait pas envie de les faire sursauter en tentant de les caresser pendant qu'ils mangeaient, alors elle resta accroupie à côté du bol et les regarda manger goulûment.

Un bruit à sa gauche la fit sursauter et elle releva la tête pour voir un pick-up noir entrer dans le parking derrière la salle de billard. Il faisait tellement sombre qu'elle était certaine que le conducteur ne la verrait probablement pas agenouillée à côté de la benne à ordures, c'est pourquoi elle garda les yeux sur le véhicule au cas où il ferait marche arrière dans sa direction. La dernière chose dont elle avait envie, c'était que l'un des chatons prenne peur et s'enfuie... pile sous les roues de la voiture.

À sa grande surprise, un homme apparut à l'angle de la salle de billard et s'avança avant de se pencher vers le côté passager du véhicule. Le conducteur avait baissé la vitre de ce côté-là. Ils échangèrent rapidement, puis l'homme entra dans le pick-up et en ressortit avec un sac à dos. Il s'éloigna au moment où le pick-up redémarrait, passant la bandoulière sur son épaule avant de disparaître à l'angle.

L'échange n'avait pas duré plus d'une minute et demie et pendant ce temps, les chatons avaient réussi à terminer leur repas. Le chat calicot avait eu le courage de s'approcher de Finley pour la renifler.

Une fois le pick-up noir oublié, Finley baissa la main et passa doucement un doigt sur la tête du chaton. Il se mit immédiatement à ronronner. Les deux autres chatons, réalisant sans doute qu'ils passaient à côté de quelque chose, s'approchèrent également. Rapidement, Finley se retrouva assise sur les fesses sur le sol sale, avec trois chatons sur ses genoux.

Elle resta là dans la pénombre, profitant de l'innocence adorable des petits chats pendant bien trop longtemps.

— J'aurais aimé pouvoir rester là toute la journée, chuchota-t-elle. Mais j'ai des biscuits et des gâteaux à préparer. Par contre, je vous ai apporté une couverture propre.

Elle se pencha et sortit la couverture sale de la boîte tandis que les trois chatons glissaient lentement de ses genoux. Elle échangea la couverture sale avec une propre, se notant mentalement d'apporter un deuxième bol et une bouteille d'eau pour le lendemain. Elle observa les chatons s'éloigner et disparaître derrière les arbres qui bordaient le parking.

Plus que déterminée à convaincre Bristol et Lilly d'adopter les chats, Finley se leva et épousseta ses fesses. Elle ramassa la couverture sale et le sachet de nourriture, poussa le bol vers la boîte, puis retourna à la boulangerie.

Brock arriva ensuite pour l'aider une fois qu'elle fut revenue et avec son aide et celle de Davis, ce fut facile et rapide de préparer les petites douceurs du matin.

La journée passa assez vite, au grand soulagement de Finley. Elle était vraiment reconnaissante que Liam soit là lorsque des clients semblaient déterminés à se défouler sur quelqu'un parce qu'ils étaient de mauvaise humeur. Finley détestait le conflit et se contentait généralement de donner aux clients mécontents ce qu'ils voulaient. Mais Liam avait plus de cran.

Il était doux, ce qui contribuait à apaiser les tensions, mais surtout, il était capable de résoudre les problèmes et les plaintes des clients sans baisser immédiatement les bras en leur offrant de la nourriture gratuite pour qu'ils quittent la boulangerie plus rapidement comme ce qu'aurait fait Finley.

Le temps qu'il soit 15 heures et qu'ils ferment le

commerce, elle commença à se sentir nerveuse. C'était idiot. Elle avait passé du temps avec Brock tous les jours de la semaine. Le fait qu'ils sortent à l'extérieur au lieu d'aller chez elle ne changeait rien.

Et pourtant si. Cela rendait leur relation plus officielle. Lorsqu'ils étaient chez elle, elle arrivait à se convaincre qu'ils étaient simplement amis et traînaient ensemble, mais le fait de sortir en public, de laisser les autres les voir ensemble, c'était très différent. Ils risquaient d'être le sujet de beaucoup de commérages, ce que cette petite ville adorait. Et que Finley *détestait.*

Elle savait ce que les gens penseraient. Ils se demanderaient ce que Brock pouvait bien faire avec une fille comme elle. Il était musclé et athlétique et elle ne l'était... pas. Ils supposeraient probablement qu'il avait de la peine pour elle, ou quelque chose comme ça, qu'il sortait avec elle par pitié ou simplement pour coucher avec elle.

Prenant une grande inspiration, Finley secoua la tête. Non, elle n'allait pas se soucier de ce que les autres pensaient d'elle. Elle était certaine que Brock se fichait complètement de l'opinion des autres et qu'il ne perdrait pas son temps à sortir avec elle s'il n'était pas intéressé. Si elle avait bien appris une chose sur cet homme cette dernière semaine – et même depuis ces quelques mois où elle l'avait côtoyé, grâce à ses amis – c'était qu'il ne se forçait jamais à faire quelque chose qui ne lui plaisait pas.

Elle salua Liam pour lui dire au revoir et s'avança jusqu'à sa voiture. Elle avait encore le temps avant que Brock lui annonce qu'il venait la chercher. Elle pouvait se détendre un peu, se reposer. Elle avait l'habitude d'être debout toute la journée, mais elle ne pouvait pas nier qu'être assise sur les fesses quelques instants lui semblait être le paradis.

Trois heures plus tard, Finley soupira lorsqu'elle réalisa qu'elle ne s'était pas reposée du tout. Dès l'instant où elle était rentrée chez elle, elle était devenue nerveuse. Elle avait passé bien trop de temps à essayer de trouver une tenue. Elle ne voulait pas donner l'impression d'en faire trop, mais elle ne voulait pas non plus avoir l'air d'une plouc. Après avoir fouillé dans toute sa garde-robe, elle avait finalement opté pour un jean et un haut fleuri. Il était serré autour de sa poitrine, mais ample et fluide au niveau du ventre, cachant les kilos superflus qu'elle avait à cet endroit.

Elle avait détaché ses cheveux, ce qu'elle ne faisait jamais. Ils la gênaient lorsqu'elle cuisinait et la dernière chose dont elle avait envie, c'était que ses cheveux se retrouvent dans ses pâtisseries. Ils étaient épais, et l'été, elle ne supportait pas leur poids sur sa nuque, mais comme les températures fraîches avaient enfin atteint Fallport, elle savait qu'elle ne transpirerait pas à grosses gouttes si elle les laissait détachés.

Elle n'était pas du genre à porter des talons hauts, alors elle enfila des baskets rouges et se regarda dans le miroir. Elle se sentit plutôt belle. Elle avait les joues rouges et le peu de maquillage qu'elle portait faisait vraiment ressortir les couleurs variées de ses yeux noisette.

À 18 heures pile, on frappa à sa porte. Le cœur battant plus fort dans sa poitrine, elle l'ouvrit rapidement.

Brock lui coupait toujours le souffle, mais ce soir, il était encore plus beau.

Ses cheveux paraissaient mouillés, comme s'il sortait tout juste de la douche. Il sentait le gel douche épicé et elle le regarda de la tête aux pieds avec gourmandise. Il portait un jean noir qui moulait ses cuisses musclées, un polo vert forêt et des chaussures de randonnée noires. Ses biceps tiraient sur l'élastique de ses manches, la faisant saliver. Elle adorait à quel point il était musclé.

— Salut, dit-elle tardivement.

Mais il ne sembla pas s'inquiéter qu'elle ne l'ait pas salué tout de suite, car il l'avait lui aussi longuement étudiée du regard. En entendant le son de sa voix, il leva les yeux vers son visage. Au lieu de parler, il fit un pas vers elle.

Instinctivement, Finley recula. Il continua d'avancer jusqu'à ce qu'ils soient dans le petit hall d'entrée de sa maison. Se servant de son pied, Brock ferma la porte derrière lui, puis tendit les mains vers elle. Il prit son visage entre ses mains et se pencha. Finley se mit sur la pointe des pieds, plus que désireuse de le rejoindre à mi-chemin. Il la maintint immobile tandis que ses lèvres touchaient les siennes. La température grimpa immédiatement et les paumes des mains de Finley se recroquevillèrent contre son torse alors qu'il l'embrassait sans retenue.

Brock s'écarta, mais ne s'éloigna pas. Il la regarda longtemps avant de lui dire :

— Tu es tellement belle.

Finley laissa échapper un rire amer. Ce n'était pas qu'elle n'était pas du tout d'accord, mais elle n'avait jamais été très douée pour accepter les compliments sur son apparence. Si quelqu'un faisait l'éloge de ses pâtisseries, elle n'avait aucun problème à se délectait du plaisir que suscitaient les remarques. Mais elle savait de quoi elle avait l'air, et ça n'avait rien à voir avec les filles des magazines ou des films. Au fil des ans, Hollywood s'était un peu amélioré en embauchant des hommes et des femmes qui ne correspondaient pas vraiment à ce que la société considérait comme beau, mais ces acteurs et ces actrices étaient rares.

— Merci, répondit-elle enfin.

— Tu ne me crois pas, dit Brock.

Finley n'entendit aucune irritation dans sa voix, alors elle haussa simplement les épaules.

— Je sais ce que je suis et ce que je ne suis pas.

— Visiblement, non, dit Brock. Quand tu as ouvert cette porte, j'ai vu une femme si délicieuse que j'ai dû lutter pour me contrôler.

Les lèvres de Finley tressautèrent.

— C'est ça que tu appelles te contrôler ? ne put-elle s'empêcher de demander. Me plaquer contre le mur et m'embrasser comme pas possible ?

— Oui. J'avais *envie* de te faire basculer par-dessus mon épaule, de te jeter sur le lit, de t'arracher tes vêtements et d'enfoncer mon visage entre tes jambes.

Le cœur de Finley rata un battement et elle rougit.

— Oh.

Ce fut tout ce qu'elle parvint à dire. L'image qui jaillit dans son esprit était tellement charnelle qu'elle faillit avoir un orgasme spontané à ce moment-là.

— Tu ne m'as pas giflé, dit-il avec un rictus. Je vais prendre ça pour un bon signe.

— Oui, ben ce n'est pas tous les jours qu'une fille comme moi entend ce genre de chose, l'informa-t-elle.

— Une fille comme toi ?

Finley prit une grande inspiration.

— Je suis grosse, Brock. Je sais que tu l'as remarqué, comme tout le monde. Je serai toujours comme ça. J'ai fait des régimes et parfois j'ai perdu pas mal de poids. Mais je me sentais super mal. J'étais toujours fatiguée et malheureuse et je luttais pour quitter mon lit le matin. J'aime trop la nourriture pour suivre un régime sur le long terme. Mais je vois mon médecin tous les ans, ma pression sanguine est bonne et mon taux de cholestérol est normal. Je fais du sport quand je peux, yoga, randonnée, des programmes d'entraînement sur Internet, ce genre de choses. Mais je serai toujours probablement plus grosse que ce que la société considère comme acceptable.

Elle prit une grande inspiration et regarda Brock. Il n'avait toujours pas lâché son visage et elle avait toujours les doigts enfoncés dans son torse.

— Tu as fini ? demanda-t-il.

— Hmm...oui. J'imagine.

— Tu as raison. J'ai bien remarqué ton poids, Finley. Et je crois te l'avoir déjà dit, mais laisse-moi te le dire à nouveau. Je n'en ai rien à foutre de ce qu'indique la balance. À mes yeux, tu es *parfaite*. Je suis costaud. Je fais du sport, je soulève des poids. Beaucoup. C'est ma façon à moi de me défouler. Je n'imagine rien de plus sexy que de sentir ta douceur contre ma dureté. J'aime chaque courbe de ton corps, et le fait de t'imaginer sous moi et sur moi, me fait perdre la tête. Je ne veux *pas* que tu perdes du poids. Je veux que tu sois en bonne santé, évidemment, mais je ne t'embrasserais pas et ne te toucherais pas comme je le fais si je ne te désirais pas exactement comme tu es.

Finley eut envie de pleurer. Par le passé, de nombreux hommes lui avaient dit que son poids ne les dérangeait pas, mais ils avaient fini par lui prouver le contraire. Mais là, sous l'étreinte possessive de Brock, en sentant son érection contre son ventre et en entendant la sincérité dans sa voix... elle n'avait pas d'autre choix que de le croire.

— Merci, murmura-t-elle, presque submergée par l'émotion.

— Tu ne me remercierais pas si tu pouvais lire dans mes pensées et savoir exactement ce que je pense, là, tout de suite, dit brusquement Brock, son regard allant de son visage à sa poitrine.

Finley sentit que ses tétons étaient durs. Et le haut

qu'elle portait avait un décolleté assez plongeant. Il ne lui en faudrait pas beaucoup pour baisser le tissu et...

Elle repoussa ces pensées. Il était trop tôt pour qu'elle couche avec Brock. Non ? Auparavant, elle avait tendance à attendre au moins deux mois avant de faire suffisamment confiance à un homme pour coucher avec lui. Mais en ce qui concernait Brock, elle avait du mal à s'en tenir à ses excuses habituelles.

Il se racla la gorge et inspira profondément avant de relâcher son visage et de reculer.

— Tu es prête ?

Prête ? Elle était plus que prête pour lui.

Finley déglutit avec difficulté. Ce n'était pas de ça qu'il parlait et elle le savait.

— Oui.

— Je me disais qu'on pouvait manger au Badaboum. Ils font de bons burgers et leurs frites assaisonnées sont géniales.

— Ne laisse pas Sandra t'entendre dire ça, plaisanta Finley. Elle serait consternée d'apprendre que tu trouves les plats du bowling acceptables.

— Elle ne le saura pas, dit Brock avec un clin d'œil.

Puis il se pencha à nouveau vers elle. Cette fois-ci, le baiser qu'il lui donna fut court et doux.

— Que me vaut cet honneur ? demanda-t-elle alors qu'il lui prenait la main et se tournait vers la porte.

— Parce que, comme ça, dit-il en haussant les épaules. Ça te dérange ?

— Qu'est-ce qui me dérange ? demanda-t-elle alors qu'il prenait ses clés après qu'ils eurent quitté la maison et verrouillé sa porte d'entrée.

— Que je te touche. Que je t'embrasse. Honnêtement, j'ai du mal à garder mes mains et mes lèvres loin de toi, et j'ai besoin de savoir à quel point tu es à l'aise avec les marques d'affection en public.

— Les marques d'affection en public ? dit-elle en pouffant de rire. On est au lycée là ou quoi ?

Brock sourit en l'accompagnant jusqu'à son pick-up, une main sur le bas de son dos.

— Non, mais Fallport est une petite ville, comme tu le sais. Et si je t'embrasse au Badaboum, tout le monde va savoir qu'on sort ensemble. Je veux juste m'assurer que tu es à l'aise avec ça.

— Oui, le rassura-t-elle immédiatement.

— Je suis seulement un mécano, lui rappela-t-il.

Finley fronça les sourcils dans sa direction tandis qu'ils s'arrêtaient devant la portière côté conducteur de son pick-up. Elle fut surprise de réaliser soudain que Brock aussi pouvait manquer de confiance en lui concernant l'opinion des autres à son égard. Elle posa la main sur sa joue, comme il l'avait fait avec elle un peu plus tôt.

— Un mécano sacrément doué, dit-elle doucement. La seule chose que je sache faire pour que ma voiture continue de rouler, c'est de mettre de l'essence dedans quand le petit trait se rapproche trop du E. Et tu n'es pas « seulement » un mécano, Brock Mabrey.

Il inclina la tête vers sa paume et ferma ses yeux un instant. Lorsqu'il les rouvrit à nouveau, il l'observa avec une telle intensité, que Finley retint son souffle en lui rendant son regard.

— Crois-moi, je vais faire les choses bien. Je ne vais pas tout foutre en l'air, dit-il au bout d'un moment.

— Bien sûr, dit Finley, surprise.

— Je suis sérieux. Je veux vraiment que ça marche entre nous et ça fait longtemps que je n'ai pas autant désiré quelque chose.

— Pareil, avoua Finley.

C'était un peu effrayant pour elle de se mettre à nu comme ça, mais cela lui paraissait aussi être une bonne chose.

— Tant mieux. Bon, ça te dit d'aller faire tomber quelques quilles ?

— Ben oui, mais ça ne veut pas dire que je vais y arriver, plaisanta-t-elle.

Brock s'esclaffa et le moment fort qu'ils étaient en train de vivre se dissipa. Il se retourna et ouvrit la portière avant de lui faire signe de se glisser jusqu'au siège passager.

— Est-ce que tu vas me laisser entrer par l'autre côté un jour ? demanda-t-elle en se faufilant sur son siège.

— Probablement pas, dit Brock en haussant les épaules. C'est plus sûr comme ça.

Finley eut envie de lever les yeux au ciel et de lui rappeler qu'ils étaient à Fallport. Et que le taux de criminalité était extrêmement bas. Mais en même temps, après ce qui était arrivé à Lilly, Elsie, Bristol et Caryn, elle réalisa qu'il n'avait peut-être pas tort, alors elle se tut.

Ils roulèrent jusqu'à la place centrale et Brock se gara derrière le bowling. Finley aperçut la petite cabane que la ville avait fait construire pour Davis à l'autre bout du parking et elle sourit. Il y avait des inconvénients à vivre dans une petite ville, mais il y avait aussi des avantages.

Brock lui prit la main tandis qu'ils entraient dans le bowling et Finley fut choquée de voir qu'il y avait autant de monde.

— Putain, c'est la *première* fois qu'il y a autant de monde, non ?

— Ça arrive quand ils font des forfaits à moitié prix, lui dit Brock en fronçant légèrement les sourcils.

Il les guida jusqu'au comptoir où l'on distribuait les chaussures de bowling.

Avant qu'il ne puisse indiquer leurs pointures au gamin derrière le guichet, ce dernier leur dit :

— On est complet pour le moment, il faudra bien attendre quarante-cinq minutes avant qu'une piste se libère. Tenez, ça c'est une carte pour réserver votre place. Quand vous entendrez votre numéro au haut-parleur, vous pourrez revenir ici récupérer vos chaussures.

Brock prit la carte plastifiée et soupira.

Finley lui serra la main.

— C'est pas grave. On peut aller manger en attendant. C'est un peu dur de manger et de lancer la boule en même temps de toute façon.

Brock acquiesça et ils s'avancèrent vers le restaurant. Il y avait une longue file d'attente et Finley entendit Brock soupirer à nouveau lorsqu'ils prirent leur place à l'extrémité. Elle s'appuya contre lui et enroula son bras autour de sa taille. Il passa immédiatement un bras autour de ses épaules et la serra fort.

— Désolé, dit-il.

— Pour quoi ? Tu ne peux pas contrôler qui décide d'aller au bowling le même soir que nous, dit-elle en haussant les épaules. Et même si je ne suis pas toujours ravie par la présence des touristes, c'est bon pour les affaires. J'ai moi-même constaté une hausse des ventes à la boulangerie.

— Je sais, c'est juste que... Je viens de réaliser que je n'aime pas te partager.

Si Finley ne se méprenait pas, Brock boudait. Genre, vraiment. Elle ne put s'empêcher de rire.

— Qu'est-ce qu'il y a de si drôle ? demanda-t-il.

— Toi, dit-elle en haussant les épaules.

— J'ai pris l'habitude de t'avoir pour moi tout seul.

Discuter avec toi dans ta boulangerie le matin, passer du temps avec toi le soir. Tous ces gens sont...

Il se tut.

— Trop nombreux ? dit Finley, terminant sa phrase à sa place.

— Exactement, dit-il avec un sourire.

Puis, il se pencha et l'embrassa sur le front.

Heureusement, la file avança rapidement. Brock donna leur commande au garçon à l'air pressé derrière le comptoir et ils reçurent une autre carte avec un numéro inscrit dessus.

— Je ne suis pas sûr qu'on puisse trouver une table, mais on peut essayer, proposa Brock.

Finley acquiesça et en fin de compte, ils n'eurent à attendre qu'environ cinq minutes avant qu'un couple ne se lève pour partir. Brock avança plus vite que le jeune d'une vingtaine d'années qui avait repéré la table au même moment, revendiquant la surface collante en premier.

— Mon héros, dit Finley en soupirant et en battant des cils vers lui d'un air amusé.

— Pas sûr qu'elle ait besoin de manger autre chose, on dirait déjà qu'elle a avalé une vache entière, murmura le gamin avec mépris.

Finley sentit les muscles de Brock se contracter et elle lui attrapa l'avant-bras avant qu'il ne puisse se lever et confronter ce connard irrespectueux.

— Arrête, l'avertit-elle.

— Tu crois que je vais laisser passer un truc pareil ? demanda-t-il en haussant les sourcils.

— Oui. Parce que ce n'est pas la première insulte que j'entends sur mon poids et ce ne sera pas la dernière. J'ai l'habitude, Brock. Ce n'est pas grave.

— Bien sûr que si c'est *grave*, insista-t-il. C'est extrêmement grossier et il est hors de question que je laisse quiconque te parler comme ça.

— Écoute, dit-elle en se penchant vers lui. C'est malheureusement normal pour les gens comme moi. Être grosse signifie que je suis une proie facile. J'ai l'habitude et même si je reconnais que ce genre de remarque me dérangeait avant, désormais je considère que c'est *son* problème, pas le mien. Même si parfois je manque un peu de confiance en moi, j'ai accepté mon corps tel qu'il est. Le confronter ne ferait que m'embarrasser et ça ne changerait pas sa façon de penser de toute façon.

— C'est n'importe quoi, se plaignit Brock, mais Finley fut soulagée lorsqu'il se détendit à nouveau sur son siège.

— C'est vrai, dit-elle en haussant les épaules.

Brock enroula les doigts autour de sa main et en caressa doucement le dos.

— Tu es magnifique, dit-il avec douceur. Et je suis sacrément chanceux d'être avec toi ici ce soir. Ça fait longtemps que j'en ai envie.

— C'est vrai ? demanda-t-elle.

Il acquiesça.

— Mais tu me regardais à peine quand on était avec nos amis. J'ai dû prendre mon mal en patience le temps que tu sois plus habituée à ma présence.

Finley haussa les épaules.

— Je suis timide, dit-elle.

— Tu ne m'apprends rien, dit Brock avec un sourire. Et j'aime ça.

— Tu es bizarre, lui dit-elle.

— Non. Je sais juste que sous cette timidité se cache une femme passionnée qui vaut la peine d'attendre.

— Tu crois ? demanda-t-elle avec un petit sourire en penchant la tête sur le côté.

— Clairement. Je vois bien l'énergie et l'effort que tu mets dans la pâtisserie. La passion que tu as pour tes créations. La façon dont tu défends tes amis. À quel point tu te préoccupes d'eux. Tu as plus de passion en toi que la plupart des gens. Alors oui, je savais qu'une fois que j'aurais brisé cette carapace timide, je serais récompensé par la vraie Finley.

Elle le regarda avec incrédulité. Il la faisait presque passer pour quelqu'un de mystérieux. Elle se sentait tout émoustillée à l'idée qu'il ait voulu apprendre à la connaître et qu'il ait été si patient afin de gagner sa confiance.

Elle ouvrit la bouche pour dire quelque chose, elle ne savait pas encore quoi, mais on appela soudain leur numéro au haut-parleur.

Brock lui prit la main et embrassa le dos de celle-ci en lui disant :

— Tu me gardes ma place ?

Finley leva les yeux au ciel.

— Je ne pense pas qu'une foule d'hommes va essayer de venir la prendre.

— Alors c'est que tu ne fais pas assez attention. Tes fesses dans ce jean, ma belle... Je suis surpris que certains de ces hommes ne soient pas déjà venus te draguer pendant que j'étais assis avec toi. Je reviens.

Finley le regarda se diriger vers le comptoir pour récupérer leurs burgers et elle se pinça pour s'assurer qu'elle ne rêvait pas. Brock était vraiment le plus bel homme du bowling. Ce n'était pas seulement son apparence, même s'il était un régal pour les yeux. C'était la confiance qui émanait de lui. Elle était certaine qu'il pourrait affronter toute une escouade d'hommes s'ils commençaient à se battre pour elle.

Elle ne savait pas du tout ce qu'était une escouade, mais elle était certaine que Brock pourrait l'affronter.

Elle souriait encore lorsque Brock revint avec leurs burgers et frites sur un plateau en plastique.

— Tu as l'air heureuse, remarqua-t-il.

— Je le suis. C'est amusant tout ça. Merci de m'avoir emmenée.

Il se mit à rire.

— Jusqu'à présent, on a appris qu'on devait attendre une heure avant de pouvoir jouer au bowling, on a dû faire la queue pour commander à manger, on a dû se battre pour obtenir une table, on t'a insultée et j'ai oublié les boissons. Oh oui, qu'est-ce qu'on s'amuse.

Finley pouffa de rire.

— À vrai dire, j'ai encore appris des choses sur toi que je ne savais pas ce soir, donc ça en vaut la peine.

— Comme quoi ? demanda-t-il, sincèrement curieux.

— Tu n'es pas si confiant que tu en as l'air, ce qui est finalement très attirant. Tu es protecteur, ce que je savais déjà, mais encore plus que ce que je croyais. Tu es tactile, ce qui est génial et tu es vraiment patient.

— Patient ? dit-il avec un rire.

— Oui. Si tu ne l'étais pas, tu aurais tourné les talons et tu serais parti quand ce gamin nous a expliqué qu'on devrait attendre encore une heure avant de pouvoir jouer.

— OK, c'est sûrement vrai. J'ai appris le pouvoir de la patience en restant assis dans les bois, attendant que quelqu'un traverse illégalement les États-Unis et révèle sa cachette. Et aussi en attendant qu'une jolie boulangère me donne ma chance.

Finley lui sourit.

— Mange, ordonna-t-il en désignant son burger. Avant que ça ne refroidisse.

— Oui, monsieur, rétorqua-t-elle en prenant son hamburger pour mordre dedans.

— C'est bon ? demanda-t-il au bout d'un moment.

Finley acquiesça avec enthousiasme, sa bouche pleine l'empêchant de parler.

Une fois la moitié de leurs burgers entamés, Brock se leva et rapporta des bières, puis le reste de leur repas se déroula tranquillement. Une fois qu'il eut jeté leurs déchets et posé le plateau au-dessus de la poubelle, leur numéro fut enfin appelé.

Ils prirent leurs chaussures et se dirigèrent vers la piste qui leur avait été assignée.

Finley était aussi mauvaise au bowling qu'elle l'avait prédit, mais comme Brock ne semblait pas s'en soucier, elle fit de même. Ils en étaient à la moitié de leur première partie et Brock venait de faire un autre strike lorsque la machine qui repositionnait les quilles cessa de fonctionner.

— C'est une *blague*, marmonna-t-il en passant une main dans ses cheveux d'un air agacé.

Finley ne put qu'éclater de rire.

Brock s'en alla expliquer le problème à un membre du personnel et pendant qu'il était parti, Finley ne put s'empêcher d'écouter le couple sur la piste à côté de la leur. Ils se disputaient pour savoir s'ils devaient ou non rester en ville une nuit de plus. Le type voulait rester et retourner dans la forêt le lendemain tandis que sa petite amie en avait visiblement marre de marcher dans les bois pour apercevoir Bigfoot.

— Ils ont dit qu'il fallait attendre environ dix minutes avant que quelqu'un ne vienne voir quel est le problème, dit soudain Brock d'un air dégoûté.

Finley haussa les épaules et prit une gorgée de sa bière. Elle était un peu tiède, mais elle n'allait pas se plaindre. Pas quand ce pauvre Brock était déjà très contrarié par leur soirée.

Il s'assit derrière elle et secoua la tête.

— Deuxième rencard et c'est la deuxième fois que les choses ne se passent pas comme prévu. Je crois que désormais on ferait mieux de rester à la maison.

— Tu veux dire que tu ne veux plus jamais m'emmener dehors ? demanda-t-elle.

— Oh, si, j'en ai envie, mais vu ma chance, je ne suis pas sûr que ce soit très malin.

— Brock, ça arrive que ça se passe mal. Ça n'a rien à voir avec toi ou moi. Et ce n'est pas grave. Je passe quand même un bon moment. Pas toi ?

— Si, bien sûr que si. Chaque fois que je passe du temps avec toi, c'est génial.

— Pareil pour moi. Du coup... où est-ce qu'on ira pour notre troisième rencard ?

— Je crois qu'on devrait aller au Sunny Side Up. Ça devrait être assez sûr.

Finley ne comptait pas lui rappeler l'incident avec l'homme que Caryn avait sauvé au restaurant pendant qu'il s'étouffait. Ni qu'il y aurait certainement autant de monde qu'au bowling. Elle lui sourit simplement en acquiesçant.

La dispute du couple à côté d'eux s'envenima à ce moment-là.

La femme accusa son petit ami de ne pas assez se soucier de ses sentiments. Elle s'emporta contre cette « ville paumée » dans laquelle ils se trouvaient et où il n'y avait même pas un seul restaurant correct et cria qu'elle en avait marre qu'il soit si radin quand ils partaient en vacances.

Malheureusement, l'homme n'était pas très malin et lui rétorqua :

— Laisse-moi deviner, tu veux aller à Chicago ou New

York, que tu sais que je déteste, et faire du shopping toute la journée pour dépenser des centaines de dollars sur des trucs que tu ne porteras ou n'utiliseras jamais. C'est pas des vacances ça, c'est juste débile !

Finley écarquilla les yeux, regarda Brock et vit qu'il tentait désespérément d'étouffer son rire.

Mais le sourire sur son visage s'effaça rapidement lorsque la fille, qui n'en pouvait visiblement plus de son copain, se leva et jeta son gobelet de bière presque plein sur le type.

Mais son petit ami, qui fut malin, l'esquiva.

Et la bière qui lui était destinée éclaboussa Brock à la place.

Ils étaient assis de l'autre côté de la banquette en plastique du couple et Finley lutta pour ne pas éclater de rire, choquée, tandis que Brock clignait des yeux dans sa direction, la bière dégoulinant de ses cheveux, sur son visage et ses épaules.

En se retournant, Finley vit la fille écarquiller les yeux de façon presque comique, puis, elle éclata en sanglots et courut vers les toilettes.

— Putain, mec, je suis désolé ! dit son petit ami tandis que Brock se levait.

Il parut terrifié en observant Brock de l'autre côté de la banquette. Comparé à lui, Brock était immense, et il aurait pu facilement l'écraser, lui qui était plus petit et moins musclé.

Mais Brock haussa simplement les épaules en disant :

— Ne t'en fais pas. Par contre, je te recommande d'aller t'excuser auprès de ta femme... et de l'emmener faire du shopping demain au lieu de chercher Bigfoot.

— Oui, bonne idée, dit le gars avant d'attraper le sac à

main de sa petite amie, leurs chaussures et de se diriger vers les toilettes.

Finley ne put retenir son gloussement. Ce pauvre Brock paraissait dépité. Elle ne se moquait pas de lui, mais de la situation générale.

— Viens, on s'en va, lui dit-il en se penchant pour enlever ses chaussures.

La bière coula de ses cheveux jusqu'au sol et lorsqu'il se retourna, Finley réalisa à quel point il était trempé. Tout le dos de son tee-shirt était mouillé et elle vit le tissu de son jean qui s'était assombri de ses fesses à ses genoux.

Une fois qu'ils eurent remis leurs chaussures de ville, elle le suivit jusqu'au comptoir où ils informèrent le gamin qu'ils n'allaient pas attendre que quelqu'un vienne réparer le mécanisme de la piste de bowling et qu'en réalité ils s'en allaient. Brock ne demanda pas à être remboursé, même si cela aurait été parfaitement justifié.

Brock lui prit la main et la guida jusqu'à la sortie. Elle le laissa silencieusement la conduire jusqu'à son pick-up dans lequel elle grimpa sans protester. Il les ramena jusqu'à chez elle et lorsqu'elle quitta le siège passager après lui, Brock se prépara à remonter derrière le volant.

Elle posa une main sur son bras.

— Brock ?

— Oui ? demanda-t-il, un pied dans sa voiture.

— Tu veux bien rester un peu ? Il est encore tôt.

— Je pue. Je suis énervé. Et je suis trempé. J'ai besoin d'une douche et je ne suis pas d'humeur à être de bonne compagnie. Je suis désolé, Finley.

Elle ne voulait pas que leur soirée se termine. Malgré tout ce qui était arrivé, elle avait apprécié de passer du temps avec lui. Et elle était contente de voir que même si tout ne se déroulait pas comme il l'avait prévu, il ne piquait pas une crise pour autant. Beaucoup de gens auraient hurlé sur la fille qui avait jeté la bière. Ou sur son petit ami. Ou même le jeune qui s'occupait des chaussures. Mais pas Brock. Il avait gardé son calme.

— Tu peux te doucher chez moi. Ce qui est bien avec ma carrure c'est que je devrai trouver un tee-shirt à ta taille pendant qu'on lave tes vêtements. Je ne peux pas te prêter de caleçon ou de jogging, mais j'ai de grosses serviettes que tu peux utiliser jusqu'à ce que ton jean sèche.

Il la regarda pendant un très long moment.

— Ça ne te dérange pas que je me promène chez toi en étant nu sous une serviette ? demanda-t-il.

Elle remarqua qu'il n'avait pas parlé du tee-shirt. Elle n'avait pas menti, elle avait vraiment le sentiment que les grands tee-shirts dans lesquels elle aimait se prélasser lui iraient probablement, mais elle ne le mentionna pas à nouveau.

— Non, dit-elle simplement. Pourquoi ? Tu comptes m'agresser ?

— Quoi ? Non !

— Alors dans ce cas...

Elle ne termina pas sa phrase.

Brock prit une profonde inspiration, puis se retourna et claqua la portière du pick-up. Il lui prit la main une fois de plus et s'avança vers sa maison.

Souriant et soulagée qu'il reste, Finley le suivit docilement. Il tendit la main pour qu'elle lui donne ses clés et les lui remit volontiers.

— La douche ?

Il était manifestement toujours énervé, alors Finley ne dit rien et se contenta d'indiquer le couloir et la salle de bains des invités. Lorsqu'il se dirigea dans cette direction, elle lui dit doucement :

— Si tu laisses tes vêtements devant la porte, je les mettrai à la machine.

Brock acquiesça et disparut dans le couloir.

Pffou. Il était *intense.* Mais pas dans le mauvais sens du terme. Finley appréciait qu'il ne fulmine pas. Il était énervé, certes, mais il ne se comportait pas d'une façon qui pourrait l'effrayer ou la rendre méfiante à son égard. Elle entendit la porte de la salle de bains s'ouvrir et se refermer et jeta un coup d'œil dans le couloir, repérant ses vêtements empilés par terre. Elle les ramassa rapidement et les mit dans la machine à laver, puis enfila un pantalon confortable à taille élastique et un tee-shirt à manches longues avant de se rendre dans la cuisine pour préparer du café. Elle sortit également les biscuits à la citrouille et couverts de sucre que Brock et elle avaient faits. Elle les disposa sur une assiette et les posa sur la table basse. Le temps qu'elle retourne à la cuisine pour prendre deux tasses, Brock avait fini de se doucher.

Le sentant près d'elle, Finley se retourna et... faillit avaler sa langue. Il portait l'une de ses grandes serviettes de bain autour de la taille et ses cheveux étaient encore mouillés. Mais ce fut la vue de son torse musclé qui lui fit contracter les cuisses et prendre une grande inspiration.

Mon Dieu, cet homme était *magnifique.* Il était bâti comme un dieu grec – ou du moins comme elle les imaginait. Les muscles de son bras se contractèrent lorsqu'il saisit le nœud de la serviette à sa taille. Il serra la mâchoire tandis qu'elle continuait de le regarder.

— Si tu continues de me regarder comme ça, je ne serai pas responsable de mes actes.

Ses mots n'effrayèrent pas Finley car elle avait le sentiment de le regarder comme une enfant qui bave devant une glace. Elle avait clairement envie de le lécher. Elle commencerait par ses tétons, puis descendrait jusqu'à...

Elle ferma les yeux et se retourna pour triturer les tasses à café. Elle avait besoin d'une minute pour reprendre ses esprits. Elle savait que Brock était sublime mais voir toute cette peau lisse devant elle était presque bouleversant.

— C'est du café que je sens ? demanda-t-il d'un air nonchalant comme s'il avait l'habitude de traîner chez les femmes en ne portant qu'une serviette autour de la taille.

— Oui, dit-elle, sans parvenir à dire plus.

Elle le sentit arriver derrière elle et une main se posa sur sa hanche tandis qu'il se penchait en avant. Il effleura sa nuque du bout de son nez en disant :

— Je t'ai dit à quel point j'aimais quand tu as les cheveux détachés ?

Finley secoua la tête.

— Eh bien, sache-le. Et j'apprécie que tu sois si cool face à la situation. Je sais que c'est... gênant.

— Non, ça ne l'est pas, dit-elle fermement en se tournant vers lui. Je veux dire, si ça avait été moi qui avais reçu toute cette bière sur la tête, je ne l'aurais pas pris aussi bien que toi.

— Si c'était toi qui avais reçu la bière, les choses se seraient terminées bien différemment, dit-il d'une voix menaçante et rauque.

Finley frissonna.

— Bon, allez, viens, tu veux regarder un film ?

Pour aller s'asseoir à côté de lui, *tout de suite*, alors que tout ce qu'elle avait à faire c'était de tirer sur cette serviette pour qu'il soit nu ? Non, elle n'en avait pas envie. Mais elle acquiesça quand même. Il se comportait de façon cool alors elle ferait de même.

Elle porta leur tasse de café jusqu'au canapé. Brock sourit en voyant l'assiette de biscuits.

— Tu ne peux pas t'en empêcher, hein ?

— Quoi ?

— Les biscuits.

Finley haussa les épaules.

— Je me suis dit qu'ils feraient un bon dessert.

— Et tu as eu raison, dit-il.

Puis comme si c'était absolument normal, il s'assit et l'attira à lui. Il la serra plus près, jusqu'à ce qu'elle soit plaquée contre lui.

Finley ne savait pas vraiment où mettre ses mains, mais il résolut le problème en en saisissant une et en la posant sur son torse. Sa peau était chaude, presque brûlante et évidemment, elle avait les doigts glacés. Il avait un peu de poils sur le torse et c'était la chose la plus sexy que Finley ait jamais vue.

Elle resta tendue contre lui jusqu'à ce qu'il lui murmure :

— Détends-toi, Fin.

Étonnamment, elle le fit. Elle fondit presque contre lui.

Quelques minutes s'écoulèrent durant lesquelles il chercha un film sur l'application de streaming. Il choisit *Signes*, un vieux film mais l'un de ses préférés, avant que Brock ne dise :

— C'est bien mieux.

Finley sourit.

— Quoi, être pratiquement nu sur mon canapé pendant que tes vêtements sont dans la machine après avoir été trempés de bière ?

— Oui. Comme ça je t'ai rien que pour moi maintenant.

Elle secoua la tête.

— Je suis désolé d'avoir été si bref avec toi quand nous sommes rentrés, dit-il.

— Je ne t'en veux pas.

Finley n'avait pas oublié que Brock n'avait pas de vêtements, mais il ne créait pas de malaise, ce qu'elle appréciait.
Il ne chercha pas non plus à la séduire. Il ne chercha pas à
profiter de la situation. Après environ trente minutes, elle se
leva et mit ses affaires dans le sèche-linge, puis reprit sa
place à côté de lui.

Elle fut presque déçue lorsque le sèche-linge sonna, les
informant que ses vêtements étaient secs. Sans un mot, il se
leva et lorsqu'il revint, il fut de nouveau vêtu de son jean et
de son polo. Finley regrettait presque que son sèche-linge
soit si efficace.

Dès qu'il s'assit à côté d'elle, Brock poussa doucement
ses épaules jusqu'à ce qu'elle soit allongée sur le dos et qu'il
se tienne au-dessus d'elle. Puis il l'embrassa. Longuement et
intensément. Elle pouvait sentir son érection sous son jean
qui appuyait contre sa cuisse.

Lorsqu'il s'écarta pour la regarder avec affection, elle
fronça les sourcils.

— Qu'est-ce qui ne va pas ?

— J'essaie juste de te comprendre, dit-elle en caressant
la peau douce de son bras musclé.

Comprenant exactement pourquoi elle était troublée, il
lui expliqua :

— Je n'allais pas t'embrasser en portant seulement une
serviette. Je ne voulais pas que tu deviennes nerveuse et
imagines que je pourrais vouloir plus, perdre le contrôle et
prendre ce qui n'était pas offert gracieusement, et je savais
que si je *commençais* à t'embrasser, ce serait extrêmement
difficile pour moi d'arrêter.

— Tu n'aurais pas perdu le contrôle et pour info..., si, ça
aurait été offert gracieusement, dit-elle timidement.

Brock inspira profondément avant de lui sourire.

— Tu as plus foi en moi que moi-même.

— Probablement, dit-elle en haussant les épaules. Tu es un homme bien, Brock. Jusqu'à la moelle.

— Il va falloir attendre un moment avant de faire ce troisième rencard, dit-il.

Finley fronça les sourcils.

— Ah bon ?

— Oui. Avec la chance qu'on a, je ne veux même pas imaginer ce qu'il va se passer. Alors je vais continuer à t'aider les matins, même si je sais que tu n'en as plus besoin et on passera du temps de cette façon. Mais on n'appellera pas ça des rencards, d'accord ?

Elle leva les yeux au ciel.

— OK.

— Et je sais que tu prépares le gâteau d'Ethan et Lilly, et que tu vas les aider pendant le mariage... mais tu voudras bien t'asseoir avec moi quand même ? Et danser avec moi ?

— Genre... comme un rencard ? demanda-t-elle.

— Non ! s'exclama Brock.

Finley se mit à rire cette fois-ci.

Il lui sourit.

— *Pas* de rencards. On passe juste du temps ensemble. On ne va surtout pas considérer ça comme un *date* au mariage de nos amis. On risquerait de gâcher le jour le plus important de leur vie, on ne sait jamais.

— Oui, tu as probablement raison, dit-elle en levant les yeux au ciel. Et oui, j'adorerais *passer du temps* avec toi au mariage.

— Super. Tu auras besoin que je t'amène ?

— Ça ne te dérange pas ? demanda-t-elle timidement.

— Je ne te l'aurais pas proposé, sinon.

— Il faut que j'y sois assez tôt. Et c'est très pénible de transporter un gâteau. Il ne sera pas complètement assemblé, parce que c'est prendre le risque qu'il s'effondre en chemin, mais j'aurais tout un tas de boîtes remplies de pâtisseries, de fournitures et autres trucs à apporter pour le terminer une fois sur place.

— Pas de problème, dit-il simplement. Comment tu fais habituellement pour apporter les gâteaux aux événements ?

— Eh bien, je n'ai réalisé que quelques gâteaux d'anniversaire depuis l'ouverture de la boulangerie. Je n'ai pas eu le temps pour des commandes spéciales. Mais généralement, je retiens mon souffle et croise les doigts pour que les boîtes ne s'explosent pas par terre.

— Je pourrai être ton assistant, proposa-t-il. Tout ce que tu veux.

— Merci.

Ils se regardèrent longuement avant que Brock soupire et se relève, s'écartant d'elle en lui tendant la main.

— Tu t'en vas ? demanda-t-elle.

Il acquiesça.

— Je suis désolé que la soirée ne se soit pas passée comme prévu.

— Pas moi.

Ils sourirent tous les deux.

Il fallut encore quinze minutes avant que Brock ne s'en aille, aucun d'eux n'étant particulièrement impatient de rompre leurs baisers devant la porte. Lorsqu'il quitta son allée, Finley s'appuya contre sa porte et sourit. On pouvait dire qu'elle était très contente de comment les choses se passaient avec Brock. Elle n'aurait jamais cru qu'ils s'entendraient aussi bien, mais elle avait hâte de voir où tout cela les mènerait après leur non-rendez-vous.

CHAPITRE SIX

Quatre jours plus tard, Finley était derrière la bibliothèque, assise avec les chatons. Ils la reconnaissaient désormais et avaient commencé à miauler bruyamment dès qu'ils l'avaient repérée, voulant la nourriture qu'elle avait apportée. Elle avait eu des nouvelles de Khloe la veille, seulement un petit texto l'informant qu'elle serait absente une semaine de plus.

Finley s'inquiétait pour son amie, mais tant que Khloe n'était pas prête à partager ce qu'il se passait, elle ne savait pas quoi faire pour l'aider. Elle pouvait au moins s'assurer que les chatons que Khloe avait pris sous son aile seraient sains et saufs lorsqu'elle reviendrait de son mystérieux voyage.

Finley devait se mettre au travail pour les pâtisseries de la journée, mais elle appréciait le calme et la tranquillité de cette matinée. Alors qu'elle s'apprêtait à se lever et à partir, un véhicule se gara sur le parking, derrière la salle de billard. C'était le même pick-up que celui qu'elle avait vu l'autre jour.

Elle n'y avait pas trop réfléchi la dernière fois, mais là,

elle sentit les poils de sa nuque se hérisser. Tandis qu'elle l'observait, le même homme sortit à l'angle avec un sac à dos familier. Il le tendit à travers la fenêtre, saisit un autre sac que lui donnait le conducteur, puis disparut vers le bâtiment une minute plus tard.

Mais cette fois-ci, le pick-up noir ne s'en alla pas immédiatement. Il resta sur le parking.

Plus il restait là, plus Finley devenait nerveuse. Elle ne pensait pas pouvoir être vue, assise comme elle l'était entre la benne à ordures et le bâtiment, sans lever de soleil en vue. Mais quand même... elle mémorisa la plaque d'immatriculation, puis se leva lentement et recula jusqu'au cabinet médical du docteur Snow.

Lorsqu'elle fut à mi-chemin de l'angle du bâtiment, les feux de stop de la voiture s'allumèrent.

Ils brillaient dans l'obscurité et Finley était certaine que le conducteur pourrait la voir s'il regardait dans son rétroviseur.

Ne voulant pas savoir ce dont elle venait d'être témoin, elle se retourna et marcha aussi vite qu'elle le put jusqu'à l'angle. Dès qu'elle fut hors de vue du pick-up, elle se mit à courir. Elle traversa la place en priant pour que la personne à l'intérieur de la voiture ne l'ait pas vue.

Elle avait sorti ses clés et les tenait prêtes tandis qu'elle s'approchait du Bec Sucré. Elle tâtonna un peu avec la clé, mais fut rapidement à l'intérieur, saine et sauve. Finley respirait avec difficulté, pas parce que le sprint sur la place l'avait épuisée, mais à cause de l'adrénaline qui coulait dans ses veines.

Visiblement, Davis n'était pas d'humeur ce matin, car il n'avait pas été là à son arrivée. Pour la première fois de sa vie, Finley fut nerveuse d'être seule dans sa boulangerie.

Ce fut cette pensée qui lui fit redresser les épaules et

prendre une profonde inspiration. Non, elle n'aurait pas peur d'être ici. On était à Fallport. Elle était en sécurité. Et rien ne prouvait que ce qu'elle avait vu était louche…

OK. Même si Finley n'était pas sûre de ce qu'elle venait de voir, elle n'était pas une idiote non plus. Personne ne se retrouvait à 4 heures 30 du matin sur un parking vide, derrière la salle de billard en plus, pour échanger un sac par la fenêtre de la voiture, si ce n'était pas pour faire quelque chose de *louche*.

Un coup frappé à la porte derrière elle la fit tellement sursauter qu'elle laissa échapper un cri peu élégant et pivota. Le soulagement l'envahit lorsqu'elle vit que c'était Brock qui se tenait là. La boulangerie disposait d'une porte arrière, comme tous les commerces de la place, mais Finley l'utilisait rarement.

Elle avait pris l'habitude de passer devant pour s'assurer que le trottoir et la devanture de la boutique étaient propres et d'apparence professionnelle.

Déverrouillant rapidement la porte, Finley sourit à Brock.

— Salut ! dit-elle elle peu trop bruyamment.

— Qu'est-ce qui ne va pas ? demanda-t-il en remarquant immédiatement son attitude étrange.

— Rien. Tout va bien.

— Finley, qu'est-ce qu'il se passe ? insista Brock. Et ne me dis pas « rien » à nouveau. Je te connais. Quelque chose ne va pas. Tu n'as même pas encore allumé la lumière dans la cuisine et quand je suis arrivé j'ai vu que tu étais immobile, le regard dans le vide.

Bizarrement, Finley n'eut pas envie de parler de ce qu'il s'était passé ce matin-là. Notamment parce qu'il ne s'était *rien* passé. Il était probable qu'elle exagérât la situation. Elle se sentirait bête si elle causait des problèmes à quelqu'un pour rien.

— Sérieusement, je vais bien. Je suis juste un peu en retard ce matin, expliqua-t-elle à Brock, culpabilisant de lui mentir un peu. J'ai passé trop de temps avec les chatons et je réfléchissais juste à ce que je voulais préparer pour aujourd'hui.

Brock la dévisagea longuement avant d'acquiescer.

— Très bien. Mais s'il y a un problème, tu sais que tu peux m'en parler, n'est-ce pas ? Peu importe ce que c'est, n'aie pas peur de venir me voir.

— Je sais et merci, dit Finley.

Plus les secondes passaient, plus elle était persuadée d'avoir réagi de façon excessive.

— OK. Bon... que dirais-tu d'un baiser de bienvenue ? demanda-t-il en tendant les bras.

Souriant, Finley s'avança vers lui et le serra fort contre elle. C'était tellement agréable d'être dans ses bras. Elle se sentait en sécurité. Elle leva la tête au bout d'un moment sans le relâcher et il baissa les lèvres vers elle. Leur baiser ne fut pas extrêmement passionnel, mais tendre et adorable, parfaitement adapté à la situation.

Il rompit leur baiser, mais ne relâcha pas son étreinte. Il la regarda suffisamment longtemps pour que Finley se sente un peu mal à l'aise. Elle avait l'impression qu'il pouvait lire dans ses pensées. Comme s'il pouvait voir à quel point elle avait envie de lui. À quel point elle avait peur de tout gâcher entre eux.

Combien elle était nerveuse à propos de ce qu'il s'était passé sur le parking derrière la bibliothèque.

Mais il ne dit rien de plus que :

— Qu'est-ce qu'il y a au menu ce matin ?

Avant de la relâcher enfin.

Le temps que Liam arrive et que les roulés à la cannelle, les muffins et le pain à la citrouille et aux cranberries soient terminés, Finley avait presque oublié l'incident étrange de ce matin. À la lumière du jour, elle se sentait idiote d'avoir pris peur.

Elle oublia l'incident... mais pas avant d'avoir noté le numéro de la plaque d'immatriculation du pick-up noir sur un morceau de papier et de l'avoir mis dans la boîte des tickets de caisse qu'elle gardait sur l'un des comptoirs de la cuisine.

* * *

Ce soir-là, Finley se retrouva dans la petite maison dans laquelle Caryn vivait désormais avec Drew. C'était une location, mais ils étaient tous les deux parfaitement satisfaits de leur situation pour le moment. La maison était proche de celle du grand-père de Caryn et elle était toujours nerveuse à l'idée de laisser Art tout seul... même s'il s'était presque remis à cent pour cent de son coup de couteau.

Elle avait appelé Finley pour l'inviter car Lilly flippait complètement pour son mariage. Elle ne se défilait pas, loin de là, mais elle se demandait s'il n'était pas trop tôt pour se marier. Elsie et Bristol étaient déjà là lorsque Finley arriva.

Les autres femmes avaient chacune un verre de vin à la main et Finley vit une bouteille de liqueur posée sur le comptoir. Caryn était amie avec Clyde Thomas qui fabriquait l'une des meilleures gnôles de cette partie-là de la Virginie et elle avait manifestement sorti l'artillerie lourde. Elle ne buvait plus elle-même – après une nuit effrayante à La Cave où des pompiers du coin l'avaient intentionnellement mise en état d'ébriété – mais elle ne voyait aucun inconvénient à ce que ses amies s'adonnent à l'alcool.

— C'est interdit de passer sans prendre un shot, lui ordonna Elsie en indiquant un verre et la liqueur sur le comptoir lorsque Finley entra dans la maison.

Souriant, elle s'exécuta, grimaçant un peu lorsque la liqueur lui brûla la gorge. Si l'an dernier quelqu'un lui avait demandé si elle se voyait boire des shots avec son groupe d'amies, elle aurait rétorqué que c'était impossible. Mais en seulement quelques mois, ces quatre femmes étaient devenues les meilleures amies qu'elle ait jamais eues, et elle était prête à tout pour s'assurer qu'elles soient heureuses et en sécurité... et elle savait qu'elles feraient la même chose pour elle.

Elle s'assit et Bristol lui dit :

— Alors pour tout te résumer... Lilly a peur qu'elle et Ethan aillent trop vite et qu'elle soit folle de l'épouser maintenant. On pense toutes qu'elle a tort et personnellement je crois qu'elle panique à cause de toutes les démarches de dernière minute pour le mariage.

Finley replia ses jambes sous ses fesses sur le canapé. Elle prit une gorgée du vin qu'elle s'était servi avant de s'asseoir et regarda Lilly. Son amie paraissait effectivement très stressée.

— Tu l'aimes ? lui demanda-t-elle.

— Oui, répondit immédiatement Lilly.

Elle n'eut pas à réfléchir à sa réponse.

— Tu lui en as parlé ? demanda Finley.

Lilly soupira et secoua la tête en regardant dans son verre de vin.

— Je vois, dit Finley. Je suis certainement la dernière personne dont tu devrais suivre les conseils, puisque je n'ai jamais été fiancée et que je n'ai même pas connu de relation à long terme, mais je vous ai observés Ethan et toi ensemble, et je ne crois pas avoir déjà vu un couple aussi amoureux.

Ethan te regarde constamment, même quand tu ne t'en rends pas compte. Il veille sur toi comme s'il était prêt à prendre une balle pour toi à tout moment. Si j'avais un mec comme ça, si un homme m'aimait autant qu'Ethan t'aime, je n'attendrais pas la cérémonie de mariage. Je traînerais ses fesses jusqu'à la mairie et je me ferais passer la bague au doigt, *pronto*[1].

Les épaules de Lilly se détendirent alors qu'elle réfléchissait aux paroles de Finley.

— Qu'est-ce qui te tracasse vraiment ? demanda Elsie. Qu'est-ce qu'on peut faire pour t'enlever un peu de stress ?

— Je ne sais pas. Je suis juste idiote, marmonna Lilly.

— Tu es la personne la moins stupide que je connaisse, rétorqua Elsie. Maintenant, crache le morceau.

Durant l'heure qui suivit, les cinq amies réfléchirent à des moyens d'atténuer le stress que la cérémonie de mariage faisait peser sur Lilly. Même s'il était un peu tard pour apporter des changements, à moins de deux semaines du mariage, les filles le firent quand même. Au lieu d'organiser un dîner pour les invités, Elsie demanderait à Sandra de proposer un menu qui pourrait être servi sous forme de buffet. Comme Lilly était la seule vidéaste de la ville et qu'elle ne pouvait pas filmer son propre mariage, Caryn se porta volontaire pour faire appel à l'un de ses contacts, une femme qui était photographe à New York, là où avait vécu Caryn. Son studio avait pris feu et en tant que pompière sur les lieux de l'incident, Caryn avait réussi à sauver quasiment tous ses appareils photo. La femme lui avait alors dit que si un jour elle avait besoin d'un service elle n'avait qu'à demander.

Finley proposa de venir plus tôt le matin avec le gâteau de mariage pour l'aider avec le reste et Elsie expliqua qu'elle amènerait aussi Tony. Son fils était encore jeune, mais il avait beaucoup d'énergie à revendre et ne verrait pas d'inconvénient à ce qu'on le mette au travail pour installer les chaises et tout le reste.

Au bout d'une heure, Lilly se sentait déjà mieux. C'était peut-être l'alcool qui la détendait, mais comme elle n'avait bu qu'un verre, Finley supposa que c'était surtout grâce à ses amis.

— Je ne sais pas ce que je ferais sans vous, dit-elle d'un air sentimental. Vous êtes les meilleures amies du monde ! Et maintenant j'en ai marre de parler de moi. Honnêtement, j'ai hâte que ce mariage soit terminé. Je veux juste retrouver ma vie d'avant... sauf que je serai madame Lilly Watson.

— Je dois dire que je suis assez contente que Zeke et moi ayons convenu de ne pas faire une grande cérémonie, dit Elsie avec un petit sourire. Je veux dire, parfois je suis un peu triste de ne pas avoir porté la robe blanche et tout ce qui va avec, mais quand je pense à tout l'argent et les migraines qu'on s'est évités, je suis soulagée.

— Oh, ne me parle même pas de l'argent, gémit Lilly.

Tout le monde éclata de rire.

— Tu sais aussi bien que nous qu'Ethan se fiche de l'argent, dit Bristol.

— Je sais. Et je te suis tellement reconnaissante, Bristol. On n'aurait pas pu trouver meilleur endroit que ta propriété pour nous marier. Je n'arrive pas à croire à quel point ta grange est géniale désormais.

— C'est *vrai* qu'elle est belle, dit-elle avec un sourire.

— Comment avance ton vitrail pour le Sunny Side Up ? demanda Finley.

— Il est presque terminé, dit Bristol.

— Honnêtement, dis-nous, combien ça coûterait si tu devais le vendre ? demanda Elsie.

Bristol sourit.

— Croyez-moi, vous ne voulez pas savoir.

— Si ! rétorquèrent-elles à l'unisson.

— Eh bien, ça dépend de ce que l'acheteur est prêt à payer. Mais vu la taille et le temps qu'il m'a fallu... probablement un prix à six chiffres, dit Bristol en haussant les épaules.

Finley la regarda avec stupeur et réalisa que toutes les autres la regardaient de la même manière.

— Sérieux ?

— Oui, dit Bristol avec un petit sourire.

— C'est tellement génial ! s'exclama Elsie.

— Et dire que Fallport va avoir un original de Bristol Wingham ! ajouta Lilly.

— Et qu'on la connaît ! ajouta Caryn.

— Pitié, dis-moi que tu y as ajouté un Bigfoot, la supplia Finley.

Elles avaient toutes entendu parler du projet de vitrail qui incluait l'insaisissable créature qui se cachait derrière un arbre, mais personne ne l'avait encore vue.

— Bien sûr, dit Bristol en riant. C'est la meilleure partie de l'œuvre. Enfin, ça et les fesses de mon mec.

Tout le monde éclata de rire.

— Je ne lui ai pas dit que c'étaient *ses* fesses à lui, mais je n'ai pas pu résister. Je suis sûrement peu objective, mais ce sont les plus belles de Fallport, dit Bristol.

Un débat bref mais animé s'ensuivit pour savoir quel homme avait le plus beau cul, mais Finley resta silencieuse pendant que les autres parlaient sans relâche des fesses de leurs hommes.

Puis, Caryn eut un rictus et se tourna vers elle.

— On a beau penser que nos mecs ont les plus belles fesses, je pense que Brock gagne haut la main pour ce qui est des bras les plus musclés.

Finley rougit. Elle ne savait pas vraiment pourquoi. Elles ne parlaient pas de ses bras à *elle*.

— Oh, mon Dieu, mais oui, dit Bristol. Je suis sûre qu'il pourrait soulever un ours.

— J'imagine que c'est plutôt agréable quand ils s'enroulent autour de toi, hein, Finley ?

Elle ne put qu'acquiescer.

— Et quand il s'appuie dessus pendant qu'il te fait doucement l'amour, la taquina Elsie.

Il était évident que l'alcool qu'elle avait consommé rendait son amie un peu plus audacieuse qu'elle ne l'aurait été autrement, mais Finley ne s'en offusqua pas. Comment pourrait-elle alors qu'elle avait fantasmé sur la même chose ?

— Eh bien, je n'en sais rien, mais je suis sûre que tu n'as pas tort, lui dit-elle.

— Mince, j'ai perdu ce pari, dit Elsie en faisant la moue.

Fronçant les sourcils, elle demanda :

— Quel pari ?

Soudain, plus personne n'osa croiser son regard.

— Les filles ? Quel pari ?

— C'était juste pour rire, dit Caryn au bout d'un moment. On a un peu parié sur le fait que Brock et toi aviez déjà couché ensemble. Et si ce n'était pas le cas, quand ça aurait lieu.

Finley ne savait pas si elle devait être en colère contre ses amies ou pas, mais elle réalisa que si les rôles avaient été inversés, elle aurait été tout aussi curieuse et aurait également participé.

Il était vrai que Brock avait passé beaucoup de temps avec elle. Il était venu à la boulangerie tous les matins et ils avaient passé toutes leurs soirées ensemble. De plus, l'incident au bowling s'était répandu comme une traînée de poudre. Tout le monde savait qu'un touriste avait trempé Brock avec sa bière. Et la rumeur selon laquelle il était ensuite allé chez elle s'était aussi vite répandue. Alors elle ne fut pas surprise que ses amies aient déjà supposé qu'elle et Brock avaient couché ensemble.

— Tu n'es pas fâchée, hein ? demanda Elsie en se mordant la lèvre. On n'a pas vraiment parié de l'argent. On a juste mis chacune notre barre chocolatée préférée dans un bocal.

Finley fronça les sourcils.

— Je n'arrive pas à y croire, dit-elle doucement. Je croyais qu'on était amies.

Elle se tut d'un air dramatique, puis surprit tout le monde en ajoutant :

— Parier du chocolat sans moi, c'est juste *méchant*.

Elles éclatèrent toutes de rire.

— Finley, tu m'as fait peur. Je pensais vraiment que tu étais énervée, dit Lilly.

— Non, dit Finley. Si j'étais vous, je penserais la même chose. Et pour info... je suis prête. Plus que prête. On ne sort ensemble que depuis quelques semaines, mais Brock est... eh bien... il est plutôt incroyable.

Les autres approuvèrent.

— Il a des vues sur toi depuis que je vous connais tous les deux, dit Caryn. Et je suis la nouvelle du groupe. Si moi je l'ai remarqué, ça veut dire qu'il te regarde depuis bien plus longtemps.

— Tu n'as pas tort, dit Bristol. Je me souviens avoir remarqué à la parade du 4 juillet qu'il ne te lâchait pas du regard.

— À chaque fois qu'on est tous ensemble, il passe la soirée à regarder dans notre direction. Au début, je pensais qu'il ne m'aimait pas ou quoi, ou qu'il n'aimait pas que toutes ces femmes viennent gâcher leurs moments entre mecs... jusqu'à ce que je réalise que c'était Finley qu'il regardait, ajouta Elsie.

— Vous exagérez, dit-elle.

Mais au fond, elle éprouva une vague de chaleur en elle.

— Non. Mais en même temps, toi *non plus* tu n'étais pas très subtile quand tu le regardais, dit Elsie.

— N'est-ce pas ? Elle l'observait avec envie et dès qu'il tournait la tête vers elle, elle regardait le sol comme si c'était la chose la plus intéressante qu'elle ait jamais vue, dit Bristol en riant.

— On peut parler d'autre chose ? demanda désespérément Finley.

— Non. On l'a déjà fait, maintenant on parle de toi, lui dit Lilly.

— Très bien. Je l'aime bien. Et il m'aime bien. Et bizarrement, mes kilos en trop ne semblent pas le déranger.

— Ben évidemment ! s'exclama Lilly.

— Il n'y a pas de « évidemment » qui tienne, dit Finley. La plupart des hommes n'aiment pas les femmes corpulentes comme moi.

— Mais Brock, si. Il est lui-même costaud. Je comprends complètement pourquoi tu lui plais. Outre le fait que tu es magnifique, il n'a pas à craindre de te faire mal si jamais il devient un peu... excessif, dit Caryn en ondulant des sourcils.

— Non, mais c'est vrai. Vous l'imaginez avec quelqu'un de ma taille ? dit Bristol. Impossible.

Finley ne fut pas vexée. Et ses amies n'avaient pas tort.

— OK, OK. On est tous les deux sexy et on va parfaitement bien ensemble... mais il y a un problème, se plaignit-elle.

— Quoi ? demandèrent-elles toutes à l'unisson.

— Parce que vous m'avez mise dans tous mes états et je ne pense plus qu'à ses biceps qui se contractent en l'imaginant au-dessus de moi.

Elles s'esclaffèrent.

Ça faisait du bien. Beaucoup de bien. Finley n'avait jamais eu d'amies proches avec qui elle pouvait parler de sexe. Et même si Brock et elle ne couchaient pas encore ensemble... elle avait le sentiment que c'était pour bientôt. Et ça lui allait très bien. Elle avait envie de Brock, et il était évident qu'il avait envie d'elle aussi. Elle se fichait éperdument de la vitesse à laquelle les choses évoluaient entre eux. Elle avait vu les relations de ses amies aller tout aussi vite et ils étaient les gens les plus amoureux qu'elle ait jamais vus.

Honnêtement, Finley aussi voulait vivre ça. Que ce soit avec Brock ou non restait à déterminer, mais elle n'allait pas laisser passer l'occasion de faire l'amour avec lui.

— J'avais besoin de ça, dit Lilly. Je me sens bête d'avoir flippé maintenant. J'aime tellement Ethan et évidemment que je veux l'épouser. J'apprécie énormément votre aide. Et si l'une d'entre vous a besoin de quelque chose, elle n'a qu'à demander. Ou même y faire allusion. Je serai là pour vous aider.

— Pareil, dit Elsie. Vous avez toutes été géniales avec Tony. Il adore vous voir à ses matchs de football. Vous êtes toutes ses tantes de cœur.

— Et je ne saurais même pas comment vous remercier pour tout ce que vous avez fait pour moi, ajouta Bristol. Je ne suis pas la personne la plus sociable qui soit et le fait d'être immobilisée par ma jambe cassée n'a pas aidé. Mais vous n'avez jamais hésité à venir me voir et me tenir compagnie quand je m'ennuyais comme pas possible.

— Tu veux dire à venir t'embêter, plaisanta Elsie.

Tout le monde gloussa, mais Bristol dit :

— Vous n'êtes jamais pénibles.

— Jamais ? demanda Caryn.

— OK, j'aurais dû dire « *pas trop* », dit Bristol en souriant. Et je suis reconnaissante que Lilly identifie les problèmes liés au fait de se marier dans une grange, continua-t-elle. Le temps que ce soit mon tour, je saurai ce qui fonctionne et ce qui ne fonctionne pas, dit-elle en faisant un clin d'œil à Lilly.

— Tout va très bien se passer, dit fermement Finley. Et même si ce n'est pas le cas, expliqua-t-elle en se tournant vers Lilly, est-ce que ce sera vraiment important ? Pitié, dis-moi que tu ne vas pas te transformer en mariée insupportable ? Tu as été plutôt zen jusqu'à présent et ce soir ça ne compte pas.

— Pas de mariée insupportable, les rassura Lilly.

— Même s'il pleut ? demanda Elsie.

— Oui.

— Et si je fais tomber le gâteau de mariage ? demanda Finley.

— Alors quelqu'un courra au supermarché et prendra autant de cupcakes que possible et on mangera ceux-là, dit fermement Lilly.

Finley frissonna.

— Ne dis pas de bêtises ! Tu ne peux pas donner ces merdes à tes invités.

— Alors ne fais pas tomber mon gâteau, rétorqua Lilly.

S'esclaffant, elle acquiesça.

— OK.

— Honnêtement, maintenant que je suis un peu plus détendue, je réalise que la seule chose qui compte c'est d'être avec Ethan. Je me fiche de ce que les gens vont porter, même si je préférerais que la cérémonie soit décontractée et pas guindée. Et je me fiche de savoir ce qu'on mangera, ou si la musique sera assez forte ou quoi. Je veux juste que mes amis et ma famille soient là pour nous voir nous marier, Ethan et moi.

— Et c'est ce qui se passera, dit fermement Elsie.

— Je vous aime les filles, dit Lilly en reniflant.

— On ne pleure pas ! s'exclama Caryn.

— La grande méchante pompière ne veut pas qu'on la voie sangloter, la taquina Finley.

Elle ne sut pas vraiment qui avait commencé, mais quelques secondes plus tard, Finley se retrouva au milieu d'une bataille d'oreillers. Tout le monde gloussait et riait et même le fait de recevoir un coup d'oreiller au visage ne suffit pas à entacher la bonne humeur de Finley.

Une fois qu'elles furent suffisamment fatiguées, les cinq femmes s'allongèrent dans le petit salon. Il y avait des oreillers partout sur le sol et quelqu'un avait renversé un verre d'eau à moitié plein, mais Caryn ne semblait pas s'en soucier.

— Khloe aurait dû être là, dit Bristol au bout d'un moment.

— Oui, personne n'a eu de ses nouvelles ? demanda Lilly.

— J'ai reçu un texto de sa part me demandant si je pouvais encore m'occuper des chatons quelque temps. Et qu'elle devrait être de retour d'ici une semaine environ, si tout se passait bien, dit Finley.

— Si quoi se passe bien ? demanda Elsie.

— Je n'en ai aucune idée, dit-elle en haussant les épaules.

— Est-ce qu'on devrait penser qu'elle a des ennuis ? demanda Caryn.

— Pourquoi aurait-elle des ennuis ? Elle ne dit presque

rien à personne, remarqua Bristol. Mais je pense qu'elle cache de lourds secrets.

— Raiden est au courant ? demanda Lilly.

— Si ce n'est pas le cas, je parie qu'il n'est pas content d'être dans le flou, ajouta Bristol.

— Il l'aime bien, non ? demanda Elsie.

— Je crois oui. Mais il n'est clairement pas prêt à l'admettre, leur dit Lilly.

— J'espère juste qu'il n'attendra pas avant que ce soit trop tard, s'inquiéta Bristol.

Tout le monde resta silencieux un instant, se demanda ce que Khloe pouvait bien cacher... ou si Raid pouvait lui tirer les vers du nez.

— OK, bon... quand elle revient... on lance l'Opération Devenir Copines avec Khloe ? proposa Lilly.

— Elle est déjà notre copine, protesta Bristol.

— Je sais, mais il faut qu'on passe à l'étape supérieure. S'il lui arrive quelque chose, quelque chose pour lequel elle aurait besoin d'aide, il faut qu'on comprenne ce que c'est avant qu'un truc grave se produise, dit Lilly avant de lever la main comme pour stopper toute protestation, même si personne ne comptait dire quoi que ce soit. Tout ce que je dis c'est qu'il faut qu'elle comprenne vraiment que nous sommes là pour elle. Il s'est passé suffisamment de choses pour que nous sachions que parfois le pire arrive aux bonnes personnes.

Elle n'avait pas tort.

— Et Talon ? demanda Finley.

Quatre paires d'yeux se tournèrent vers elle.

— Quoi Talon ? demanda Caryn.

— C'est le seul qui n'a pas de petite amie. Enfin, Raiden et Khloe ne sortent pas ensemble, mais c'est évident que c'est parce qu'ils sont tous les deux têtus. Il faut qu'on trouve une fille pour Tal.

— Je ne pense pas qu'on devrait « trouver » des femmes pour nos potes. Tu imagines ce qu'il dirait si on essayait de le caser ? dit Lilly.

— Et puis, avec *qui* on le caserait ? demanda Elsie.

— Je pense qu'il cache sa sensibilité et son sérieux derrière son humour britannique, ajouta Bristol. Il essaie toujours de détendre l'atmosphère, mais au fond, je crois qu'il veut ce qu'ont ses amis.

Finley acquiesça.

— Je l'ai remarqué aussi.

— Il a besoin de s'occuper de quelqu'un, dit doucement Caryn. Et je ne dis pas ça de façon péjorative.

— Je comprends, dit Bristol. De tous les gars, c'est lui qui est venu me rendre visite le plus souvent. Il m'apportait toujours à manger et de quoi lire. Il a même roulé jusqu'à Roanoke un jour pour aller dans ce magasin de perles et autres accessoires parce qu'il m'a entendue dire que c'était là que j'achetais la plupart de mes fournitures.

— C'est vrai ? demanda Lilly.

— Oui. Et je suis d'accord avec Caryn. Il ne ferait pas long feu avec quelqu'un de très indépendant. Il devrait être avec quelqu'un qui a besoin de lui, expliqua Bristol.

— Est-ce qu'on connaît quelqu'un comme ça ? demanda Finley.

La pièce devint silencieuse et tout le monde se creusa les méninges.

Elsie soupira.

— Moi non.

— Moi non plus, dit Lilly.

— Zut. On ne peut pas vraiment mettre une annonce dans

le journal du genre « Si tu n'as pas de chance, ou que tu fuis un ex, ou que tu as quatorze enfants et que tu as besoin d'un sugar daddy[2], on a le type qu'il te faut », se plaignit Caryn.

Finley rit avec les autres, mais se sentit un peu triste. Caryn n'avait pas tort. Talon avait besoin d'une partenaire dont il pourrait prendre soin et qui prendrait soin de lui en retour. Mais de nos jours, la plupart des femmes étaient plutôt indépendantes. La société leur avait appris à être ainsi, ce qui n'était pas une mauvaise chose.

— Gardez toutes un œil ouvert, ordonna Lilly. Talon ne peut pas être le seul de notre groupe à ne pas avoir de femme.

— Tu crois que la femme idéale va tomber du ciel ? la taquina Elsie.

— Eh bien, on s'est *toutes* retrouvées ici à Fallport un peu par hasard. Qu'est-ce qui nous dit que la femme idéale ne débarquera pas à l'improviste ?

— C'est vrai. Bon, tout est OK maintenant ? demanda Elsie. Tout le monde est content ? Personne n'envisage d'annuler son mariage ? dit-elle en lançant un regard appuyé à Lilly et Bristol.

Les deux femmes secouèrent la tête.

— Ne me regardez pas comme ça, dit Caryn en riant. Drew et moi nous ne sommes pas près de nous marier. On est complètement impliqués, mais pour le moment on fait au jour le jour.

— Et toi, Finley, c'est bon ? Tu nous raconteras à quel point Brock est incroyable quand il t'aura fait tourner la tête ?

— Seulement si je peux récupérer quelques barres chocolatées que vous avez pariées sur moi, rétorqua-t-elle.

— Marché conclu ! dit Elsie. Et pour info, tout va bien entre Zeke et moi. Super même. Et maintenant je vais rentrer à la maison et coucher avec mon homme pour voir s'il ne peut pas me mettre un bébé dans le ventre.

Le chaos éclata à ce moment-là, car elles voulurent toutes savoir depuis combien de temps ils essayaient et si elle pouvait déjà être enceinte.

— Je ne pense pas, sinon je n'aurais pas bu ce soir si je pensais l'être. Et je serais foutue dès la seconde où j'annoncerais à Zeke que je suis *vraiment* enceinte, dit Elsie.

— Ah bon ? Pourquoi ? demanda Lilly inquiète.

Elsie lui fit un clin d'œil.

— Parce que j'adore qu'il fasse actuellement tout son possible pour me mettre enceinte. Je sais que dès que je vais lui dire qu'il a réussi, il va me traiter comme si j'étais en sucre.

— Je vois, ça fait tout à fait sens, dit Lilly.

Finley acquiesça.

— Bon... puisqu'on est toutes OK, je vais appeler Zeke. Quelqu'un d'autre a besoin qu'on la ramène ?

Elles répondirent par la négative. Elles expliquèrent toutes qu'elles allaient appeler leurs hommes pour venir les chercher, puisqu'elles avaient bu. Finley n'hésita pas une seconde à appeler Brock également.

Tous les gars arrivèrent à peu près en même temps et Finley serra ses amies dans ses bras pour leur dire au revoir avant de laisser Brock la raccompagner jusqu'à son pick-up. Elle grimpa, se faufilant jusqu'au siège passager, comme d'habitude.

— Tu t'es bien amusée ? demanda-t-il une fois qu'ils furent en route.

— Oui.

— Tant mieux.

— Tu ne veux pas savoir de quoi on a parlé ? demanda-t-elle.

— Non.

Finley eut un petit sourire.

— Même si... avec ce sourire, je risque de revenir sur ce que j'ai dit, lança Brock.

Il resta chez elle un moment, après s'être assuré qu'elle avait bu un grand verre d'eau et prit des analgésiques, pour essayer d'atténuer une éventuelle gueule de bois. Ils s'embrassèrent sur le canapé et Finley ne put s'empêcher de lui toucher les biceps. Elle l'avait encouragé à enlever sa chemise et elle fit de son mieux pour ne pas glisser les mains dans son pantalon.

— Il faut qu'on arrête, soupira-t-il en relevant la tête.

— Pourquoi ? gémit Finley.

Brock se redressa au-dessus d'elle et elle l'observa. Elle était excitée, putain – et elle avait envie de cet homme.

— Parce que je veux que notre première fois soit spéciale. Tu dois te lever dans cinq heures. Et je veux que tu sois complètement lucide quand on fera l'amour.

C'était mignon, mais Finley se sentit obligée de préciser :

— Je ne suis pas ivre.

— Je sais, et j'ai déjà hâte de coucher avec toi quand l'un de nous, ou même tous les deux, on aura trop bu. Mais pas ce soir.

Elle connaissait assez Brock pour savoir qu'une fois sa décision prise, il ne reviendrait pas dessus. Alors elle se contenta de faire la moue.

En guise de réponse, Brock rejeta la tête en arrière et se mit à rire. Même ça, c'était terriblement sexy. Une fois qu'il eut repris le contrôle, il traça le contour de ses sourcils avec l'un de ses doigts en l'étudiant d'un regard tendre.

— Pour info, sache que je suis prête, l'informa-t-elle. Je sais que ça ne fait pas longtemps qu'on sort ensemble, mais j'ai envie de toi depuis ce qui me semble être une éternité. J'en ai un peu marre d'attendre.

Elle vit ses pupilles se dilater.

— Tant mieux, dit-il au bout d'un moment.

— Zut. Ça ne t'a pas convaincu ? demanda-t-elle d'une voix plaintive.

Il rit.

— Pour ce soir ? Non. Mais est-ce que ça a changé mon emploi du temps ? Clairement.

— Tant mieux, répéta-t-elle à son tour.

— Je suis prêt à attendre aussi longtemps qu'il le faudra pour que tu sois complètement sûre de tout ça. De nous.

J'en suis sûre. Je suis assez grande pour savoir reconnaître un homme bien quand j'en vois un. Et toi, Brock, tu es l'un des meilleurs hommes que j'aie jamais connus. Et c'est vraiment la cerise sur mon gâteau cheesecake au chocolat, ma spécialité, que tu te fiches que je sois en surpoids. Ou que je sois timide avec les gens que je ne connais pas... ou avec ceux dont j'aimerais être appréciée.

— Je fais plus que t'apprécier, dit-il sans aucune hésitation. Et tu es parfaite, Fin, ne laisse personne te dire le contraire. Allez viens, raccompagne-moi, dit-il en se levant.

Finley saisit fermement ses biceps.

— Brock ?

— Oui ?

— Ne me fais pas attendre trop longtemps.

— Je ne le ferai pas, promit-il, son regard s'enflammant.

— Tant mieux. Parce que les filles ont parié sur le moment où on finira par être ensemble, genre, tu sais... *ensemble*. Et elles ont parié des barres chocolatées.

Brock s'esclaffa.

— C'est quoi ta préférée ?

— De barre chocolatée ?

— Oui.

— Toutes celles avec du caramel.

— Ça marche. Je t'en apporterai une pile entière.

Finley gloussa.

— Cool.

Il se pencha et l'embrassa à nouveau. Et le temps qu'il se lève et s'écarte d'elle, il fut impossible pour Finley de ne pas remarquer son érection, et de son côté, sa culotte était trempée. Prenant sa main, il la souleva du canapé et s'avança jusqu'à la porte d'entrée sans la lâcher. Il l'embrassa une fois de plus, un long baiser, presque désespéré et il était évident qu'il avait du mal à partir.

— On se voit demain matin, dit-il en reculant sur le trottoir, prolongeant leurs adieux.

Finley hocha la tête.

— Tu sais que tu n'es plus obligé de venir le matin, hein ? demanda-t-elle. Davis m'aide beaucoup et maintenant que Liam est là, je suis capable de suivre la cuisson des gâteaux.

— Je sais. Tu ne veux pas que je sois là ? demanda-t-il.

— Si ! Bien sûr que si. Je sais juste à quel point tu travailles dur au garage. Je culpabilise que tu te lèves aussi tôt pour m'aider avant d'aller faire ton propre travail.

— Ce n'est pas un problème, répondit-il. Je préfère commencer ma journée avec toi, plutôt que seul dans mon lit.

Elle faillit lui dire qu'il pouvait commencer sa journée avec elle et ne *pas* se retrouver seul dans son lit, mais elle se mordit la langue. Il avait dit qu'il voulait attendre et elle n'allait pas le forcer à faire quoi que ce soit s'il n'était pas prêt.

— Alors on se voit demain.

— Oui, dit Brock.

Puis, il tourna finalement les talons et marcha jusqu'à

son pick-up. Il brandit deux doigts en l'air pour la saluer et leva le menton en direction de sa porte.

Consciente qu'il ne partirait pas tant qu'elle n'aurait pas verrouillé sa porte, Finley le salua en retour et retourna à l'intérieur. Elle sourit en avançant jusqu'à sa chambre. Il était impossible qu'elle aille dormir sans libérer un peu de cette tension sexuelle qui l'habitait.

— Bientôt, dit-elle à voix haute, souriant à cette idée.

Bientôt, Brock l'aiderait à soulager cette tension de la meilleure des façons. Elle avait hâte.

— Si tu crois que je vais laisser le chef de police de ce trou paumé me faire tomber, tu es complètement débile, putain, dit la voix rauque à l'autre bout du fil.

— J'ai dit que je m'en occuperai et je le ferai, dit la personne connue sous le nom du « Patron ».

— Elle m'a *vu*, bordel, dit l'homme. Je ne sais pas d'où elle sortait ni ce qu'elle foutait à rôder dans ce parking si tôt, mais quand j'ai regardé dans mon rétro, elle était là, à fixer mon pick-up. J'ai besoin de savoir ce qu'elle a vu.

— Je sais, dit Le Patron, déjà de mauvaise humeur à cause de cette conversation.

Toute l'opération reposait sur ce connard. Il allait en ville trois fois par semaine, apportant les pilules nécessaires au bon fonctionnement du trafic de stupéfiants de Fallport. Personne ne savait qui était leur lien sur place et ils ne le sauraient jamais… tant que cette putain de boulangère fermait sa bouche.

— Qu'est-ce que tu comptes faire du coup ? demanda le fournisseur.

Le Patron n'aimait pas être interrogé, mais si l'argent devait continuer de couler à flots, il fallait apaiser ce type.

— Je vais envoyer des types l'interroger. Pour savoir ce qu'elle a vu.

— Et si elle en a trop vu ? Qu'elle en a parlé à des gens ? Qu'est-ce qu'on fait ensuite ? insista le fournisseur.

— Alors ils s'occuperont d'elle.

— Comme ça ?

— Comme ça.

— Très bien. Mais la prochaine livraison est suspendue jusqu'à ce que je sois sûr que tout soit OK. Je te le répète, je ne vais pas me faire arrêter par un flic de la campagne. Hors de question.

Le Patron sentit l'agacement l'envahir. Ce connard allait cesser d'envoyer les pilules. Les gens comptaient sur cet enfoiré. Son business comptait sur lui. Il y avait des gens à payer. Si ce connard était réticent à l'idée de revenir à Fallport, les clients risquaient d'aller voir ailleurs. Et ça, c'était inacceptable.

— Je viendrai à toi alors. J'enverrai un de mes gars à Roanoke pour procéder à l'échange.

— Pas un de tes gars. *Toi*. Je ne fais confiance à personne tant que je ne sais pas ce que cette salope a vu.

— OK. Quand ?

Ils fixèrent un lieu et une heure de rendez-vous et Le Patron fulmina après avoir raccroché.

Putain de boulangère. Elle n'aurait pas dû être sur ce putain de parking. Et si elle racontait ce qu'elle avait vu à qui que ce soit, elle allait le regretter.

Rallumant son téléphone jetable, Le Patron tapa le numéro d'un client. Il n'était pas le couteau le plus aiguisé du tiroir, mais il faisait ce qu'on lui demandait sans poser de questions.

— Yo, patron, quoi de neuf ? répondit-il.

— J'ai un boulot pour toi.

— Cool, dit-il.

Le temps que Le Patron raccroche, tout avait été arrangé. Pete et Cory suivraient la boulangère et l'isoleraient. Ensuite ils chercheraient à savoir ce qu'elle avait vu durant l'échange de drogue et si elle en avait parlé à quelqu'un. Si elle avait vu quelque chose ou non. Ils la brutaliseraient assez pour qu'elle prenne peur et se taise.

Si elle osait parler à qui que ce soit de cette petite conversation... ils reviendraient et s'assureraient qu'elle ne pourrait plus jamais ouvrir la bouche.

Satisfait que tout soit arrangé pour le moment, Le Patron éteignit son téléphone jetable et entra dans le garage. Une fois le portable réduit en pièces, il fut placé dans un sac en plastique avec l'équivalent d'une semaine de crottes de chien provenant de la cour.

En allant faire les courses plus tard, le sac serait jeté dans une poubelle au hasard en ville. Il y avait une douzaine d'autres téléphones comme celui-ci.

Se rendre à Roanoke était gênant, mais pas impossible. Et avec un peu de chance, ce trajet serait le dernier avant un moment. L'opération devait se poursuivre... mais avec un nouveau lieu de rendez-vous pour la remise en main propre. L'emplacement derrière La Cave avait été idéal. L'un des barmans était un client très fidèle et il n'avait eu aucun mal à retrouver le fournisseur pour récupérer les pilules. Désormais, l'échange devait se faire ailleurs. Tout ça à cause de cette grosse conne.

Les pâtisseries et autres trucs qui faisaient grossir n'étaient pas le truc du Patron, mais visiblement, un petit détour au Bec Sucré s'imposait pour aller observer cette salope. Apprendre tout ce qu'il y avait à savoir sur l'ennemi n'était pas seulement intelligent, c'était impératif si l'on voulait que l'opération continue à se dérouler comme avant.

Souriant, Le Patron posa le sac de crottes et le téléphone détruit dans l'allée pour le récupérer lorsqu'il serait l'heure de partir. La situation avec la boulangère avait été gérée au mieux et il était désormais temps de se préparer à aller à la banque. Il fallait déposer l'argent des dernières transactions, puis aller chercher les enfants à l'école.

C'était juste une journée comme les autres à Fallport.

CHAPITRE SEPT

Brock souriait comme un fou en marchant vers Le Bec Sucré. La boulangerie portait bien son nom, car sa Finley était clairement gourmande. Il avait hâte de voir sa réaction quand il lui offrirait son cadeau ce matin. Cela faisait trois jours depuis qu'il était allé la chercher après sa soirée entre filles et il avait hâte d'être à ce soir.

Sandra les avait invités à venir au Sunny Side Up pour un dîner à thème qu'elle souhaitait tester. Il avait été spécialement conçu pour les touristes qui venaient en ville à la recherche de Bigfoot et tout sur le menu était en rapport avec la créature légendaire.

Les hotdogs étaient désormais surnommés les Grands Pieds. Il y avait des Spaghettis Yéti, du pain de viande de montagne, un sandwich Sasquatch, un burrito Bigfoot, un burger Sasquatch, un Steak et des œufs de Bigfoot, des boules de Bigfoot (qui étaient des boulettes de saucisse avec du fromage et des jalapenos) et des pommes de terre et courges de Yéti en accompagnement. Plusieurs plats étaient proposés et Brock ne put s'empêcher d'être impressionné par l'imagination de Sandra. Il avait le sentiment que ce menu aurait beaucoup de succès.

Impressionnant ou non, il trouvait toujours que c'était un peu ringard, mais il voyait bien que Finley était enchantée par cette idée. Ce serait leur troisième rencard officiel, mais honnêtement, cela faisait bien longtemps qu'ils ne comptaient plus. Le fait de passer chaque soirée avec elle était vraiment le point culminant de ses journées. Même s'il aimait passer du temps avec elle les matins avant que sa boulangerie n'ouvre, il préférait avoir toute son attention.

Généralement, ils regardaient la télé, se blottissaient sur le canapé... et bien sûr ils s'embrassaient pendant des heures.

Et c'était ce soir qu'il allait faire avancer leur relation d'un point de vue physique. Ce n'était pas juste ni pour l'un ni pour l'autre de tout arrêter juste avant qu'ils n'atteignent le point de non-retour, terminant leurs soirées dans la frustration.

Si on lui avait demandé il y a quelques mois s'il pensait que Finley serait aussi enthousiaste à l'idée de coucher avec lui, il aurait dit non. Sa timidité extrême lui avait fait penser qu'il allait devoir la guider vers une relation plus *physique* avec beaucoup de précautions. Mais ce n'était pas du tout le cas.

Une fois qu'elle avait surmonté sa timidité initiale et qu'il l'avait convaincue qu'il n'y avait *rien* chez elle qui ne l'attirait pas, c'était presque comme si elle était sortie de cette bulle protectrice qu'elle s'était imposée. Elle s'était épanouie sous ses yeux et Brock était impatient de découvrir tout ce qu'elle avait à offrir.

Alors, ce soir, après leur dîner, il la ramènerait chez lui. Il avait lavé ses draps, acheté des fleurs pour elle, qui étaient sur le plan de travail, et il avait même pris soin d'acheter une brosse à dents supplémentaire et la marque de shampoing et d'après-shampoing de Finley. Il s'était dit que ce serait moins gênant de tout préparer en amont plutôt que de lui dire de faire son sac. Brock fut surpris de constater qu'en réalité, il était nerveux. Cela faisait longtemps qu'il n'avait pas été avec une femme et encore plus longtemps qu'il n'avait pas eu de sentiments profonds pour une partenaire sexuelle. Il voulait que Finley soit à l'aise, qu'elle ne s'inquiète de rien et qu'elle se détende suffisamment pour qu'il puisse lui donner du plaisir.

Mais ça, ce serait pour ce soir. Pour le moment, il avait une surprise pour elle ce matin et c'était pour cela qu'il souriait.

Après avoir toqué à la porte – il avait insisté pour qu'elle la garde verrouillée, même si elle détestait qu'il soit obligé d'attendre dehors pour qu'elle vienne lui ouvrir – Brock se balança impatiemment d'avant en arrière alors qu'elle émergeait de la cuisine.

— Bonjour ! dit-elle d'un ton jovial après avoir ouvert la porte.

C'était probablement quelque chose qui l'aurait énervé s'il ne s'était pas agi de Finley – elle était vraiment du matin et à chaque fois qu'il la voyait, elle était toujours de très bonne humeur.

— Bonjour, dit-il en se penchant vers elle.

Elle se mit immédiatement sur la pointe des pieds pour le rejoindre à mi-chemin avec empressement. Elle avait un goût de cannelle, comme si elle avait testé ses créations, ce qui était sûrement le cas. Brock n'avait qu'une envie : la prendre, l'emmener dans la cuisine et la pencher sur l'un de ses comptoirs, mais pas pour leur première fois.

Et puis, elle ne serait sûrement pas très enthousiaste à l'idée qu'il couche avec elle dans sa cuisine, de toute façon.

Elle était très attachée à la propreté, ce qu'il approuvait totalement. La dernière chose à laquelle il voulait penser, c'étaient les fesses de quelqu'un sur la surface où sa nourriture était préparée dans les restaurants où il aimait manger. Mais ce n'était pas pour autant que ce fantasme quitterait ses pensées.

— Pourquoi tu es si souriant ce matin ? demanda-t-elle en gardant une main sur son bras après avoir rompu leur baiser.

— J'ai un cadeau pour toi, dit-il en tendant un sac en plastique qu'elle n'avait visiblement pas remarqué.

— Oh ! C'est pour moi ? Tu n'es pas obligé de m'acheter des choses, dit-elle, mais elle avait les yeux qui scintillaient et elle ne pouvait détacher son regard du sac.

Brock gloussa. Sa Fin aimait bien les cadeaux. Il faudrait qu'il s'en souvienne.

— C'est pas grand-chose, mais tu as dit un truc l'autre jour qui m'a fait penser à toi quand j'étais au supermarché.

Elle prit le sac avec hâte et jeta un coup d'œil à l'intérieur. Puis, elle éclata de rire, et en lisant la joie sur son visage, Brock lutta pour ne pas la serrer contre lui et la prendre sur-le-champ.

Putain, il était foutu. Il n'avait jamais eu autant hâte de coucher avec quelqu'un auparavant.

Toujours en train de glousser, Finley commença à sortir les barres de chocolat qu'il avait achetées du sac. Des *Snickers,* différents types de *Milky Way*, des *Twix*, des *100 Grand, Caramello, Whatchamacallit,* des *Rolos,* et des *Reese's.*

— Waouh, dit-elle.

— Tu as dit que tu aimais les barres de chocolat au caramel, dit-il en haussant les épaules.

— C'est vrai ! Merci beaucoup.

— De rien, dit-il.

Puis, le grand sourire de Finley devint un peu plus calculateur.

— Est-ce que ça veut dire ce que je pense ? demanda-t-elle.

— Ça veut dire que j'étais au supermarché et que j'ai pensé à toi, dit Brock, ne voulant surtout pas lui mettre la pression.

— Ce qui est adorable. Mais j'espère que ça veut aussi dire que peut-être que le gagnant de ce pari stupide sera déterminé ce soir...

Elle rougit tout en parlant et Brock sentit son cœur battre plus vite dans sa poitrine. Il lui prit le sac des mains, s'assurant que toutes les barres de chocolat étaient bien à l'intérieur pour qu'elle puisse se régaler plus tard. Plaçant la réserve sur la table voisine, il la prit à nouveau dans ses bras. Il remonta une main jusqu'à sa nuque et plaqua l'autre contre le bas de son dos.

Son érection était dure contre le bas de son ventre, mais ça ne semblait pas du tout la déranger vu comment elle se balançait contre lui.

— J'ai envie de toi. Ce n'est pas une surprise. Est-ce que j'ai enfin envie de te faire mienne ce soir ? Oui. Mais rien ne presse, Fin. Si ça doit arriver, ça arrivera. Si on attend, c'est bien aussi. Je veux que notre relation progresse naturellement, pas qu'elle s'inscrive dans une sorte de schéma prédéterminé ou qu'on atteigne une sorte d'étape stupide que les autres aimeraient nous voir atteindre.

Elle lui sourit et lorsqu'elle caressa *sa* nuque du bout des doigts, il frissonna presque violemment. Il n'avait jamais réalisé à quel point il était sensible à cet endroit.

Finley semblait savoir à quel point elle l'affectait, car son pouce caressa paresseusement la racine de ses cheveux tout en prenant la parole.

— Je suis d'accord. Et moi aussi j'ai envie de toi. Je déteste devoir partir à la fin de la soirée ou *te* regarder t'en aller. Je veux aller me coucher avec toi à mes côtés et me réveiller de la même façon.

Puis elle se raidit et ses doigts se figèrent. C'était presque comme si elle s'était arrêtée de respirer.

— À moins que tu n'aies pas envie de passer la nuit avec moi, dit-elle, mal à l'aise. Je veux dire, je peux comprendre.

— Il n'y a rien que je désire plus que de te serrer dans mes bras toute la nuit et de me réveiller face à ton beau visage tous les matins, dit-il rapidement, la rassurant.

Elle soupira de soulagement.

— Tant mieux, dit doucement Finley. Euh... est-ce qu'il faut que je prépare mes affaires avant que tu viennes me chercher pour dîner ?

Merde. Son membre tressauta contre elle.

— Si tu veux. Mais j'ai déjà acheté quelques produits de toilette pour toi, alors tu n'auras pas besoin d'en prendre. Et si tu veux porter l'un de mes tee-shirts le lendemain matin, ça me va très bien.

Elle écarquilla les yeux.

— Tu es allé m'acheter des articles de toilette ? demanda-t-elle.

— Oui, dit simplement Brock.

— Waouh, euh. OK. Et même si j'aimerais beaucoup porter ton tee-shirt, je ne pense pas que ce soit une tenue appropriée pour me promener dans Fallport.

— Peut-être pas. Mais ça me plairait bien, dit Brock avec un sourire.

Elle se mit à rire.

Leur conversation intime fut soudain interrompue par de petits coups contre la porte d'entrée. Se retournant, Brock vit Davis sur le trottoir avec un rictus sur les lèvres.

Il embrassa chastement Finley une dernière fois avant de s'éloigner.

Elle baissa les yeux vers son entrejambe et ce fut à son tour d'afficher un rictus.

— Je vais aller ouvrir. Ça a l'air... plutôt inconfortable, lui dit-elle.

Brock rit.

— J'ai l'habitude, répondit-il en haussant les épaules. J'ai l'impression que quand je suis avec toi, c'est mon état naturel.

— Alors on verra comment résoudre ce problème plus tard, hein ?

— Tu ne m'aides pas là, dit Brock avec une grimace.

Elle gloussa à nouveau et partit en direction de la porte d'entrée.

Les choses semblaient différentes entre eux au fur et à mesure que la matinée avançait. Ils étaient plus détendus. Comme si, maintenant qu'ils avaient décidé de consommer leur relation, la tension s'était apaisée. Même Davis semblait être d'humeur particulièrement légère, probablement grâce à leur aisance en cuisine.

Il y eut plus de clients que d'habitude ce matin-là et Brock n'eut aucun mal à rester pour aider Liam. Il avait toujours pensé que Fallport était une petite ville, mais il fut étonné de réaliser qu'il ne connaissait pas la moitié des clients. Bien évidemment, certains étaient des touristes qui venaient prendre un petit déjeuner sucré avant de partir dans les bois, mais la plupart d'entre eux étaient des gens du coin.

Et Finley semblait tous les connaître. Du principal du lycée aux femmes au foyer, et des commerçants du coin aux parents de l'association des parents d'élèves. Lorsqu'elle servait d'autres pâtisseries au comptoir, elle saluait tout le monde par leurs prénoms. Et quand elle ne connaissait pas quelqu'un, elle apprenait rapidement à le faire. Elle leur posait des questions sur leur matinée, quels étaient leurs plans pour la journée, ce genre de choses.

Il était difficile pour Brock de croire qu'elle ait pu être timide avec lui. Elle était tellement spontanée avec les gens, et chaque fois qu'il la voyait interagir avec les clients, il souriait. Elle n'était pas très à l'aise avec les personnes contrariées, mais Brock et Liam n'avaient aucun mal à s'occuper de ces profils-là. Heureusement, il n'y avait pas beaucoup de personnes qui étaient de mauvaise humeur. Comment pouvaient-elles l'être alors que les desserts de Finley étaient toujours délicieux et suffisaient à remonter le moral à n'importe qui.

Il n'eut pas l'occasion de faire plus que de déposer un baiser rapide sur ses lèvres lorsqu'il fut temps de se rendre au garage. Il ne pouvait pas vraiment l'embrasser comme il en mourait d'envie quand il y avait des clients dans le magasin. Mais il était ravi de voir qu'elle n'était pas pudique à son contact en public.

— Je viens te chercher chez toi vers 18 heures ? demanda-t-il.

Finley acquiesça.

— C'est parfait.

— Sandra m'a dit qu'elle nous avait réservé une table.

— Tant mieux, parce que j'ai le sentiment que le Sunny Side Up va être complètement bondé. D'autant plus qu'elle a dit que vingt pour cent des recettes de la semaine où le menu Bigfoot sera affiché iront au club des pompiers junior et pour le budget de l'équipe de Recherche et de Sauvetage.

— C'est une bonne personne, dit Brock.

— Vraiment, acquiesça Finley. Allez, vas-y. Va t'assurer

que les voitures des habitants de Fallport fonctionnent correctement.

Brock sourit. Elle était drôle.

— Oui, madame. À tout à l'heure.

Elle acquiesça et il perçut le désir qu'elle avait pour lui briller dans ses yeux. Il lutta pour tourner les talons et la laisser là. Ils avaient tous les deux des responsabilités, mais demain à la même heure, elle serait à lui dans tous les sens du terme. Tout comme il serait à elle.

* * *

Ce soir-là, à 18 heures précises, Brock se gara dans l'allée de Finley. Il était à moitié dur depuis deux heures, simplement en pensant à la revoir... et à ce qui se passerait sûrement ce soir.

Il n'avait pas envie de sortir, il voulait ramener Finley chez lui et lui montrer à quel point il avait pensé à elle, combien il avait envie d'elle. Mais elle avait hâte de manger au restaurant ce soir et Brock se plierait en quatre pour lui donner ce qu'elle voulait.

Il marcha rapidement jusqu'à sa maison et sourit lorsqu'elle ouvrit la porte avant même qu'il ne toque.

— Salut ! dit-elle d'un ton assez jovial... mais elle évita à nouveau son regard.

Elle avait les yeux rivés sur sa gorge à la place.

Brock s'avança vers elle et posa un doigt sous son menton, relevant doucement son visage jusqu'à ce qu'elle croise son regard.

— Qu'est-ce qui ne va pas ? demanda-t-il.

— Rien, pourquoi ? dit-elle un peu trop rapidement.

Il renifla.

— Parle-moi.

Finley soupira.

— Je crois que je suis juste... nerveuse.

— D'être avec moi ?

— Non. Oui. Je ne sais pas. En fait... j'étais en train de préparer mon sac et j'ai soudain réalisé que ça faisait long-temps que je n'avais pas... et finalement je ne suis plus si sûre de moi. Me voir toute nue n'a rien à voir avec le fait de me voir habillée. Je suis une fille large, Brock. J'ai des bour-relets et je ne suis pas du tout tonique. Je ne...

Brock l'interrompit de la façon la plus simple qu'il connaissait. Il l'embrassa comme pas possible. Le temps qu'il se retire, ils étaient tous les deux essoufflés.

— Arrête de stresser, lui ordonna-t-il doucement. On fera au feeling. Si ce soir on n'est pas assez à l'aise pour faire autre chose que des câlins, c'est ce qu'on fera. Je ne te mets aucune pression pour faire quoi que ce soit de plus. Quant au fait de voir ton corps... crois-moi, la première fois que je verrai ta poitrine, je ne pourrai penser à rien d'autre. Tu n'es pas au courant que les hommes adorent les seins ?

Elle se mit à rire, ce qui était son but. Il n'était pas totale-ment honnête, il avait terriblement hâte de découvrir chaque centimètre de son corps nu, mais, là, tout de suite, il n'était pas sûr que ça la réconforterait. Un jour, elle n'aurait aucun mal à être nue devant lui avec toutes les lumières allumées, mais pour leur première fois, il ferait tout son possible pour qu'elle ne pense à rien d'autre qu'au plaisir qu'il pourrait lui procurer.

— Je ne comprends pas cette obsession des seins, dit finalement Finley.

— Je ne peux pas l'expliquer. C'est un truc de mecs, dit-il. Tu es prête ?

Elle acquiesça et se pencha pour attraper un petit sac déjà posé près de la porte. Rien qu'en le voyant, le sexe de

Brock tressaillit. Tout à l'heure, il n'aurait pas à lui dire au revoir et à rentrer chez lui pour se masturber en pensant à elle. Il pourrait la serrer contre lui toute la nuit, qu'ils couchent ensemble ou non. Il pourrait sentir son parfum de vanille et de cannelle tout autour de lui. Il avait hâte, putain.

Il se demanda si ça la dérangerait d'aller direct au lit après leur dîner.

Il l'accompagna jusqu'à son pick-up avec une main posée sur le bas de son dos, jeta son sac à l'arrière, puis lui ouvrit la portière. Il adorait voir qu'elle ne cillait même plus lorsqu'il voulait qu'elle se glisse sur la banquette au lieu de passer par le côté passager. Cela lui semblait plus sûr de la voir grimper du même côté que lui.

Le trajet jusqu'à la place centrale ne fut pas long. À vrai dire, il leur fallut plus de temps pour trouver une place de parking que pour s'y rendre en voiture.

— Waouh, il y a du monde, dit Finley en marchant main dans la main avec lui vers l'entrée.

Soudain, Brock se figea net et regarda fixement le restaurant Sunny Side Up.

— Oh, putain, souffla-t-il.

Finley avait un immense sourire aux lèvres.

— Ils l'ont mis aujourd'hui. Je ne voulais pas te gâcher la surprise.

Ils observèrent le vitrail que Bristol avait créé pour le restaurant. Il mesurait environ deux mètres et demi de large et soixante-dix centimètres de haut. Les différentes teintes vertes et brunes du verre donnaient l'impression que les arbres étaient vivants. Une silhouette solitaire avait été représentée de dos, sur un sentier au milieu des bois. L'homme était vêtu d'un tee-shirt du groupe de Recherche et de Sauvetage d'Eagle Point et portait un sac à dos dans une main.

Et comme l'avait promis Bristol, une créature poilue se tenait à l'écart de l'un des arbres dans le coin, comme si elle observait l'homme sur le sentier.

— C'est..., la voix de Brock se brisa.

Il n'avait pas les mots pour exprimer à quel point l'œuvre d'art était extraordinaire.

— Je sais, dit Finley en se blottissant contre lui.

Les gens autour d'eux prenaient des photos du vitrail, mais également de l'enseigne Sunny Side Up. Cela allait être un énorme coup de pub pour Sandra et son restaurant, pour Bristol et pour Fallport en général.

Brock soupira.

— J'imagine que cela va attirer encore plus de monde dans notre ville paisible.

Finley lui tapota le bras.

— Ouaip.

Il lui sourit.

— Tu risques peut-être de devoir embaucher un nouvel assistant.

— Je peux m'en charger.

Évidemment qu'elle le pouvait. Il était impressionné qu'elle ne semble même pas effrayée par cette idée.

— Allez, viens, on va voir si Sandra nous a bien gardé cette table qu'elle nous avait promise.

Ils parvinrent à doubler les gens qui faisaient la queue à l'intérieur et la serveuse parut extrêmement nerveuse lorsqu'ils s'approchèrent. Mais quand elle les vit, elle leur sourit.

— Salut les gars. C'est fou, hein ? dit-elle.

Sans attendre leur réponse, elle attrapa deux feuilles de papier – les menus Bigfoot temporaires, visiblement – et leur demanda de la suivre. Elle les conduisit jusqu'à une table adossée au mur, au fond de la pièce. Il n'y avait pas de coin privé dans le restaurant, ce que Brock regretta un peu.

— Karen passera prendre votre commande dès que possible.

— Pas de souci. On peut être patients, dit chaleureusement Finley.

La serveuse lui adressa un sourire reconnaissant, puis retourna à l'accueil.

— Waouh, dit Finley une fois qu'elle fut partie. Je me doutais qu'il y aurait du monde, mais là ? C'est dingue.

— Le vitrail de Bristol combiné avec le menu Bigfoot, c'est une bonne attraction, dit Brock.

Finley ricana.

— Ah ouais, tu crois ?

Il leur fallut attendre dix minutes avant que Karen puisse arriver à leur table, mais Brock s'en moquait. Il prenait plaisir à parler avec Finley de sa journée. Ils commandèrent leurs boissons ainsi que leurs plats, au cas où Karen ne mette à nouveau dix minutes pour venir prendre leur commande. Les yeux de Finley scintillèrent lorsqu'elle commanda le burger Bigfoot avec des Frites Poilues et des courges de Yéti. Brock prit le steak à cheval Bigfoot et le bouillon de Yéti qui était apparemment une soupe minestrone.

— C'est drôle ! s'exclama Finley lorsque Karen s'en alla pour passer leurs commandes.

Brock lui prit la main et la serra fermement en souriant. Ils étaient assis l'un en face de l'autre à la petite table pour deux. Il aurait préféré être sur une banquette, à côté d'elle, mais cela aurait été impoli de prendre une table pour quatre alors qu'ils n'étaient que tous les deux. Alors il devait se contenter de lui tenir la main sous la table en observant son beau visage.

Ils bavardèrent en attendant l'arrivée de leur dîner. Les cuisiniers devaient travailler comme des fous, car Karen revint avec leurs repas après seulement vingt minutes.

Plusieurs personnes qui avaient reconnu Finley étaient passées devant leur table et s'étaient arrêtées pour les saluer. Brock fut à nouveau impressionné par le nombre d'habitants qu'elle connaissait.

Ils étaient en train de finir de manger lorsque ce que Brock redoutait arriva.

Il avait vraiment essayé de ne pas penser à leurs deux premiers rendez-vous et au fait qu'ils avaient toujours mal tourné. Mais étant donné qu'à chaque fois qu'ils étaient ensemble en public, quelque chose venait tout gâcher, il était un peu inquiet depuis qu'ils avaient franchi le seuil de la porte.

Juste au moment où il avait baissé sa garde et commençait à penser qu'ils pourraient vivre un rendez-vous sans que la situation ne dégénère, une serveuse arriva derrière Finley avec un plateau de nourriture.

Les clients à la table voisine choisirent ce moment pour se lever. Un homme se redressa, poussant sa chaise sur le côté – pile au moment où la serveuse passait.

Tout sembla se dérouler au ralenti. Brock tenta de tendre la main pour stabiliser la serveuse ou pour attraper le plateau, mais il n'en eut pas le temps.

Le plateau qu'elle tenait bascula sur le côté tandis qu'elle essayait de ne pas se faire percuter par la chaise de l'homme. Les assiettes et verres glissèrent vers Finley et les choses prirent une sale tournure.

Un plat de Spaghettis Yéti, des Boulettes Bigfoot et un burger Sasquatch se déversèrent sur l'épaule de Finley et sur ses genoux. Deux verres d'eau et un verre de Coca-Cola éclaboussèrent la table, aspergeant Finley et Brock.

Pendant un moment, plus personne ne bougea ni ne dit un mot.

Tout le monde les observait les yeux écarquillés, choqués.

Puis, alors que la serveuse commençait à s'excuser abondamment, l'homme à côté prit plusieurs serviettes sur sa table et les donna à Brock tandis que Sandra se précipitait jusqu'à leur table, traversant le restaurant... Finley se mit à rire.

Au début, ce ne fut qu'un petit gloussement, mais il s'amplifia rapidement. Finalement, elle se mit à rire tellement fort qu'elle ne parvint même plus à parler.

Brock était *en colère*... mais en voyant Finley s'amuser de la situation, il ne put s'empêcher de soupirer, de secouer la tête et de sourire à son tour.

— Oh, mon Dieu ! s'exclama Sandra. Oh, là, là... c'est... tiens, prends ces serviettes.

Étonnamment, cela la fit rire encore plus fort. Elle repoussa sa chaise et se leva, les nouilles tombant de ses épaules alors qu'une boulette de viande rebondissait sur le sol et roulait quelques mètres plus loin.

Finley était recouverte de sauce et de nouilles – et Brock n'avait jamais rien vu de plus beau qu'elle à ce moment-là, elle, la tête renversée en arrière et riant de l'absurdité de la situation.

Elle aurait pu être furieuse et avait toutes les raisons d'être contrariée ou même de pleurer, mais au lieu de ça, elle avait décidé de le prendre avec humour. Cet homme n'avait pas percuté intentionnellement la serveuse, tout comme celle-ci n'avait pas fait exprès de faire tomber la nourriture sur les genoux de Finley.

Cela ne voulait pas dire que Brock ne regrettait pas de ne pas avoir tout reçu à sa place.

— Bon, ça suffit, dit-elle à Brock, en enlevant délicatement les nouilles de son haut avant de les jeter sur la table. Tu avais raison. On arrête les rencards.

Il se figea un instant, se demandant si c'était *vraiment* fini. Si elle avait décidé que c'était fini entre eux. Mais elle continua.

— Quand on sortira tous les deux, on dira qu'on traîne ensemble. Qu'on va dîner ou déjeuner. Faire de la randonnée. Tu avais raison la deuxième fois : plus question de considérer nos sorties en dehors de la maison comme des rencards. Mieux encore, peut-être qu'on devrait rester chez nous et ne plus jamais sortir.

Brock écarta doucement la serveuse de son chemin. Elle tentait de ramasser les assiettes cassées et une partie de la nourriture. Il attira Finley contre lui d'un seul bras.

Elle couina et toujours en riant, elle lui dit :

— Je vais te salir !

— Tu ne pourras jamais me salir et j'ai assez de soda sur moi pour être aussi collant que toi.

— Mais au moins tu n'es pas couvert de Spaghettis Yéti, dit-elle en s'esclaffant.

Brock posa une main sur sa joue et se pencha vers elle.

— On ne va pas rester cachés chez nous. J'ai envie de montrer à tout le monde cette femme qui me fait rire parce qu'on a renversé de la nourriture sur elle, celle qui me donne envie d'attaquer tous ceux qui osent la regarder de travers et qui me fait remercier ma bonne étoile d'avoir accepté ce travail ici à Fallport il y a cinq ans.

Elle cessa de rire et leva les yeux vers lui.

— Moi aussi j'ai envie de te montrer à tout le monde, dit-elle simplement.

Ils partagèrent un sourire intime avant qu'il se penche vers elle et lui embrasse le bout du nez. Puis son front.

— Je suis tellement désolée, dit la serveuse d'un ton dépité.

Finley se tourna vers elle, gardant un bras autour de la taille de Brock.

— Ce n'est pas grave. C'était un accident, dit-elle avec magnanimité.

— Je m'en veux tellement. J'ai probablement bousillé ton joli haut.

— Probablement, acquiesça Finley. Mais ce n'est pas la fin du monde.

— Je paierai pour que tu le fasses remplacer, lui dit Sandra.

Finley secoua la tête.

— Oh que non. Ce n'est pas grave.

— Et votre dîner est offert par la maison. Vous aviez terminé ? Beth, va dire aux cuisiniers de préparer à nouveau leurs plats.

— Non ! s'exclamèrent Brock et Finley en même temps.

Ils échangèrent un sourire et un rire discret avant que Brock ne se tourne vers Sandra.

— On avait quasiment fini. On n'a pas besoin d'autre chose. Nos plats étaient excellents, comme d'habitude.

Sandra se tordait pratiquement les mains d'agitation.

— Qu'est-ce que je peux faire alors ? demanda-t-elle.

— Vous pouvez nettoyer tout ça et poursuivre comme si de rien n'était, dit fermement Finley. C'était un accident. Personne n'a été blessé.

— Et on paiera quand même notre dîner, ajouta Brock.

Sandra soupira.

— Très bien... mais je donnerai la totalité de l'argent à une œuvre de charité, pas seulement un pourcentage.

Brock hocha la tête, satisfait de sa réponse. Il se tourna vers Finley.

— Tu es prête à y aller ?

— Oui.

Sandra les suivit de près tandis qu'ils se dirigeaient vers la caisse. Les gens les évitaient, ce qui n'était pas vraiment une surprise, puisque Finley était couverte de sauce spaghetti.

— Attendez ! ordonna soudain Sandra lorsqu'ils s'avancèrent jusqu'à la porte. Ne bougez pas. Donnez-moi une seconde.

Ils n'eurent pas le temps de lui demander ce qu'elle faisait qu'elle se précipita vers la cuisine.

— Si elle ramène un plat de Spaghettis Yéti à emporter, je ne suis pas sûre de pouvoir me retenir de rire à nouveau, dit doucement Finley à Brock.

Il adorait son sens de l'humour. Se penchant vers elle, il approcha ses lèvres de ses oreilles et lui murmura :

— Imagine-toi plutôt nue dans ma douche à la place.

Il ne put s'empêcher de lui mordiller l'oreille au passage avant de se redresser.

Elle frissonna en le regardant.

— Tu ne me ramènes pas chez moi pour que je me lave ? murmura-t-elle en retour.

— Non. Je te veux dans ma douche. Mon lit. Depuis le début, le plan c'était de se déshabiller ensemble, alors finalement, ça ne fait qu'accélérer les choses.

Ses pupilles se dilatèrent devant lui et au moment où Brock faisait un pas en avant pour la tirer hors du restaurant, Sandra revint.

— Tenez ! Vous ne pouvez pas vous asseoir dans la voiture comme ça. Prenez ces serviettes, elles protégeront les sièges.

C'était effectivement une suggestion très utile et réfléchie. Brock prit les serviettes.

— Merci beaucoup, dit Finley.

Sandra ricana.

— Ce n'est pas à toi de me remercier alors qu'on t'a jeté de la nourriture dessus, marmonna-t-elle.

— Je te serrerais bien dans mes bras mais tu serais sale aussi, dit Finley. Alors, demain, attends-toi à ce que je te fasse un énorme câlin.

— Ça marche, dit Sandra qui parut un peu moins stressée.

— Va faire ce que tu as à faire... et profite du succès de ce soir, lui dit doucement Finley.

Elle lui tapota le bras, puis leva les yeux vers Brock.

— Je suis prête.

Ces mots voulaient dire tellement plus que ce que les gens autour d'eux, qui écoutaient leur conversation sans vergogne, interprétaient. Brock hocha la tête vers Sandra et poussa la porte du Sunny Side Up.

Il raccompagna Finley jusqu'à son pick-up, tous les deux perdus dans leurs pensées quant à la nuit qui s'annonçait. Après avoir ouvert sa portière, il se pencha en avant et étala l'une des serviettes sur le siège passager. Puis, il tint la main de Finley tandis qu'elle grimpait dans la voiture. Elle se glissa de l'autre côté et Brock posa sa propre serviette. Il démarra rapidement le moteur et une fois qu'il fut en route vers chez lui, il lui prit la main.

Une fois de plus, ils n'échangèrent aucun mot durant le court trajet. Ce ne fut que lorsque la porte d'entrée se referma derrière eux que Brock prit une grande inspiration et dit :

— Il y a deux façons de procéder. Premièrement, après avoir pris ta douche, tu peux enfiler le peignoir qui est accroché derrière la porte de la salle de bains. Je me laverai dans la salle de bains des invités et une fois qu'on sera tous les deux propres, on pourra trouver quelque chose à regarder à la télévision et quand on sera fatigués, on ira se coucher. C'est tout. Ou... je peux te rejoindre dans mon lit après ta douche.

— Il y a une troisième option, dit Finley d'une voix légèrement craintive.

Brock ne voyait pas ce que cela pourrait être et si elle lui annonçait qu'elle pouvait enfiler les vêtements propres qu'elle avait apportés avec elle et rentrer chez elle, il rejetterait immédiatement cette option.

— Qui est... ?

— Tu pourrais prendre ta douche avec moi et ensuite on pourrait aller dans ton lit, dit-elle doucement.

Le sexe de Brock revint immédiatement à la vie. Il sentit même quelques gouttes annonciatrices s'échapper rien qu'en l'imaginant nue, mouillée et pleine de savon dans sa douche.

Sans dire un mot, il lui prit la main et traversa le salon en direction du petit couloir. Il entendit Finley rire derrière lui, mais c'était comme s'il l'entendait à travers un brouillard épais. Tout ce à quoi il pensait, c'était de se retrouver nu avec elle dans sa douche.

Il l'entraîna dans la salle de bains de sa chambre et ferma la porte derrière eux. Adorant le courage dont elle avait fait preuve en lui demandant de se doucher avec elle, tout en sachant qu'elle n'était sûrement pas très tendre avec son corps, Brock éteignit la lumière du plafond en même temps qu'il alluma celle de la petite alcôve des toilettes. Cela leur permettait d'y voir assez clair, sans que ce soit trop agressif. Des ombres envahirent la pièce et il vit le soulagement dans les yeux de Finley.

— Déshabille-toi, ordonna-t-il en saisissant l'ourlet de sa propre chemise.

CHAPITRE HUIT

Finley frissonna au son de sa voix. Et pour la première fois, elle ne pensa pas au nombre de bourrelets qu'elle avait sur le ventre, ni à la taille de ses cuisses, elle ne se concentrait que sur Brock.

Il avait déjà enlevé son haut et Finley aurait pu jurer qu'elle bavait presque. Certes, elle l'avait déjà vu torse nu auparavant, mais c'était différent lorsqu'elle savait qu'ils allaient ensuite être tout nus dans sa douche.

Elle parvint à soulever son haut et à le faire passer par-dessus sa tête, mais visiblement, elle était trop lente pour Brock, car le temps que sa tête émerge du tissu, il se tenait déjà devant elle. Pile en face d'elle. Et comme promis, il avait les yeux rivés sur ses seins, qui débordaient du soutien-gorge en dentelle qu'elle avait mis un peu plus tôt. Générale-ment, elle mettait plutôt des brassières de sport. Ils lui offraient plus de maintien quand elle travaillait, mais ce soir, elle avait voulu se sentir belle pour Brock.

Plus soulagée qu'elle ne pouvait l'admettre d'avoir cédé à cette coquetterie – car enlever sa brassière de sport n'avait rien de sexy – Finley se cambra un peu lorsque Brock se pencha.

Il s'attaqua immédiatement à la braguette de son jean à elle tout en embrassant son décolleté et sa poitrine à pleine bouche. Ses tétons étaient durs comme de la pierre et à chaque inspiration, sa peau se rapprochait des lèvres de Brock. Il retira son jean et sa culotte en même temps et Finley enleva ses chaussures avant de se déshabiller complètement. Tandis qu'il défaisait son soutien-gorge, les mains dans son dos, Finley enleva ses chaussettes. Pour elle, il n'y avait rien de moins sexy que d'être nue tout en portant encore ses chaussettes.

Brock ne recula pas pour l'admirer dans toute sa splendeur. Dès la seconde où son soutien-gorge heurta le sol, il posa les lèvres sur l'un de ses mamelons.

Finley ne put s'empêcher de laisser échapper un long gémissement. Mon Dieu, que sa bouche était agréable. Ses tétons avaient toujours été extrêmement sensibles.

Pendant qu'il l'aspirait, Brock lui prit la main et la guida jusqu'au bouton de son propre jean. Comprenant l'allusion, Finley tâtonna le bouton et la fermeture Éclair jusqu'à ce qu'il se desserre. Elle plaqua ses mains contre ses hanches et poussa le tissu vers le bas.

Une fois qu'il fut aussi nu qu'elle, il enroula un bras autour de sa taille, posant sa main large et calleuse contre le bas de son dos, en l'entraînant dans la douche. Il se tourna pour être dos au pommeau de douche et Finley laissa échapper un petit cri lorsqu'il ouvrit l'eau. Elle était froide... et elle n'était même pas sous le spray. Elle ne savait pas comment Brock pouvait le supporter, mais elle n'eut pas le temps de s'en soucier lorsqu'il saisit son sein dans sa main libre et ouvrit les lèvres pour le prendre plus amplement dans sa bouche.

Finley agrippa ses fesses d'une main tandis que l'autre attrapait ses énormes biceps et elle se perdit dans ce tourbillon de sensations.

Elle leva automatiquement la jambe en essayant de se rapprocher de Brock... ce qui était pratiquement impossible.

— Tu es tellement belle putain, souffla-t-il en levant la tête assez haut pour passer à son autre téton.

— Brock, dit-elle en gémissant alors que son sexe convulsait chaque fois qu'il aspirait son téton.

Elle n'avait jamais été aussi excitée. Jamais.

Elle réalisa vaguement que l'eau était devenue chaude et que de la vapeur commençait à s'élever autour d'eux. Puis, Brock la fit tourner sur le côté et la plaqua contre le mur.

Le contraste du carrelage froid dans son dos et l'eau chaude l'éclaboussant lui fit tourner la tête.

Avant même qu'elle ne comprenne ce qu'il faisait, Brock était à genoux devant elle, la tournant pour s'appuyer contre le mur adjacent, l'eau dans son dos. Finley cligna les yeux de surprise. Il agrippa fermement ses hanches et il observa longuement son sexe dans la cabine de douche sombre, avec intensité.

Finley n'avait pas été avec un homme depuis plusieurs mois, bien trop pour qu'elle puisse les compter, mais elle aimait parfaitement s'épiler. À l'exception de quelques poils au-dessus de son clitoris, elle était totalement nue. Elle retint son souffle, attendant de voir quelle serait la réaction de Brock.

— Mon Dieu, Finley ! s'exclama-t-il.

Il glissa une main entre ses jambes, promenant un doigt à travers ses plis. Finley sentit à quel point elle était mouillée et pour une fois dans sa vie, elle n'en avait pas honte.

— Je n'avais pas prévu de faire ça dans la douche, mais tant pis, dit Brock juste avant de plonger en avant.

Finley rejeta la tête en arrière et la légère douleur provoquée par le choc avec le carrelage derrière elle fut à peine perceptible. Tout ce qu'elle sentait, c'étaient les lèvres et la langue de Brock entre ses cuisses.

Il souleva l'une de ses jambes et la plaça par-dessus son épaule. Elle était totalement exposée à lui, à sa merci. Elle vacilla un instant, mais son étreinte ferme la stabilisa.

Baissant les yeux, Finley vit le haut de la tête de Brock pendant qu'il la léchait et suçait, comme si elle était une friandise dont il s'était privé trop longtemps.

Elle eut la chair de poule tandis qu'il la dévorait. Quelqu'un lui avait-il déjà fait un cunni avec autant d'enthousiasme dans sa vie ?

Non, la réponse était non.

Alors qu'elle le regardait la dévorer comme un homme affamé, faisant de son mieux pour ne pas craindre de l'étouffer entre ses cuisses, il leva les yeux. Pour une fois, elle ne vit pas le renflement de son ventre. Elle ne pensa pas au fait que le corps de Brock était bien plus ferme que le sien. Elle ne pensa pas à toute cette chair en trop qu'elle exhibait. Elle ne pensait qu'au plaisir que Brock lui procurait. Alors qu'il lui rendait son regard, elle vit sous la faible lueur que ses pupilles étaient complètement dilatées et ce désir cru dans ses yeux ne fit qu'accentuer le sien.

— Brock, murmura-t-elle.

Il sourit contre elle, puis ferma les yeux et la rendit folle à nouveau. Il semblait savoir exactement ce qui la faisait monter en flèche et concentra son attention sur son clitoris. Ses muscles internes se crispèrent, cherchant à s'accrocher à quelque chose et se serrèrent tandis que Brock la rapprochait de plus en plus d'un orgasme phénoménal.

Finley agrippa ses cheveux d'une main et son épaule de l'autre. Elle se sentait bizarre. Tremblante. La dernière chose dont elle avait besoin, c'était de s'évanouir en plein orgasme. Cela plomberait certainement l'ambiance.

— Je te tiens, souffla Brock contre sa chair tendre. Lâche prise. Jouis pour moi, Fin. J'ai envie de te goûter. Je veux sentir ta moiteur sur mon visage.

Elle n'aurait pas dû être surprise que Brock soit si cru, mais elle l'était quand même. Et elle ne pouvait pas nier que c'était très sexy. Elle enroula les doigts autour de son épaule alors qu'il léchait son clitoris sans relâche. Vite et fort.

Elle balança ses hanches et la jambe sur laquelle elle se tenait se mit à trembler alors qu'elle s'approchait de l'orgasme.

Brock enroula un bras autour de sa cuisse sur son épaule et la poussa plus fort contre le carrelage. La main qui agrippait ses hanches se glissa entre ses jambes et il enfonça un long doigt en elle tout en continuant de la lécher.

— Oui, juste là ! Brock ! cria Finley.

Son corps entier était au bord du précipice. Chaque muscle était tendu comme un arc. Elle oscillait entre s'accrocher et se laisser aller. Puis, il ajouta un second doigt, l'étirant et la remplissant. Il la pénétra doucement en suçant son clitoris, avec force.

Elle n'aurait pas pu se retenir même si elle l'avait voulu. Un grognement profond lui échappa alors qu'elle se plaquait contre le visage de Brock et lâchait prise.

Brock émit un gémissement satisfait, mais le cerveau de Finley l'enregistra à peine.

— C'est ça, baise mes doigts, lui demanda-t-il d'une voix rauque en étirant son orgasme aussi longtemps qu'il le put.

Le temps qu'elle redescende du plaisir qu'il venait de lui donner, Finley se sentit aussi molle qu'un chewing-gum.

Mais Brock ne s'arrêta pas ; au lieu de ça, il tint sa cuisse sur son épaule et continua de la pénétrer avec ses doigts d'avant en arrière.

— J'ai tellement hâte de te sentir sur moi, dit-il sans détourner le regard de son sexe étiré autour de ses doigts. Tu vas me serrer si fort. Je vais exploser dès que je vais entrer en toi, je le sais.

Finley avait le sentiment que son visage était tout rouge. Elle n'aurait pas dû être aussi gênée par ses paroles crues ni par le sexe de manière générale. Mais là, c'était plus que du sexe. La plupart des hommes avec lesquels elle avait été l'avaient à peine excitée avant de grimper sur elle et de se donner du plaisir. Brock était différent. Il la... vénérait.

Et Finley savait que désormais, elle ne pourrait plus jamais être avec aucun autre homme.

Au bout d'un moment, elle lui dit d'un air hésitant :

— Brock ?

— Hmm ?

— Je crois que j'ai une crampe au mollet.

Il se mit immédiatement en mouvement. Il se pencha et aspira à nouveau son clitoris, se léchant les lèvres tandis qu'il soulevait sa cuisse de son épaule et reposait son pied sur le sol carrelé. Mais il ne se leva pas. Il se contenta de tenir ses hanches, s'agenouilla à ses pieds et la regarda fixement. La vapeur était épaisse dans la cabine de douche alors que l'eau continuait de pleuvoir sur eux.

— Merci, dit Brock au bout d'un moment.

Finley fronça les sourcils.

— Je crois que tu m'as volé ma réplique.

Il secoua la tête.

— Non. J'ai perdu le contrôle. J'avais trop hâte de te goûter. J'apprécie que tu m'aies fait assez confiance pour que je m'assure que tu ne tombes pas. Que tu m'aies offert ce cadeau. Et pour info... *j'adore* te dévorer, putain. Je vais vouloir le faire plus souvent à l'avenir.

Finley eut l'impression que ses joues la brûlaient. Croyait-il qu'elle allait s'en plaindre ? Certainement pas.

— Euh... d'accord.

Il sourit et ses mains glissèrent contre sa peau jusqu'à ce qu'elle tienne à nouveau ses seins. Elle baissa les yeux et la vue de ses énormes mains tachées de cambouis sur sa peau était érotique à souhait. Son regard se promena sur son torse, sur ses tablettes de chocolat et jusqu'à son sexe qui tressautait de haut en bas alors qu'il se tenait en équilibre sur la pointe des pieds, les jambes écartées. Il était long. Et épais. Et le désir qui s'était estompé un instant auparavant repartit de plus belle. Elle avait envie de lui. En elle. Tout de suite.

Elle dut émettre un bruit de désir, car Brock sourit et se leva lentement. Il la serra contre lui et elle sentit sa dureté contre la douceur de son ventre. Jamais leurs différences en tant qu'homme et femme n'avaient été aussi évidentes qu'en ce moment même.

Mais au lieu de la prendre là tout de suite contre le mur, comme elle en avait envie, Brock la fit tourner pour qu'elle soit dos au jet d'eau. Il se pencha et prit une fleur de douche et du savon liquide. Il versa le savon sur la fleur et la frotta vigoureusement avec ses mains.

— Brock ?

— Oui ? dit-il en passant la fleur de douche sur son épaule.

— J'ai envie de toi.

— Moi aussi j'ai envie de toi. Et je t'aurai, tout comme tu m'auras.

Finley saisit son membre qui étalait des gouttes annonciatrices sur son ventre à chaque mouvement qu'il faisait.

Mais Brock attrapa sa main dans la sienne et la posa sur son torse.

— Patience, Fin, dit-il avec un petit sourire en commençant à lui laver la peau.

L'odeur de vanille monta jusqu'à ses narines...

Le savon était de la même marque que celui qu'elle avait dans sa propre douche.

— C'est toi qui dis ça. Et tu t'attends à ce que je sois patiente après l'orgasme que tu m'as donné et après avoir vu à quel point tu es dur pour moi ?

— Oui, dit-il, son sourire ne faiblissant pas. Il faut que je te débarrasse de ces Spaghettis Yéti. Et de ce soda. Détends-toi. C'est un marathon, pas un sprint.

Mon Dieu. Cet homme essayait vraiment de la tuer.

— N'oublie pas que je n'ai pas la même endurance que toi, marmonna-t-elle tout en se cambrant lorsqu'il descendit le long de ses fesses et entre ses jambes avec la fleur de douche.

— Tu n'as rien à faire à part rester allongée pendant que je te donne du plaisir, chuchota Brock contre son oreille tout en utilisant son autre main pour faire mousser le savon qu'il avait déposé entre ses cuisses.

Et tout à coup, les jambes de Finley redevinrent fébriles.

Le reste de la douche fut une leçon de patience, ce que Finley n'avait pas. Après qu'il l'eut rincée et qu'elle lui eut rendu la pareille avec la fleur de douche, s'assurant que chaque centimètre de sa peau était étincelant de propreté, il éteignit l'eau et ouvrit la porte de la douche pour attraper une serviette.

Lorsqu'il se retourna, Finley était à genoux devant lui.

— Finley, tu...

Il fut interrompu lorsqu'elle saisit la base de son sexe et le prit dans sa bouche. Elle ne pouvait garder celle-ci ou ses mains loin de lui une seconde de plus. Elle avait envie de lui rendre une partie du plaisir qui lui avait déjà donné.

Il sentait le sexe et la vanille. C'était un mélange étourdissant et Finley se servit de sa main pour le caresser tout en allant d'avant en arrière, autant que sa longueur le lui permettait. Il était épais et il lui était difficile de le prendre dans sa bouche. Elle n'aurait jamais pu le prendre en entier, mais elle fit de son mieux.

Elle sentit Brock écarter ses cheveux pour pouvoir la regarder.

— Putain, Fin. C'est tellement bon. Suce-moi plus fort. Ouiiii, comme ça.

Il balança les hanches contre elle pendant qu'elle le suçait et elle se délecta d'avoir cet homme incroyable à sa merci. Il passa une main dans ses cheveux, les serrant fermement, mais il ne tenta pas de diriger ses mouvements, il la tint simplement pendant qu'elle lui faisait la meilleure fellation possible.

Bien avant qu'elle ne soit prête, il raffermit sa prise et l'écarta. Comme si elle ne pesait rien du tout, il la souleva et l'attira plus près. Ils étaient tous les deux essoufflés et les tétons de Finley effleurèrent les poils de son torse. Il la regarda longuement avant de la conduire jusqu'à sa chambre. Ils étaient tous les deux mouillés, ses cheveux dégoulinant dans son dos, mais il ne semblait pas le remarquer ni s'en soucier.

Il la jeta presque brusquement sur le matelas et s'avança immédiatement sur elle lorsqu'elle recula jusqu'au milieu du lit.

Tout comme dans ses fantasmes, les muscles de ses bras se contractèrent lorsqu'il se pencha sur elle. Le bout mouillé de son membre effleura l'intérieur de sa cuisse, lui faisant immédiatement écarter les jambes pour lui. Elle n'avait jamais autant désiré un homme de sa vie.

— Je suis clean, dit-il d'un ton brusque.

— Moi aussi.

— Tu prends une contraception ? demanda-t-il.

Finley fronça les sourcils.

— Merde. Non.

Il ferma les yeux, mais ne changea pas de position.

— J'aurais dû prendre des préservatifs aujourd'hui quand j'étais au magasin, mais je me suis laissé distraire par les barres chocolatées quand j'essayais de trouver toutes celles au caramel.

Finley ne put s'empêcher d'être déçue. Pas à cause des chocolats qu'il lui avait ramenés, mais, parce que l'absence de protection signifiait qu'elle n'aurait pas l'occasion d'expérimenter tout ce qu'était Brock. Elle avait envie de lui. Tellement. Elle avait envie de son sexe immense en elle. Elle voulait qu'il la prenne. *Fort.*

Il ouvrit les yeux et elle s'immobilisa en voyant son regard.

— Oh, et puis merde. Je ne peux pas attendre. Je vais te prendre tout de suite, Finley. Je veux être profondément enfoncé en toi, à l'infini. S'il y a des conséquences, si on fait un bébé, je prendrai soin de vous deux. Peu importe qu'on finisse ensemble sur le long terme ou non. Je sais que c'est complètement irresponsable, mais je m'en fiche. Ce n'est pas juste du sexe, Fin. C'est tellement plus. Et ce n'est pas seulement parce que je veux prendre mon pied, ça je peux le faire avec ma propre main et récemment, je l'ai fait tous les soirs. Il y a quelque chose chez toi qui me rend un peu dingue. Je ne peux littéralement pas te résister, dit-il avant de prendre une grande inspiration. Dis quelque chose, la supplia-t-il. Dis-moi de dégager. Que tu n'as pas envie de prendre le risque de tomber enceinte. Ou que je suis fou de m'en foutre à ce point. *Quelque chose.*

Finley fut choquée par tout ce qu'il lui annonça. Mais elle ne pouvait pas nier qu'au fond elle sautait dans tous les sens, une petite voix lui hurlant de le laisser la prendre.

De le laisser la remplir, se déverser en elle et de la mettre enceinte.

Elle avait toujours voulu des enfants, mais n'avait jamais trouvé personne avec qui elle voulait en avoir. Et l'idée d'une insémination artificielle ne l'enchantait guère. Désormais, elle savait qu'une petite fille avec les beaux yeux bruns de Brock serait un rêve devenu réalité. Ou un petit garçon qui le suivrait partout, voulant apprendre tout ce que son père savait sur les voitures et la forêt.

— Finley ? dit Brock en s'écartant. Putain, j'ai merdé. Je suis tellement désolé.

En guise de réponse, Finley tendit la main et enroula les doigts autour de son sexe encore dur. Elle se déplaça jusqu'à ce qu'il soit là où elle voulait qu'il soit, écarta un peu plus les jambes et glissa le bout de son membre entre ses lèvres.

— Prends-moi, Brock. Je suis à toi.

Et elle l'était.

Désormais, elle appartenait à cet homme. Il avait son cœur, son corps, son âme et elle ne pouvait pas s'imaginer être avec quelqu'un d'autre.

C'était peut-être une erreur... mais tant pis. Elle vivait l'instant présent et elle savait que cet instant avec Brock serait l'un des plus beaux de sa vie.

Avec un gémissement, Brock s'avança et s'enfonça longuement et lentement en elle.

* * *

Brock crut littéralement qu'il allait avoir un orgasme, là tout de suite. Sans aucune autre stimulation que d'être enfoui dans le corps délectable de Finley.

Elle n'avait même pas protesté contre son discours d'homme des cavernes sur le fait de la mettre enceinte. Il n'avait jamais été aussi imprudent de sa vie. Il avait toujours mis un préservatif, *toujours*. Mais avec Finley, il avait besoin d'être nu en elle, peau contre peau. Il ne supportait pas d'être autrement avec elle. Peut-être que la partie animale de son cerveau le savait déjà, quand il avait oublié d'acheter des préservatifs.

Il n'avait pas menti. S'ils faisaient un bébé ce soir, qu'il en soit ainsi. Il s'assurerait toujours que Finley et leur enfant aient tout ce dont ils avaient besoin.

— Brock ? murmura-t-elle. Vas-y. *S'il te plaît !*

Elle enfonça les ongles dans ses biceps et il remarqua qu'elle tressaillit lorsqu'il plongea entièrement en elle. Elle était étroite. Presque trop étroite, même si elle était encore moite. Il pouvait sentir son excitation chaude tremper la peau de son membre.

— J'ai peur de le faire, lâcha-t-il.

Elle fronça les sourcils.

— Tout va bien. Tu ne me fais pas mal.

— Oui, j'ai peur de faire quoi que ce soit qui puisse te faire mal, mais j'ai aussi peur de jouir si jamais je bouge. Et je ne veux pas que ça se termine. Je veux rester ici aussi longtemps que je le peux. Tu es tellement incroyable, Fin... tu n'imagines même pas.

Il se délecta de la voir rougir. Elle était passionnée et impatiente et pourtant, il pouvait encore la faire rougir. Il adorait ça, putain.

Ses muscles internes le serrèrent et presque involontairement, les hanches de Brock se balancèrent d'avant en arrière.

Ils gémirent tous les deux.

— Recommence, ordonna-t-il.

Elle s'exécuta. Elle serra son sexe plus fort cette fois-ci et Brock serra les dents pour ne pas exploser.

Elle gloussa et il sentit les vibrations contre lui tandis qu'il était profondément enfoncé en elle. Baissant les yeux vers Finley, Brock ne parvint pas à croire qu'elle était enfin là. Qu'elle lui faisait confiance avec son corps – et quel corps c'était. Charnu aux bons endroits. Aussi doux que la soie et tellement voluptueux.

Et sur cette pensée, il la pénétra une fois de plus. Ses seins tremblèrent lorsqu'il toucha le fond et il eut envie de voir cela à nouveau. Alors il balança à nouveau ses hanches et sourit en voyant ses seins généreux se secouer. L'image de lui en train de la prendre par-derrière en les regardant dans un miroir placé de façon stratégique pour qu'il puisse voir sa poitrine se balancer d'avant en arrière le fit presque jouir instantanément. Il déversa plusieurs gouttes annonciatrices en fermant les yeux et fit de son mieux pour reprendre le contrôle.

— Prends-moi, Brock, ordonna-t-elle. Arrête de te torturer. Lâche prise pour cette première fois, on prendra notre temps pour la seconde.

Elle avait raison. Il n'avait pas l'intention de la laisser quitter son lit ou ses bras de sitôt ce soir. Maintenant qu'elle était là, sous son corps, nue, il n'allait pas la laisser partir.

Il commença à la pénétrer. Avec *force*. Le bruit de leur peau se heurtant l'une à l'autre l'excitait autant que de voir ses seins rebondir sur sa poitrine. Finley se mordit la lèvre tandis qu'il la prenait et qu'elle se cambrait, faisant de son mieux pour onduler avec lui, ses ongles s'enfonçant dans sa peau. Il espérait qu'elle y laisserait des marques. Il voulait se souvenir de cette nuit. De la première fois qu'il avait pris la femme avec laquelle il voulait passer le reste de sa vie.

L'idée ne l'effraya même pas. Hors de question. Mon Dieu, il espérait presque la mettre enceinte, l'idée d'emménager avec elle et d'avoir son corps délicieux pour lui tout seul les quarante prochaines années ne l'inquiétait pas le moins du monde.

Elle était lisse, chaude et si serrée. La friction de son sexe s'enfonçant en elle d'avant en arrière était trop pour lui. Il sentit ses bourses se soulever, prêtes à se déverser. Il baissa les yeux vers là où leurs deux corps se rejoignaient... et il n'eut pas besoin de plus.

La vue de ses lèvres nues s'étirant autour de se son sexe était si charnelle, qu'il jouit avant même que son cerveau ne comprenne ce qui était en train de se passer.

Il s'enfonça aussi profondément qu'il le put et continua à laisser s'échapper ce qui lui sembla être des litres en elle. Il transpirait, ses bras tremblaient tandis que le plaisir le submergeait presque.

Lorsqu'il reprit ses esprits, il réalisa ce qu'il venait de faire. Il avait pris Finley sans se soucier de savoir si elle éprouvait du plaisir. Son sexe était encore un peu dur. Brock avait le sentiment qu'il resterait ainsi toute la nuit. Posant une main sur ses fesses pour se maintenir en elle, il roula sur le côté, l'emportant avec lui.

Finley laissa échapper un adorable cri de surprise lorsqu'elle se retrouva à cheval sur lui. Elle appuya les mains sur son torse et cligna des yeux vers lui.

— Eh ben, c'était... impressionnant, dit-elle avec un petit sourire.

Brock sentit leurs fluides s'échapper d'elle et sur ses bourses, quelque chose qu'il n'avait encore jamais expérimenté avant. Cela le rendait plus que fou de désir. L'idée que son sexe était rempli de son sperme fit à nouveau tressaillir son membre.

— Tu n'as pas joui, dit-il. Montre-moi comment tu aimes être touchée.

Elle fronça les sourcils.

— Quoi ?

— Masturbe-toi pour moi, Fin.

— Euh... ici ?

— Oui.

Il vit qu'elle tenta de rentrer le ventre comme si elle venait de réaliser à quel point elle était exposée. Le fait qu'elle soit gênée alors qu'il était encore en elle était inacceptable. Il saisit sa cuisse et repoussa son genou sur le côté, prenant son poids sur lui.

— Brock, qu'est-ce que tu fais ?

— Détends-toi, Finley. Ne pense à rien d'autre que ton plaisir.

Il repoussa ensuite son autre jambe, pour qu'elle ne puisse plus exercer de pression sur ses genoux, son sexe s'enfonçant de plus en plus profondément en elle.

— Je suis trop lourde, se plaignit-elle.

— Bien sûr que non, gronda Brock. Et si tu ne veux pas me montrer ce que tu aimes, il faudra que tu me dises si je m'y prends bien ou non.

Il plaça sa main entre eux et appuya son pouce contre son clitoris.

Finley tressaillit dans ses bras et il observa ses tétons se durcir devant lui. Il saliva et eut envie d'aspirer ses seins, mais tout ça était plus important. Il fallait qu'elle jouisse à nouveau.

Il enroula la main autour de sa cuisse jusqu'à ce qu'il puisse sentir l'endroit où son sexe disparaissait dans son corps. Il caressa ses lèvres autour de son membre tout en continuant de frotter son clitoris. Il ne fallut pas longtemps pour qu'elle se remette à genoux et commence à se balancer au-dessus de lui.

Il ralentit ses gestes contre son clitoris et elle gémit de frustration.

— Plus fort, ordonna-t-elle.

Brock l'ignora, ralentissant un peu plus. La taquinant.

— Brock, s'il te plaît ! protesta-t-elle.

— Montre-moi ce que tu aimes, exigea-t-il.

Elle était si loin dans son plaisir qu'elle s'exécuta immédiatement. Elle glissa une main entre ses jambes et posa l'autre sur son ventre, se stabilisant.

Rien n'aurait pu préparer Brock à la vision qu'il avait devant lui. Elle frotta durement son clitoris, se servant de ses deux doigts tout en commençant à le chevaucher.

Son sexe revint à la vie, s'allongeant et se durcissant au fur et à mesure qu'elle se servait de lui comme de son propre gode.

Elle finit par se redresser bien droite, laissant Brock la voir tout entière.

Et chaque centimètre d'elle était magnifique. Sa peau frémissait au rythme de ses coups de reins, luisant d'un léger voile de sueur. Ses seins rebondirent sur sa poitrine tandis qu'elle le chevauchait de plus en plus vite. Bien avant qu'il ne soit prêt à voir ce spectacle époustouflant se terminer, elle frotta son clitoris de façon frénétique et laissa échapper un long gémissement sexy.

Il sentit ses muscles intérieurs se crisper et se resserrer autour de lui alors que chaque muscle de son corps se tendait. Brock ne put se retenir plus longtemps. Il saisit ses hanches et l'immobilisa en la prenant par en dessous. S'enfonçant dans son corps avec force et rapidité. Il la pénétra durant son orgasme et au moment où le plaisir de Finley s'estompait, le sien débuta.

Il plaqua ses hanches vers le bas, leurs corps s'entrechoquant bruyamment une fois de plus alors qu'il jouissait. Son sexe tressaillit tandis qu'il se vidait en elle pour la deuxième fois ce soir-là. Brock se sentit presque étourdi. Ils étaient tous les deux transpirants, le parfum de la vanille et du sexe étant désormais officiellement l'une de ses odeurs préférées.

Il plaça une main entre ses omoplates et la poussa à s'allonger sur lui.

— Je suis trop lourde, murmura-t-elle.

— Non, pas du tout, dit-il en la tenant fermement pour qu'elle ne puisse pas s'écarter.

À ce moment précis, son sexe était toujours en elle. Il était mou désormais. Et Brock savait que ce n'était qu'une question de temps avant qu'il ne glisse hors d'elle. Il voulait garder cette connexion aussi longtemps que possible.

— C'était..., sa voix se brisa.

— Oui, acquiesça Brock.

Au bout de quelques minutes, son sexe se ramollit suffisamment pour se retirer d'elle. Il grogna de satisfaction, mais elle ne chercha pas à s'écarter. Il ferma les jambes, appréciant la sensation érotique de ses fluides qui s'écoulaient d'elle sur ses cuisses.

— Brock ?

— Oui ?

— Qu'est-ce qu'on fait ?

— On couche ensemble ? dit-il en riant.

Il l'entendit ricaner au-dessus de lui.

— Non, je veux dire... je n'ai encore jamais couché avec quelqu'un sans préservatif.

Il fronça les sourcils. Merde. Regrettait-elle ce qu'ils avaient fait ?

— Tu veux que j'appelle le docteur Snow pour qu'il me donne une pilule du lendemain ? demanda-t-il.

Finley leva soudain la tête pour le regarder droit dans les yeux.

La lumière du plafond était toujours allumée, heureusement, elle avait été trop excitée un peu plus tôt pour vouloir l'éteindre, Dieu merci. Brock avait adoré voir chaque centimètre de son corps sous et sur lui.

— Tu veux que je la prenne ?

— Non ! dit-il un peu trop brusquement avant de soupirer. Je pensais vraiment ce que j'ai dit. Si tu tombes enceinte, je serai fou de joie. Pas parce que j'ai toujours voulu avoir des enfants, ce qui est le cas, mais parce que je les aurai avec toi. Je ne sais pas où tu penses que tout ça nous mène, mais en ce qui me concerne, j'envisage notre relation sur le long terme.

Brock s'exposait à un tas de blessures, mais il ne comptait pas se défiler.

— Rien ne m'a paru aussi juste que d'être avec toi, continua-t-il. En toi. Ce n'était pas juste une partie de jambes en l'air. On a fait l'amour, Finley, dit-il presque désespérément.

— Oui, acquiesça-t-elle.

Et Brock se détendit.

— Je te veux tellement. Je veux passer autant de temps que possible avec toi. Je veux continuer à passer du temps avec toi pendant que tu cuisines le matin, parce qu'on sait très bien que je ne suis d'aucune aide. Ce qui m'aide à affronter ma journée, c'est de savoir que je vais te retrouver quand j'aurai terminé. Jesus en a marre que je parle de toi quand on travaille, mais je m'en fiche. Ce que je ressens... ce n'est pas rien, Finley... loin de là.

— Pareil, dit-elle avec un sourire timide.

— Tant mieux. Je ne vais pas te dire que je t'aime, parce

que je suis assez certain de te faire flipper. Mais il vaut mieux que tu t'habitues à cette idée, parce que tu l'entendras d'ici peu.

Finley sourit d'un air fatigué.

— D'accord.

Brock se détendit.

— Tu veux te nettoyer ?

— Tu veux dire comme on l'a fait dans la douche tout à l'heure ?

— Non. Je parle de me lever pour aller te chercher un gant de toilette chaud et revenir ici pour te nettoyer le sexe, puis me blottir contre toi jusqu'à ce que je ne puisse plus garder mes mains, ma bouche ou ma queue loin de toi et que je sois obligé de te refaire un cunni avant de te faire à nouveau l'amour.

Elle laissa échapper un petit rire étranglé.

— Hmm... j'imagine que je n'ai pas d'autres options ?

— Non, dit-il fermement, secouant la tête pour appuyer ses propos.

— Alors, oui, je veux bien me nettoyer.

Brock ne put s'empêcher de sourire. Il était un putain d'homme des cavernes, mais elle n'avait pas encore paniqué face à son comportement. Ça lui allait. Il s'écarta d'elle et glissa hors du lit avant de lui prendre la main pour l'aider à se lever.

— Ne bouge pas.

Il revint quelques secondes plus tard avec des draps propres puisque les autres étaient trempés, leur ayant quasiment servi de serviettes après leur douche. Il se déshabilla et refit le lit en deux minutes, puis reposa Finley sur le matelas avant de se rendre dans la salle de bains. Il revint avec un gant de toilette, la retrouvant sous les couvertures. Il eut envie de repousser les draps pour voir ce qu'il avait déversé sur son sexe, mais réalisa qu'elle avait peut-être besoin d'un peu plus de temps avant qu'il ne fasse ça. À la place, il se glissa sous la couette avec elle et l'essuya doucement. Il jeta le gant de toilette à l'aveugle, vers l'angle et l'attira contre lui.

Elle soupira de satisfaction et Brock adora la sensation de sa peau nue contre la sienne.

— Il est un peu tôt pour aller se coucher, marmonna-t-elle.

— On se repose juste. On ne va pas encore aller se coucher.

— Euh… on est couchés à l'horizontale dans un lit… je dis ça comme ça, plaisanta-t-elle.

Brock se mit à rire tandis que ses doigts effleuraient la peau douce de son épaule.

— Chut. Repose-toi. Tu vas en avoir besoin.

— N'oublie pas, il faut que je me réveille à 4 heures 15 pour être au travail à 4 heures 30, marmonna-t-elle contre son torse.

— Je n'oublierai pas, la rassura-t-il en modifiant mentalement l'heure de leur réveil à 4 heures pour qu'ils puissent se doucher ensemble avant de partir.

Le temps qu'il en ait fini avec elle, elle allait avoir besoin de cette douche… tout comme lui.

Alors qu'il sentait le souffle de Finley devenir régulier contre lui, Brock ferma les yeux. Il était très chanceux, et il le savait. L'idée qu'ils se séparent, ou que Dieu l'en garde, il arrive quelque chose à Finley, suffisait à faire perler la sueur sur son front. Heureusement qu'elle n'avait pas d'ex dans sa vie. Ni d'anciens collègues psychopathes. Ou de harceleur. Il ne supporterait pas que Finley vive quelque chose de semblable à ce qu'avaient vécu les femmes de ses amis.

Non, il était tout à fait d'accord pour qu'ils vivent une vie parfaitement ennuyeuse à partir de maintenant.

* * *

— Patron, c'est Pete.

— Tu as trouvé ce que je voulais savoir ?

— Pas vraiment, marmonna Pete.

— Qu'est-ce que ça veut dire ? demanda Le Patron d'un ton menaçant.

— C'est que... elle n'est jamais seule. Cory et moi n'avons pas réussi à l'approcher parce qu'elle est toujours avec quelqu'un d'autre. Et tu as dit que tu ne voulais pas de témoins.

— Tu es vraiment qu'un raté ! s'emporta Le Patron.

— Mais c'est vrai ! Aujourd'hui par exemple ce sans-abri était avec elle à la boulangerie dès l'aube. Et le mécano a débarqué peu de temps après. Puis l'Hispanique est venu travailler et il est resté avec elle toute la journée. Elle est restée tard et on comptait lui faire quitter la route quelque part, mais on n'en a jamais eu l'occasion parce qu'elle restait dans les rues passantes. Elle a livré un truc à une fille dans une chambre d'hôtes et elle y est restée pendant des plombes pour bavarder. Puis, elle est rentrée chez elle et avant même qu'on trouve un moyen d'entrer, elle était de nouveau partie. Elle s'est barrée pour manger dehors avec le mécano. La serveuse a renversé tout un plateau de nourriture sur elle et on était persuadés qu'elle allait rentrer chez elle après ça, mais au lieu de ça, elle est rentrée avec cet enfoiré. Et elle y a passé toute la nuit.

— Cette salope, soupira Le Patron. Et vous deux vous êtes des incompétents. Il faut que vous terminiez le boulot. J'ai une vie moi, putain. Je ne peux pas passer mon temps à aller à Roanoke pour récupérer la livraison. Il faut qu'on en finisse pour que je puisse assurer au fournisseur qu'on s'en est chargé. Il faut que je retrouve ma routine. Tu comprends bordel ?

— Oui, dit Pete.

— Tant mieux. Parce que si tu ne me donnes pas ce que je veux, finir en prison pour trafic de drogue sera le cadet de tes soucis.

Pete déglutit avec difficulté. Le Patron n'était pas quelqu'un qu'on avait envie de contrarier. Les rumeurs circulaient concernant ce qui était arrivé à d'anciens dealers lorsqu'ils avaient merdé. Il ne voulait pas disparaître sans laisser de traces. De l'extérieur, Le Patron paraissait normal... même sympathique. Mais il était évident, qu'au fond, quelque chose ne tournait vraiment pas rond.

Peter regretta de s'être impliqué dans cette histoire. À l'époque, cela lui avait paru être un bon moyen de se faire de l'argent et d'obtenir les cachets dont il avait désespérément besoin. Désormais, il réalisait qu'il était dans la merde. Il ne pouvait pas partir, parce qu'il en savait trop. Et s'il essayait de partir, il finirait comme les autres... découpé en petits morceaux et dispersé dans diverses décharges du sud-ouest de la Virginie.

Personne n'était certain que c'était ce qui était arrivé à Oscar, Jimmy et Andrea, mais Peter ne doutait pas que Le Patron n'hésiterait pas à tuer quiconque mettrait en péril la petite opération pépère qu'ils menaient ici à Fallport.

— Tu m'as entendu ? demanda Le Patron avec impatience. Isolez-moi cette connasse et découvrez ce qu'elle sait avant que je ne doive m'en occuper moi-même. Et si c'est le cas, crois-moi que tu n'aimeras pas les putains de conséquences qui suivront !

— Compris.

La ligne fut coupée et Pete soupira. L'appel s'était déroulé comme il l'avait imaginé, mais Le Patron s'était attendu à ce qu'il y ait du nouveau. Ce week-end, c'était Halloween et l'amie de cette connasse se mariait dans une maison un peu à l'écart de la ville. Pete savait qu'il n'aurait pas l'occasion de s'occuper de son gros cul avant cette date, d'autant plus que désormais elle vivait avec le mécano, mais après ça... Cory et lui seraient prêts. Dès qu'ils parviendraient à l'isoler, elle devrait répondre à quelques questions.

CHAPITRE NEUF

Finley avait l'impression de flotter dans les airs. Ça avait quand même de sacrés avantages de s'envoyer en l'air – non, de *faire l'amour* – tous les soirs. Se lever à 4 heures du matin ne semblait plus si pénible lorsqu'elle prenait sa douche avec Brock avant de se rendre au travail. La plupart du temps, leur douche les incitait à coucher rapidement ensemble, ou à se faire du bien oralement ou manuellement.

Brock était un amant créatif et généreux. Le fait qu'elle soit plus lourde que la moyenne ne semblait pas le déranger. Une fois qu'il lui avait fait l'amour avec toutes les lumières allumées, elle avait perdu toute inhibition. Elle n'avait jamais autant couché avec quelqu'un au cours d'une relation qu'elle ne l'avait fait avec Brock ces neuf derniers jours. Elle n'avait jamais cru que les gens pouvaient être aussi voraces que dans les romances qu'elle lisait, mais désormais, elle comprenait mieux. Tout ce que Finley avait à faire, c'était de regarder Brock, et elle mouillait immédiatement sa culotte.

Mais ce matin, même si elle était plus heureuse qu'elle

ne l'avait jamais été, Finley était stressée. Lilly et Ethan se mariaient aujourd'hui et elle avait un million de choses à faire, la plus importante étant d'apporter le gâteau qu'elle avait préparé chez Bristol en un seul morceau. Ensuite, elle devrait l'assembler et espérer qu'il soit aussi mignon que le gâteau test.

— Arrête de t'inquiéter, lui dit Brock en fermant le sac qu'ils apportaient chez Bristol et Rocky.

Il contenait les vêtements qu'ils allaient porter au mariage et à la cérémonie ainsi que le cadeau sur lequel Brock avait insisté pour inscrire leurs deux prénoms.

— Je n'y arrive pas, se plaignit-elle. Et s'ils me détestent ? Et si je n'arrive pas à le rendre beau ? Et s'il a mauvais goût ?

Brock s'approcha et l'attira dans ses bras et Finley soupira. C'était son endroit préféré au monde. Serrée contre le torse de Brock, elle pouvait entendre les battements de son cœur.

— Ton gâteau va être un succès. J'ai goûté la couche supplémentaire que tu as préparée hier et que tu as décidé de ne pas utiliser. Elle était délicieuse. Et elle sera encore meilleure avec un glaçage. Personne ne va le détester. Et il sera parfait, mais si ce n'est pas le cas, Lilly et Ethan s'en ficheront. Ils sont juste soulagés que ce jour soit enfin arrivé. Et même si on a l'impression que c'est Tony qui a fait le gâteau, ils seront quand même ravis.

Finley savait qu'il avait raison, mais elle était quand même nerveuse.

— Viens, dit-il. Plus on arrivera rapidement pour que tu t'occupes d'aider les autres et de faire ce que tu as à faire, moins tu seras nerveuse.

Il avait raison.

Tandis qu'ils se rendaient chez Bristol et Rocky, Finley ne put s'empêcher de repenser à ces derniers jours. Cela avait été un vrai tourbillon. Elle avait passé chaque nuit chez Brock et le petit sac qu'elle avait apporté le premier jour s'était déjà agrandi pour contenir une semaine de vêtements et tous ses articles de toilette sur le comptoir de sa salle de bains.

Brock avait également emballé trois cartons de ses affaires de cuisine lorsqu'un soir elle s'était plainte de ses poêles de mauvaise qualité. Elle plaisantait bien sûr, mais l'instant d'après, il avait déballé ses ustensiles en lui disant qu'elle était libre de les ranger où elle voulait. Ils avançaient à une vitesse vertigineuse... et Finley s'en fichait. Ses vêtements étaient dans le sèche-linge, mélangés aux siens et leurs deux prénoms étaient inscrits sur le nouvel objectif d'appareil photo emballé dans une boîte à l'arrière de la voiture.

Ethan avait dit à ses amis qu'il ne voulait pas de cadeaux de leur part, mais qu'il valait mieux gâter Lilly à la place. C'était la chose la plus gentille que Finley ait jamais entendue et elle était très heureuse pour son amie.

Les rumeurs concernant leur couple étaient allées aussi vite que leur relation. Probablement parce que le lendemain après qu'ils avaient fait l'amour pour la première fois, lorsque Brock avait quitté Le Bec Sucré, ils s'étaient un peu emballés avec leur baiser d'adieu tout en étant sur le trottoir devant la boulangerie. Lorsqu'ils s'étaient enfin écartés, le souffle court et terriblement excités, Silas, Otto et Art les avaient sifflés depuis leur place devant le bureau de poste. Finley avait été mortifiée, mais Brock s'était contenté de sourire et de l'embrasser sur le front avant de lui dire : « À ce soir. »

Désormais, ils étaient en chemin pour se rendre chez Bristol et Rocky. Il restait encore huit heures avant que la cérémonie ne débute, au coucher du soleil, mais Finley, ainsi que Elsie, Bristol et Caryn arrivaient plus tôt pour aider et avec un peu de chance, atténuer le stress de Lilly.

Lilly et Ethan avaient choisi de ne pas avoir de témoins, il n'y aurait qu'eux deux devant leur famille et leurs amis pour vouer leur vie et leur amour l'un à l'autre.

La mère d'Ethan et Rocky était arrivée plus tôt cette semaine et Finley avait pu la rencontrer lorsqu'elle était venue à la boulangerie. Elle était naturelle et spontanée et Finley l'avait immédiatement adorée.

Toute la famille de Lilly était également présente et d'après ce que Brock lui avait fait comprendre, ils étaient un groupe agité et amusant composé de son père, de ses quatre frères et de *leurs* familles. La liste des invités pour le mariage comprenait également de nombreuses personnes que Finley avait appris à connaître à Fallport, notamment Whitney Crawford, la propriétaire de la chambre d'hôtes où Lilly avait logé lorsqu'elle était arrivée pour travailler pour l'émission de paranormal.

Si Finley tenait tant à ce que son gâteau de mariage soit parfait, c'était en partie *parce que* beaucoup d'habitants de Fallport seraient présents. C'était une excellente occasion d'augmenter les ventes de son service de traiteur... mais seulement si tout se passait bien avec son tout premier gâteau de mariage.

Le nombre de personnes qui se pressaient autour de la grange et de la propriété à leur arrivée fut assez surprenant, mais Brock parvint à contourner les gens qui portaient des chaises et des tables, et il recula jusqu'à la porte d'entrée de la maison.

— Viens, dit-il. On va mettre le gâteau à l'intérieur, puis on ira trouver les gars pour voir ce qu'on peut faire pour aider.

Quelques minutes plus tard, avant qu'il ne retourne

dehors pour bouger son pick-up et aider à l'installation, Brock la serra fermement contre lui.

— Amuse-toi bien aujourd'hui. Essaie de ne pas t'inquiéter. Tout sera parfait.

— Pas besoin que ce soit parfait, bien ça me suffit, rétorqua-t-elle.

Brock rit légèrement. Puis il l'étudia d'un regard qu'elle ne put déchiffrer.

— Quoi ? demanda-t-elle.

Il haussa les épaules.

— Rien, je suis heureux.

Une vague de chaleur traversa le ventre de Finley.

— Moi aussi.

— Tant mieux. Si tu as besoin de quoi que ce soit, envoie-moi un texto. Ça me va de faire le coursier si nécessaire. Des épingles à cheveux, plus d'alcool, un truc du supermarché dont tu aurais besoin... ce n'est pas un problème.

Mon Dieu. C'était vraiment le meilleur.

— Merci, dit-elle d'une voix chevrotante.

— Je ferais tout pour toi, Fin. Je dis ça comme ça. Maintenant, embrasse-moi et on se voit plus tard.

Elle se mit sur la pointe des pieds et s'exécuta. Leur baiser fut long et fut probablement bien trop intime pour l'endroit où ils se trouvaient d'autant plus qu'ils ne pouvaient rien faire pour assouvir le désir qu'il éveillait en eux.

— Mon Dieu, Fin, se plaignit-il d'une voix moqueuse en caressant sa joue de son pouce. Tu es mortelle.

— Je pourrais dire la même chose de toi, dit-elle.

— Heureusement que je dois bouger le pick-up avant de retrouver les gars, dit-il d'un air dépité en baissant les yeux vers son entrejambe.

Finley gloussa en voyant son érection appuyer contre le tissu de son jean.

— Désolée ?

— Non, tu ne l'es pas. Mais ce n'est pas grave. Ça ne me dérange pas que les gens sachent à quel point ma copine m'excite. Passe une bonne journée, lui dit-il, l'embrassant sur le front avant de tourner les talons et de s'avancer vers la porte.

Ils se tenaient dans la cuisine où Bristol lui avait dit d'installer tout ce dont elle avait besoin pour terminer le gâteau de mariage de Lilly. Lorsque Brock disparut le long du couloir, elle entendit quelqu'un se racler la gorge et pivota.

Caryn se tenait dans le salon et elle lui adressa un rictus.

— J'allais te demander comment ça se passait entre vous, mais je vois que tout va bien.

Finley rougit, souriant à son amie.

— Ouais, on peut dire ça.

— Je suis tellement heureuse pour vous. Vous vous méritez l'un et l'autre.

— Merci. Il est...

Finley se tut alors qu'elle s'efforçait de trouver le bon adjectif pour décrire Brock.

Mais elle n'en eut pas besoin, Caryn sembla la comprendre.

— Oui, dit-elle en acquiesçant. Tu as besoin d'aide ?

Prenant une grande inspiration, Finley secoua la tête.

— Je n'ai pas encore besoin de m'attaquer au gâteau. Il est un peu tôt. Et la dernière chose dont j'ai envie, c'est que quelqu'un le cogne accidentellement. Comment va Lilly ? Elle est stressée ?

— Bizarrement, non. Elle est plutôt calme. Je crois qu'elle est prête à en finir.

— C'est logique.

— Je suis venue chercher l'une des bouteilles de liqueur pomme caramel que j'ai apportées, dit Caryn. Clyde m'en a préparé tout un lot, juste pour moi aujourd'hui.

— Cool, lui dit Finley. J'adore tout ce qui est au caramel.

Caryn eut un grand sourire. Elle se dirigea vers la boîte sur le sol à l'angle de la pièce, attrapant la bouteille.

— Il nous faut des verres ? demanda Finley.

— Non. On en a déjà en haut. Viens... Lilly se fait coiffer, puis ce sera notre tour.

— Oh, mais je ne pensais pas qu'on...

— Je sais. Aucune de nous ne s'y attendait. Mais même si Lilly n'a pas de demoiselles d'honneur, elle voulait quand même partager cette journée avec ses amies. Alors elle s'est arrangée pour que nous soyons toutes maquillées et coiffées.

— C'est gentil.

— Ouais. Mais je vais te dire un truc... au bout d'un certain temps, je serai plus que prête à fuir cette vague d'œstrogènes, donc quand il sera temps d'aller s'occuper du gâteau, s'il te plaît prends-moi avec toi.

Finley s'esclaffa.

— Ça marche. Est-ce que tout le monde est déjà là ?

— Tout le monde sauf Khloe.

— Oh, je croyais qu'elle devait revenir hier. Elle m'a envoyé un texto pour me dire qu'elle revenait et que je n'aurai pas besoin de nourrir les chats aujourd'hui.

Finley avait raconté aux autres à quel point les chatons étaient adorables et Bristol et Lilly avaient déjà accepté d'en prendre un chacune une fois le mariage terminé.

— Je pense qu'elle est de retour. Et elle a dit qu'elle essaierait de venir à la cérémonie, mais qu'elle ne pouvait pas venir avant, dit Caryn en fronçant les sourcils.

— Est-ce qu'elle va bien ? demanda Finley. Je veux dire, elle a l'air... stressée.

— Je ne sais pas. Et je suis d'accord. Quelque chose cloche et je déteste qu'elle ne se confie pas à nous.

— Tu sais où elle est allée ou ce qu'elle fait ?

— Non.

— Quelqu'un est-il au courant ?

Caryn haussa les épaules.

— Pas que je sache. Enfin, Bristol et elle sont sûrement les plus proches et pourtant, même elle ne sait pas où est partie Khloe.

— Zut. Comment pouvons-nous l'aider si on ne sait pas ce qu'il se passe ? dit Finley. Je vais peut-être lui préparcr un gâteau au chocolat et lui apporter la semaine prochaine. Il n'y a rien de mieux que le chocolat pour remonter le moral à quelqu'un.

— Tu es gentille, dit Caryn avec un sourire. Comment ça se fait que je n'aie pas eu un gâteau au chocolat après tout ce que j'ai traversé ?

Finley la regarda un instant, inquiète que son amie lui en veuille vraiment, puis Caryn éclata de rire.

— Je plaisante ! J'ai entendu dire que tu avais pratiquement traîné ce pauvre Brock hors de ton magasin quand il est venu te dire ce qu'il s'était passé. Tu étais inarrêtable et tu as exigé qu'il t'emmène voir par toi-même si j'allais bien. Je préfère largement ça à un gâteau.

— Ça, c'est parce que tu n'as pas encore goûté mon gâteau au chocolat, marmonna Finley, un peu gênée d'avoir été si exigeante avec Brock ce jour-là.

Comme si elle pouvait lire dans ses pensées, Caryn lui dit :

— De mon point de vue, tout a très bien fonctionné entre toi et Brock. Je suis contente que mon plan ait marché.

— Ton plan ?

— Ben, *oui*. C'est moi qui lui ai suggéré d'aller dans ta boulangerie pour te raconter ce qu'il s'était passé ce jour-là. Et au cas où tu l'aurais déjà oublié, c'est aussi moi qui l'ai appelé pour qu'il devienne ton assistant quand tu t'es foulé le poignet.

— T'es pas possible, dit Finley en secouant la tête.

— Non. Juste amoureuse et je veux que toutes mes amies le soient aussi. Bon, allez, viens, il faut que retourne à l'étage avec ces affaires avant qu'il n'y ait une émeute.

Caryn prit le bras de Finley et elles grimpèrent les escaliers. Elle repensa à ce que son amie lui avait dit. Était-elle amoureuse de Brock ?

Oui. Complètement – et c'était super flippant. Elle était rapidement et totalement tombée amoureuse de lui et cet homme avait le pouvoir de la briser si tout ça n'était pas aussi sérieux pour lui que pour elle. Évidemment, tout indiquait qu'il n'était pas avec elle que pour le sexe. Il lui avait quand même avoué de but en blanc que ça ne le dérangerait pas si elle tombait enceinte. Un homme qui n'était avec une femme que pour le sexe n'aimerait pas se lancer dans la paternité. Non, il ferait tout pour qu'il n'y ait pas de conséquences sur le long terme.

Mais est-ce que tout ce qu'ils partageaient allait s'éteindre après avoir brûlé si fort et si vite ?

Mon Dieu, Finley ne l'espérait pas.

— Arrête de réfléchir autant, la sermonna Caryn tandis qu'elles atteignaient le haut de l'escalier. Brock et toi vous allez très bien ensemble. Il ne peut pas te lâcher du regard quand vous êtes dans la même pièce. Et n'oublie pas, j'ai vu ce baiser. Je sens qu'on va bientôt tous célébrer ton propre mariage.

— Oh non, tout ça, c'est trop pour moi. Je veux seulement quelque chose de petit et de simple.

Caryn eut un rictus.

— Je savais que tu y réfléchissais, se réjouit-elle.

Finley leva les yeux au ciel, puis ajouta en silence :

— Et puis, les mariages précipités parce qu'on est enceinte ne se font plus de nos jours.

— Attends... quoi ? demanda Caryn, écarquillant les yeux en s'arrêtant brutalement dans le milieu du couloir.

— Rien.

Une lueur de détermination brilla dans les yeux de Caryn tandis qu'elle attrapait Finley par le bras et l'attirait dans une chambre. Lilly, Elsie et Bristol – et la femme qui s'occupait des cheveux de Lilly – se tournèrent toutes vers elles quand elles entrèrent.

— Il était temps ! Je suis assoiffée, plaisanta Elsie.

Caryn posa la bouteille de liqueur sur une table et se tourna vers le groupe.

— Finley est enceinte !

Finley s'étouffa face à l'annonce de son amie alors que tout le monde – sauf la coiffeuse – se mit à parler en même temps.

— C'est vrai ?

— Oh putain, Brock est rapide !

— Félicitations !

Finley leva la main en l'air.

— Attendez, attendez, attendez ! Je ne suis *pas* enceinte.

— On parlait de mariage et tu as dit que les mariages précipités n'étaient plus nécessaires de nos jours. Les mariages où le père d'une fille l'oblige à épouser un homme parce qu'il l'a mise enceinte. D'où le fait que j'ai cru que tu étais enceinte, dit Caryn en croisant les bras.

— Brock et moi ne sommes *ensemble* que depuis une semaine, protesta Finley.

Caryn soupira d'un air dramatique.

— C'est vrai, c'est donc pratiquement impossible de savoir si tu es enceinte après une semaine, mais... avec ce que tu as dit, ça m'y a fait penser.

Ce fut au tour de Finley de soupirer.

— OK. La raison pour laquelle j'ai dit ça, c'est parce que je ne prends pas de contraception et Brock et moi avons eu une discussion et nous avons décidé de... tenter notre chance. Il m'a dit que quoi qu'il arrive, il s'occuperait du bébé si jamais je tombais enceinte.

— C'est... putain, souffla Lilly.

— Stupide, je sais, dit Finley avec une grimace.

— Non, c'est super romantique ! protesta Bristol. Je veux dire, quand on vous voit ensemble, il est évident que votre relation n'est pas temporaire. Et s'il dit que ça ne le dérange pas de te mettre enceinte, alors il doit *vraiment* avoir envie de le faire. Qu'est-ce que tu en penses toi ?

— Je... Je ne rajeunis pas. Et j'adorerais être mère, dit Finley, hésitante.

— Tu serais une mère merveilleuse, dit Elsie avec enthousiasme.

— Pas de liqueur pour toi ! s'exclama Caryn. Juste au cas où tu sois déjà enceinte. Mais nous autres nous allons porter un toast au super sperme de Brock !

Tout le monde éclata de rire, mais Lilly rougit en disant :

— Je ne bois pas non plus.

Finley fut soulagée que l'attention se tourne désormais vers la future mariée. C'était un peu embarrassant de parler de sa décision irréfléchie de ne pas utiliser de moyen contraceptif alors qu'elle venait tout juste de commencer à sortir avec Brock, mais leur soutien, et le fait qu'elles soient convaincues que Brock soit sérieux avec elle, lui firent beaucoup de bien.

— Est-ce que tu *es*... ? demanda Bristol.

Lilly rougit et haussa les épaules.

— Heureusement que mon papa aime bien Ethan et qu'il ne possède pas de fusil.

Le chaos éclata et tout le monde se précipita vers Lilly pour la féliciter. Les questions fusèrent à toute vitesse et elle leva la main en l'air.

— Une à la fois. OK, bon ce n'est que le début. Il est probablement trop tôt encore pour en parler. Et je flippe à vrai dire, parce que j'ai bu la semaine dernière quand on était toutes ensemble chez Caryn. Puis j'ai fait pipi sur un test hier soir et j'étais positive. Je sais que ça pourrait être un faux positif, mais je me suis sentie très fatiguée et émotive ces derniers temps, et je crois que c'est en partie pour ça que je suis stressée à propos du mariage.

— C'est tellement génial, souffla Elsie. Je suis trop heureuse pour toi, dit-elle en s'approchant de son amie pour la serrer fort dans ses bras.

— Et toi ? demanda Lilly.

— Quoi moi ?

— Je sais que Zeke et toi voulez plus d'enfants.

Elsie fronça les sourcils.

— J'en veux tellement, mais jusqu'à présent... rien. C'est frustrant.

— Ça arrivera quand ça devra arriver, lui dit Bristol avec douceur. Il ne faut pas que tu stresses.

— Je sais, mais honnêtement, je ne pense qu'à ça. J'ai tellement envie d'avoir des enfants avec Zeke et je vous jure que le jour où j'ai arrêté de prendre la pilule je suis tombée enceinte de Tony. Je suis parano à l'idée que ça n'arrive jamais, se lamenta doucement Elsie.

— Si, ça arrivera, lui dit fermement Lilly.

— Je suis d'accord. En attendant, apprécie l'exercice, lui dit Caryn avec un clin d'œil.

Finley ne put s'empêcher de rougir. Heureusement, personne ne la regardait. Elle pensa à la façon dont Brock lui faisait si souvent l'amour et combien la vision de son sperme qui coulait entre ses cuisses semblait l'exciter encore plus. Si elle n'était pas encore enceinte, elle le serait bientôt. Elle n'en avait aucun doute.

— Drew et moi en avons parlé et aucun de nous ne veut d'enfants, mais on a terriblement hâte de gâter les vôtres, dit Caryn en soupirant.

— Rocky et moi ne sommes pas sûrs non plus, ajouta Bristol. Mais je serai aux côtés de Caryn pour gâter les enfants des autres.

— On pourra organiser des soirées pyjama où on les laissera passer la moitié de la nuit à boire du soda et manger du sucre... puis on les renverra chez eux, dit Caryn en riant.

— On les laissera regarder des films d'horreur pour qu'ils aient besoin de dormir avec Papa et Maman pendant une semaine après, dit Bristol avec un rictus.

Tout le monde s'esclaffa. Finley savait au fond que ses amies feraient exactement ce dont elles les menaçaient.

Les discussions sur les bébés s'estompèrent au fur et à mesure que la matinée avançait. Finley se rendit à la cuisine une fois que le maquillage et les cheveux de Caryn furent terminés pour commencer à assembler le gâteau, et son amie fut heureuse de lui donner un coup de main. Elle envoya un texto à Brock quand elles eurent terminé, pour lui demander de venir les aider à porter le gâteau jusqu'à la grange. Il arriva avec Tal et ils le transportèrent tous les deux avec précaution jusqu'à la table qui avait été installée dans la grange.

La météo était parfaite pour un mariage. Il faisait frais, mais pas froid. Finley n'avait pas à s'inquiéter que le gâteau fonde ou gèle. Ce qui était un énorme soulagement. Brock l'embrassa avec force avant de retourner à la grange pour passer du temps avec le reste de l'équipe de Recherche et de Sauvetage d'Eagle Point et les invités qui arrivaient.

Les lèvres de Finley la picotèrent longtemps après qu'il s'en fut allé. Elle ne s'était jamais sentie belle auparavant. Elle n'avait jamais expérimenté les sifflements des hommes lorsqu'elle marchait dans la rue. One ne l'avait jamais draguée durant des soirées ou des événements. Mais avec Brock, en voyant le désir dans ses yeux quand il la regardait ou l'embrassait, elle s'était sentie belle pour la première fois de sa vie.

Et en voyant son expression un peu plus tard lorsqu'elle avait enfilé un jean moulant et un chemisier au décolleté généreux, coiffée et maquillée professionnellement, Finley eut envie de pleurer en voyant son envie et son désir pour elle.

Et Brock était évidemment très beau dans son jean noir et sa chemise blanche impeccable et Finley était fière d'être à ses côtés.

Il lui prit la main lorsque Lilly sortit de la maison au bras de son père et s'avança jusqu'à la grange. La cérémonie se déroulait à l'extérieur de l'immense grange, là où se tiendrait la réception. Le soleil était bas dans le ciel et les nuages violets et orange formaient une toile de fond parfaite.

Lilly portait une robe blanche qui descendait jusqu'à ses genoux. Elle était décolletée sur le devant et dans le dos et épousait sa poitrine. Elle s'évasait à la taille et l'étoffe se balançait autour de ses cuisses lorsqu'elle marchait. Ses cheveux étaient coiffés en chignon et son maquillage mettait en valeur ses yeux bleus brillants. Elle portait un bouquet de marguerites et avait l'air d'une princesse.

Apparemment, Ethan n'avait pas la patience d'attendre qu'elle vienne à lui. Il traversa la pelouse jusqu'à ce qu'il atteigne Lilly. Il se positionna à côté d'elle et lui et son père la guidèrent parmi les invités là où la personne qui officiait les attendait. Il n'y avait pas de chaises, alors tout le monde se tenait debout en petits groupes, observant la scène.

Brock se déplaça jusqu'à ce qu'il se tienne derrière Finley et enroula les bras autour de sa taille. Il posa son menton sur son épaule tout en regardant son ami épouser la femme qu'il aimait. Finley avait du mal à faire attention aux vœux d'Ethan et de Lilly, car elle était distraite par la main de Brock posée sur son ventre. Normalement, elle n'aimait pas quand les hommes la touchaient à cet endroit. En tant que femme corpulente, ce n'était pas agréable que quelqu'un attire l'attention sur sa taille. Mais Brock lui avait prouvé mainte et mainte fois qu'il n'avait absolument aucun problème avec sa silhouette. Et son pouce caressait doucement son ventre et elle se demanda si elle n'était pas déjà enceinte. Ce n'était pas impossible. La cérémonie fut courte et adorable et avant même que Finley ne s'en rende compte, Lilly et Ethan s'embrassaient après avoir été déclarés mari et femme. Tout le monde les acclama lorsqu'ils se tournèrent vers leurs invités d'un air rayonnant.

Alors que tout le monde célébrait leur mariage, Brock tourna la tête et mordilla l'oreille de Finley.

— Brock, arrête.

— Je ne peux pas. Tu es tellement belle. J'ai failli jouir dans mon jean quand je t'ai vue. J'ai tellement hâte d'enlever toutes ces épingles de tes cheveux et les voir étalés sur mon oreiller pendant que je te dévore.

— Brock, sérieux, se plaignit-elle faiblement.

— J'ai envie de porter un toast à mon ami. De danser avec toi. De manger ton gâteau incroyable. De te montrer à tout le monde. Mais dès que tu voudras partir, je serai ravi de le faire, dit-il, grondant doucement dans son oreille. J'ai hâte d'être en toi, Fin. Je n'ai jamais été aussi insatiable avec quelqu'un auparavant. Je ne peux pas passer une heure sans penser à toi. Sans penser à ce que ça me fait de jouir en toi. À quoi tu ressembles quand tu me chevauches. Mais c'est ce que tu me fais ressentir quand je suis avec toi qui me tue. Comment tu me regardes, comme si j'étais la personne la plus incroyable au monde. C'est tellement bon, Fin. Vraiment, et je vais tout faire pour nous emmener là-bas.

— Là-bas, où ? demanda Finley.

Elle était littéralement en train de fondre dans ses bras. La seule chose qui la retenait, c'était Brock lui-même. Elle avait envie de lui dire qu'elle ressentait la même chose pour lui, mais elle avait peur d'éclater en sanglots si elle en disait davantage.

— *Là-bas*, dit-il en désignant l'endroit où se tenaient Lilly et Ethan, à côté d'une table en train de signer leur acte de mariage avec l'officiant.

Son cœur s'arrêta. Littéralement.

Levant la tête, elle le regarda avec de grands yeux écarquillés.

— Je ne t'aurais pas dit que je voulais que tu portes mon enfant si je ne voulais pas t'épouser, Fin.

Oh putain. Tout ça était très rapide. Genre, rapide comme l'éclair. À la vitesse de la lumière.

Mais elle ne pouvait pas nier qu'elle était sur la même longueur d'onde que lui.

— Je ne vais pas te poser la question maintenant. C'est la journée d'Ethan et Lilly. Mais je voulais m'assurer que tu saches à quel point j'étais sérieux vis-à-vis de notre relation.

Je t'ai observée pendant ce qui m'a duré être une éternité, Fin. Et rien de ce que j'ai vu ne m'a fait hésiter à débuter une relation avec toi. Et quand tu m'as enfin laissé entrer ? C'était un putain de rêve qui devenait réalité. Je ne suis pas un idiot. J'ai 38 ans et je sais reconnaître une bonne personne quand je la vois. J'ai passé ma vie à regarder les autres se rencontrer, se marier, avoir des enfants et foutre en l'air tout ce qu'ils avaient. Je me suis toujours juré que ce ne serait pas moi. Que j'allais attendre de rencontrer la femme qui m'aimerait pour ce que je suis... les doigts tachés de cambouis, un peu brute sur les bords et qui n'en a rien à foutre de ce que les gens pensent de lui.

— Tu n'es pas brute sur les bords, protesta-t-elle, se tournant vers lui pour lui faire face.

Il se mit à rire.

— Si. Mais je m'en fiche.

— Moi aussi je suis sérieuse vis-à-vis de notre relation, dit Finley qui se sentait obligée de le préciser. Seulement, je ne pensais pas que j'aurais un jour mes chances avec toi parce que tu es... *toi*...

Elle finit par hausser les épaules, frustrée de ne pas réussir à exprimer correctement sa pensée.

— Tu es la *seule* qui avait ses chances. Bon... ça te dit qu'on aille porter un toast au nouveau couple ? demanda-t-il.

Elle acquiesça, puis fronça le nez.

— Même si je pense que je ne boirai que de l'eau.

Brock s'immobilisa tellement que Finley crut que quelque chose n'allait pas.

— Brock ?

— De l'eau ? Tout va bien ?

Ce foutu rougissement était de retour. Elle haussa les épaules.

— Oui. C'est juste que... j'ai été... c'est le bon moment dans mon cycle et on ne s'est pas protégés. Alors au cas où, je ne voudrais pas...

— *Putain*, souffla Brock en posant son front contre celui de Finley. Mon Dieu, Fin. J'ai tellement envie de toi. Là tout de suite. Tellement. J'ai envie de te remplir sans m'arrêter. Je n'ai jamais autant voulu mettre enceinte une femme avant... jusqu'à ce que je te rencontre.

Finley sentit ses tétons durcir sous son chemisier et elle vit à quel point Brock avait envie d'elle tandis que son érection se plaquait contre son ventre.

— Je ne dis pas que je le suis. Juste que c'est une possibilité. Et s'il y a un risque, je ne voudrais rien faire qui puisse faire du mal au bébé.

— Bien sûr que non.

Il prit une grande inspiration. Puis une autre.

— Donne-moi une seconde, chuchota-t-il, son front toujours contre le sien.

Finley crut qu'elle allait exploser de joie.

— OK, chuchota-t-elle en retour.

Une minute entière s'écoula. Puis deux. Et Brock ne bougea pas. Il la tint fermement contre lui tandis qu'il faisait de son mieux pour reprendre le contrôle sur ses émotions et sa libido.

— Arrêtez de vous embrasser et venez ici ! hurla Talon en rompant le charme. C'est l'heure des photos et Lilly veut en faire une de toute l'équipe !

— J'imagine qu'il est temps pour nous d'y aller, dit Finley à Brock.

Il se redressa.

— Gâteau. On danse. Ensuite on s'en va.

Finley sourit.

— OK.

— OK, répéta-t-il en acquiesçant.

Ses narines se dilatèrent tandis qu'il prenait une autre grande inspiration.

— Tu es la meilleure chose qui me soit jamais arrivée, dit-il dans sa barbe en se retournant, prenant sa main et la guidant vers là où Lilly et Ethan prenaient des photos.

Trois heures plus tard, après le dîner, une fois que Lilly et Ethan eurent découpé leur gâteau et l'aient écrasé sur le visage l'un de l'autre et que tout le monde l'eut dévoré en s'extasiant sur sa qualité, puis après avoir dansé une fois, Brock tint parole et annonça à tout le monde qu'ils rentraient à la maison. Car Finley devait se lever tôt pour ouvrir la boulangerie le lendemain.

Ce qui n'était pas faux, mais ils savaient tous les deux pourquoi il était si pressé de partir. Finley fit ses adieux tandis qu'ils traversaient la grange pour atteindre Lilly et Ethan. Caryn lui fit un clin d'œil pendant qu'Elsie la serrait dans ses bras et lui chuchotait : « Va faire des bébés » dans l'oreille.

Lilly la remercia énormément pour tout ce qu'elle avait fait pour l'aider et pour le gâteau. Puis elle aussi lui fit un long câlin. Brock serrait la main d'Ethan et discutait avec lui et Rocky, alors Lilly eut l'occasion de lui dire :

— Tu as l'air heureuse.

— Je le suis. La cérémonie était magnifique, dit Finley.

— Merci. Honnêtement je suis contente que ce soit fini. Quand ce sera ton tour, fais-moi confiance... partez vous marier en secret.

Finley ne put que sourire timidement à son amie.

— Je suis tellement contente pour vous deux, dit Lilly. Brock est parfait pour toi.

— C'est vrai, acquiesça Finley.

— Il a aussi l'air très impatient de partir d'ici, plaisanta-t-elle.

— Tout comme Ethan.

— Il tolère tout ça pour moi, dit Lilly en haussant les épaules. Et je l'aime encore plus rien que pour ça. Mais je sais qu'il a hâte de m'avoir rien que pour lui. Je suis un peu jalouse que Brock et toi puissiez partir pendant que moi je suis obligée de rester.

— Pourquoi ? Tu es la mariée, si vous partez, personne ne dira rien. Et puis, Bristol et Rocky ont déjà dit qu'ils s'occuperaient de tout ici.

— Tu sais quoi, tu as raison, dit Lilly en regardant son mari.

— Je sais.

Lilly serra à nouveau Finley dans ses bras. Cette fois-ci, lorsqu'elle rompit leur étreinte elle lui dit :

— Vu comment Brock te regarde, j'ai le sentiment que si tu n'es pas déjà enceinte, tu le seras demain matin.

Finley rougit et ouvrit la bouche pour répondre lorsqu'elle sentit soudain une main dans le bas de son dos.

— Tu es prête ? demanda Brock.

Finley ne savait pas du tout s'il avait entendu ce que Lilly avait dit, alors elle hocha simplement la tête.

— À plus tard, leur dit Lilly.

— Ça marche. Et félicitations encore.

Dès qu'ils quittèrent la grange, Brock passa un bras autour des épaules de Finley et l'attira contre lui.

— Je vais apprécier de faire de mon mieux pour te mettre enceinte, dit-il dans son oreille tandis qu'ils marchaient.

Finley frissonna. Visiblement, il avait entendu ce que Lilly avait dit.

— Si tu crois que je vais m'en plaindre, tu te trompes, rétorqua-t-elle d'un ton insolent.

Soulagée que le mariage soit terminé et contente que tout le monde ait visiblement adoré son gâteau, et de la façon dont Brock l'avait reluquée toute la soirée, Finley se sentait plus confiante qu'elle ne l'avait jamais été.

À vrai dire, Brock n'avait pas pu attendre qu'ils soient de retour chez lui. Il s'arrêta sur une petite route de terre non loin de chez Bristol et défit le pantalon de Finley, la plaquant contre la portière côté passager, lui écartant les jambes avant même qu'elle ne comprenne ce qu'il se passait. Il enfouit son visage entre ses cuisses et comme elle était très excitée, il ne lui fallut pas longtemps pour jouir.

Souriant et se léchant joyeusement les lèvres, Brock redémarra le pick-up et reprit la route principale.

Ne voulant pas le laisser prendre le dessus, Finley se pencha et défit *son* jean.

— Fin, non. Je ne peux pas...

Mais elle ne l'écouta pas, elle sortit simplement son sexe dur de son pantalon et se mit à lui faire une fellation pendant qu'il conduisait.

Il posa une main sur sa tête tandis qu'elle avançait de haut en bas, suçant et gémissant, essayant de lui donner autant de plaisir qu'il lui en avait donné. Il parvint à se garer devant chez lui en toute sécurité et tira le levier du siège pour reculer et lui laisser plus de place.

C'était coquin et cochon de lui faire une pipe dans son pick-up dans la rue, mais Finley était déjà trop à fond pour s'inquiéter que ses voisins les voient. Apparemment, il était dans le même état d'esprit, puisqu'il lui demanda d'aller plus vite, de le sucer plus fort.

En quelques minutes, il explosa dans sa bouche et Finley ne s'était jamais sentie aussi féminine ou sexy qu'à ce moment-là. Elle n'aimait pas vraiment le goût du sperme, mais le regard satisfait dans ses yeux et la façon dont son sexe restait dur longtemps après en valait la peine.

Rangeant son sexe dans son pantalon, ne cherchant même pas à le fermer, il ouvrit la porte d'un coup sec et entraîna Finley derrière lui. Elle gloussa tandis qu'ils se précipitaient vers la porte d'entrée. Dès que celle-ci se referma, ils firent la course pour savoir qui serait nu en premier.

Brock gagna, évidemment, puisqu'il avait moins de vêtements à enlever, mais Finley eut quand même le sentiment de remporter la victoire quand il la souleva et la porta dans le couloir. Elle ne se souvenait pas d'à quand remontait la dernière fois que quelqu'un l'avait portée comme ça. Probablement parce que personne ne l'avait jamais fait. Brock la faisait se sentir féminine, délicate et sexy et elle avait déjà cessé de penser à ses kilos en trop lorsqu'ils couchaient ensemble.

Il la jeta sur le lit et commença à lui montrer, sans dire un mot, à plusieurs reprises, à quel point elle était importante à ses yeux. Combien il aimait son corps. Et à quel point il était sincère quand il disait avoir envie de la mettre enceinte.

Finley n'avait jamais été aussi heureuse que maintenant. La vie était belle... vraiment belle.

CHAPITRE DIX

— Je te rejoins là-bas.

Brock fronça les sourcils alors qu'il se tenait dans l'un des ateliers de réparation du garage Old Town Auto, parlant à Finley au téléphone. Cela ne faisait que cinq jours que le mariage d'Ethan et Lilly avait eu lieu et ils avaient tous les deux été extrêmement occupés. Une fois que la rumeur s'était répandue que Finley avait préparé le gâteau de Lilly, Le Bec Sucré avait soudain croulé sous les commandes de cupcakes, cookies et tout ce que Finley acceptait de réaliser pour les anniversaires, les anniversaires de mariage... et les mariages à venir. Visiblement, tout le monde à Fallport voulait que Finley soit le traiteur de son événement. Même si Brock était ravi pour elle, cela voulait dire qu'elle travaillait plus tard et qu'ils passaient moins de temps ensemble. Le temps qu'elle quitte la boulangerie le soir, elle était épuisée. Cela faisait deux jours qu'ils n'avaient pas fait l'amour, mais ce n'était pas ce qui contrariait Brock. Il adorait la serrer contre lui pendant qu'elle dormait. Il n'était pas avec elle pour le sexe, même si celui-ci était hors du commun, mais parce qu'il aimait vraiment et simplement être avec elle.

Mais il n'appréciait pas qu'elle s'épuise à la tâche. Davis passait la voir les après-midis une fois que la boulangerie était fermée pour l'aider à préparer la journée du lendemain et à s'occuper des commandes de traiteur, mais ça ne suffisait pas. Il fallait faire quelque chose.

Ce matin-là, il lui avait dit de ne pas en faire trop. De prendre du temps pour elle. Pour eux. Elle avait été d'accord, au grand soulagement de Brock. La dernière chose dont il avait envie, c'était qu'elle craque. Elle détestait décevoir les gens mais accepter toutes les commandes qu'on passait auprès d'elle n'était pas viable sur le long terme.

Ils avaient prévu de réessayer la randonnée cet après-midi. La météo durant la première semaine de novembre était idéale pour la marche. Froide, mais pas glaciale. Le véritable hiver ne commencerait probablement pas avant décembre, et Brock voulait profiter de la forêt pendant qu'il le pouvait encore.

Il y avait toujours autant de touristes qui venaient à Fallport pour essayer de trouver Bigfoot par eux-mêmes, autant qu'il y en avait eu après la diffusion de l'émission. Ce qui était super pour les commerces du coin, mais cela voulait dire que Brock et ses amis étaient également plus occupés que d'habitude. On continuait de les appeler pour partir à la recherche de randonneurs perdus, la plupart étant heureusement retrouvés au bout de quelques heures. Brock avait hâte de faire une randonnée tranquille avec Finley. Rien de trop difficile, car il était conscient qu'elle pouvait être enceinte.

Ses règles étaient en retard ce qui d'après elle n'était pas si inhabituel, surtout qu'elle était plus stressée que d'habitude. Il n'arrivait pas à croire à quel point il avait envie qu'elle soit enceinte. Mais elle lui avait dit qu'elle ne voulait pas se porter la poisse en faisant un test, qu'elle voulait attendre. Brock ne comprenait pas vraiment cette décision, mais il avait décidé qu'il la traiterait comme si c'était déjà le cas. Elle finirait par être enceinte tôt ou tard, alors ça ne pouvait pas de faire de mal d'être prudent maintenant.

Mais pour l'instant, elle lui disait qu'elle serait en retard et qu'il valait mieux qu'elle le rejoigne directement au sentier de Rock Creek.

— C'est juste plus logique, lui dit-elle. Il faut que j'aille dans cette direction pour rencontrer une femme et lui demander ce qu'elle souhaite concernant le gâteau que je prépare pour les cinquante ans de mariage de ses parents.

— Pourquoi est-ce qu'elle ne peut pas venir à la boulangerie pour te rencontrer comme tout le monde ? demanda Brock.

— Parce qu'elle ne quitte pas son travail avant 15 heures, heure à laquelle je ferme le magasin. Et puis son fils descend du bus à 15 heures 30 et il faut qu'elle soit là. Ce n'est pas grave. Je vais y aller, voir ce qu'elle veut, puis je te rejoindrai au départ du sentier.

Brock soupira. Il se serait bien porté volontaire pour la conduire à son rendez-vous, mais il était complètement absorbé par les entrailles d'une voiture que quelqu'un avait amenée et il ne voulait pas la laisser comme ça. Il valait mieux qu'il en fasse le plus possible.

— D'accord. Ça marche.

— Merci, dit-elle. Je sais que j'ai été très occupée ces derniers temps, mais ça se calme déjà.

— Parce que tu as déjà préparé des commandes pour la moitié de la ville, grommela Brock.

Il ne savait pas vraiment pourquoi il était si grincheux.

— Pas tout à fait, dit Finley en riant. Mais je pense que

ce succès s'estompera rapidement. Je suis reconnaissante pour mon commerce, mais je ne suis pas sûre que j'aspire vraiment à être *si* occupée. Et je ne peux pas continuer à entretenir ce rythme, comme tu me l'as fait remarquer ce matin. Je préfère gagner moins d'argent et avoir plus de temps libre que d'être débordée tous les jours et de faire rapidement des sous.

Brock était parfaitement d'accord avec cette façon de penser. Si Finley avait besoin de quoi que ce soit, il le lui offrirait. Mais il savait aussi à quel point il était important pour elle de gagner son propre argent et de réussir.

— Alors, à quelle heure penses-tu pouvoir être là ? N'oublie pas qu'il fait nuit de plus en plus tôt.

— 15 heures 45 ? Je pense que ça devrait suffire.

Donc trente minutes après l'heure à laquelle il avait prévu de venir la chercher. Brock devrait s'en accommoder.

— D'accord.

— Je te préviendrai si je suis en retard, lui dit-elle.

— Il y a très peu de réseau là-bas, prévint-il.

— C'est vrai. Je t'enverrai un texto avant de quitter la maison de ma cliente alors.

— Ça me va. Sois prudente, dit Brock.

— Oui. Toi aussi.

— À tout à l'heure.

— Bisous.

Brock raccrocha et s'occupa à nouveau du véhicule sur lequel il travaillait avant l'appel de Finley. Ils ne pourraient pas marcher aussi longtemps qu'il l'avait espéré, mais l'air frais serait quand même agréable. D'autant plus qu'il ne serait pas en mission. Il aimait vraiment être dans les bois, mais c'était difficile de l'apprécier quand il était à la recherche d'une personne disparue.

— Brock, tu peux venir voir ça vite fait ? demanda Jesus

sous le capot de la voiture qui se trouvait dans la rangée voisine.

Faisant de son mieux pour repousser son inquiétude concernant Finley afin de pouvoir travailler, Brock se dirigea vers son ami.

L'adrénaline coulait dans les veines de Pete. Enfin ! Ce n'était pas normal que cette salope ne soit *jamais* seule. Cela faisait une semaine qu'il la suivait et elle était toujours avec quelqu'un. C'était exaspérant et frustrant. Et Le Patron était de plus en plus furax. Le fournisseur refusait de venir à Fallport tant qu'il n'était pas certain que la boulangère ne poserait pas de problème, si bien que Le Patron devait continuer à se rendre jusqu'à Roanoke. Certaines personnes commençaient à se poser des questions sur tous ses trajets en ville et Le Patron était très en colère.

Mais finalement, la boulangère était enfin seule. Elle avait roulé jusqu'à une maison pour rencontrer une femme et elle était désormais sur le chemin du retour.

— Rentre-lui dedans, insista Cory tandis qu'ils la suivaient sur la route à deux voies qui menait à Fallport.

— Je vais le faire. Tais-toi ! se plaignit Pete. Il faut que je trouve le meilleur endroit pour ça. Là où elle peut se garer et où on ne nous verra pas pendant qu'on découvre ce qu'elle sait.

Les accotements des deux côtés de la route étaient profonds et il devait la heurter assez fort pour qu'elle s'arrête, mais pas au point de lui faire perdre le contrôle de son véhicule. La dernière chose dont ils avaient besoin, c'était que les flics débarquent à cause d'un gros accident de la route.

Au moment où Pete était sur le point d'agir, ses feux de stop s'allumèrent et elle ralentit.

— Qu'est-ce qu'elle fout ? demanda Cory.

— Qu'est-ce que j'en sais putain ? rétorqua Pete.

— Putain, elle se gare sur le parking du sentier, dit Cory. Poursuis-la.

— Quoi ? Non ! Il y a toujours des tonnes de gens là-bas.

— Écoute, on n'a pas le choix. Le Patron attend de nous qu'on lui ramène des réponses et elle est seule. Il faut qu'on le fasse *maintenant*.

— Putain, marmonna Pete avant d'entrer docilement sur le parking.

— Elle a rendez-vous avec quelqu'un ? demanda Cory.

Regardant autour de lui, Pete ne vit personne qui semblait l'attendre.

— On ne dirait pas.

— Tant mieux. On la suivra un peu dans les bois, puis on l'attrapera. On l'emmènera loin du sentier, comme ça, si jamais quelqu'un passe, il ne nous verra pas, dit Cory avec un rictus. Il faudra peut-être la convaincre de parler, si tu vois ce que je veux dire, dit-il en saisissant son entrejambe.

Pete acquiesça.

— Ouais, mec. On le mérite, putain. Elle nous fait courir depuis bien trop longtemps.

— Même si elle est putain de grosse. Je ne suis pas sûr de pouvoir le faire, marmonna Cory en ouvrant la portière.

— Une chatte est une chatte, rétorqua Pete en haussant les épaules. D'ailleurs ça n'a pas l'air de déranger le type avec qui elle est.

— Elle doit avoir une chatte magique alors, acquiesça Cory. Allez, viens, je suis excité maintenant. On va tirer notre coup, lui faire comprendre que si elle parle à quiconque de ce qui s'est passé elle le regrettera ; on va découvrir ce qu'elle a vu dans cette allée, puis on se barre d'ici. Ça calmera Le Patron, et nous aussi, une fois qu'on sera payés et tout reviendra à la normale.

* * *

Brock arriva au départ de sentier un peu plus tôt que prévu et tomba sur une femme sur le parking qui paraissait extrêmement stressée. Ne pouvant pas l'ignorer, il lui demanda ce qui n'allait pas. Elle lui expliqua qu'elle était partie marcher avec ses parents et que sa mère s'était foulé la cheville sur le chemin. Son père l'aidait à revenir au départ du sentier, mais elle avait espéré appeler une ambulance pour les aider. Sauf qu'elle n'avait pas de réseau sur son téléphone.

Brock l'avait informée que ce n'était pas inhabituel et lui avait proposé de remonter le sentier pour retrouver le couple. La fille avait été reconnaissante et il s'était mis en route. Le couple était censé se trouver à huit cents mètres du parking et heureusement, Brock les croisa assez rapidement. Finley ne lui en voudrait évidemment pas d'aider quelqu'un, mais c'était censé être le bon moment pour qu'ils décompressent.

Il fut agréablement surpris de voir que la femme se déplaçait plutôt bien. Elle boitait légèrement, mais elle lui expliqua qu'au bout d'un moment, sa cheville lui avait fait moins mal.

Brock marcha avec eux et apprit qu'ils étaient originaires de Caroline du Sud et que, comme tout le monde, ils étaient venus à Fallport à cause de l'émission de paranormal, mais non pas pour chercher Bigfoot. Ils avaient simplement trouvé que la ville paraissait charmante.

Alors qu'il s'approchait du parking, Brock vit Finley qui

marchait sur le sentier, dans leur direction. Il lui fit un grand sourire.

— C'est votre copine ? demanda la dame plus âgée.

— Oui, répondit Brock.

— Elle est jolie. Prenez soin d'elle.

— Elle l'est. Et j'en ai bien l'intention. Le docteur Snow devrait encore être dans son cabinet lorsque vous arriverez en ville. Il examinera votre cheville et s'assurera que tout va bien.

— Merci d'être venu nous aider, lui dit la femme.

— C'est normal.

Brock salua le couple et attendit que Finley le rattrape sur le sentier. Il prit le temps de l'admirer. Elle avait changé de tenue depuis qu'il l'avait vue ce matin. Elle portait une paire de chaussures de randonnée, un long pantalon cargo et un haut à manches longues. Elle avait également un sweat-shirt enroulé autour de la taille. Il approuva la tenue sans réserve. À cette période de l'année, il était important de porter plusieurs couches, car même s'il ne faisait pas encore froid à cette heure-ci, les températures baisseraient rapidement lorsque le soleil se coucherait. Et même s'il n'avait pas prévu qu'ils soient dehors si tard, il était toujours impératif d'être préparé dans les bois.

Il portait un sac à dos avec de l'eau, des encas et un kit de secours. Il ne s'attendait pas à ce qu'il se passe quoi que ce soit, mais vu leurs antécédents durant leurs rencards, il ne préférait pas prendre de risque.

— Salut, dit-elle en s'approchant.

— Salut, répondit-il chaleureusement. Une fois qu'elle fut assez proche, il tendit la main vers elle et enroula un bras autour de sa taille avant de l'attirer contre lui. Il inhala profondément.

— Muscade, dit-il en enfonçant son nez dans son cou.

Elle gloussa.

— Tu es doué.

— Tu sens toujours assez bon pour être dévorée, dit-il avec un regard narquois.

Finley leva les yeux au ciel et secoua la tête dans sa direction.

— Tu es vilain.

— T'adores ça.

— C'est vrai, dit-elle d'un ton sérieux.

Brock sentit son cœur battre plus vite. Ils n'avaient pas encore prononcé les fameux mots, mais il sentait son amour à chaque fois qu'il était avec elle, tout comme il espérait qu'elle ressentait le sien. Il eut immédiatement envie de retourner au parking et de la ramener chez lui, mais ils avaient tous les deux besoin de cette pause dans leur routine. Une promenade tranquille leur ferait du bien.

Ensuite, il pourrait la ramener chez lui et dans son lit.

Il se retourna et revint sur ses pas, reprenant le chemin qu'il avait emprunté un peu plus tôt avec le couple. Ils bavardèrent un peu pendant qu'il racontait à Finley que cette femme s'était fait mal à la cheville et qu'il était certain qu'il s'agissait d'une légère entorse.

Il était sur le point d'ouvrir la bouche pour lui demander comment s'était passée sa rencontre avec la cliente potentielle, lorsque Finley laissa échapper un cri de surprise.

Agissant instinctivement, Brock s'avança pour la rattraper, pensant qu'elle avait trébuché sur une racine ou quelque chose, mais ce n'était pas le cas.

Quelqu'un l'avait attrapée par-derrière et elle avait crié en trébuchant en arrière et en atterrissant sur l'homme.

Brock écarquilla les yeux en voyant deux hommes, sans doute âgés d'une vingtaine d'années et l'air très nerveux, debout au milieu du sentier. Celui avec des cheveux noirs avait passé un bras autour de la poitrine de Finley, la serrant contre lui... et l'autre main tenait un couteau aiguisé contre sa gorge.

Brock se figea.

— Bouge pas ! aboya le type avec le couteau.

Brock n'avait aucunement l'intention de bouger. Il aurait facilement pu mettre ces deux voyous à terre. Mais le bout de ce couteau était bien trop près de la jugulaire de Finley. Il imagina immédiatement tout un tas de scénarios différents pour l'éloigner de ce connard sans qu'elle ne soit blessée au passage.

— Qu'est-ce que vous voulez ? gronda Brock, serrant les poings.

Au lieu de lui répondre, le type qui tenait Finley dit :

— Vide leurs poches. Prends son sac à dos.

Ils n'étaient pas très loin du départ de sentier, mais évidemment, lorsque Brock avait désespérément besoin de repérer l'un des touristes qui semblaient toujours dans les parages, il n'en vit aucun.

— Tu l'as entendu, donne-moi ton téléphone, ton portefeuille et enlève ce sac à dos, gronda le connard aux cheveux bruns.

Comme Brock hésitait, l'homme aux cheveux noirs resserra son emprise sur Finley et Brock vit une goutte de sang qui commença à rouler lentement le long de son cou. Elle ne cria pas. Ne pleura pas. Elle garda simplement le regard rivé sur Brock.

Il y vit de la confiance. Elle lui faisait totalement confiance pour les tirer de là.

Se fichant éperdument que ces types le volent – rien n'était plus important que Finley – Brock fit ce qu'on lui ordonnait. Il se débarrassa de son sac à dos et le laissa tomber par terre à ses pieds. Il jeta son portefeuille par-dessus et sortit le téléphone satellite d'une poche située le long de sa cuisse.

— Putain, on dirait un truc des années 1990, dit le brun en riant.

— Je crois qu'à l'époque mon père avait le même téléphone pour la voiture, se moqua l'autre type.

Quelle bande d'imbéciles. Ils ne savaient visiblement pas que les téléphones satellites étaient les seuls moyens de communiquer dans cette partie de la forêt.

— Maintenant, vide les siennes, dit celui aux cheveux noirs.

Brock lutta pour ne pas tuer le connard qui prit un malin plaisir à enfoncer ses mains dans les poches de Finley. Il était certain qu'il en avait profité pour la tripoter au passage, mais une fois de plus, Finley ne protesta pas et ne fit rien d'autre que de se tenir complètement immobile tandis qu'il prenait son téléphone portable.

— OK. Maintenant, on y va, dit l'homme qui tenait Finley.

— Vous avez eu ce que vous vouliez, maintenant lâchez-la, ordonna Brock, furieux lorsque l'homme se retourna avec Finley et commença à marcher avec elle devant lui... quittant le sentier.

— On n'en a pas encore fini avec elle.

Ces mots lui glacèrent le sang. Il était hors de question qu'il reste les bras croisés pendant que ces connards viole-raient sa femme. L'image de ses yeux scintillants ce matin lorsqu'il l'avait taquinée dans la douche jaillit dans son esprit. Tout comme les bruits qu'elle avait laissé s'échapper quand il s'était glissé entre ses cuisses. La force avec laquelle elle avait agrippé ses biceps lorsqu'elle avait joui.

Non, ces deux-là ne toucheraient pas à sa femme putain.

Ils ne feraient rien qui puisse affecter son inhibition au lit comme en dehors.

— Si tu fais quoi que ce soit, j'enfonce ce couteau dans sa putain de gorge, dit l'homme à Brock, sentant manifestement sa colère monter.

— Ne lui faites pas de mal, dit Brock entre ses dents serrées.

— Je ne le ferai pas... tant que vous faites tous les deux exactement ce que je vous dis.

— Quelqu'un arrive, l'avertit le brun.

— Vas-y, dit Cheveux Noirs en faisant un geste devant lui. Je ne veux pas que tu sois derrière moi. Commence à marcher. Je te dirai quand t'arrêter.

Frustré au plus haut point, mais réalisant que pour le moment il valait mieux qu'il fasse ce qu'on lui ordonnait, Brock s'éloigna du sentier et commença à s'aventurer dans la direction que lui indiquait le gars. Il écarta les branches d'arbres de son chemin et traîna des pieds, laissant des indices pour son équipe. Il ne savait absolument ce que ces deux connards avaient prévu, mais quelqu'un finirait par venir les chercher, Finley et lui, et il laissait derrière lui une trace que même un enfant de 5 ans pourrait suivre.

— Il commence à faire nuit, dit Cheveux Bruns. Les nuages se sont installés. Il va sûrement pleuvoir.

— Je sais, ferme ta gueule, Cory.

Cory. Brock retint le prénom.

— Il faut juste qu'on l'interroge et qu'on se tire d'ici, insista Cory, pleurnichant presque.

Brock avait cru qu'il s'agissait d'un simple racket, mais visiblement, les deux hommes avaient un autre but. Il se creusa les méninges, essayant de comprendre ce qu'il se passait et ce qu'ils pouvaient bien vouloir à Finley.

— S'il vous plaît, je ne sais pas ce que vous...

— Ferme-la, connasse ! cracha le type qui la tenait.

Brock se retourna et vit qu'il appuyait ses mots avec la lame du couteau, pressée contre la gorge de Finley et il fut presque aveuglé par la fureur. Il lui fallut toute la discipline que lui avait appris le métier de douanier pour ne pas sauter immédiatement sur l'homme.

— Je ne veux pas t'entendre pleurnicher, putain. Quand je voudrai que tu parles, tu le sauras. Compris ?

Brock l'entendit à peine murmurer : « Oui », mais manifestement, cela suffit aux hommes qui la retenaient en otage.

— Tant mieux. Continue de marcher.

Brock s'exécuta, sa frustration s'accentuant à chaque pas.

— Pete, il commence vraiment à faire nuit. Ça fait une éternité qu'on marche, mec. Je pense que c'est bon là.

Le type qui tenait Finley, celui qui était visiblement aux commandes, s'appelait Pete.

Brock pinça les lèvres. Ils étaient foutus. Il les tuerait tous les deux s'il le fallait et il n'éprouverait aucun remords. Mais pour le moment, il ne pouvait rien faire avec ce couteau sous la gorge de Finley et Pete le savait. Comme ils n'étaient pas sur un sentier, il n'était pas évident de marcher sur ce sol inégal et plein de débris et ce connard n'essayait même pas de ne pas lui faire mal.

Il y avait désormais quelques entailles et coupures peu profondes sur le cou de Finley, les petites gouttes de sang paraissant obscènes sur sa peau blanche.

Le fameux Pete ne bougea pas la lame de son cou. Il n'était manifestement pas un idiot et savait très bien que s'il laissait ne serait-ce qu'une petite ouverture à Brock, il serait un homme mort.

— Mon Dieu, mais t'es vraiment qu'une mauviette, fulmina

Pete face à la plainte de Cory. Très bien. Arrête de marcher, connard, et va jusqu'à cet arbre, là-bas, ordonna-t-il à Brock en lui indiquant un grand arbre, environ vingt mètres plus loin.

— Non, dit Brock, ne voulant pas s'éloigner autant de Finley.

— Non ? répéta Pete en appuyant la lame un peu plus fort sur son cou.

Elle se mit sur la pointe des pieds pour essayer de s'éloigner de la pression du couteau, mais cela ne servit à rien. Elle avait le dos plaqué contre Pete et il serrait le bras autour de sa poitrine, la maintenant fermement.

Brock brandit les mains en signe de capitulation. Il ne s'était jamais senti aussi impuissant de sa vie.

— OK ! J'y vais. *Arrête* de lui faire mal putain !

— Je ferai ce que je veux d'elle, grogna Pete.

Brock recula lentement vers l'arbre, chaque pas lui donnant de plus en plus la nausée. Il était trop loin. Si Pete décidait vraiment d'utiliser ce couteau, Brock ne pourrait rien faire pour l'en empêcher.

Cory s'esclaffa.

— C'est *lui* la putain de mauviette, le nargua-t-il. Un putain de mécano qui n'est bon qu'à bricoler des voitures. Pathétique.

Brock n'en avait rien à foutre de ce que ces hommes pensaient de lui. Il préférait que leur attention soit sur lui plutôt que sur Finley.

— Garde un œil sur lui, dit Pete à son ami.

Brock remarqua pour la première fois que Cory tenait lui aussi un couteau, mais il ne craignait pas l'arme de l'homme. Il pourrait facilement lui arracher l'objet des mains ou même lui donner un coup sur le poignet pour le lui faire lâcher en espérant lui casser un ou deux os au passage. Mais pendant ce temps, Pete aurait l'occasion de faire du mal à Finley.

Son corps vibra presque d'impatience alors qu'il se tenait là, attendant une ouverture. Une distraction. Tout ce dont il avait besoin c'était d'une fraction de seconde et il pourrait franchir l'espace qui le séparait de Finley pour l'éloigner de cette putain de lame.

— Maintenant, dit Pete, avec anticipation. *Toi*, connasse, tu vas nous dire ce qu'on veut savoir, sinon tu vas le regretter. Je commencerai par te couper le petit doigt. Puis peut-être ton pouce. Puis je te découperai le visage centimètre par centimètre.

— Qu'est-ce que vous v...voulez ? demanda-t-elle.

Brock voyait bien qu'elle essayait de paraître courageuse, mais le faible bégaiement lui fit comprendre qu'elle n'était pas aussi calme que ce qu'elle voulait désespérément faire croire.

— *Putain*, elle est grosse, dit Cory depuis là où il se tenait, non loin de Brock. On aurait pu la baiser pour qu'elle parle comme on avait dit, mais qui a envie de voir ce corps nu ? Dégueu.

Brock vit rouge. Il fit un pas en avant vers Cory, mais les mots de Pete le stoppèrent net.

— Ne joue pas au héros, l'avertit-il.

Brock se figea une fois de plus, jetant un regard noir à l'homme qui menaçait sa femme.

— C'est bien, gentil toutou, se moqua-t-il en se tournant à nouveau vers Finley.

Il la relâcha et la fit pivoter, lui prenant la main gauche au passage. Il tint le couteau à la base de son petit doigt et dit :

— Tu es prête à parler ?

Brock évalua la situation. Le couteau n'était plus sous la

gorge de Finley, ce qui lui offrait plus d'options. Il était certain que Pete mettrait ses menaces à exécution et lui couperait le petit doigt, mais perdre un doigt était toujours mieux que de voir la lame s'enfoncer dans sa jugulaire. L'idée lui donna envie de vomir, mais il prit une grande inspiration et se prépara à agir.

— Qu'est-ce que vous voulez savoir ? demanda-t-elle en relevant courageusement le menton.

Brock était tellement fier d'elle, même s'il était furieux qu'ils se retrouvent dans cette situation.

— J'ai besoin de savoir *exactement* ce que tu as vu quand...

Du mouvement sur le côté attira l'attention de Brock.

À sa grande surprise, une femme jaillit de derrière les arbres et se précipita vers Pete et Finley.

Elle était vêtue d'une robe brune qui lui arrivait aux genoux et se fondait parfaitement dans le décor. Elle était déchirée à certains endroits et complètement sale. La femme était pieds nus et avait de longs cheveux auburn qui lui descendaient jusqu'aux fesses. Ils flottèrent légèrement derrière elle tandis qu'elle courait.

Il n'aurait pas pu dire quel âge elle avait, car il se mit lui-même en mouvement.

La femme mystérieuse courut devant Pete, silencieuse et rapide. Ce faisant, elle lui jeta une poignée de ce que Brock supposa être de la terre, au visage.

Comme ce dernier était en train de parler, la terre atterrit directement dans sa bouche et ses yeux et il relâcha immédiatement la main de Finley, s'essuyant frénétique-ment le visage alors qu'il bafouillait et s'étouffait.

C'était exactement l'ouverture que Brock attendait.

Franchissant l'espace qui les séparait en quelques secondes, il saisit Finley par la taille et l'éloigna de Pete et de ce fichu couteau. Il avait désespérément envie de plaquer l'homme par terre et de découvrir ce qu'il se passait, mais il était plus important de mettre Finley à l'abri.

— Cours ! ordonna-t-il, en la poussant vers les arbres.

Mais il n'avait pas besoin de s'en préoccuper. Elle était déjà en mouvement.

— Putain !

Brock entendit Cory hurler au loin.

— Reviens ici !

Il n'avait nullement l'intention de revenir.

Pete était toujours en train de tousser et de jurer. La femme qui avait jeté la terre avait très bien visé. Elle n'avait jamais cessé d'être en mouvement non plus. Brock la vit une dernière fois avant qu'elle ne disparaisse entre les arbres comme si elle n'avait jamais été là au départ.

Brock maudit les arbres nus autour d'eux, mais fut reconnaissant pour les nuages qui s'étaient installés, accélérant l'obscurité qui arrivait sur eux. À cette période de l'année, dès que le soleil descendait sous l'horizon, la nuit tombait rapidement, surtout dans la forêt.

Il entendait que Finley respirait avec difficulté, mais elle n'arrêtait pas de courir pour autant. Brock tendit l'oreille pendant qu'ils sprintaient et il n'entendit pas leurs kidnappeurs derrière eux, mais il ne comptait pas prendre de risques. Il n'arrivait pas à oublier l'image de cette foutue lame contre sa gorge.

Donner des indications à Finley alors qu'ils couraient n'était pas facile, cela aurait été plus simple s'il avait pris les devants, mais il n'allait pas la laisser vulnérable face à Pete ou Cory si jamais ceux-ci les poursuivaient et la rattrapaient.

Il n'avait aucune idée de la distance qu'ils avaient parcourue lorsqu'il réalisa que Finley ralentissait. Sa respiration était bruyante dans le silence de la soirée et Brock savait qu'elle avait besoin de faire une pause.

Ils venaient de descendre une pente et un petit ruisseau se trouvait devant eux. Le bruit de l'eau se déplaçant sur les rochers masquerait leurs voix et leurs souffles courts. Il n'avait pas été à plus d'un mètre loin d'elle depuis le début et Brock tendit la main pour lui attraper le bras.

— Arrête, Fin.

Elle s'exécuta immédiatement et quelque chose changea en Brock. Elle avait suivi tous ses ordres durant leur course, lui faisant confiance pour savoir où aller et comment s'éloigner de Pete et Cory. Elle ne l'avait pas questionné une seule fois. Elle n'avait rien fait durant tout l'incident qui aurait pu la mettre, ou les mettre, en danger. Il était si fier d'elle.

Il la fit pivoter et la serra dans ses bras. Non seulement elle se laissa faire, mais en plus, elle se jeta pratiquement sur lui s'accrochant à lui comme si elle n'allait plus jamais le lâcher.

En regardant autour de lui, il constata qu'à cette heure-ci il était difficile de voir davantage que la forme des arbres désormais. Brock pencha la tête sur le côté et n'entendit rien d'autre que l'eau qui coulait et les halètements de Finley contre son torse.

Satisfait pour le moment qu'ils puissent faire une pause en toute sécurité, Brock les emmena sur sa gauche, vers un gros rocher qui paraissait sombre sous la lumière déclinante. Il s'accroupit derrière, du côté du ruisseau, de sorte que si quelqu'un descendait la colline qu'ils venaient de traverser, il ne les verrait pas immédiatement. Puis il s'assit sur les fesses et Finley se positionna sur ses genoux, à califourchon sur ses hanches.

Finley ne dit pas un mot, elle s'accrocha simplement à lui en essayant de reprendre son souffle. L'adrénaline coulait tellement dans les veines de Brock qu'il tremblait littéralement.

— Tu vas bien. Tout va bien. Je suis très fier de toi. Putain, Finley, tu as été géniale.

Il continua à lui murmurer tout un tas de choses en enfouissant son nez dans ses cheveux et en la serrant fort.

Il fallut attendre quelques instants avant que sa respiration et son rythme cardiaque ne ralentissent. Puis elle commença à trembler. Presque violemment. Les bras de Brock se resserrèrent autour d'elle, et il ferma les yeux alors que les émotions menaçaient de le submerger. La colère. La peur. La confusion. Le soulagement.

— Je suis là. Tu es en sécurité, lui dit-il.

Finley acquiesça contre son cou et il la sentit prendre une grande inspiration. Puis une autre. Puis elle s'écarta lentement de lui et lui dit doucement :

— Je vais bien.

— Putain, dit Brock en fermant les yeux. Putain, putain, *putain.*

Le fait que Finley soit saine et sauve dans ses bras était presque bouleversant.

Il sentit ses mains de chaque côté de son visage juste avant qu'elle ne plaque ses lèvres contre les siennes. Ce ne fut pas un baiser passionné, ce n'était pas le lieu ni le moment, mais le fait de sentir sa chaleur, de savoir qu'elle faisait de son mieux pour le réconforter malgré ce qu'elle venait de vivre aida Brock à se reprendre.

Il faisait presque trop sombre pour voir quoi que ce soit désormais, mais il voyait encore les égratignures sur son cou. Il effleura très légèrement sa peau des doigts.

— Ça fait mal ?

— Non.

Brock ne savait pas si elle mentait ou non, mais le fait

qu'elle minimise ses blessures le rendait à la fois fier et furieux.

— C'était qui cette femme ? demanda-t-elle au bout d'un moment.

Brock fronça les sourcils.

— Je n'en ai aucune idée. Viens, il faut qu'on trouve un endroit où se réfugier.

— Se réfugier ? demanda-t-elle.

— Oui.

— On ne retourne pas au départ de sentier ?

— Non. Je ne sais pas du tout où peuvent être ces types. La dernière chose dont j'ai envie, c'est de les croiser à nouveau. Et je ne vais pas nous mettre en danger en marchant dans le noir non plus.

— OK.

— OK ? demanda-t-il.

— Oui.

— Tu ne vas pas te plaindre de passer la nuit dans le noir ? Dans le froid ? Dans les bois ? ne put-il s'empêcher de lui demander.

— Brock, je ne vais pas te mentir, quand ce type m'a attrapée, j'ai eu une peur bleue. Mais le fait de savoir que tu étais là et que tu allais nous sortir de là a rendu la situation moins effrayante. Et si j'avais été toute seule, j'aurais été en piteux état. Et si là j'étais toute seule dans les bois, je pani-querais complètement. Mais je ne suis *pas* seule. Tu es là et tu es la personne la plus compétente que je connaisse en matière de forêt. Est-ce que je suis ravie ? Non. Mais heureu-sement pour toi, j'ai une bonne isolation naturelle.

Brock savait qu'elle essayait de détendre l'atmosphère, mais il n'aimait pas ça.

— Ne plaisante pas sur ça, Finley. Je suis sérieux.

— Pardon. Ce que j'essaie de dire, c'est que j'ai peur, je

risque d'avoir beaucoup de courbatures demain parce que courir ce n'est pas du tout mon truc. Mais tu es là et je sais que tu feras tout pour qu'il ne m'arrive rien. Je préfère être là, au milieu des bois, fuyant deux hommes que je n'ai jamais rencontrés auparavant plutôt que d'être n'importe où ailleurs, toute seule. Donc, non, je ne vais pas me plaindre de passer la nuit dans le noir, dans le froid, ici, dans la forêt, parce que je suis avec toi.

— Je t'aime, lâcha Brock.

Il sentit Finley tressaillir. Puis, il entendit un sanglot silencieux.

— Ne pleure pas, ordonna-t-il.

— Je suis, dé...désolée. C'est juste que... je t'aime tellement et je ne comprends pas ce qu'il s'est passé ni pourquoi, mais je suis juste super soulagée que tu sois avec moi.

Brock prit doucement son visage dans ses mains et l'attira contre son torse pour qu'elle se repose à nouveau sur lui. Il ferma les yeux et tenta de détendre ses muscles.

— Je crois que cette histoire de rencard n'est *vraiment* pas faite pour nous, dit-elle au bout d'une minute.

Ils venaient de s'avouer qu'ils s'aimaient et maintenant elle disait qu'elle ne voulait pas sortir avec lui ? Puis il comprit ce qu'elle voulait dire et il renifla avec amusement.

— Je te l'avais dit.

— Tu avais raison.

Brock sourit. Putain. Comment pouvait-il sourire dans un moment pareil ? Mais il le savait. C'était grâce à la femme dans ses bras.

Ils restèrent assis là plusieurs minutes avant que Brock ne s'agite.

— Il faut qu'on bouge, chérie. Il faut que je nous trouve un endroit pour faire profil bas.

— Tu sais où on est ? demanda-t-elle.

— J'ai une idée globale, mais jusqu'à demain, quand on y verra plus clair, je ne pourrai pas en être sûr. Mais peu importe.

— Pourquoi ?

— Parce que dès la seconde où tu ne te présenteras pas à ton magasin demain matin, Davis va sonner l'alarme. Simon appellera Ethan qui réveillera les autres. Ils trouveront nos voitures au départ du sentier et verront rapidement les signes indiquant que nous sommes sortis du sentier établi. On sera de retour à la maison pour prendre une douche chaude à 10 heures au plus tard.

— Et si Davis ne vient pas demain ? demanda-t-elle.

Brock haussa les épaules.

— Alors quand Liam arrivera et qu'il verra que la boulangerie est toujours fermée et vide, *il* appellera Simon. Et avant que tu ne poses la question, je peux retrouver mon chemin jusqu'au sentier et nos voitures facilement, mais c'est moins dangereux de rester ici et de laisser l'équipe venir à nous.

— Parce que ces gars sont peut-être encore dans les parages ? demanda-t-elle doucement.

— Oui.

— Je ne sais pas ce qu'ils voulaient que je leur dise.

— Chut, trouvons d'abord un endroit où dormir, ensuite on parlera, lui dit Brock. Tu peux te lever ?

— Bien sûr, dit-elle d'un ton un peu bourru et Brock n'avait jamais été aussi heureux que sa Finley soit si forte.

Il repensa aux semaines précédentes, quand elle n'osait même pas croiser son regard lorsqu'il entrait dans la boutique. La différence entre cette femme et celle qui se trouvait sur ses genoux actuellement était presque choquante. Mais peut-être pas finalement. Elle avait simplement fini par se sentir à l'aise avec lui – enfin – et gagnait en confiance au fur et à mesure qu'ils passaient du temps ensemble.

Brock lui tint la main tandis qu'elle reculait et se mettait debout. Lorsqu'elle se leva, il était déjà là à ses côtés, un bras autour de sa taille.

— Fin ?

— Je vais bien, insista-t-elle. J'ai les jambes un peu faibles après toute cette course. Les grosses ne courent pas, tu sais.

Il n'entendit aucun dénigrement dans sa voix alors cette fois-ci, il ne le releva pas.

— Tu as été super, Fin. Sérieusement.

Il détacha le sweat-shirt de sa taille, extrêmement reconnaissant qu'il ne soit pas tombé et il le lui tendit. Une fois qu'elle l'eut enfilé, il lui dit :

— Viens, suis-moi et regarde où tu mets les pieds. Ne lâche pas ma main non plus.

— Je ne comptais pas le faire, marmonna-t-elle.

Dès la seconde où ils furent en mouvement, une légère pluie se mit à tomber. Il faisait froid et être mouillé dans les bois en plein mois de novembre, sans abri, n'était pas une bonne chose. Mais, une fois de plus, Finley ne se plaignit pas. Elle agrippa simplement sa main plus fort et le suivit sans un mot.

Ils avaient longé le ruisseau depuis maintenant huit cents mètres lorsque Brock trouva ce qu'il suspectait être là. Il avait dit à Finley qu'il n'était pas certain de savoir où ils étaient, mais même dans le noir, il avait une vague idée. Et il ne s'était pas trompé.

— On y est, dit-il doucement.

Il était presque sûr qu'ils étaient les deux seules personnes présentes dans cette partie de la forêt, mais il ne comptait pas prendre le risque de se tromper et que Pete et Cory soient en train de rôder pour les retrouver.

— Où ça ? demanda-t-elle d'une voix fatiguée.

— Il y a un énorme rocher plat sur notre gauche. Le sommet dépasse juste assez de la base pour qu'on puisse ramper dessous et se mettre à l'abri de la pluie.

— C'est une grotte ? demanda-t-elle.

— Pas vraiment. Mais nous serons protégés et je te garantis que personne ne nous verra si quelqu'un passe.

— OK.

Brock les conduisit vers ce que lui et son équipe avaient surnommé *Le Rocher Parapluie* et indiqua à Finley de se glisser sous le rebord.

Elle s'exécuta sans se plaindre.

Il ne supportait pas qu'ils soient tous les deux mouillés, mais enlever leurs vêtements ne les aiderait pas vraiment à se réchauffer pour l'instant.

Brock la suivit sous le rocher, s'allongea sur le côté, dos à l'ouverture et attira Finley contre lui. Il était entre elle et le monde extérieur et il ne s'imaginait pas prendre une autre place.

— Tu es tellement chaud, dit-elle doucement en se blottissant contre lui.

Brock prit sa main dans la sienne en la serrant contre lui. Comme d'habitude, ses doigts étaient bien plus glacials que le reste de son corps. Il plaça son autre bras sous sa tête pour qu'elle se serve de lui comme d'un oreiller. Plus aucun centimètre ne les séparait désormais et il priait pour que la chaleur de son corps l'empêche d'avoir trop froid cette nuit.

Au bout de quelques minutes, il la sentit soupirer contre lui.

— Je me pose tellement de questions par rapport à ce qu'il s'est passé.

Brock résista à l'envie de renifler d'un air sarcastique. Il en avait tout autant.

— J'ai besoin que tu réfléchisses, Finley. Qu'est-ce que ces gars auraient voulu que tu leur dises ? Est-ce qu'il s'est passé quelque chose d'étrange récemment ? Quelqu'un qui serait venu à la boulangerie et qui vous aurait fait, à Liam et toi, une mauvaise impression ? Est-ce que tu as vu quelque chose que tu n'aurais pas dû voir ?

Suite à sa dernière question, il la sentit se raidir contre lui. Bingo.

— Quoi ? Qu'est-ce que tu as vu ?

— Au début, je ne pensais pas que c'était important. Khloe m'a demandé d'aller nourrir des chatons errants pendant son absence. J'y suis allée chaque matin avant d'ouvrir la boulangerie.

Brock gronda. Il était au courant qu'elle allait nourrir les chatons, mais il avait toujours détesté qu'elle se rende sur le parking derrière la bibliothèque, si tôt, dans le noir, même si ce n'était que pour quelques jours. Une fois qu'elle avait commencé à passer ses nuits avec lui, il était parti nourrir les chatons avec elle jusqu'à ce que Khloe revienne.

Finley tourna la tête et même s'il faisait sombre, il perçut le regard noir qu'elle lui lança.

— Je suis une grande fille, Brock. Et on est à Fallport. Alors, oui, à 4 heures du matin, j'allais nourrir ces chatons toute seule avant que tu ne commences à m'accompagner.

— C'est juste que... putain, Fin. Je m'inquiète pour toi, c'est tout.

Elle poussa un soupir et se repositionna contre lui. Brock posa le menton sur le haut de sa tête.

— Je sais et j'apprécie. Ce n'était pas grave. Bref, j'étais à côté de la benne à ordures et je jouais avec les chatons après leur avoir donné à manger, quand un pick-up noir s'est garé derrière La Cave. Je ne me suis pas inquiétée et je savais aussi qu'ils ne pouvaient pas me voir assise par terre puisqu'il faisait très noir. Quelqu'un a contourné le bâtiment et est venu se pencher vers la fenêtre côté passager. Ils ont parlé un moment, puis le type a pris un sac à dos et s'en est allé. Honnêtement, je n'y ai pas fait très attention. Mais ensuite, quand je suis retournée voir les chatons quelques jours plus tard, le même pick-up est revenu. La première fois je n'ai pas fait attention, mais deux fois de suite, j'ai trouvé ça bizarre.

— Et tu ne m'en as pas parlé ?

— Brock, on n'était pas encore *vraiment* ensemble et honnêtement, même si c'était bizarre, ce n'est pas comme s'il y avait eu une fusillade ou d'énormes paquets de cocaïne échangés. Tout s'est passé très vite. Mais...

— Mais ? demanda Brock lorsqu'elle se tut.

— J'ai trouvé ça assez bizarre pour relever le numéro de la plaque d'immatriculation.

Brock soupira contre elle.

— Tu as bien fait. Qu'est-ce que tu en as fait ?

— Comme je ne pensais pas non plus me faire des films, je l'ai écrit sur un papier en revenant à la boulangerie et je l'ai rangé dans ma boîte à tickets de caisse.

— On le montrera à Simon dès qu'on reviendra demain, lui dit fermement Brock.

— Tu crois vraiment que c'était à cause de ça ? demanda-t-elle.

— Est-ce que d'après toi il y a autre chose qui pourrait pousser ces deux hommes à t'interroger ? demanda-t-il.

Il apprécia qu'elle ne lui réponde pas immédiatement par la négative. Qu'elle prenne le temps de vraiment réfléchir à sa question. Puis elle secoua la tête.

— Non.

— Alors oui, j'imagine que c'était pour ça. Il s'agit probablement d'un trafic de drogue et celui qui était dans ce pick-up veut savoir ce que tu as vu ou à qui tu l'as raconté. Tu as vu les deux personnes échanger quelque chose ?

— Oui. Mais comme je l'ai dit, c'était juste un sac à dos. Pas une énorme caisse avec écrit DROGUE dessus. Tu crois vraiment que ce Pete m'aurait coupé les doigts si je ne lui avais pas dit ce qu'il voulait savoir ?

Brock frémit.

— Oui.

Finley gémit, et Brock regretta d'avoir été aussi direct.

— Mais tu es en sécurité maintenant, la rassura-t-il.

— Ce qui nous amène à cette femme. C'était *qui*, Brock ? Je veux dire, elle est sortie de nulle part, comme si elle avait été élevée dans les bois, puis a jeté cette terre en direction de Pete avant de disparaître !

— La femme de Bigfoot ? plaisanta Brock.

— Je suis sérieuse, protesta Finley.

— Pardon. Je sais que tu l'es. Et je ne sais absolument pas qui elle était. Mais je suis très reconnaissant qu'elle ait été là. Je ne pouvais rien faire pendant que ce connard tenait un couteau contre ta gorge.

— Tu aurais pu le neutraliser, dit fermement Finley.

— Tu as raison. Mais, je n'aurais jamais fait quoi que ce soit qui aurait risqué de te blesser ou de te tuer. Tu es tout pour moi, Finley. Je me fiche de savoir à quel point ça va vite entre nous, je sais ce que je ressens, dit-il presque sur la défensive.

Elle lui agrippa la main et tourna la tête vers lui.

— Je sais. C'est tellement fou, mais j'ai l'impression de t'avoir attendu toute ma vie. Tu ne me vois pas comme les autres.

— Parce que ce sont des idiots. Et tant pis pour eux, tant mieux pour moi.

Elle soupira de satisfaction contre lui. Puis frissonna.

— Mince, tu as froid, dit Brock en resserrant ses bras autour d'elle.

— Je vais bien, lui dit-elle immédiatement.

Il renifla d'un air dubitatif.

— OK, j'ai un peu froid, mais dans l'ensemble, je suis reconnaissante d'être en vie, d'avoir encore tous mes doigts et envers cette femme de la forêt qui nous a sauvés. Il faut qu'on la retrouve, dit-elle doucement.

— Ce ne sera pas facile si elle ne veut pas qu'on la retrouve, dit Brock. On aurait dit qu'elle avait passé pas mal de temps dans les bois.

— Elle ne portait même pas de chaussures, Brock, dit Finley. Et il fait froid. Elle a besoin de notre aide.

— Peut-être pas, songea Brock à voix haute.

— Si, insista Finley. Je ne sais pas ce qui lui est arrivé, ni pourquoi elle vit dans les bois, mais ça ne peut pas être une bonne chose. Elle est manifestement là depuis un moment. Elle a sûrement peur. Mais elle a quand même fait ce qu'elle pouvait pour m'aider. Pour *nous* aider.

— Tu as raison. Je vais voir ce que je peux faire.

— Merci.

— Tu n'as pas à me remercier pour ça. Moi aussi je veux m'assurer qu'elle va bien, dit Brock.

Après quelques minutes, Brock crut que Finley s'était endormie, mais elle murmura soudain :

— Tu crois que ces types sont partis ? Qu'ils ne nous cherchent plus ?

— Oui. C'étaient des amateurs. Ils ne savaient pas du tout ce qu'ils faisaient dans les bois. J'imagine qu'ils ont réalisé que la meilleure chose à faire était de battre en retraite.

— Mais ils n'ont pas obtenu les réponses qu'ils voulaient.

Brock pinça les lèvres.

— Je sais.

— Si je vais dire à Simon ce que j'ai vu tout en lui donnant le numéro de cette plaque d'immatriculation, ce que j'ai vu ne sera plus un secret. Donc je ne devrais plus être en danger... non ?

— Honnêtement, je n'en sais rien, dit Brock.

Son raisonnement était logique. Il ne devrait plus y avoir de raison pour que quelqu'un s'en prenne à elle pour découvrir ce qu'elle savait, une fois qu'elle aurait parlé à Simon. Ces types auraient de plus gros problèmes à régler que Finley. Mais cela ne signifiait pas que quelqu'un ne serait pas en colère et ne voudrait pas se venger. Si elle avait *vraiment* été témoin d'un trafic de drogue et que l'information qu'elle avait donnée à la police perturbait le flux de drogue entrant à Fallport, quelqu'un n'allait pas être content.

— Tu me protègeras, dit-elle sans l'ombre d'un doute.

La confiance qu'elle avait en ses capacités rassurait Brock, mais ne faisait pas disparaître l'inquiétude qu'il éprouvait pour elle.

— Oui, dit-il fermement.

* * *

— Putain de *bordel de merde* ! se lamenta Pete tandis qu'ils retournaient au départ de sentier.

— Tu sais où on est ? demanda Cory.

— On est dans une putain de forêt, répondit-il d'un air sarcastique.

— Je ne vois rien du tout, se plaignit Cory.

— Au moins on ne t'a pas jeté de la terre dans les yeux, rétorqua Pete qui manqua de trébucher sur une racine.

— C'était qui ça d'ailleurs ? Et d'où elle sortait, putain ?

— Aucune idée.

— C'était comme si elle avait disparu dans un nuage de fumée, continua Cory. Un coup elle est là, un coup elle disparaît. C'était peut-être un fantôme.

— C'était pas un fantôme, putain, dit Pete d'un air méprisant. Les fantômes ne peuvent pas jeter de la terre.

— Qu'est-ce que t'en sais ?

C'était la conversation la plus ridicule que Pete ait jamais eue et il en avait assez. Il sortit son téléphone portable tout en sachant que Le Patron serait très en colère d'apprendre ce qu'il s'était passé, mais aussi que si Pete ne l'appelait pas, il le regretterait plus tard.

— Putain, jura-t-il lorsqu'il n'obtint aucun réseau après l'avoir allumé.

— Quoi ?

— Ce foutu téléphone ne marche pas, dit Pete.

Cory sortit son propre téléphone et haussa les épaules.

— Moi non plus, j'ai aucun réseau.

— Donne-moi le sac à dos de ce connard, ordonna Pete.

Cory s'arrêta et l'enleva de ses épaules pour le lui donner. Pete le posa par terre et fouilla dedans avant de sortir l'énorme portable que cet enfoiré avait sur lui.

Lorsqu'il entendit une tonalité dans son oreille, il soupira. Enfin un truc qui fonctionnait. Il composa rapidement le numéro du Patron et attendit.

— Tu as eu les infos ? demanda Le Patron en guise de salutations.

— Il y a eu des complications, commença Pete.

Il grimaça lorsque Le Patron lâcha plusieurs jurons.

— Qu'est-ce qu'il s'est passé *encore* putain ?

Pete lui expliqua qu'ils avaient finalement réussi à isoler la salope et l'avaient suivie dans les bois. Mais qu'elle avait ensuite retrouvé ce putain de mécanicien, et que Pete avait été assez furieux pour l'attraper quand même. Il expliqua qu'il était sur le point d'obtenir les informations qu'il voulait lorsqu'une cinglée de la forêt les avait soudain aidés à s'enfuir.

— Vous l'avez poursuivie ? demanda Le Patron.

— On a essayé, mais j'avais de la terre dans les yeux et il faisait nuit, se plaignit-il.

— Vous servez à rien putain, fulmina Le Patron.

— On l'aura la prochaine fois, dit Pete.

— Non. C'est terminé. Je ne veux plus jamais te voir ou entendre parler de toi à nouveau. Et si j'apprends que tu as parlé à quelqu'un de ce qu'il s'est passé, tu le regretteras. Je vous suggère à toi et ton pote de vous barrer d'ici et de ne jamais revenir, dit Le Patron.

— Et notre paiement ? Nos pilules ?

— Vous n'aurez pas un centime et personne ne vous vendra plus rien dans cette ville. Casse-toi, connard. C'est fini.

Pete prit un air renfrogné. Il avait envie de rétorquer, mais au fond, il savait qu'il avait merdé. Et Le Patron lui avait déjà donné plusieurs occasions de faire le sale boulot. La chose la plus intelligente qu'il pouvait faire était exactement ce que Le Patron lui avait ordonné. Quitter la ville.

Sinon, il risquait de terminer comme les autres dealers qui avaient disparu. Se faire virer de Fallport était en réalité la meilleure issue. Et ce ne serait pas difficile de partir. Il détestait ce putain d'endroit.

Il irait quelque part où il pourrait se fondre dans la foule et où il pourrait acheter de la drogue sans se soucier qu'un connard le suive à la trace.

— Très bien.

— Où vous êtes, là ? demanda Le Patron.

— Au milieu d'une putain de forêt, grommela Pete.

— Avec quoi tu m'appelles ?

— Le mécano avait un ancien téléphone sur lui. Il est aussi gros que ma tête. Mais ce putain de truc fonctionne alors que le mien et celui de Cory non.

— Mon Dieu, mais tu es vraiment qu'un idiot. Ce mécano fait partie de l'équipe de Recherche et de Sauvetage d'Eagle Point. C'est un téléphone satellite. Et maintenant à cause de toi je suis dans la merde. Tu crois que les flics ne vont pas vérifier les appels téléphoniques quand ils vont apprendre que tu le lui as volé, espèce d'abruti ?

Peter ne supportait pas qu'on lui parle mal, mais il ne voulait pas contrarier Le Patron davantage.

— Je vais m'en débarrasser.

— Oui, mais ça ne changera rien au fait que je dois maintenant couvrir mes traces et me débarrasser de ce téléphone jetable *et* de tous les autres que j'ai achetés en même temps. Si jamais je te revois ou que j'entends parler de toi, tu es un homme mort.

— Désolé, dit Pete. Ce ne sera pas le cas. Je me barre d'ici.

L'appel fut coupé et il soupira, ayant l'impression d'avoir échappé de justesse à sa propre mort.

— Il faut qu'on se casse d'ici, dit-il.

— Je sais, on cherche le sentier, se plaignit Cory.

— Non, qu'on se casse de Fallport. De la Virginie.

— Mec, j'ai besoin d'une dose là, pleurnicha Cory.

— Donne-moi ça, gronda Pete, fatigué des conneries de Cory.

Il avait hâte d'être loin de lui. Loin de *tout*. Il attrapa le sac à dos des mains de son complice et fourra le téléphone satellite à l'intérieur. Puis il regarda autour de lui, plissant les yeux dans le noir et marcha jusqu'à un petit arbre. Il s'agenouilla et attrapa un bâton à proximité.

— Ne reste pas planté là, aide-moi à creuser un trou. Il faut qu'on enterre cette merde. *Maintenant.*

Cory entendit manifestement l'urgence dans le ton de sa voix, car il se mit à genoux sans se plaindre et l'aida à creuser.

Dix minutes plus tard, une pluie fine se mit à tomber. Le sac à dos et toutes les choses qu'ils avaient prises à cette connasse et au mécano étaient désormais enterrés à trente centimètres sous terre. Personne ne trouverait cette merde, d'autant plus qu'ils mirent encore quinze minutes avant de retrouver enfin le sentier.

Peter s'attendait à moitié à ce que le mécano surgisse de derrière un arbre à tout moment, mais ils arrivèrent au parking et Pete grimpa derrière le volant de sa voiture. Cory et lui ne dirent pas un mot tandis qu'ils roulaient jusqu'à Fallport. Lorsqu'il s'arrêta devant l'appartement miteux de Cory, Pete lui dit :

— Sors de là.

Cory s'exécuta et sans un mot, Pete s'en alla. Il fallait qu'il s'arrête rapidement chez lui, qu'il prenne ce qu'il pouvait et ensuite il partirait.

Il repensa à cette grosse connasse lorsque la pluie fine se transforma en grosses gouttes.

— J'espère que tu es dans un état pitoyable et que tu mourras d'hypothermie, murmura-t-il dans un souffle.

CHAPITRE ONZE

Finley se réveilla au milieu de la nuit. Elle avait froid, mais n'était pas frigorifiée non plus. Elle écouta la pluie battante à l'extérieur de leur petite cachette et fut doublement reconnaissante envers Brock. Elle s'était retournée à un moment donné et était désormais allongée, le nez contre son torse. Les coupures sur son cou la picotaient et les muscles de ses jambes lui faisaient un mal de chien. Mais elle était en vie.

Et en sécurité. Rien d'autre ne comptait.

Lorsqu'elle se réveilla à nouveau, le soleil commençait son ascension dans le ciel.

Elle supposa qu'il devait être autour de 7 heures du matin. Elle bougea contre Brock et il resserra les bras autour d'elle.

— Tu es réveillé ? chuchota-t-elle.

— Oui. Je le suis depuis des heures, lui dit-il.

Relevant la tête, elle vit des cernes sombres sous ses yeux.

— Est-ce que ça va ? lui demanda-t-elle.

— Non.

Rien de plus. Juste un mot.

— Qu'est-ce qui ne va pas ?

— Je n'arrête pas de penser à ce qu'il aurait pu se passer. Comment j'ai pu simplement rester là et regarder ce connard tenir un couteau contre ton cou.

— Je vais bien, dit-elle fermement. Et tu as fait exactement ce que tu devais faire.

— Comment tu peux ne pas m'en vouloir de ne pas avoir agi plus tôt ?

— Parce que c'est moi qui avais le couteau sous la gorge. Si tu avais fait quoi que ce soit, il l'aurait utilisé. Brock, je savais qu'on devait gagner du temps. Évaluer la situation. Et j'étais également certaine que dès que tu pourrais, tu m'éloignerais de lui.

— Pourquoi est-ce que tu me fais autant confiance ? demanda Brock.

Finley posa une main sur sa joue et lui répondit franchement :

— Parce que je t'aime.

Il ferma les yeux en inspirant profondément par le nez.

— Et tu étais sur le point d'agir lorsque la femme mystérieuse est arrivée, non ? ajouta-t-elle.

— Comment tu le sais ?

— Parce que quand Pete m'a fait pivoter, je t'ai vu bouger. C'était subtil, mais dès la seconde où ce couteau n'était plus contre ma gorge, tu étais sur le point d'agir.

— Il aurait pu te couper le doigt avant que je n'arrive, dit Brock d'un ton penaud.

— Et alors ? demanda Finley.

— *Et alors* ? Je n'arrive pas à croire que tu dises ça, rétorqua Brock avec colère.

Finley était elle-même un peu en colère. Elle était fatiguée, courbaturée, avait faim et envie de faire pipi et elle était raide à cause du froid.

— J'aurais pu vivre avec un doigt en moins ! aboya-t-elle. Mais pas avec ma putain de gorge tranchée !

Ils se regardèrent un instant avant que Brock ne craque. Ses yeux s'humidifièrent et lorsqu'il les ferma, des larmes coulèrent de ses paupières.

Sa colère s'évanouit immédiatement.

— Je vais *bien,* Brock. On va bien tous les deux. Tu m'as sortie de là, tu nous as trouvé un endroit sûr où nous cacher. Tout va bien.

Elle se pencha et embrassa ses joues, effaçant les larmes au passage.

Il ouvrit les yeux... et elle se figea face à son regard intense.

— Je ne peux pas vivre sans toi, Finley.

— Alors heureusement que tu n'as pas à le faire, dit-elle aussi calmement que possible.

Brock prit sa nuque dans sa main et l'embrassa. Ce fut un baiser doux. Passionné, mais pas intense. Il vénéra sa bouche, lui faisant comprendre sans dire un mot à quel point il était soulagé que tout se soit passé ainsi.

Puis, il s'écarta, se lécha les lèvres, s'essuya les yeux avec ses épaules et dit :

— Il faut que je regarde ton cou maintenant qu'il fait jour.

Finley voulut protester, mais si les rôles avaient été inversés, elle aurait voulu voir par elle-même que Brock allait bien, alors elle se contenta d'acquiescer. Il s'éloigna de l'affleurement rocheux et prit un moment pour s'étirer. Il posa ses mains sur ses hanches et se pencha en arrière.

Il était terriblement beau, et Finley eut envie de se pincer pour être sûre qu'il était bien à elle.

— Viens, je vais t'aider à te relever, dit-il en lui tendant la main.

Finley la prit avec reconnaissance, gémissant lorsque ses muscles protestèrent contre son mouvement.

Brock lui fit doucement relever la tête, et un grognement vibra au fond de sa gorge. Finley ne put s'empêcher de sourire.

— Qu'est-ce qui te fait sourire ? lui dit-il.

— On dirait une bête, dit-elle. Qui grogne en mode alpha.

— Tu ferais le même bruit si c'était moi qui me tenais là, avec du sang séché sur le cou et ma chemise.

Sa remarque la dégrisa immédiatement. Elle tendit la main et lui attrapa les poignets.

— Je vais bien, Brock. Je te le promets. J'imagine que ça a l'air pire que ça ne l'est. Je le sens à peine.

C'était un petit mensonge, mais elle ne voulait pas accentuer la détresse évidente de Brock en admettant que bouger sa tête d'avant en arrière était douloureux.

Il lui prit la main et se retourna, l'entraînant vers un gros rocher pas très loin de l'endroit où ils avaient passé la nuit.

— Assieds-toi, ordonna-t-il.

— J'ai envie de faire pipi, dit Finley, tout en sachant qu'elle rougissait.

Brock soupira.

— OK. Après, tu voudras bien t'asseoir et me laisser m'occuper de toi ?

— Tu t'occupes de moi depuis le jour où tu es venu au Bec Sucré pour m'aider à faire de la pâtisserie quand je me suis blessée au poignet, dit-elle d'un ton ferme.

C'était la meilleure réponse possible, et elle vit la tension quitter ses épaules. Il se pencha et lui prit à nouveau la main, l'aidant à se lever.

— Viens, je vais te trouver un endroit où tu pourras faire tes besoins.

— Et quelque chose pour m'essuyer ? demanda-t-elle.

Il rit.

— Oui, ça aussi.

— Merci, dit-elle.

Une gratitude qui allait au-delà du simple fait de lui trouver un équivalent de papier hygiénique et un endroit pour faire pipi.

Il se tourna vers elle et lui dit :

— Tu n'as pas à me remercier de te donner tout ce dont tu as besoin ou envie. C'est un plaisir pour moi.

Finley ne parvint pas à lui répondre à cause de la boule qui lui obstruait la gorge. Mon Dieu, cet homme. Elle ne savait pas pourquoi elle était si chanceuse, mais elle n'allait pas laisser passer un jour sans s'assurer qu'il sache à quel point elle l'aimait et l'appréciait.

Après qu'elle se soit occupée de ses affaires, Brock la fit s'asseoir à nouveau sur le rocher. Il arracha une bande de tissu de son tee-shirt et nettoya son cou. L'eau du ruisseau était glacée, mais elle ne se plaignit pas, laissant simplement Brock faire ce qu'il avait manifestement besoin de faire. Puis il trouva quelques baies sauvages de fin de saison, en lui promettant qu'ils ne risquaient rien en les mangeant, pour essayer de soulager leurs ventres vides.

Ensuite, il s'assit par terre à côté de l'endroit où elle était toujours installée sur le rocher, passa son bras autour de ses jambes et appuya sa tête contre sa cuisse.

— Peut-être qu'on devrait commencer à retourner sur le sentier, dit-elle après une bonne dizaine de minutes.

— Non. Les gars seront bientôt là.

— Tu parais si sûr de toi.

— Parce que je le suis.

L'assurance dans sa voix était rassurante alors Finley

haussa mentalement les épaules et fit de son mieux pour se détendre.

Moins de vingt minutes plus tard, Brock releva la tête et regarda à sa droite. Il se leva et épousseta la terre de ses fesses. Finley était sur le point de lui demander ce qu'il se passait lorsqu'elle entendit des voix à travers les arbres.

— Je t'avais dit qu'ils seraient bientôt là, dit-il en souriant et en lui tendant la main. Finley la prit et le laissa l'aider à se lever.

Quelques secondes plus tard, Ethan, Zeke et Tal sortirent d'un coude du ruisseau.

Lorsqu'ils la virent avec Brock, ils se mirent tous les trois à courir.

— Putain, c'est bon de te voir ! s'exclama Ethan.

— T'as pas pu *résister* à l'envie d'aller te promener dans les bois au milieu de la nuit, sous la pluie, hein ? plaisanta Zeke.

— Qu'est-ce qui s'est passé ? Finley, ça va ? demanda Tal, très sérieusement.

— Je vais bien, les rassura-t-elle, se demandant à quel point elle devait avoir l'air mal en point pour que Tal paraisse si furieux.

Ethan baissa les yeux vers sa chemise tachée de sang. N'ayant plus du tout envie de rire, il ordonna :

— Explique-nous tout, Brock.

Il leur raconta calmement tout ce qui s'était passé la veille : comment Finley et lui avaient commencé une randonnée agréable et facile, avant d'être kidnappés et emmenés plus loin dans la forêt. Il donna à ses amis les noms des hommes qui les avaient enlevés, leur raconta le vol de leurs affaires, le couteau que Pete avait utilisé pour l'empêcher d'agir, et enfin, il leur raconta l'histoire incroyable de la femme mystérieuse qui les avait aidés, Finley et lui, à s'enfuir.

Lorsqu'il eut terminé, les trois autres hommes vibraient de colère.

— Simon m'a appelé ce matin à 5 heures. Davis était inquiet lorsqu'il est arrivé à la boulangerie et qu'il a vu que tu n'étais pas là, leur expliqua Ethan.

Finley jeta un coup d'œil à Brock, qui lui répondit :

— Je te l'avais bien dit.

Elle ne put que sourire en retour.

— Quoi qu'il en soit, on a appelé Jesus pour savoir s'il savait où tu pouvais être, et il nous a dit que tu avais prévu de retrouver Finley pour une randonnée. Du coup, on a roulé jusqu'ici, puis on a vu vos deux voitures sur le parking et on a immédiatement commencé à vous chercher, expliqua Ethan.

— On se doutait qu'il s'était passé quelque chose parce que tu ne nous as pas appelés, dit Zeke. Rocky et Drew sont en train de suivre le signal de la balise, et nous on a suivi votre piste.

— En se servant de cette piste claire comme de l'eau de roche que tu nous as laissée, ajouta Talon. J'imagine que vous n'êtes pas retournés au parking à cause des types auxquels vous avez échappé ? demanda-t-il.

— Exactement, dit Brock. Je n'allais pas risquer de les croiser à nouveau dans l'obscurité. Finley était ma première priorité.

— Attendez... une balise ? Quelle balise ? les interrompit Finley.

— Les téléphones satellites que Bristol a achetés pour l'équipe sont dotés de balises, expliqua Zeke. S'ils tombent accidentellement, on peut les retrouver. Ces trucs-là coûtent très cher, donc tout ce qui permet de ne pas les perdre est toujours bon à prendre.

— Il est toujours dans la forêt ? demanda Brock.

— Oui, répondit Ethan.

— Ça veut dire que Pete et Cory sont toujours à notre recherche ? demanda Finley d'une voix tremblante.

— J'en doute, dit simplement Ethan. La balise était stationnaire. Et Brock a raison, ce serait stupide de leur part de rester dans les parages aussi longtemps.

— Ils se sont sans doute débarrassés de nos affaires, dit Brock en passant un bras autour des épaules de Finley.

— Vous pensez que je pourrai récupérer mon téléphone portable ? demanda-t-elle.

— Peut-être, dit Brock. Pourquoi ?

— Parce que j'y ai sauvegardé des recettes de cuisine que j'ai trouvées sur Internet. Et j'ai pris une photo de toi l'autre soir pendant que tu dormais, que je n'ai pas encore transférée sur le Cloud.

— C'était classé X ? la taquina Brock.

— Quoi ? Non ! s'exclama-t-elle. Mon Dieu.

— Je veux en savoir plus sur cette femme qui vous a aidés, dit Tal. C'était qui ? Où est-ce qu'elle est maintenant ? Elle va bien ?

— Je ne sais pas, mec, dit Brock. Elle est sortie de nulle part. Je ne savais pas du tout qu'elle était là jusqu'à ce qu'elle traverse la moitié de la clairière. Elle portait une robe marron déchirée, pas de chaussures, et elle avait l'air plutôt mal en point.

— Comment ça, mal en point ? demanda Talon.

— Je ne sais pas, mal en point. Sale. Les cheveux emmêlés... Comme si elle campait ici depuis un moment. Ou même qu'elle vivait ici.

Tal se renfrogna. Il était évident qu'il était profondément troublé à l'idée qu'une femme puisse se trouver seule dans les bois.

— Où est Raid ? demanda Finley.

Elle savait où était le reste de l'équipe, mais Raiden n'avait pas été mentionné.

— Khloe est malade, dit Zeke. Duke et lui sont à son appartement pour s'occuper d'elle.

— Quoi ? demanda Finley en fronçant les sourcils. Elle est malade ? Elle n'est *jamais* malade. Il faut qu'on retourne en ville pour que je puisse aller la voir, dit-elle. Pourquoi on reste plantés là ? Allons-y.

Brock s'esclaffa.

— Ce n'est pas drôle, dit Finley en fronçant davantage les sourcils. Pourquoi tu ris ?

— Je ne ris pas, nia faiblement Brock. C'est juste que je ne suis pas surpris que tu sois plus préoccupée par tes amies que par toi-même, ou par le fait que tu viens de passer la nuit dans les bois, en novembre, après avoir été kidnappée.

Finley essayait justement de ne *pas* penser à tout ça. Elle était très consciente de la chance qu'elle et Brock avaient eue.

— Je vais bien. Tu vas bien. Mais Khloe *non*. Et tu sais aussi bien que moi qu'elle et Raiden se fritent tout le temps. Je ne sais pas pourquoi, mais s'il est là-bas, c'est qu'elle doit être *vraiment* malade.

— J'ai parlé à Raiden et il a demandé au docteur Snow de passer. Il pense qu'elle est juste épuisée. Qu'elle a trop tiré sur la corde ces derniers temps et qu'elle n'a pas pris soin d'elle. Elle ne mange pas correctement, elle ne dort pas assez, elle est trop stressée, tout ça quoi. Elle va s'en sortir, Finley, dit Zeke avec douceur.

— Et je pense que toi aussi il faut t'emmener voir le docteur Snow, dit Ethan en observant son cou.

Finley porta une main aux coupures sur sa gorge, mais Brock l'arrêta avant qu'elle ne puisse les toucher.

— Tu as les mains sales, Fin. Ne les touche pas.

Baissant les yeux, elle vit que ses mains étaient couvertes de saletés. Elle avait même de la terre sous les ongles. Elle sourit à Brock et tendit les mains, les paumes vers le bas.

— Regarde, on est pareils, lui dit-elle.

Brock leva les yeux au ciel.

— Y a vraiment que toi pour être heureuse d'avoir de la saleté sous les ongles. Allez viens, on se tire d'ici. Il faut que tu manges, que le docteur Snow t'examine, que tu prennes une douche et peut-être qu'on pourra tous les deux dormir un peu.

— Oh, mais ma boulangerie..., commença Finley alors qu'ils se mettaient tous à longer le ruisseau reprenant le chemin vers lequel les autres hommes étaient apparus.

— Liam a pris les choses en main, lui dit Ethan.

— Mais il n'y a rien à vendre, dit-elle sans comprendre.

— Bien sûr que si. Davis s'en est chargé.

— Oh.

Le poids qu'elle sentit quitter ses épaules fut immense. Ce n'était pas comme si elle n'avait jamais fermé sa boulangerie par le passé quand elle avait été toute seule à la gérer et qu'elle avait eu besoin d'être avec ses amies quand certains drames avaient frappé. Mais elle avait toujours culpabilisé de ne pas être ouverte, même si c'était la meilleure chose à faire. Le fait de savoir que ses employés s'occupaient de tout la soulageait et la faisait se sentir chanceuse.

Finley fut certaine que le trajet du retour fut bien plus long que le temps qu'avaient mis les gars à les retrouver, puisqu'elle les ralentissait, mais personne ne s'en plaignit. Ses muscles protestaient à chaque pas et si Brock n'avait pas tenu fermement sa main, elle serait tombée face contre terre un bon nombre de fois. Ce fut un autre soulagement de mettre enfin le pied sur un sentier balisé et plat.

Une fois qu'ils arrivèrent au parking, Rocky et Drew les attendaient. Le sac à dos de Brock, recouvert de terre, était posé sur le capot de la Jeep de Drew.

Les deux hommes avancèrent vers eux et lorsque Rocky fut assez près, il fronça les sourcils et lui demanda :

— Qu'est-ce que tu as au cou ?

— Je t'expliquerai, dit Ethan à son frère. Brock doit l'emmener chez le docteur, ensuite il faudra qu'ils rentrent chez eux pour se reposer.

— Ça va ? demanda Drew à Finley.

Elle acquiesça, plus reconnaissante que jamais d'avoir de si bons amis qui s'inquiétaient pour elle.

— Attends-toi à recevoir une visite de Caryn plus tard, l'avertit Drew. Elle ne va pas être contente d'apprendre tout ça.

— Bristol non plus, ajouta Rocky.

— Je pense que ta maison va être remplie de femmes, dit Ethan à Brock.

— Et elles seront les bienvenues, mais laissez-nous juste quelques heures, répondit ce dernier.

— Je ferai de mon mieux. Mais je ne te promets rien, dit Rocky.

— Est-ce que mon téléphone est à l'intérieur ? demanda Finley en désignant le sac à dos de Brock.

— Oui, lui répondit Rocky.

— Je vais envoyer un message à tout le monde pour les rassurer et leur dire que je vais bien. Peut-être que tout le monde peut venir dîner ? Je peux faire des pizzas maison ou un truc du genre, dit Finley.

— C'est une bonne idée pour le dîner. Par contre il est hors de question que tu prépares quoi que ce soit, dit fermement Drew.

— Je vais appeler Sandra. Elle va s'en occuper, lui promit Rocky.

Une fois de plus, Finley fut presque bouleversée par la gratitude qu'elle éprouvait à l'égard de ces hommes.

— Merci, dit-elle, faisant de son mieux pour ne pas éclater en sanglots.

— Est-ce que l'un de vous peut ramener sa voiture chez moi ? demanda Brock qui sentit visiblement qu'elle était au bout du rouleau.

— Bien sûr, répondit Zeke. Allez-y.

— Je vais rester ici pour inspecter la zone, dit Talon, sans vraiment parvenir à feindre ce ton nonchalant qu'il essayait de prendre.

— Quoi ? Pourquoi ? Tu crois que les gars qui les ont kidnappés sont encore ici ? demanda Drew.

— Non, je suis sûr qu'ils sont partis depuis bien longtemps. Ils ont même probablement déjà quitté Fallport, s'ils ne sont pas idiots.

— Alors qu'est-ce que tu cherches ? demanda Drew en fronçant les sourcils.

— Un fantôme, j'imagine, dit Ethan. Je vous expliquerai aussi, ajouta-t-il lorsque Drew se tourna vers lui d'un air interrogateur.

Finley prit le temps de serrer chaque homme dans ses bras avant que Brock ne la pousse vers son pick-up. Dès qu'elle fut installée sur le siège passager, il prit sa main dans la sienne.

— Ferme les yeux, Fin, on sera au cabinet médical d'ici quelques minutes.

— Je vais bien, Brock. Je veux juste rentrer à la maison.

— Hors de question. Je sais que tu es fatiguée et que tu veux prendre une douche, mais je dois m'assurer que tu vas vraiment bien. Que tes blessures ne sont pas infectées.

Finley eut envie de protester. Maintenant qu'elle était en sécurité et qu'elle pouvait sentir la chaleur des bouches d'aération de la voiture, elle était épuisée. Mais elle ne pouvait pas nier que l'inquiétude de Brock lui donnait des papillons dans le ventre.

— OK.

— Merci.

Il porta leurs mains jointes à sa bouche et embrassa le dos de sa main.

* * *

Deux heures plus tard, Brock regardait Finley dormir. Le docteur Snow lui avait prescrit des antibiotiques, juste pour être tranquille. Les coupures sur son cou étaient superficielles, mais rien qu'en les voyant, Brock était en colère. Il avait également appelé Simon pour lui raconter ce qu'il s'était passé. Il avait décrit le physique de Pete et Cory et le chef de la police semblait savoir exactement qui ils étaient... ce qui, avec un peu de chance, voulait dire qu'ils seraient retrouvés tôt ou tard.

Il avait ramené Finley chez lui et ils s'étaient douchés ensemble.

Il n'y avait rien eu de glamour lorsqu'ils s'étaient savonnés mutuellement. Brock avait passé pas mal de temps à essayer d'enlever la saleté de sous les ongles de Finley. Ça ne la dérangeait peut-être pas d'avoir les mains comme ça, mais lui, si.

Il l'enveloppa dans l'un de ses peignoirs dans lequel elle nageait et la fit s'asseoir à la petite table de sa cuisine. Il réchauffa de la soupe et une fois qu'ils eurent tous les deux mangé, il la ramena jusqu'à son lit et la borda. Il comptait la laisser seule, car il avait besoin d'un peu de temps pour décompresser et accepter sa rage face à ce qui aurait pu se passer, mais lorsque Finley lui attrapa la main en lui disant : « Reste », il ne put envisager de la décevoir.

Alors il enleva son jogging et son caleçon et se glissa sous les couvertures. Ils étaient tous les deux nus et rien n'était plus agréable que ses douces courbes contre lui. Brock savait qu'il la serrait trop fort, mais elle ne s'en plaignit pas, se contentant de s'accrocher à lui tout aussi étroitement.

Elle s'endormit en quelques minutes, mais même s'il était épuisé, Brock ne parvint pas à dormir. Il n'arrêta pas de rejouer la scène dans sa tête, sans relâche. Il aurait pu la perdre. Il avait *failli* la perdre.

Puis il pensa soudain à quelque chose et glissa la main sur son ventre.

Il ne savait pas du tout si elle était enceinte, mais il y avait de fortes chances qu'elle le soit. Il l'avait remplie à plusieurs reprises et pour autant qu'il le sache, elle n'avait pas eu ses règles depuis qu'elle avait emménagé chez lui. Fermant les yeux, il réalisa qu'il aurait pu la perdre elle *et* leur fœtus.

Il serra les dents et ouvrit à nouveau les yeux. Personne ne toucherait plus à un seul de ses cheveux. Hors de question, putain. Et si jamais quelqu'un osait encore lui faire une remarque désobligeante sur son poids, sur la vitesse à laquelle ils s'étaient mis ensemble ou sur quoi que ce soit d'autre, ils allaient le regretter.

Brock était conscient qu'il exagérait, mais il s'en fichait. L'idée que Finley puisse être enceinte de son enfant et qu'elle ait eu ce couteau sous la gorge le répugnait.

— Plus jamais, murmura-t-il avec férocité.

Ses mots réveillèrent Finley qui se blottit contre lui. Elle balança une jambe par-dessus sa cuisse, posa la tête sur son épaule et enroula le bras autour de son ventre, s'agrippant à lui.

— Mon Brock, marmonna-t-elle avant de se figer à nouveau.

La rage qu'il éprouvait disparut dans un nuage de fumée face à ses paroles.

Il était à *elle*. Corps et âme. À partir de maintenant, il ferait tout son possible pour la garder elle et tout enfant qu'elle pourrait porter en elle. Elle allait emménager avec lui. Être enceinte de lui. Et elle allait l'épouser.

Finalement, Brock s'autorisa à se détendre. Sa Finley n'allait pas accepter de vivre avec lui et de l'épouser simplement parce qu'il l'exigeait, mais elle l'aimait. Ces deux choses arriveraient tôt ou tard.

Il s'endormit avec l'odeur de la vanille dans les narines et la satisfaction intense que sa femme était en sécurité.

CHAPITRE DOUZE

— Tu m'étouffes ! dit Finley avec agacement.

Il passa une main dans ses cheveux, visiblement aussi frustré qu'elle.

— J'essaie de te protéger, rétorqua-t-il.

Finley prit une grande inspiration.

— Je sais et j'apprécie. Mais ça fait un *mois*. On a déjà parlé à Simon plusieurs fois, il travaille toujours avec la police de Roanoke pour trouver ceux qui ont volé ce pick-up noir. La voiture de Pete a été repérée par une caméra de péage à New York, et Cory était en Géorgie quand il a eu cette amende pour excès de vitesse. Ils sont loin de moi. Tout va bien. Je vais bien. Il ne s'est rien passé depuis.

— Oui, mais Pete et Cory sont *toujours* là, quelque part. Ce n'est pas parce qu'ils ont été vus pour la dernière fois dans d'autres États qu'ils ne peuvent pas revenir. Je veux juste m'assurer qu'il ne t'arrive rien.

— Et je t'aime beaucoup pour ça, mais je ne peux pas passer le reste de ma vie dans une bulle, dit Finley. Je ne peux pas.

Brock pinça les lèvres et la regarda. Il n'était pas content, mais Finley ne lâcherait pas l'affaire.

— S'il te plaît. En fait je suis *plus* inquiète quand tu me colles comme ça et que tes amis me suivent partout. J'ai l'impression qu'il y a quelque chose dont je *dois* avoir peur. Et je ne peux pas vivre comme ça.

— Je ne peux pas... c'est juste..., balbutia Brock.

Finley s'avança vers lui et le serra fort contre elle.

— Je sais. S'il t'arrivait quelque chose, je ne sais pas ce que je ferais non plus. Mais ce n'est pas une vie, ça, Brock. Toujours regarder par-dessus mon épaule, me méfier de tous ceux qui entrent au Bec Sucré. C'est étouffant.

Brock baissa les yeux vers elle pendant une longue minute avant de soupirer.

— OK.

— OK quoi ?

— Je vais essayer d'arrêter d'être parano.

— Très bien. Et ?

Brock tordit les lèvres.

— Je vais demander aux gars d'arrêter.

— Merci, dit Finley, satisfaite.

Ce n'était pas qu'elle n'appréciait pas que tout le monde la protège, mais elle avait besoin de vivre sa vie, et ce n'était pas évident quand elle savait que tout le monde s'attendait à ce que le croque-mitaine surgisse à tous les coins de rue. Elle faisait confiance à Simon et Brock pour la protéger. Et pour qu'ils la préviennent si jamais il y avait une preuve qu'elle était réellement en danger. En ce qui la concernait, Pete et Cory n'étaient plus un problème et il était impossible qu'ils reviennent à Fallport. Pas quand tout le monde les cherchait. Et même si ce pick-up dont elle avait relevé la plaque avait été volé, ne leur laissant aucun indice sur ce conducteur inconnu, Finley ne le craignait pas non plus. Ce serait idiot de sa part de reprendre les livraisons avec la police sur ses gardes.

Il fallait qu'elle aille de l'avant. Elle ne pouvait pas passer les semaines et les mois suivants, quel que soit le temps nécessaire à la police pour découvrir qui était impliqué dans ce trafic de drogue, à vivre dans la peur.

— Peut-être que je peux te faire penser à autre chose, lui dit-elle.

Ce n'était pas vraiment le lieu ni le moment qu'elle aurait choisi pour le faire, un pique-nique au Cercle au milieu de la place, ce n'était pas vraiment intime, mais lorsque Brock était venu la chercher pour déjeuner, elle n'avait pas vraiment pu refuser.

— Ah oui ? demanda-t-il.

Finley hocha la tête et ne chercha pas à tourner autour du pot.

— Je suis enceinte.

Brock la regarda pendant bien dix longues secondes, avant qu'un sourire n'étire ses lèvres. Un sourire large.

— Je sais.

— *Quoi ?* Comment tu sais ?

— Fin, tu vis avec moi depuis un moment maintenant et tu n'as pas eu tes règles une seule fois. Et je connais mieux ton corps que toi désormais. Si tu crois que je n'ai pas remarqué ces changements subtils, tu es folle.

— Comme quoi ? demanda-t-elle, choquée qu'il ait su qu'elle était enceinte avant elle.

Brock se pencha vers elle. Ils étaient assis l'un à côté de l'autre à la table de pique-nique du kiosque. Il enroula un bras autour de sa taille et baissa la tête pour effleurer son oreille du nez.

— Tes seins sont beaucoup plus sensibles. Tu te

souviens l'autre soir ? Je t'ai fait jouir seulement avec ma bouche sur tes tétons et mes doigts en toi.

Finley rougit. C'était vrai. Et la façon dont il l'avait ensuite prise avec force avait été très torride.

— Et vu le nombre de fois où j'ai fini en toi, je suis même surpris que ça ait pris autant de temps. Ça fait combien de semaines ?

— Pas encore assez pour l'annoncer à tout le monde, dit-elle en faisant la moue.

— D'accord, dit Brock, dégrisé. C'est vrai que les risques de fausse couche sont plus élevés au cours des trois premiers mois. Et tu as presque 40 ans. Tu devrais peut-être envisager de prendre des congés...

— Non, dit Finley, tout en essayant de rester calme.

— Tu ne sais pas ce que j'allais dire, protesta Brock.

— Bien sûr que si. Tu veux que je reste à la maison, sans bouger mes fesses pour les huit mois et demi à venir. Hors de question. Premièrement, je vais terriblement m'ennuyer. Deuxièmement, tu me rendrais folle à force de me couver et troisièmement : non. C'est non.

Brock fronça les sourcils.

— Je veux juste que toi et le Petit Chou soyez en bonne santé.

— Le Petit Chou et moi sommes en *bonne santé*, lui dit-elle. Et on va le rester.

— Je suis de nature anxieuse, l'informa-t-il, comme si elle ne le savait pas.

Finley se mit à rire.

— Non, c'est vrai ? rétorqua-t-elle d'un ton sarcastique.

Les lèvres de Brock tressautèrent.

— Il va falloir que tu t'y habitues.

— Ça ne me dérange pas que tu t'inquiètes pour moi parce

qu'honnêtement, moi aussi je m'inquiète tout le temps pour toi. Mais on ne peut pas vivre dans la peur, Brock. Il faut qu'on *profite*. J'ai attendu bien trop longtemps avant de te trouver. Je ne veux pas rater une seconde de la vie que l'on pourrait avoir ensemble tout ça parce que j'ai peur de ce qui *pourrait* arriver.

Elle vit qu'elle avait enfin réussi à le convaincre. Il soupira.

— Tu as raison.

— Je sais, le taquina-t-elle.

— Mais il faut que tu restes vigilante. Ne prends aucun risque. Si quelque chose te paraît étrange, fais confiance à ton instinct. Et si tu te sens mal, écoute ton corps et va t'allonger.

Finley acquiesça immédiatement.

— Je le ferai.

Brock la regarda, puis lui dit :

— Je vais faire de mon mieux pour ne pas trop te couver, mais il va falloir que tu m'accordes un peu de répit. Ce n'est pas tous les jours que la femme que j'aime porte mon enfant.

Finley faillit fondre sur sa chaise.

— Tant que tu essaies, ça ne me dérange pas que tu sois protecteur.

— Tant mieux. Maintenant, est-ce que j'ai une chance de te convaincre de retourner à la maison pour le reste de la journée ?

Elle lui sourit.

— Non. J'ai quatre douzaines de cookies à préparer pour une fête d'anniversaire demain après-midi et un gâteau que je dois également commencer pour demain.

Brock soupira.

— OK. Est-ce que je peux te demander autre chose ?

— Bien sûr.

— Tu veux bien déménager le reste de tes affaires chez moi ?

Finley écarquilla les yeux.

Il poursuivit rapidement.

— Je sais que c'est un grand pas d'emménager officiellement avec moi, mais on a déjà déménagé la plupart de tes affaires de cuisine dans la mienne, ainsi que tes plantes et tes habits d'hiver. On n'a pas passé une seule nuit séparés depuis la première nuit où tu t'es offerte à moi. Je n'imagine pas rentrer chez moi sans que tu sois là, ni même me réveiller sans que tu sois à mes côtés. Si tu n'aimes pas la maison, je peux en trouver une autre. À vrai dire, je devrais sûrement le faire dans tous les cas puisque Petit Chou sera là l'année prochaine. Il ou elle va avoir besoin de sa propre chambre parce qu'il est hors de question que je te fasse l'amour devant lui ou elle. Ça le ou la marquerait à vie. Mais je...

Finley l'empêcha de continuer à déblatérer en posant un doigt sur ses lèvres.

— Oui, dit-elle simplement.

— Oui ?

— Oui, confirma-t-elle.

Brock retira sa main de ses lèvres et embrassa sa paume.

— Tu es très conciliante, tout à coup.

Finley haussa les épaules.

— Pourquoi est-ce que je te dirais non alors que je suis très heureuse de vivre avec toi ?

— D'accord. Je ne vais pas pousser plus loin en te demandant de m'épouser tout de suite, mais ça va venir, chérie.

Le cœur de Finley rata un battement. Elle aimait Brock et savait qu'il l'aimait aussi.

Toute sa vie, elle avait voulu trouver quelqu'un qui pourrait l'aimer exactement comme elle était, avec ses courbes et tout le reste. Il n'y avait rien qu'elle ne désirait plus que d'épouser cet homme. Qu'il devienne officiellement le sien. Elle avait envie de lui dire qu'il pouvait le lui demander. Là, tout de suite. Mais elle pouvait attendre. Elle portait son enfant et elle allait emménager avec lui. Sa boulangerie marchait remarquablement bien et elle avait des amis extraordinaires.

Si elle ajoutait encore un élément à sa liste du « bonheur », elle risquait de jouer avec le feu.

— D'accord.

Brock lui sourit.

— Quand est-ce qu'on pourra faire une échographie pour que je rencontre mon Petit Chou ? demanda-t-il.

— Tu veux venir avec moi ?

— Bien sûr que oui je veux venir ! Je veux expérimenter tout le processus qui concerne notre enfant.

Elle eut un rire sarcastique.

— Pas sûr que tu aies envie d'expérimenter les nausées matinales.

— C'est faux. Je te serrerai contre moi quand tu seras malade, je veillerai à ce que tes cheveux ne se mêlent pas au vomi. J'aurais une brosse à dents toute prête et je te masserai le dos ou le ventre jusqu'à ce que tu te sentes mieux.

Finley fronça les sourcils et lui donna un coup dans le bras. Avec force.

— Aïe, pourquoi tu fais ça ? demanda Brock en serrant son bras.

— Je vérifie juste que tu es bien réel et pas un cyborg ou un truc du genre.

— Je suis réel, lui promit-il. Et je suis sûr qu'il y aura des jours où tu me trouveras tellement énervant que tu auras envie de me gifler. Je ne suis pas parfait, mais j'essaie de l'être pour toi.

— Je ne veux pas et n'ai pas besoin de la perfection, le rassura-t-elle. J'ai juste besoin que tu m'acceptes comme je suis.

— C'est le cas, dit-il d'un ton bourru. Tout comme toi tu m'acceptes.

Finley pencha la tête sur le côté, l'étudiant un instant, puis dit :

— Tu sais quoi ? Je peux sûrement m'occuper des cookies et du gâteau demain matin.

— Quoi ?

— Je suis *effectivement* un peu fatiguée. Je vais peut-être rentrer et me mettre au lit. Nue. Et pour m'aider à me détendre, je vais sans doute me toucher... me donner un orgasme pour mieux dormir.

— Oui. Et je pense qu'il vaut mieux que je m'assure que tu rentres bien à la maison et que tu t'installes, saine et sauve, dans notre lit.

Finley acquiesça.

— Oui, je suis d'accord.

Elle lui prit la main et la posa sur son ventre avant de sourire.

— Et je pense aussi qu'on devrait célébrer ta super fabrication de spermatozoïdes pour ce Petit Chou.

Ses pupilles se dilatèrent et il se leva immédiatement, nettoyant ce qui restait de leur repas avant qu'elle ne dise autre chose. La satisfaction et l'anticipation coulaient dans les veines de Finley. Il y avait certains inconvénients à avoir un petit ami Alpha, mais il y avait bien plus d'avantages. Y compris le sexe en plein milieu de la journée dès qu'elle en avait envie. Comme aujourd'hui. Là, tout de suite.

Il lui prit la main et commença à la tirer vers son pick-up, garé parallèle au bureau de poste.

— Il y a le feu ou quoi ? cria Otto tandis qu'ils s'approchaient.

Finley gloussa mais Brock ne prit même pas la peine de répondre. Il ouvrit simplement la portière pour qu'elle grimpe dans le véhicule et se glisse sur son siège. Il salua quand même les trois vieillards qui riaient tout en démarrant le moteur. Finley entendit Silas leur crier : « Amusez-vous bien » avant qu'ils ne se mettent en route.

— J'aurais quand même dû passer à la boulangerie pour dire à Liam que je ne reviendrai pas, dit-elle.

— Tu as trois minutes pour lui envoyer un texto et lui dire, grogna presque Brock. Ensuite, tu es à moi.

Finley n'hésita pas à sortir son téléphone.

La chose la plus difficile que Brock ait jamais eu à faire, c'était de ne pas hurler sur tous les toits qu'il allait être père. Il était à la fois terriblement excité et inquiet qu'il y ait un problème soit avec Finley, soit avec Petit Chou.

Le lendemain du jour où il avait appris pour la grossesse, l'équipe de Recherche et de Sauvetage fut contactée pour retrouver un randonneur qui s'était séparé du reste du groupe. Brock eut envie d'annoncer la nouvelle à ses amis dès l'instant où ils atteignirent le départ du sentier, mais il respecta la demande de Finley qui voulait qu'ils attendent.

Duke et Raiden ouvrirent la voie et ils retrouvèrent le touriste de 28 ans en trente minutes. Il était en bas d'un ravin dans lequel il était tombé et où il s'était foulé la cheville.

À part être un peu gêné et courbaturé, il s'en sortirait. Il parvint à sortir de la forêt en se servant d'Ethan et de Talon comme de béquilles et ses compagnons de randonnées promirent de l'emmener dans un cabinet médical ouvert vingt-quatre heures sur vingt-quatre une fois qu'ils seraient rentrés.

— Alors ? demanda Brock à Talon tandis qu'ils se réunissaient tous pour discuter avant de partir chacun de leur côté.

— Alors quoi ? demanda Raid.

— Alors est-ce qu'il a retrouvé cette femme mystérieuse qui nous a sauvés, Finley et moi, dit Brock.

— Je ne la cherche pas vraiment, dit Talon en haussant les épaules.

Mais ils savaient tous qu'il mentait.

— OK, d'ailleurs... à ce propos, je parlais à Silas, Otto et Art l'autre jour, dit Rocky et j'ai mentionné ce qu'il s'est passé. Comment cette femme est sortie de nulle part avant de disparaître aussi silencieusement et mystérieusement. Et Silas a dit quelque chose qui m'a intrigué.

Ils avaient tous les yeux rivés sur Rocky.

— Qu'est-ce qu'il a dit ? demanda impatiemment Tal.

— Apparemment, un jour, il y a eu une petite fille qui a disparu. Bien avant que l'on arrive en ville, bien évidemment. Elle avait 8 ans à l'époque. Un voisin a dit l'avoir aperçue grimper dans une voiture verte à deux portes, à l'heure où elle était censée rentrer de l'école. Les habitants et la police ont cherché, mais ils n'ont jamais retrouvé aucune trace de cette petite fille ni d'indice sur la personne qui aurait pu l'enlever. Les parents étaient désemparés et ont fini par divorcer à cause du stress et ont déménagé.

— Et ? demanda Zeke lorsque Rocky s'arrêta.

— Elle s'appelait Heather Brown. Elle avait des cheveux roux et était un peu un garçon manqué. Silas a dit qu'à l'époque de sa disparition, il y avait une sorte de groupe religieux qui vivait aux abords de la forêt. Ils aimaient se faire appeler « La Communauté ». Les femmes portaient toutes de longues robes et n'avaient pas le droit de parler à quiconque en dehors du groupe, surtout aux hommes. La police de l'époque a enquêté, mais ils n'ont trouvé aucune preuve de l'existence de Heather ni de la voiture verte. Le leader du groupe est mort il y a un an et d'après ce que disent les habitants, la secte s'est dissoute et tout le monde a quitté la Virginie. La zone où ils vivaient est désormais déserte et tombe en ruines.

— Tu penses que cette femme mystérieuse pourrait être la petite fille disparue ? demanda Brock d'un air sceptique.

— Tu as dit toi-même que la femme avait les cheveux roux et semblait très à l'aise dans les bois. Et si elle avait été *enlevée* par quelqu'un de cette secte ? Et qu'une fois le gourou mort et tout le monde parti, elle était restée ? Elle aurait 28 ans aujourd'hui et serait sans doute très à l'aise pour vivre dans la nature.

— Si c'est *elle*, pourquoi est-ce qu'elle ne se serait pas déjà manifestée ? À 8 ans, elle était encore assez grande pour se souvenir de sa vie avant d'être kidnappée. Et ce n'est pas comme s'il n'y avait pas eu des centaines de personnes dans la forêt ces derniers temps, dit Raid.

— Elle devait certainement être terrifiée quand elle a été enlevée, dit doucement Tal. Et je suis certain qu'on l'a menacée. Qu'on a probablement abusé d'elle. Elle devait être terrorisée et perdue et a fait ce qu'elle a pu pour survivre. Vingt ans..., dit-il en secouant la tête. C'est également une longue, très longue période, pour retourner le cerveau d'une enfant. Il est très probable qu'elle ne connaisse pas d'autre vie que celle qu'elle a eue. Lorsque tout le monde est parti, si on lui a appris à se méfier des inconnus... elle a peut-être trop peur pour demander de l'aide. Alors elle est restée là où elle était, pour faire ce qu'elle connaissait le mieux. Parfois l'enfer que l'on connait est moins effrayant que de prendre le risque de s'aventurer vers l'inconnu.

— On n'est pas sûr que ce soit elle, lui rappela Zeke.

— On n'est pas sûr que ce ne soit *pas* elle, rétorqua Tal.

— Et si elle est restée cachée depuis la dissolution du groupe, qu'est-ce qui te fait penser que tu peux la retrouver et la convaincre qu'elle est en sécurité ? demanda Brock.

Son ami croisa son regard.

— Elle a pris le risque d'être vue, d'être *attrapée*, pour vous aider Finley et toi. Ça m'indique qu'elle connaît la différence entre le bien et le mal. Et je suppose qu'elle veut changer les choses, mais qu'elle ne sait pas à qui faire confiance ni comment s'y prendre. Elle n'a pas de véhicule. Qui sait quel genre d'éducation elle a reçu. Les membres de cette secte de merde ou Dieu sait ce qu'ils étaient... ils n'ont sûrement pas pris la peine de lui enseigner quoi que ce soit d'autre que la façon de servir leur chef. C'est plus facile d'opprimer les gens s'ils ne sont pas éduqués. Mais malgré tout, elle a quand même pris des risques pour vous aider.

Brock acquiesça.

— Je vais rester et marcher avec toi, dit-il. C'est le minimum après ce qu'elle a fait pour moi.

— Et Finley ? Tu veux que l'un de nous aille la surveiller pendant que tu es ici avec Tal ? demanda Drew.

Brock eut envie de dire oui. Il avait envie de dire à ses amis de garder encore plus un œil sur sa femme, maintenant qu'elle était enceinte. Mais il lui avait promis de lâcher prise. De ne pas être aussi parano concernant sa sécurité. L'une des choses les plus difficiles qu'il eut à faire fut de secouer la tête.

— Non. Ça fait un mois maintenant. J'ai parlé à Simon hier et même s'il sait qu'il y a un problème de drogue à Fallport, il ne pense pas que Finley soit en danger. Pas après qu'elle lui a donné des informations sur ce qu'elle a vu et le numéro d'immatriculation.

— Ils ont retrouvé le pick-up ? demanda Zeke.

— Malheureusement, non, répondit Brock avec un soupir.

— Merde.

Brock acquiesça.

— Même si je n'aime pas ça, Finley a raison. Je l'étouffe. C'est une adulte et elle m'a promis d'être prudente.

— Du coup... tu veux que je demande à Elsie de l'inviter à dîner au On the Rocks quand elle aura fini sa journée à la boulangerie aujourd'hui ? demanda Zeke d'un air narquois.

Brock sourit.

— Oui.

— Et peut-être que demain elle aimerait bien venir voir les photos de notre mariage que Lilly a enfin récupérées ? suggéra Ethan en souriant.

— Je suis sûr que Bristol meurt d'envie de lui montrer le dernier vitrail qu'elle a réalisé pour une actrice d'Hollywood connue.

Brock aimait tellement ses amis. Il ne romprait pas sa promesse envers Finley et il avait bien dit aux gars de prendre leurs distances, mais si leurs femmes voulaient passer leurs après-midis avec Finley avant qu'il ne sorte du travail... qui était-il pour les en empêcher ?

— Merci, les gars.

— Je ne pense pas qu'elle soit en danger, mais il vaut mieux prévenir que guérir, dit Drew.

Il avait envie de dire à ses potes que Finley était

enceinte, il l'avait sur le bout de la langue, mais il se retint au dernier moment.

— Je vais voir si je peux trouver des photos ou plus d'informations sur Heather Brown, dit Rocky à Tal.

— Merci, c'est sympa. Même si cette femme n'est pas elle, je veux quand même m'assurer qu'elle est en sécurité. Il va faire de plus en plus froid et il va même bientôt neiger. Je ne supporte pas l'idée que quelqu'un soit seul ici, dit Tal.

— Si c'est *elle*, elle sait visiblement se débrouiller toute seule, lui rappela Zeke.

— Elle était pieds nus. Et je..., Talon secoua la tête. Il faut juste que je la retrouve.

Brock serra l'épaule de son ami. Ils savaient tous que la dernière mission de Tal avec l'unité des forces spéciales de la Royal Navy avait très mal tourné et qu'il avait démissionné à cause de cela.

Ils savaient également que l'incident avait impliqué des femmes et des enfants... mais il ne leur avait jamais donné les détails et ils n'avaient pas insisté.

— Viens. On peut aller là où cette « Communauté » s'était implantée pour voir si on ne peut pas obtenir d'indices. Si on a de la chance, on trouvera Heather. Sinon, on ira là où tu as déjà cherché, y compris là où Finley et moi avons été kidnappés par ces connards. On verra si on ne peut pas retrouver ces traces ou mieux encore, là où elle vit et se cache.

— Merci, dit Tal.

— Appelez-nous si vous avez besoin de nous, leur dit Ethan.

— Ça marche, lui dit Brock.

Puis Ethan et lui retournèrent vers la piste qu'ils avaient récemment empruntée en escortant le jeune homme à la cheville foulée.

CHAPITRE TREIZE

Deux jours plus tard, Finley s'écarta du comptoir et pencha la tête sur le côté en examinant le gâteau qu'elle venait de finir de décorer. Il avait l'air très réussi, si l'on voulait son avis. Elle avait reçu une commande pour un enfant de 4 ans qui était fan de *Pat' Patrouille*. Comme Marshall était son personnage préféré, elle avait réalisé le gâteau en forme de camion de pompier.

Sortant son téléphone, Finley prit une photo du gâteau et l'envoya à Caryn qui, elle le savait, allait adorer. Elle ne fut pas déçue lorsque celle-ci lui répondit immédiatement.

Caryn : C'est génial !!! Il faut absolument que tu me fasses le même pour mon anniversaire !!

Finley rit et saisit le gâteau avec précaution pour l'insérer dans le grand réfrigérateur. Après avoir mis le gâteau en sécurité pour que la mère vienne le chercher plus tard dans la journée, elle se cambra et s'étira. Elle avait mal au dos à force d'avoir décoré le gâteau, mais elle était également courbaturée de partout. Brock n'était pas un amant très doux... même si elle n'avait pas envie qu'il le soit. Il n'avait pas peur de la manipuler là où il le voulait, de la tenir fermement et de lui faire l'amour avec force. Et Finley en aimait chaque seconde. Et elle lui rendait la pareille, enfonçant ses ongles dans ses bras ou ses fesses, tout en lui disant exactement ce qu'elle voulait et aimait.

Lorsqu'elle était avec lui, elle avait l'impression d'être une femme complètement différente. Sexy. Belle. Désirée.

Désormais, elle ne voyait aucun inconvénient à ce que les lumières soient allumées. Comment pourrait-elle se sentir autrement que jolie lorsqu'il ne pouvait pas détourner son regard ou ses mains d'elle ?

— Pitié, dis-moi que la façon dont tu te masses le ventre signifie ce que je pense, dit Bristol depuis la porte de la cuisine, la faisant sursauter comme jamais.

Elle n'avait pas réalisé qu'elle se tenait immobile, le regard dans le vide en train de caresser son ventre. Elle sourit à la petite femme.

— Salut.

— Il n'y a pas de salut qui tienne, la gronda Bristol avec un sourire. Pitié, dis-moi que tu es enceinte.

Finley haussa les épaules.

— Je suis enceinte.

Bristol couina et se précipita dans la pièce. Ses jambes étaient enfin fonctionnelles après son calvaire avec ce fan obsessionnel et elle savourait la liberté de pouvoir se déplacer sans le déambulateur qu'elle utilisait depuis des mois.

Elle serra fermement Finley, puis se releva et l'étudia du regard.

— Tu as l'air en forme.

Le compliment la toucha profondément. Elle n'avait jamais été le genre de femme à recevoir des compliments spontanés. Elle l'accepta avec plaisir.

— Merci.

— Ça fait combien de temps ?

— Même pas deux mois, dit Finley. C'est pour ça qu'on n'a rien dit.

Bristol acquiesça.

— Je comprends. Mais je dois dire que je suis assez contente d'être la première au courant. Tu l'as dit à Brock ?

— Bien sûr. Même s'il m'a dit qu'il le savait déjà.

— Laisse-moi deviner, à cause des changements dans ton corps ?

Finley rougit.

— Oui.

Bristol eut un sourire rayonnant.

— Je suis tellement heureuse pour vous.

— Moi aussi. Je veux dire, je n'avais pas vraiment pensé à faire des enfants. J'ai toujours voulu en avoir et je les ai toujours aimés, mais je me disais qu'il était trop tard pour que ça arrive. Sans oublier qu'il fallait d'abord que je trouve un mec, dit Finley d'un ton sarcastique.

— Décidément, Brock ne plaisante pas, dit Bristol.

Finley ricana.

— C'est le moins que l'on puisse dire.

— Ça te dérange ? lui demanda-t-elle en penchant la tête sur le côté.

— Qu'est-ce qui me dérange ?

— La vitesse à laquelle vont les choses entre vous ? Je veux dire, tu vis avec lui, tu es enceinte, et je n'imagine pas Brock ne pas vouloir te passer la bague au doigt avant la naissance du bébé. C'est un peu un super alpha, comme Rocky et les autres.

— Honnêtement ? Je n'ai pas l'impression qu'on a avancé *si* vite que ça. Je veux dire, je craque sur Brock depuis tellement longtemps. En même temps, comment aurais-je pu faire autrement ? Il est tout ce que j'ai toujours voulu chez un homme. Mais j'ai gardé mes sentiments pour moi. Du moins... c'était ce que je *croyais*.

— Il savait que tu l'aimais bien, dit Bristol. Il essayait de ne pas te brusquer. De te laisser le temps de vaincre ta timidité avec lui.

Finley acquiesça.

— Oui. Du coup, quand j'ai enfin baissé ma garde et que j'ai tenté ma chance, je le connaissais déjà assez bien. Et apparemment, il me connaissait aussi.

— Bien sûr. On a parlé de toi autant que possible dès qu'il était dans les parages.

— On ? demanda Finley.

— Lilly, Elsie, Caryn et moi.

— Caryn l'a pratiquement jeté dans mes bras, dit calmement Finley. Lorsqu'on l'a découverte dans cette cabane où était fabriquée la liqueur, elle a immédiatement envoyé Brock pour me raconter ce qu'il s'était passé.

— Oui. Elle est plutôt rusée, acquiesça Bristol en souriant avant de redevenir sérieuse. Vous deux, vous êtes plus faits l'un pour l'autre que tous les autres couples que j'ai rencontrés. Et je nous inclus Rocky et moi dans le lot. Vous vous comprenez. C'était évident dès le départ. Ta douceur compense ses aspérités.

— Je ne suis pas si gentille que ça, protesta Finley.

— Bien sûûûr. Tu offres des biscuits gratuits à tous les enfants qui viennent dans ta boulangerie. Tu donnes des cupcakes aux enfants de l'école primaire dont les parents ne peuvent pas se permettre de leur organiser quoi que ce soit pour leur anniversaire. Tu...

— OK, j'ai compris je suis la Fée Dragée, dit Finley en levant les yeux au ciel.

— Tout ce que je dis, c'est que Brock et toi ça fonctionne. Très bien. Je suis tellement heureuse pour vous deux... pardon... vous trois, dit Bristol avec un sourire.

— Moi aussi.

— Du coup... à quand le mariage ?

Finley éclata de rire.

— On vient de célébrer celui de Lilly et le tien est dans moins de trois semaines. Tout le monde doit en avoir marre maintenant.

— Tu rigoles ? Pas du tout ! Tu veux quel genre de mariage ? Une grande fête ? Quelque chose de simple ? Ou tu veux faire comme Elsie et Zeke et te marier tranquillement à la mairie ?

Finley haussa les épaules.

— Je n'y ai pas beaucoup réfléchi. Et puis, il ne m'a pas encore demandé de l'épouser. Je ne mets pas la charrue avant les bœufs.

Ce n'était pas totalement vrai. Elle y avait *déjà* songé. Et même si elle avait adoré chaque seconde du mariage de Lilly et savait que celui de Bristol serait tout aussi génial, ce n'était pas pour elle. Elle n'aimait pas être le centre de l'attention. Et avec son poids, le simple fait de s'imaginer dans une énorme robe de mariée bouffante lui donnait de l'urticaire. Bien évidemment, ce n'était pas obligatoire qu'elle soit énorme et bouffante, mais quand même.

— Il va le faire. Comme je l'ai dit avant, c'est impossible que Brock Mabrey laisse ce bébé naître sans que tu ne portes sa bague.

Finley posa à nouveau la main sur son ventre.

— Je veux vraiment ce bébé, murmura-t-elle. Tellement.

Bristol s'approcha et posa la main sur celle de Finley qui était sur son ventre.

— Tout va bien se passer.

— J'ai presque 40 ans, souffla Finley. Les femmes font des fausses couches tout le temps. C'est juste que... je n'ai pas envie de perdre ce Petit Chou.

Bristol sourit face au surnom, mais ne fit aucun commentaire.

— J'aurais aimé savoir ce qu'il faut dire dans ces moments-là. Je vais peut-être tout gâcher mais voilà. Tu ne peux pas contrôler Mère Nature, Finley. Perdre un enfant est l'une des choses les plus dévastatrices qu'une femme puisse vivre. Mais il faut que tu te dises que si ça arrive c'est que c'est *censé* arriver. Tu es en bonne santé, tu ne prends aucun risque. Je prie et j'espère que tout se passera bien avec ton bébé, mais tu sais quoi ? Si le pire se produit, Brock sera *toujours* à tes côtés. Il te serrera contre lui quand tu pleureras et il célèbrera tes réussites. Tout ce que tu as à faire, c'est d'être confiante et de savoir qu'il sera là pour toi.

— Merci, chuchota Finley.

Elles s'étreignirent une fois de plus et Finley fit de son mieux pour retenir ses larmes. Encore une chose qui avait changé depuis sa grossesse. Elle pleurait à tout bout de champ. Elle s'énervait également bien plus rapidement. À vrai dire, toutes ses émotions étaient décuplées. Bien évidemment, lorsqu'elle s'en plaignait, Brock haussait simplement les épaules en lui disant que ça faisait partie de son charme.

— Lorsque tu seras assez à l'aise et une fois que tu l'auras annoncé à tout le monde, je vais clairement t'organiser une baby shower. Avec toutes les activités idiotes auxquelles on joue à ce genre d'événement. Attends... mais Lilly aussi est enceinte ! Vous n'êtes qu'à quoi ? Quelques semaines d'écart ? Ça va être *tellement* génial ! Une double baby shower. Vos enfants grandiront ensemble. Peut-être qu'ils sortiront ensemble et finiront par se marier un jour !

Finley ne put s'empêcher de lever les yeux au ciel.

— Doucement, Bristol.

Elles éclatèrent toutes les deux de rire. Puis, Bristol lui demanda :

— Tu veux connaître le sexe ?

— Oh, euh... honnêtement, je n'y ai pas pensé. Je vais devoir demander à Brock ce qu'il veut faire.

— Il va vouloir savoir, dit fermement Bristol.

— Tu crois ?

— Oh, oui. Il va avoir besoin de temps pour digérer la nouvelle si jamais c'est une fille. Tu imagines à quel point il va être surprotecteur ? Il sera complètement gaga de sa fille, c'est sûr.

Bristol n'avait pas tort. Finley pouvait très bien imaginer la réaction de Brock s'il apprenait que leur Petit Chou était une fille. Elle serait une vraie fille à papa... une fille qui saurait certainement réparer un moteur dès l'âge de 4 ans. Elle sourit.

— Je suis tellement heureuse pour toi, Finley. Sérieusement. Brock et toi vous êtes tellement adorables ensemble.

Adorables. Finley faillit éclater de rire. Un souvenir de la veille lui revint en mémoire. Brock était derrière elle pendant qu'elle était à quatre pattes devant un immense miroir qu'il avait acheté quelques jours plus tôt. Il l'avait prise avec force et lui avait donné une tape sur les fesses.

Apparemment, il avait ressenti son plaisir autour de son sexe, car il avait recommencé. Mainte et mainte fois. Puis, il s'était servi de son pouce pour caresser ses fesses tandis que son autre main frottait son clitoris tout en continuant de la pénétrer – tout ça en observant leur reflet érotique dans le miroir. Une fois qu'elle eut atteint le sommet, il s'était retiré et avait joui sur ses fesses, étalant le tout sur sa peau en la complimentant. Il lui avait dit à quel point elle était belle et qu'il était l'homme le plus chanceux sur terre.

Oui. Adorable n'était vraiment pas le mot qu'elle aurait utilisé pour décrire son homme. Intense, sexy, exigeant, insatiable ? Ça, oui. Adorable, non.

Bristol gloussa comme si elle pouvait lire les pensées de Finley.

— J'ai dit que vous étiez adorables *ensemble*. Maintenant, arrête d'avoir des pensées obscènes.

Finley se mit à rire.

— Bon, si je suis venue te voir, c'est parce que j'avais une raison, dit Bristol avec un sourire.

— Ah oui ?

— Oui. Un photographe du *National Geographic* vient en ville pour prendre des photos du vitrail que j'ai fait pour le Sunny Side Up. J'en ai parlé avec Sandra et elle va remettre son menu Bigfoot. Elle a accepté de reverser cent pour cent des recettes, le jour où le photographe viendra, à une association caritative pour les animaux d'Afrique qui essaie de protéger les rhinocéros et les éléphants des braconniers qui veulent leurs défenses. Et je me demandais si tu accepterais de faire des biscuits Bigfoot pour les vendre également ?

— Oui ! dit Finley sans même devoir y réfléchir.

Puis, elle fronça les sourcils.

— Mais il va falloir que je réfléchisse à comment les décorer pour qu'ils aient l'air cool et non ridicules.

— Tes biscuits n'auront jamais l'air ridicules, dit Bristol.

— Ha ! Tu es gentille, mais crois-moi, c'est bien plus facile de faire de la pâtisserie que de la décoration.

— J'ai confiance en toi.

Elles passèrent encore quelques minutes à discuter des

détails, du nombre de biscuits qu'elle devrait préparer, de la date à laquelle les photos de ses vitraux seraient publiées dans ce magazine mondialement connu, et de l'association caritative à laquelle l'argent irait. Lorsqu'ils eurent terminé, Finley avait la tête qui tournait et elle avait décidé de faire des biscuits en forme d'éléphant et de rhinocéros, ainsi que des biscuits représentant un Yéti.

Lorsqu'il fut 15 heures et que la boutique ferma ses portes, Finley fut plus que prête à partir. Elle avait hâte d'annoncer à Brock la venue du photographe en ville et les idées qu'elle avait eues pour les biscuits. Elle avait encore deux commandes personnalisées à réaliser d'ici demain après-midi, mais son désir de voir Brock l'emportait sur celui de prendre de l'avance sur ses projets. Elle aurait encore beaucoup de temps pour les terminer avant que ses clients ne viennent chercher les pâtisseries.

Lorsqu'elle fut prête, Liam accompagna Finley jusqu'à sa voiture. Elle savait que Brock avait parlé à son employé et lui avait demandé de s'assurer qu'elle parvienne à son véhicule en toute sécurité, si Brock n'était pas là pour le faire. Il s'était calmé depuis qu'elle lui avait dit qu'il l'étouffait, mais au fond, elle ne voyait pas d'inconvénient à ce qu'il veuille s'assurer qu'elle soit en sécurité.

Le simple fait d'imaginer ce qu'il aurait pu se passer dans la forêt avec Pete et Cory était effrayant. Il s'en était fallu de peu, et Finley n'avait surtout pas envie qu'une telle chose se reproduise à nouveau. Ses amies s'étaient toutes révélées très fortes, mais au fond, Finley savait qu'elle n'était pas comme ça. Si elle s'était retrouvée dans l'une des situations que Lilly, Elsie, Bristol ou Caryn avaient connues, elle aurait certainement paniqué et ne l'aurait pas géré aussi bien qu'elles.

Alors le fait que Brock demande à Liam de la raccompagner jusqu'à sa voiture la faisait se sentir protégée de façon moins paranoïaque. Le fait d'avoir l'un des membres de l'équipe de Recherche et de Sauvetage d'Eagle Point assis devant son commerce toute la journée, comme s'il craignait que le croque-mitaine ne surgisse de derrière un rocher, ça, c'était très oppressant. Elle était contente que Brock ait enfin compris la différence.

Finley salua Liam et sortit du parking pour se rendre au garage Old Town Auto. Un autre changement dû à la petite vie qui se formait dans son utérus était que Finley était constamment excitée. Elle était allée voir en ligne si ce qu'elle ressentait était normal et avait été soulagée de constater que c'était le cas. La plupart des femmes, sur les forums qu'elle avait trouvés, expliquaient que leur libido semblait diminuer au fur et à mesure que leur grossesse avançait.

Bien évidemment, Brock n'avait aucun problème avec sa sexualité exacerbée. Il s'en délectait. Il l'encourageait à se laisser aller dans leur chambre... et partout dans la maison d'ailleurs.

Et elle savait qu'à chaque fois qu'elle voulait faire l'amour, de jour comme de nuit, il était tout à fait disposé à le faire.

Se trémoussant sur son siège, Finley s'arrêta devant le garage. Il fallait vraiment qu'elle laisse Brock tranquille. Il travaillait. Elle pouvait très bien rentrer à la maison et se masturber. Mais elle n'en avait pas envie. Elle voulait son homme.

Prenant une grande inspiration, elle sortit de la voiture et se dirigea vers la plateforme ouverte. Brock était penché vers l'avant d'un véhicule, son cul parfait souligné par la salopette qu'il portait et elle vit son bras gauche se contracter tandis qu'il trafiquait quelque chose sous le capot.

Elle sentit ses tétons se durcir et elle mouilla sa culotte. Elle n'eut même pas l'occasion d'être gênée par son excitation. Comme s'il sentait qu'elle était là, Brock tourna la tête sur le côté.

Il lui jeta un seul regard et pivota vers le bureau, sur la gauche.

— Jesus !

— Ouais ?

— J'y vais, dit Brock en s'essuyant les mains sur un chiffon accroché sur le côté de la voiture.

— OK !

— Je terminerai de m'occuper de la voiture des Abernathy demain matin.

— Reçu.

Puis, Brock s'avança vers Finley et elle fit de son mieux pour ne pas saliver en le regardant. Lorsqu'il l'atteignit, il se pencha vers elle et Finley sentit l'odeur de l'essence, de la sueur et du savon qu'il avait utilisé dans la douche ce matin.

— Tu as besoin de ton homme ? demanda-t-il d'une voix rauque.

Son ventre se crispa et elle acquiesça.

Il passa une main autour de sa nuque, l'attirant brutalement contre lui et Finley laissa échapper un petit cri lorsqu'elle heurta son corps dur comme de la pierre.

— Tu es tellement belle, putain. Tu as de la farine dans les cheveux et tu sens…, il baissa la tête jusqu'au creux de son cou et inspira profondément. Le sucre.

Elle lui sourit et enroula les bras autour de son cou en frottant furtivement ses seins contre son torse.

— C'est logique puisque j'ai posé un glaçage sur des gâteaux tout l'après-midi.

Sa main libre descendit le long de son dos jusqu'à ses fesses et il serra fermement sa chair généreuse.

— Vite et fort ou doucement et lentement ? demanda-t-il contre ses lèvres.

Finley rougit. Elle haletait presque lorsqu'elle lui répondit :

— Vite et fort. J'ai envie de toi, Brock.

Sans dire un mot de plus, il lui prit la main et la guida jusqu'au côté du bâtiment où son pick-up était garé. Finley sourit en faisant de son mieux pour le suivre. Elle adorait quand il était comme ça. Ça ne l'aurait pas dérangé de faire ça rapidement dans son garage, mais il lui avait expliqué qu'il ne lui manquerait jamais de respect en couchant avec elle là où quelqu'un pourrait les surprendre et les voir. Elle était à lui seule et *personne* ne pouvait voir ce qui lui appartenait.

Le trajet jusqu'à chez lui fut bien trop long, même s'il était à moins de cinq minutes. Finley remua sur son siège tout le long. Dès la seconde où il éteignit le moteur dans son allée, Brock la fit glisser sur les sièges et l'attira jusqu'à la maison.

Deux secondes après que la porte se fut refermée derrière eux, il bondit. Il la déshabilla dans l'entrée, baissa son pantalon, assez bas pour exposer son sexe dur comme un roc et la pénétra d'un seul coup de reins profond.

Finley hurla de plaisir. Elle était prête pour lui, mais il était quand même épais et lorsqu'il la remplit, le léger pincement ne fit qu'accentuer son désir. Il la prit, là, contre le mur, la faisant se sentir petite alors qu'il la surplombait de toute sa hauteur.

Une fois qu'ils eurent tous les deux joui, il la souleva et la porta jusqu'au salon. Il la posa sur le canapé, puis se mit à genoux devant elle. Il écarta ses jambes avec ses épaules et fixa son sexe pendant un long moment.

— Brock ? haleta enfin Finley.

— Tu ne sauras jamais à quel point c'est sexy, lui dit-il en se servant de son doigt pour essuyer les fluides qui coulaient hors de son corps. Le fait de savoir qu'on a créé une vie ensemble ? Je ne peux pas t'expliquer à quel point je suis émerveillé.

Puis, il se redressa, attira ses fesses vers lui jusqu'au bord du canapé et se glissa à nouveau en elle.

— La première fois t'a soulagée, bébé ? demanda-t-il en la pénétrant paresseusement.

Finley acquiesça.

— Tant mieux. Il faut que je prenne une douche.

Elle lui sourit. Effectivement. Mais elle l'adorait comme ça. Tout transpirant et viril. Ses mains tachées sur son corps. Il était tellement différent d'elle et elle aimait beaucoup ça. Auparavant, sa masculinité brute la déstabilisait. Elle avait toujours cru qu'elle ne serait jamais assez bien pour quelqu'un comme lui. Mais désormais, elle réalisait que leurs différences se complétaient parfaitement.

— Après, haleta-t-elle tandis qu'il commençait à la pénétrer plus vite.

Il lui sourit, puis redevint sérieux en faisant de son mieux pour s'assurer qu'elle était satisfaite.

Plus tard, une fois qu'il l'eut fait jouir deux fois de plus, la remplissant à nouveau jusqu'au bout, après avoir pris une douche et insisté pour qu'elle s'assoie sur le canapé et se détende tandis qu'il faisait griller des côtes de porc pour le dîner, elle se retrouva blottie contre lui pendant qu'un match de football jouait à la télévision.

— Brock ? demanda-t-elle.

— Oui ?

— Tu veux connaître le sexe de notre bébé ou pas ?

Il baissa les yeux vers elle.

— Et toi ?

— Je pense que ce serait cool que ce soit une surprise. Mais ce serait pénible. On ne saurait pas quoi mettre sur la liste de naissance, et il faudrait trouver deux prénoms au cas où.

— En ce qui concerne la liste de naissance, est-ce que c'est vraiment important de savoir si c'est un garçon ou une fille ? demanda-t-il. On peut demander des jouets et vêtements verts, jaunes, violets, magenta, on se fiche de la couleur. Le bébé n'en aura rien à faire de la couleur de son pyjama. Il va juste dormir, manger et faire caca.

— Ça ne te dérangerait pas si ton fils portait du rose ? demanda-t-elle.

— Bien sûr que non. Ce ne sont pas les habits qui font un homme ou une femme, dit-il avec une perspicacité surprenante. Ma fille peut porter la couleur qu'elle veut. Bleu, violet, rose ou jaune avec des points orange. Si mon fils veut jouer aux poupées et faire de la danse classique, je n'en ai rien à foutre. Tout ce que je veux, c'est qu'il soit une bonne personne et qu'il soit heureux. Tout ce que je veux c'est que toi tu sois heureuse.

Finley sentit les larmes lui monter les yeux.

— Ne pleure pas, ordonna-t-il.

Elle sourit.

— Je ne peux pas m'en empêcher. Tu es génial.

— Bien sûr que je suis génial, ça ne devrait pas être une surprise.

Elle rit et il lui sourit.

— Voilà. C'est mieux, dit-il lorsqu'elle sécha ses larmes.

Puis il lui caressa la joue du bout des doigts.

— Si tu veux que le sexe du Petit Chou soit une surprise, c'est ce qu'on fera.

— Mais toi, qu'est-ce que tu veux ? insista-t-elle.

— Comme je te l'ai dit, je veux que tu sois heureuse. Je veux que tu puisses accoucher en toute sécurité, sans aucune complication. Je veux qu'on soit une famille. Je veux la paix dans le monde, mais ce n'est pas quelque chose sur lequel j'ai mon mot à dire, alors je vais devoir me contenter de m'assurer que ma femme et le Petit Chou soient tous les deux aussi heureux et en sécurité qu'ils puissent l'être.

— Brock, murmura-t-elle.

— Pour le moment, on garde la surprise. Si jamais tu changes d'avis les prochains mois, on demandera au docteur Snow de nous l'annoncer.

— OK, dit-elle.

— OK.

Finley se blottit contre lui et soupira joyeusement. C'était ce dont elle avait toujours rêvé. Aimer et être aimée. Aimée pour ce qu'elle était et non pas pour son apparence ou son métier ou quoi que ce soit d'autre. Elle avait le sentiment que Brock ressentait la même chose.

Prenant sa main, elle embrassa chacun de ses doigts tachés avant de poser la tête sur son torse. Il la serra fermement, puis se détendit contre les coussins.

* * *

Hillary Kendall, surnommée Le Patron par les petits dealers avec lesquels elle travaillait et les junkies à qui elle vendait de la drogue, faisait les cent pas dans son salon.

Elle était furieuse. Excédée. Tellement en colère qu'elle voyait flou. Cette grosse conne avait tout *gâché* !

Il y a cinq ans, lorsqu'Hillary s'était fait opérer du genou, elle n'avait pas imaginé que cette intervention serait un problème. Après plusieurs complications, et des mois d'analgésiques, son genou avait enfin fini par guérir. Mais pas avant qu'elle ne soit devenue accro aux cachets que le docteur lui avait prescrits.

Au début, ça avait été difficile d'obtenir les pilules dont elle avait besoin pour tenir dans le dos de son mari et de ses enfants. Elle avait fait de longs trajets jusqu'à Roanoke pour retrouver des gens bizarres dans des allées sombres. Mais très vite, elle s'était fait de meilleurs contacts et n'avait plus eu qu'à se rendre à l'aire de repos située à l'est de Fallport, près de l'autoroute. Puis, on lui avait même proposé elle-même de vendre des cachets à Fallport.

Elle avait sauté sur l'occasion.

Depuis, elle vivait une double vie. Elle était membre de l'association de parents d'élèves, très impliquée dans les cours de sa fille, bénévole à l'école, entraîneuse de l'équipe de football de son fils. Même en gérant son petit empire de trafic de drogue et en gagnant de sacrées sommes d'argent, elle n'avait pas raté un seul match de football en deux ans depuis que Robert était entré au lycée. Et sa fille Nevaeh était la plus populaire de sa classe de cinquième.

Son mari ne suspectait toujours rien. Il se fichait de savoir ce qu'elle *faisait*, tant que le dîner était prêt quand il rentrait, que la maison était propre et que ses enfants avaient été brillants à l'école.

Mais tout était sur le point de s'effondrer. Tout ça à cause de cette connasse de pâtissière.

Tout ce que Pete et Cory avaient à faire, c'était de l'effrayer assez pour qu'elle ferme sa gueule. Mais ils avaient échoué de façon spectaculaire. Le lendemain du jour où ce mécano crasseux et elle avaient été sauvés, elle était directement allée voir la police pour leur donner la plaque d'immatriculation du pick-up du fournisseur d'Hillary. Pete et Cory avaient tous les deux quitté la ville, mais ce n'était plus qu'une question de temps avant que les flics ne les retrouvent. Elle était certaine qu'ils auraient la langue bien pendue. Et qu'ils la dénonceraient, elle et toute l'opération. Cet imbécile de Pete s'était servi de ce téléphone satellite et même si personne n'était venu toquer à sa porte afin de savoir pourquoi un junkie qui avait kidnappé une femme et menacé de la tuer avait appelé un téléphone qu'elle avait acheté il y a un an, elle n'était pas idiote. Elle savait comment fonctionnait la police scientifique et la traçabilité des appels. Elle avait vu toutes ces séries policières à la télévision.

Elle avait fait de son mieux pour couvrir ses traces lorsqu'elle avait acheté les téléphones, utilisant du liquide et les achetant à Roanoke... mais elle ne pouvait rien faire contre les caméras de la supérette où elle avait acheté les portables. Ni les putains d'antennes sur lesquelles les téléphones émettaient. Ce n'était qu'une question de temps avant que le chef de la police ne remonte suffisamment loin et ne vienne frapper chez elle pour lui parler.

Mais Hillary n'allait pas se laisser coffrer avant de s'être vengée de cette connasse qui avait foutu sa vie en l'air.

Son fournisseur à Roanoke était furieux d'avoir eu à se débarrasser du pick-up qu'il avait volé et que les gens qu'elle avait embauchés fussent si idiots et négligents. Il l'avait complètement exclue. Tous ses clients avaient trouvé quelqu'un d'autre à qui acheter de la drogue, mais pire encore... elle n'obtenait plus les cachets dont *elle* avait besoin pour tenir et sauver les apparences.

Deux semaines plus tôt, elle s'était rendue à Roanoke, essayant à nouveau de trouver un autre fournisseur, lorsque quelqu'un lui avait proposé de l'héroïne. Elle savait que c'était une très mauvaise idée... mais elle était désespérée.

La paix qui l'avait envahie la première fois avait été euphorique. Elle n'avait jamais rien connu de tel. C'était dix fois mieux que la sensation que lui procuraient les cachets. Elle avait acheté une quantité qu'elle avait cru suffisante jusqu'à ce qu'elle puisse à nouveau retourner à Roanoke.

Elle avait tout consommé en moins de trois jours.

Hillary fulminait en faisant les cent pas. Elle faisait désormais partie de *ces* gens. Une sale junkie. Même si elle prenait des cachets, elle avait trouvé un certain réconfort dans le fait de consommer des médicaments légaux. Quelque chose qui avait été prescrit par son docteur.

Mais maintenant qu'elle consommait de l'héroïne plusieurs fois par jour, chaque jour, depuis ces dernières semaines, qu'elle avait vidé leur compte en banque de plusieurs milliers de dollars – ce que son mari remarquerait bientôt – avait raté deux matchs et avait oublié de venir chercher Nevaeh à l'école trois jours de suite car elle avait arpenté Fallport à la recherche de quelqu'un qui vendait de l'héroïne, Hillary savait qu'elle était sur le point de tout perdre. Son mari allait demander le divorce, elle allait perdre la garde de ses enfants et elle devrait se résoudre à vivre dans la rue, comme cet enfoiré pathétique de Davis Woolford.

Et tout ça, c'était de la faute de Finley Norris, putain !

Cette salope allait *payer*.

Elle croyait que sa vie était parfaite ? Eh bien elle allait découvrir à quelle vitesse une vie parfaite pouvait s'effondrer... tout comme celle d'Hillary.

Grimaçant, elle arrêta de marcher et se dirigea vers son garage. Elle avait rendez-vous avec un type qui lui avait promis la meilleure héroïne au goudron noir qu'elle puisse trouver. Elle n'en avait rien à foutre de la qualité, elle avait juste besoin de sa dose.

Ignorant la pile de linge sale qui devait être lavée, la vaisselle dans l'évier et la gamelle vide du chien, Hillary quitta la maison. Merde. Elle n'était pas une esclave. Sa famille pouvait bien se débrouiller toute seule pour une fois ! Elle avait rendez-vous avec des gens... et devait élaborer un plan de vengeance.

CHAPITRE QUATORZE

Brock embrassa Finley dans la cuisine du Bec Sucré. Il était venu avec elle, comme d'habitude pour qu'ils passent du temps ensemble pendant qu'elle préparait la journée à venir.

Ça ne s'était jamais aussi bien passé entre eux. Elle portait son enfant – un fait que Bristol avait découvert hier et il avait donc hâte de l'annoncer au reste de leurs amis – avait officiellement emménagé avec lui et peu importe le temps qu'ils passaient ensemble, il ne s'en lassait jamais.

Sa Finley était drôle, gentille et même parfois timide. Il adorait la corrompre et transformer ce qu'elle trouvait gênant en quelque chose de charnel. Il la faisait le supplier de jouer avec ses fesses, de la pénétrer plus fort, ou de la dévorer une fois qu'il avait joui en elle. Mais il n'était pas avec elle que pour tout ce sexe, bien que très torride. Il *l'aimait* vraiment. Elle était vraiment une bonne personne. Même envers ceux qui ne le méritaient pas.

Elle excusait toujours ceux qui se comportaient comme des connards envers Liam et elle lorsqu'ils entraient dans la boulangerie. Lorsque Brock s'emportait à cause de l'impolitesse d'un client, elle haussait simplement les épaules et expliquait qu'il traversait sûrement une épreuve personnelle dont personne n'était au courant et qu'elle était prête à lui pardonner.

Pour Brock, ce n'était pas sa façon de voir les choses... si quelqu'un se comportait mal, s'il n'avait pas la décence de ne pas reporter ses soucis personnels sur les autres, il méritait d'être remis à sa place. Mais son grand cœur était l'une des nombreuses raisons pour lesquelles il aimait tant sa Finley. Elle était sa récompense. Il ne la méritait pas et il le savait. Elle pouvait trouver tellement mieux que lui. Mais maintenant qu'elle portait son enfant et lui avait avoué qu'elle l'aimait, il ne comptait pas la laisser partir. Jamais. Il ferait tout son possible pour la garder auprès de lui.

Ce matin, elle était stressée car elle devait préparer trois commandes et remplir les rayons pour les clients. Brock était très fier que son service traiteur ait autant de succès, mais il s'inquiétait également du stress que cela lui causait.

— Tu sais, tu n'es pas obligée d'accepter chaque commande qui se présente, lui dit-il en la serrant contre lui.

Davis était parti trente minutes plus tôt, mais il avait affirmé qu'il reviendrait à l'heure du déjeuner pour l'aider à terminer ce qu'elle n'avait pas pu faire. Cet homme était extraordinaire et même s'il était toujours très réservé et ne venait pas tous les jours, il était l'une des raisons pour lesquelles Le Bec Sucré fonctionnait si bien.

— Je sais, dit-elle.

Mais sa Finley était trop gentille pour dire non à quiconque.

— Et si tu expliquais clairement que tu n'acceptes que deux commandes par jour ? Point. Premier arrivé, premier servi. Ça te laisserait un peu de marge de manœuvre...

surtout quand tu seras plus avancée dans ta grossesse. Et ça pourra créer un sentiment de rareté.

— Comment ça ? demanda-t-elle.

— Je veux dire, si les gens savent qu'ils ne peuvent pas juste débarquer et commander un gâteau personnalisé quand ils veulent et qu'ils doivent le planifier, ça rendra ton temps et ton travail plus précieux. Sans compter que tu pourrais probablement augmenter les prix.

— Je ne veux pas profiter de qui que ce soit, protesta-t-elle.

— Et tu ne le ferais pas. Mais ton temps *est* précieux. Et tu as des compétences incroyables. Tu crois que Bristol accepte chaque commande de vitrail ?

Il ne lui laissa pas le temps de répondre.

— Non. Elle fait payer le prix fort parce que ses créations sont rares et elle sait que les gens paieront pour en posséder une. Et en plus, elle choisit les projets sur lesquels elle veut travailler. C'est juste un principe économique, Fin.

Elle soupira.

— Mais je me sentirais mal si quelqu'un avait besoin de quelque chose et que je lui disais non.

— C'est juste un gâteau, chérie. Pas une bague de fiançailles plaquée or.

Elle ne semblait toujours pas convaincue.

— Et si tu stockais certains des gâteaux les plus populaires dans une vitrine spéciale à l'entrée ? Si quelqu'un a besoin de quelque chose à la dernière minute, il peut choisir parmi la sélection et tu pourras apprendre à Liam comment écrire des trucs comme « Joyeux Anniversaire » ou « Félicitations, tu es un connard » sur le dessus.

Elle se mit à rire.

Il adorait ce son.

— Tout ce que je dis, c'est que courir comme une folle à

droite et à gauche ne pourra plus être envisageable lorsque tu en seras à ton troisième trimestre. Ou quand notre Petit Chou sera là. Tu as vraiment envie de passer toutes tes journées de 4 heures du matin à 18 heures à la boulangerie une fois qu'il ou elle sera né(e) ?

Finley fronça les sourcils.

— Non.

— OK. Alors il faut que tu fasses des changements maintenant pour que tes clients ne soient pas surpris lorsque le moment viendra.

— Tu as raison, dit-elle avant de lever la main et de la plaquer contre la bouche de Brock. Et je t'interdis de me répondre : « Je sais ».

Elle le connaissait trop bien. Brock lécha sa paume de main, goûtant la farine après qu'elle ait étalé un peu de pâte pour ses roulés à la cannelle, avant de lui annoncer qu'il devait y aller.

Il adora sentir le frisson qui la traversa suite au contact de sa langue contre sa peau. Évidemment, cela lui donna envie de poser ses lèvres et sa langue sur d'autres parties de son corps.

— Non, dit-elle en secouant la tête et en souriant. N'y pense même pas. J'ai des trucs à faire.

Brock lui rendit son sourire tandis qu'elle baissait la main.

— Je t'aime, dit-il.

— Moi aussi je t'aime.

— Ne travaille pas trop dur aujourd'hui.

— Promis.

Il leva les yeux au ciel.

— Je pourrais te dire la même chose, rétorqua-t-elle.

Elle n'avait pas tort. Brock travaillait dur, mais désormais, il le faisait pour subvenir aux besoins de sa future famille et non pas parce qu'il s'ennuyait à mourir et ne voulait pas rentrer chez lui, dans une maison vide.

— Appelle-moi quand tu auras fini, dit-il. Je passerai récupérer le dîner au On the Rocks et je veux pouvoir le programmer pour que ce soit encore chaud quand tu rentreras.

— OK.

Brock sourit à nouveau et ne put s'empêcher de parcourir son corps du regard. Elle était tellement voluptueuse. Ses courbes le rendaient à moitié fou de désir. Et elle était toute à lui. Tous ceux qui tournaient le dos aux femmes corpulentes ne savaient pas ce qu'ils rataient.

— J'ai des roulés à la cannelle à terminer, dit-elle fermement.

Brock soupira.

— Je sais.

— Est-ce que c'est normal ? demanda-t-elle. Le fait qu'on ne puisse pas se lâcher ?

— Je ne sais pas et je m'en fous, dit-il immédiatement. Notre relation est exactement comme elle devrait être.

— Je pense aussi, dit-elle avant de se lécher les lèvres de façon sensuelle.

— Garde cette idée en tête, dit Brock en riant avant de l'embrasser avec force.

Il ne s'attarda pas, car sinon, il lui était trop difficile de partir. S'il l'embrassait comme il en avait réellement envie, ils risquaient tous les deux d'être frustrés.

Il caressa sa joue du pouce, puis sourit en reculant.

— À plus tard.

— À plus.

Il se força à tourner les talons et à quitter la cuisine. Il leva le menton en direction de Liam et salua quelques personnes qu'il connaissait dans la file d'attente.

Alors qu'il marchait vers son pick-up garé devant le bâtiment, Brock réalisa que sa vie était absolument parfaite.

Mais une petite voix sournoise lui murmura que tout ce qui était parfait ne durait jamais longtemps.

Il grimpa derrière le volant et frissonna. Non, il n'allait rien se passer. Lui et Finley allaient très bien. Ils allaient avoir un enfant. Se marier. Vivre heureux pour toujours. Rien ni personne ne viendrait troubler sa vie. Il ne le permettrait pas.

Prenant une grande inspiration, il démarra la voiture et roula jusqu'au garage Old Town Auto.

Il avait un moteur à réparer.

Vers 16 heures, le téléphone de Brock sonna. Il s'attendait à recevoir un appel de Finley.

— Salut, chérie. Comment s'est passée ta journée ?

— Elle était bien remplie, dit-elle en riant. Et toi ?

— Pareil. Tu es sur le chemin du retour ?

— Plus ou moins.

— Comment ça ? demanda-t-il. Comment tu peux être *plus ou moins* sur le chemin du retour ?

— Eh bien, j'étais sur le point de tout fermer quand j'ai reçu un appel.

Brock gémit.

— Pitié, dis-moi que tu as refusé.

Finley soupira.

— Je ne pouvais pas ! Elle a besoin d'un gâteau pour les 13 ans de sa fille qui fête son anniversaire ce soir !

— Finley, dit Brock d'un ton exaspéré.

— Je sais, je sais. Et j'ai réfléchis à ce que tu m'as dit ce matin et je pense que c'est une bonne idée. Mais je n'ai pas pu dire non. Elle avait eu l'intention de préparer le gâteau elle-même mais son four ne fonctionne plus. La femme m'a dit qu'il avait carrément explosé, un truc du genre. Alors maintenant elle se retrouve à aérer la maison avant que dix adolescents ne débarquent. Elle m'a dit que le gâteau n'avait pas besoin d'être sophistiqué ou quoi que ce soit et qu'elle me paierait le double. *Et* elle va aussi me payer cent dollars pour la livraison. Tu n'es pas au moins fier de moi pour lui avoir fait payer plus cher pour le délai très court ?

Brock soupira de frustration.

— Si. Mais... il faut que tu mettes en place une meilleure méthode pour tes commandes. Comme un formulaire en ligne ou un numéro de téléphone spécial auquel tu n'as pas le droit de répondre. Laisse Liam se charger des demandes. Tu ne peux pas dire oui à chaque personne qui a un imprévu.

— Je sais, dit-elle. Tu es en colère ?

— Bien sûr que non. Je peux être là dans quinze minutes. Il faut que je termine ce que je suis en train de faire et que je me nettoie un peu, ensuite je viendrai te chercher.

— Oh non, il faut que j'y aille tout de suite. Je vais appeler Elsie pour passer notre commande, comme ça nos plats seront prêts quand tu iras là-bas. La maison de la dame est à seulement huit minutes du centre-ville. On pourra probablement rentrer à la maison en même temps.

Brock n'aimait pas ça, mais il se souvint qu'elle l'avait supplié de ne pas l'étouffer.

— Très bien. Mais je ne pense pas que ce soit une bonne idée pour les gens de s'habituer à ce que tu fasses des livraisons après tes heures de travail.

— C'est juste pour cette fois. Et je la connais. Je veux dire, je l'ai vue. Elle est déjà venue à la boulangerie. Elle est impliquée dans l'association de parents d'élèves, son fils joue dans l'équipe de foot du lycée et sa fille est pom-pom girl ou un truc du genre. Tout va bien.

— Ce n'est pas parce que quelqu'un a l'air inoffensif de l'extérieur qu'il l'est vraiment, dit Brock qui se sentait obligé de le préciser.

— Je sais, mais Hillary l'est vraiment. Je vais juste apporter le gâteau là-bas, puis rentrer à la maison. Bon, qu'est-ce que tu veux que je commande pour le dîner ?

Lorsque Brock raccrocha quelques minutes plus tard, il eut immédiatement envie de rappeler Finley pour lui dire qu'il avait changé d'avis. Qu'il allait partir tout de suite et l'emmènerait livrer le gâteau. Mais, il soupira et secoua la tête. Non. Il lui avait promis de ne plus aller trop loin avec son côté protecteur.

Il nettoya rapidement son espace de travail et fut prêt à partir en deux fois moins de temps que d'habitude. La nourriture n'était pas encore prête lorsqu'il arriva au On the Rocks et il discuta avec Zeke en attendant leur dîner.

Il fut déçu lorsqu'il arriva à la maison avant Finley, mais il prit une douche rapide une fois qu'il eut mis leur dîner au four pour le garder au chaud. Mais lorsqu'il sortit de la douche, elle n'était toujours pas rentrée.

Regardant sa montre, Brock vit que trente minutes s'étaient écoulées depuis leur appel. Il était possible qu'elle ait perdu la notion du temps en discutant avec la femme à qui elle livrait le gâteau...

Mais un malaise s'empara de lui et il sortit son téléphone. Il cliqua sur le prénom de Finley et écouta la sonnerie qui retentissait dans son oreille. Elle ne décrocha pas et il tomba sur sa messagerie.

— Salut, Fin, c'est moi. Je voulais juste t'appeler pour voir comment ça allait. Appelle-moi dès que tu peux. Je t'aime.

Il raccrocha et tapota le téléphone contre son menton. Brock fit les cent pas dans la maison alors que cinq autres minutes s'écoulaient. Il tenta à nouveau d'appeler Finley et tomba une fois de plus sur sa messagerie.

Quelque chose clochait. Il le sentait au plus profond de lui.

Il savait également qu'il était un putain de parano... mais il avait le même pressentiment que lorsqu'il cherchait quelqu'un qui avait traversé la frontière illégalement et que la situation allait dégénérer.

Se reprochant mentalement de ne pas avoir demandé à Finley quelle était l'adresse de la maison à laquelle elle se rendait, Brock appela Simon.

— Police de Fallport, Chef Hill à l'appareil, répondit-il.

— Salut Simon. C'est Brock Mabrey.

— Qu'est-ce qu'il se passe ? demanda le chef.

— Rien, j'espère. Finley était censée livrer un gâteau chez une cliente et être de retour à la maison il y a vingt minutes. Mais elle n'est pas là.

— Hmm. Aucun incident n'a été signalé au cours de la dernière demi-heure, dit le chef.

Brock déglutit avec difficulté. Ce n'était pas qu'il voulait que Finley ait eu un accident, mais ce serait préférable aux scénarios cauchemardesques qui lui traversaient l'esprit actuellement.

— Quelque chose cloche, dit-il. J'aimerais me rendre là où elle était censée livrer le gâteau, mais je n'ai pas pensé à lui demander l'adresse quand je l'ai eue au téléphone.

— Est-ce que tu savais où elle allait ?

— La femme qui lui a commandé le gâteau a deux enfants, sa fille a 13 ans et c'est son anniversaire. Le garçon joue au foot dans l'équipe du lycée. La cliente s'appelle Hillary. Je ne connais pas son nom de famille.

— Kendall, dit Simon sans aucune hésitation. Hillary Kendall. Sa fille s'appelle Nevaeh, c'est-à-dire Heaven[1] épelé à l'envers, dit-il en riant. Son fils est un bon joueur, ça, c'est sûr, il pourra sans doute jouer à l'université si c'est ce qu'il souhaite.

— Tu connais leur adresse ?

— Bien sûr. Mais tu n'iras pas là-bas tout seul. J'arrive chez toi dans deux minutes. Tu peux attendre d'ici là ?

Brock n'était pas sûr de pouvoir, mais avec un policier à ses côtés, tout serait plus simple. Il ne pouvait pas vraiment débarquer chez la cliente sans avoir la preuve que Finley s'y trouvait.

— OK, j'attendrai, dit-il.

— J'arrive, dit Simon avant de raccrocher.

La nausée lui tordit le ventre. Pourquoi envisageait-il de forcer le passage chez quelqu'un ? Ça n'aurait même pas dû lui traverser l'esprit.

Pourtant, c'était le cas. Parce qu'il savait que Finley ne l'inquiéterait jamais de la sorte si elle pouvait l'éviter. Elle avait toujours pris soin de lui dire où elle était et ce qu'elle faisait. Il ne cherchait même pas à la contrôler, il se fichait de savoir avec qui elle traînait ni où elle allait, il voulait simplement s'assurer qu'elle allait bien.

Et son instinct lui criait qu'elle était tout sauf en sécurité à l'heure actuelle. Elle ne répondait pas à son téléphone, ne lui envoyait pas de message pour lui dire où elle était et – il regarda sa montre – elle avait trente-cinq minutes de retard.

Alors qu'il attendait l'arrivée de Simon, Brock appela Talon.

— Salut, Brock.

— Finley a disparu.

— Quoi ?

— Elle a disparu. Elle devait livrer un gâteau, puis rentrer à la maison. Mais elle n'est pas là.

— Où ça ?

Brock lui donna le nom de la cliente qui avait commandé le gâteau.

— Simon vient me chercher pour qu'on aille chez elle.

— J'appelle Raid, on sera juste derrière vous.

— Merci, dit-il en voyant une voiture s'arrêter devant chez lui. Simon est là.

— Reste fort. On arrive.

Brock raccrocha et même s'il était soulagé que ses amis viennent l'aider, un sentiment de malaise continuait de le prendre aux tripes. Finley avait besoin de lui. Il le savait, tout comme Rocky l'avait senti lorsque Bristol avait eu des ennuis ou que ses autres amis avaient senti que leurs femmes étaient en danger.

Il grimpa dans la voiture de patrouille de Simon et ils furent en mouvement avant même que Brock n'ait le temps de mettre sa ceinture. Une fois que le chef de la police lui eut dit où ils allaient, il envoya l'adresse à Talon.

— Est-ce que la police scientifique a retrouvé la trace du numéro qui a été appelé avec mon téléphone satellite ? demanda Brock.

Ces derniers jours, il n'avait pas beaucoup échangé avec Simon concernant les hommes qui les avaient kidnappés dans les bois, Finley et lui.

— Des nouvelles de Pete et Cory ? ajouta-t-il.

— La police scientifique a pris du retard. À cause des restrictions budgétaires et toutes ces conneries, dit Simon d'un air laconique. Cory est toujours dans la nature, mais on a retrouvé Pete.

— Ah bon ? dit Brock. Mais pourquoi tu ne me l'as pas dit ?

— Je le fais là, dit calmement Simon.

— Qu'est-ce qu'il a dit ? Avec qui est-ce qu'ils bossaient ?

— Il était mort, lui dit Simon. D'une overdose.

— Merde, marmonna Brock.

— Ouais, mais quand j'ai appelé il y a quelques jours pour engueuler la police scientifique, on m'a promis que j'obtiendrais des informations d'ici la fin de la semaine.

Brock fulmina en silence.

— Tu crois que ça a quelque chose à voir avec ça ? demanda le chef de la police.

— Qu'est-ce que je suis censé penser d'autre ? rétorqua-t-il. Finley est la personne la plus gentille au monde. Elle sent la vanille et la cannelle, putain. Elle a toujours le sourire et elle n'a jamais eu un seul mot dur pour qui que ce soit, même pour les connards qui le méritent.

— Elle a peut-être simplement un pneu crevé, suggéra Simon. Ou alors elle est restée aider Hillary pour la fête d'anniversaire.

Ces deux scénarios étaient possibles, mais Brock secoua la tête.

— Elle m'aurait appelé.

— Oui, acquiesça Simon.

Il ne leur fallut que cinq minutes pour atteindre la maison où Hillary Kendall vivait avec sa famille. Il s'agissait d'un quartier de classe moyenne, le genre qui était rempli d'enfants qui jouaient dans les jardins l'été. Désormais, il faisait trop froid pour ça, mais les maisons étaient bien entretenues et tout paraissait inoffensif.

Simon se gara dans l'allée des Kendall et Brock fronça les sourcils.

— Il devrait y avoir un anniversaire normalement.

— Peut-être que tout le monde est déjà venu déposer ses

enfants, suggéra Simon en sortant de la voiture. Reste calme, Brock, ordonna-t-il. Et reste derrière moi.

Brock acquiesça tandis que le chef de la police se dirigeait vers la porte d'entrée. Il sonna et les deux hommes attendirent impatiemment que quelqu'un vienne ouvrir.

Après ce qui leur sembla durer une éternité, mais qui n'était sûrement qu'une vingtaine de secondes, un adolescent ouvrit la porte.

— Je peux vous aider ?

— C'est Robert, c'est ça ? demanda Simon.

Le garçon acquiesça.

— Ta mère est là ?

Il haussa les épaules.

— Non.

— Non ? s'étonna Simon.

— Elle n'est jamais là ces derniers temps, dit le garçon.

— Et ta sœur ?

— Elle a un truc à l'école. Je ne sais pas quoi. Pourquoi ?

Brock se retourna et donna un coup de pied dans une plante morte le long de l'allée qui menait au porche, aussi fort que possible. Il l'envoya valser à travers la pelouse au moment où Tal et Raid arrivaient. Il entendit Simon demander au garçon si aujourd'hui c'était bien l'anniversaire de sa sœur et le gamin, perdu, répondit que non, son anniversaire était en avril.

— Elle est là ? demanda Tal en s'approchant.

— Non. Ce n'est pas l'anniversaire de la gamine et la femme qui a commandé le gâteau n'est pas là.

Simon revint à ses côtés.

— Appelle Liam, ordonna-t-il à Brock.

Il regarda à nouveau en direction de la maison. Le garçon se tenait toujours devant la porte d'entrée, l'air perplexe et inquiet.

— Tu vas fouiller la maison ? demanda Raid au chef de la police.

— Pas besoin. Elle n'est pas là. Le garçon ne ment pas. Il est seul à la maison.

Brock avait déjà le téléphone collé à l'oreille.

Dès que Liam répondit, il lui dit :

— Il me faut l'adresse où Finley était censée livrer ce gâteau cet après-midi.

Liam ne posa même pas de question. Il ne chercha pas à savoir pourquoi Brock paraissait si sec.

— Attends… Je suis allé regarder sur Google Maps pour lui dire à quelle distance c'était.

Brock retient son souffle tout en attendant que Liam trouve l'adresse. Il l'énonça et Brock la répéta pour les hommes autour de lui.

— Est-ce qu'elle va bien ? demanda Liam.

— Elle ira bien, lui promit Brock.

Mais évidemment, il n'en savait rien. Ce matin encore il se disait que sa vie était parfaite – et désormais, il pouvait tout perdre. La femme qu'il aimait, leur enfant…

La détermination monta en lui. Non. Il n'allait pas perdre Finley putain. Pas quand il venait tout juste de la trouver.

Brock acquiesça et courut jusqu'à la voiture de Simon. Évidemment qu'ils allaient retrouver Finley et quand ce serait le cas, quiconque aurait touché à un seul de ses cheveux allait le payer. Il n'avait aucun scrupule à faire du mal à une femme. Il savait, tout comme le reste des hommes de son équipe, que les femmes pouvaient être tout aussi cruelles que les hommes. Et Si Hillary Kendall était à l'origine du kidnapping de Finley, elle n'avait manifestement aucun problème à faire du mal aux autres pour obtenir ce qu'elle voulait.

Alors qu'ils se dirigeaient vers l'adresse que Liam leur avait donnée, Brock réalisa qu'il se fichait éperdument de ce qu'Hillary *voulait*. Il ne savait absolument pas pourquoi elle avait attiré Finley hors de sa boutique. Au fond, tout ça n'avait pas d'importance.

Il ferait tout pour garder Finley et leur Petit Chou en sécurité, ou il mourrait en essayant.

CHAPITRE QUINZE

Finley fronça les sourcils en se garant à l'adresse que lui avait donnée Hillary.

— Il doit y avoir une erreur, marmonna-t-elle en jetant un coup d'œil au quartier délabré. Beaucoup de maisons étaient barricadées et celles qui ne l'étaient pas avaient l'air négligées. Il était impossible qu'Hillary Kendall vive ici. Ça devait être une erreur.

Au moment où Finley s'apprêtait à enclencher la marche arrière, la portière côté conducteur s'ouvrit brusquement et le canon d'un pistolet fut plaqué contre sa tête.

— Sors de la voiture, ordonna une voix aiguë.

Finley leva immédiatement les mains en l'air et dit :

— Ne me faites pas de mal. Prenez tout l'argent que j'ai. Et la voiture.

— Je ne veux pas de ton putain d'argent. Ni de ta voiture, dit la femme en appuyant un peu plus le pistolet contre son crâne. Sors.

Le cœur de Finley battait à cent à l'heure. Ce n'était pas possible. Elle ne pensait qu'à cette vie dans son ventre. Si on lui tirait dessus, leur Petit Chou à Brock et elle n'aurait jamais la chance de naître. Il ne saurait jamais à quel point il ou elle serait aimé(e).

Celle qui plaquait l'arme contre sa tête voulait manifestement quelque chose. Sinon, elle lui aurait déjà tiré dessus... Non ? Finley pria pour que ce soit l'erreur que commettait cette femme.

Très lentement, elle glissa hors de la voiture et regarda la personne qui la menaçait pour la première fois.

— Hillary ? dit Finley, perplexe.

— Oui, c'est moi, connasse. Avance !

Perdue, Finley s'exécuta. Elle avait désespérément envie de s'enfuir, mais elle ne savait pas s'il y avait quelqu'un avec Hillary, et elle n'avait clairement pas envie de se faire tirer dans le dos en courant.

La panique l'envahit. Elle n'était pas un soldat ou un commando. Elle n'était pas un officier comme Brock. Lorsqu'ils étaient dans les bois et qu'elle avait eu un couteau sous la gorge, elle n'avait pas paniqué, car Brock était avec elle et elle avait su qu'il saurait quoi faire. Mais là, elle était toute seule. Il n'y avait qu'elle et son fœtus. Un tout petit humain qui comptait sur elle pour les sortir de là.

Finley ne savait absolument pas quoi faire ou comment les mettre en sécurité.

Hillary la força à entrer dans la maison délabrée. Dès qu'elle le fit, Finley eut un haut-le-cœur à cause de la puanteur. Quelque chose était mort et pourrissait là-dedans. Elle ne pouvait que prier pour que ce ne soit pas un humain.

La maison était clairement ancienne, le genre que l'on construisait bien avant que la notion d'espace ouvert n'existe avec un petit hall d'entrée qui donnait sur le couloir. Hillary la conduisit dans le passage étroit jusqu'à une grande entrée sur la droite. Un salon.

— Assieds-toi, lui ordonna-t-elle en désignant une chaise en bois au milieu de la pièce.

Finley avança vers la chaise branlante et retint son souffle en s'asseyant. Avec la chance qu'elle avait, ce truc allait céder sous son poids. Heureusement, elle tint bon, même si le grincement qu'elle entendit en s'asseyant lui fit retenir son souffle pendant un moment.

Se sentant bien mieux maintenant que l'arme n'était plus contre sa tête, Finley prit une grande inspiration. Évidemment, cela ne voulait pas dire qu'Hillary ne pointait plus ce foutu pistolet vers elle. Car c'était le cas.

— Penche-toi et sers-toi des liens en plastique pour attacher tes jambes à la chaise.

Baissant les yeux, Finley vit deux attaches en plastique blanches sur le sol à ses pieds. Il était impossible qu'elle puisse les enrouler autour de ses chevilles et des pieds de la chaise. Elle releva la tête vers Hillary pour le lui dire, mais la femme lui jetait un regard tellement noir que Finley ravala ses mots.

Elle saisit une attache et remonta le bord de son pantalon en coton. Il était un peu comme une blouse... agréable et ample. Elle aimait porter ce genre de pantalon lorsqu'elle cuisinait car il ne la serrait pas et était très confortable.

Finley enroula le lien autour de sa cheville et, tout comme elle l'avait prévu, il lui fut impossible d'attacher ce foutu truc autour du pied de la chaise. Sa respiration s'accéléra lorsqu'elle céda à la panique. Puis elle prit une grande inspiration.

— Pourquoi t'es si longue ? Dépêche-toi, connasse !

Finley leva les yeux et lui demanda :

— Mais pourquoi vous faites ça ?

— Parce que tu as foutu ma vie en l'air ! cracha Hillary.

Surprise par son air féroce, Finley lui dit :

— Je ne vous connais même pas. Je crois que vous n'êtes venue à la boulangerie qu'une seule fois.

— C'était pour évaluer la situation. Pour me retrouver face à face avec la conne dont j'allais gâcher la vie comme elle a gâché la mienne !

Sursautant face à la haine pure qu'elle lisait sur son visage, Finley fut quand même soulagée d'avoir pu au moins détourner son attention. Alors que la femme continuait d'expliquer que sa vie était foutue, Finley se pencha à nouveau et fit de son mieux pour faire croire qu'elle attachait le plastique autour de la chaise et de sa cheville. Mais en réalité, il n'était qu'autour de sa cheville, attaché derrière. Si elle n'éloignait pas ses pieds de la chaise, elle pouvait espérer qu'Hillary ne le remarque pas.

Le bruit qu'émit l'attache lorsque le plastique se referma fit ricaner l'autre femme.

— Maintenant, l'autre.

Faisant passer l'ourlet de son pantalon par-dessus l'attache, Finley retint son souffle en faisant pareil avec sa cheville gauche.

Hillary était tellement occupée à faire les cent pas tout en parlant de son genou, de Roanoke et d'héroïne qu'elle ne remarqua même pas que sa captive n'était pas réellement attachée à la chaise.

Le cœur de Finley battait furieusement contre sa poitrine. Elle avait les bras tremblants à cause de l'adrénaline, mais elle ne savait pas quoi faire d'autre. Certes, elle avait pris le dessus sur sa ravisseuse avec les attaches, mais si Hillary comptait lui tirer dessus, elle ne pourrait pas y faire grand-chose.

À son grand soulagement, le fait de paraître attachée sembla inciter Hillary à baisser sa garde. Elle détourna enfin le pistolet qu'elle avait gardé pointé sur elle depuis le début.

— Tout ça, c'est de ta faute ! Si tu avais *fermé* ta gueule, tout ça ne serait pas en train de t'arriver ! Évidemment, il a fallu que tu ailles cafter pour le pick-up de mon fournisseur ! Il a flippé et a refusé de revenir à Fallport, alors j'ai dû aller *le* voir directement. Et rouler jusqu'à Roanoke tous les deux jours c'est très chiant et ça se remarque. Ensuite, à cause de ce qui s'est passé avec Pete et Cory, mes clients ont pris peur et depuis ils ne m'achètent plus rien, et j'ai perdu tout mon argent ! Mon fournisseur a refusé de me vendre mes cachets. J'ai dû trouver d'autres moyens d'obtenir ma dose. Et ces autres *moyens* c'était de l'héroïne, connasse ! J'ai évité les drogues dures pendant si longtemps et maintenant je suis une putain de junkie, tout ça à cause de *toi* !

Elle continua sa longue tirade, mais Finley l'ignora. Cette femme était visiblement folle. Elle n'aurait jamais rien dit concernant ce foutu pick-up si Pete et Cory ne l'avaient pas kidnappée. S'il y avait bien quelqu'un qui était responsable de l'enfer qu'était sa vie, c'était elle.

Finley laissa Hillary fulminer pendant qu'elle fouillait discrètement la pièce du regard pour voir s'il n'y avait pas quelque chose qu'elle pourrait utiliser comme arme. Elle pourrait sans doute se servir de la chaise sur laquelle elle était assise et la jeter sur la tête d'Hillary, mais vu la façon dont elle couinait et grinçait dès qu'elle bougeait, elle se briserait probablement en mille morceaux et ne ferait que peu de dégâts.

Il fallait qu'elle s'empare du pistolet, mais elle n'avait jamais tenu d'arme à feu de sa vie. Et si elle ne parvenait pas à le faire fonctionner ? Et elle ne voulait vraiment pas avoir à tuer Hillary. Elle voulait simplement s'enfuir.

— Tu m'écoutes ?! hurla Hillary.

Finley leva les yeux vers elle et acquiesça.

— Oui, dit-elle d'une voix bien plus ferme que ce à quoi elle s'attendait.

À l'intérieur, elle tremblait. Mais à l'extérieur, elle paraissait aussi calme que si elle retrouvait une amie pour le déjeuner.

— Tu as intérêt ! Parce que je suis la dernière voix que tu entendras. Personne ne saura ce qui t'est arrivé. Le feu brûlera les attaches en plastique et tout le monde pensera que tu étais simplement au mauvais endroit au mauvais moment !

Finley fronça les sourcils. Le feu ?

Avant qu'elle puisse demander à Hillary de quoi elle parlait, et peut-être même la supplier de lui laisser la vie sauve – parce qu'à ce stade, cela semblait être la seule option qui lui restait pour se sortir de là – Hillary tourna les talons.

Finley se crispa. C'était sa seule chance.

Mais l'autre femme s'était déjà retournée avant même que Finley n'ait le temps de bouger. Elle tenait deux jerricanes de quatre litres que Finley n'avait même pas remarqués... et ils étaient remplis d'une sorte de liquide.

— Ben alors, tu ne vas pas me supplier de t'épargner ? demanda Hillary avec un grand sourire.

Finley avait été sur *le point* de le faire, mais elle ne parvint pas à prononcer un seul mot avant qu'Hillary ne poursuive.

— Ça ne t'apportera rien de bon. Et maintenant que tu sais qui je suis, je ne peux pas te laisser repartir de toute façon.

Tandis qu'elle s'approchait, Finley se crispa. Hillary posa l'un des jerricanes sur le sol et défit le couvercle de l'autre. Elle tenait toujours le pistolet, si bien qu'une partie du liquide s'écoula du récipient.

— Merde ! jura Hillary alors que le liquide recouvrait son haut et ses mains.

Finley se figea de l'intérieur lorsqu'une odeur familière remonta jusqu'à ses narines.

De l'essence.

Elle savait exactement ce que cette folle avait prévu pour elle.

Comme si elle lisait dans ses pensées, Hillary renversa le contenu du premier bidon sur la tête de Finley.

Tressaillant de surprise, Finley se mit immédiatement à tousser avec force en inhalant les vapeurs d'essence. Toute intention de riposte disparut, car la seule chose à laquelle elle pensait, c'était de faire entrer dans ses poumons l'oxygène dont elle avait tant besoin.

Ses oreilles se mirent à siffler et elle entendit vaguement Hillary rire aux éclats.

Avant que Finley ne puisse reprendre son souffle, Hillary se mit à déverser le contenu du deuxième jerricane sur ses genoux, trempant ses vêtements.

Cela devenait douloureux de respirer et l'essence lui coula dans les yeux, les brûlant atrocement. Tout autour d'elle vacilla tandis que les larmes lui montaient aux yeux, essayant d'évacuer le liquide toxique. Cette situation n'avait fait qu'empirer.

Des rivières de larmes coulaient encore sur son visage lorsque Hillary jeta le deuxième jerricane par terre, puis recula de quelques pas, l'air triomphant.

— Pitié, ne faites pas ça ! cria Finley en s'étouffant.

Si cette femme voulait qu'elle la supplie, elle le ferait. Elle ferait tout pour survivre.

Désespérée, elle envisagea à nouveau de bondir de la chaise et de s'en servir comme arme, mais elle ne voyait rien à cause de l'essence, et elle n'arrivait toujours pas à respirer à cause des émanations. Hillary se tenait entre elle et l'entrée du salon. Si elle ne parvenait pas à neutraliser la femme, elle lui tirerait immédiatement dessus.

Elle avait attendu trop longtemps pour riposter. Une erreur qui entraînerait sa mort.

Ainsi que celle de leur enfant, à Brock et elle.

— Il est trop tard. Tu vas prendre feu. La graisse accélère la combustion, ricana Hillary. Le temps que quelqu'un appelle les pompiers, il ne restera plus que des cendres. Les voisins du coin n'en auront rien à faire. Je suis bien placée pour le savoir, j'ai vendu pas mal de cachets aux ratés qui vivent dans ces maisons. Tu aurais dû te mêler de tes affaires, connasse.

Puis, Hillary sourit. Un sourire diabolique. Elle leva le pistolet et le pointa vers la tête de Finley.

— Tu préfères que je te tire dessus ? Que ce soit rapide et agréable ? demanda-t-elle.

Finley eut envie de dire oui. Le simple fait de s'imaginer brûler vive suffisait à lui faire faire pipi dans sa culotte. Elle avait tellement peur. Elle était terrorisée. Elle porta une main à son ventre...

Non, si Hillary lui tirait dessus, elle mourrait instantanément, sans avoir la moindre chance de sauver sa peau et celle de Petit Chou.

— Non ? Ça me va. Je préfère te regarder brûler.

Elle sortit quelque chose de sa poche et sourit.

Une boîte d'allumettes.

Elle sortit maladroitement une allumette du paquet, visiblement, il était difficile de pointer une arme tout en ouvrant une boîte d'allumettes en même temps.

— Il est temps de faire tes adieux, salope ! dit Hillary en reculant un peu plus, avec l'intention évidente de jeter l'allumette à bonne distance. Pus elle la fit craquer.

Tout sembla se dérouler en même temps.

Dès la seconde où l'allumette prit feu, un souffle profond retentit... et Hillary poussa un hurlement.

L'essence sur ses mains et ses vêtements prit feu.

Finley agit sans réfléchir. Elle bondit de la chaise, cherchant désespérément à s'éloigner du feu qui embrasait les vêtements d'Hillary.

Cette dernière tomba par terre, essayant frénétiquement d'étouffer les flammes. Les cris de douleur et de terreur de la femme hanteraient Finley pour toujours, mais elle ne s'arrêta pas pour autant. Elle était recouverte d'essence. Si jamais elle s'approchait d'Hillary pour essayer de l'aider, elle partagerait le même destin.

Courant jusqu'à la porte d'entrée, Finley fut immédiatement atterrée lorsqu'elle réalisa que celle-ci était fermée. Il y avait un vieux verrou à l'ancienne qui nécessitait une clé. Elle revit vaguement Hillary ranger quelque chose dans sa poche une fois qu'elles étaient entrées dans la maison et qu'elle avait refermé la porte derrière elles.

Elle perdit une seconde précieuse, se demandant comment sa kidnappeuse avait pu obtenir les clés d'une vieille maison abandonnée, avant que la panique ne l'envahisse à nouveau. Elle entendit des hurlements intenses depuis le salon, plus bruyants que jamais, ainsi que le crépitement des flammes, l'essence répandue sur le sol alimentant le brasier grandissant.

Finley courut vers l'arrière de la maison, trébuchant sur une planche mal fixée dans le couloir et atterrit violemment sur le visage. Elle sentit du sang se déverser dans sa bouche, mais elle l'ignora. Elle ne pensait qu'à la traînée d'essence qu'elle laissait dans son sillage. Le liquide dégoulinait de ses vêtements et de ses cheveux et, délirant presque, elle ne put s'empêcher de penser à ces vieux dessins animés où le feu s'embrasait le long d'une traînée d'essence sur le sol. Elle ne savait absolument pas si c'était possible ou non, mais elle n'avait pas envie de le découvrir.

Sanglotant, Finley se retrouva dans une petite cuisine, ou ce qui *l'avait* été. Il y avait un évier répugnant et un espace pour un réfrigérateur et une gazinière. Elle vit la carcasse d'une sorte d'animal dans le coin, ce qui expliquait pourquoi la maison sentait si mauvais. Il y avait des mouches sur ce qui restait de la bête et partout dans la cuisine.

La nausée s'empara de Finley. Elle n'avait pas le temps d'être malade. Il fallait qu'elle sorte.

Et le pire dans cette pièce, c'était qu'il n'y avait pas de porte.

Mais il y avait une petite *fenêtre* près de l'évier.

Elle n'hésita même pas. Grimpant sur le comptoir, Finley tenta désespérément de trouver un moyen de l'ouvrir. Une fumée épaisse commença à pénétrer dans la pièce. Finley abandonna la poignée et s'assit sur les fesses. Elle donna un coup de pied contre la fenêtre, aussi fort qu'elle le put.

À sa grande surprise, le verre se brisa facilement et c'est à ce moment-là que Finley eut des doutes. Elle n'était pas certaine de pouvoir passer par la fenêtre.

Puis, elle pensa au bébé en elle... et sa détermination se renforça.

Elle passerait. Il était hors de question qu'elle soit si près de s'échapper pour échouer maintenant.

Prenant le temps de regarder par la fenêtre, elle vit qu'elle s'ouvrait sur un jardin qui était complètement clôturé. Il y avait une niche pour chien dans le coin ainsi que ce qui semblait être une autre carcasse d'animal à côté.

Son cœur se brisa pour ce pauvre chien qui avait manifeste-ment été abandonné. Finley prit une grande inspiration.

La fenêtre se trouvait à environ un mètre cinquante du sol. Elle n'avait pas vraiment envie d'y aller la tête la première, mais cela lui semblait être le meilleur moyen de sortir tout en ayant un certain contrôle.

Entendant quelque chose derrière elle, Finley se tourna vers la porte de la cuisine...

Et vit avec horreur Hillary entrer dans la pièce en titubant.

Son visage semblait tout droit sorti d'un cauchemar, brûlé au point de ne plus être reconnaissable, la chair semblant fondre sous les yeux de Finley. Elle émit une sorte de gargouillement que Finley parvint à entendre, même par-dessus le bruit des flammes qui brûlaient son corps et toutes les surfaces qu'elle touchait.

Elle leva lentement le bras et tendit une main vers Finley.

Il était *impossible* que cette femme soit toujours en train de marcher ! Mais de toute évidence, l'adrénaline, la haine, la drogue, son besoin de vengeance... *quelque chose* la main-tenait debout.

Finley n'avait plus le temps. Si cette connasse de zombie enflammée touchait ses vêtements trempés, Finley était foutue.

Elle se retourna et bondit par la fenêtre.

Il y avait encore quelques petits éclats de verre qui s'ac-crochaient obstinément à la vitre, mais Finley ne les sentit pas mordre sa peau lorsqu'elle s'échappa. Pendant une fraction de seconde, elle crut qu'elle n'y arriverait pas. Qu'elle était trop grosse pour passer. Mais elle se tortilla frénétiquement jusqu'à ce que ses hanches et son ventre passent à travers. Elle tomba sur le sol en un tas indigne, se mordant la langue pour la deuxième fois en cinq minutes.

Se retournant sur les fesses, Finley s'éloigna de la fenêtre. Gardant les yeux rivés sur l'espace béant, priant pour qu'Hillary ne la suive pas – ne puisse pas la suivre – et elle retint son souffle en traversant la cour en direction du coin le plus reculé, là où elle avait vu la niche du chien.

Elle ne vit plus Hillary, mais en peu de temps, des flammes sortirent de la fenêtre ouverte de la cuisine. Finley se leva de force et chercha une porte arrière ou sur le côté pour sortir du jardin et s'éloigner de la maison en feu.

Mais il n'y en avait pas.

Elle poussa la clôture, mais les planches ne bougèrent pas. Elle laissa échapper un rire hystérique. Évidemment, il fallait qu'elle se retrouve dans le seul jardin d'un quartier délabré qui avait une putain de clôture impénétrable. En regardant la carcasse, elle ne put que supposer que les anciens propriétaires avaient renforcé leur clôture parce qu'ils avaient un chien très grand et très costaud qu'ils ne voulaient pas voir s'échapper.

Elle essaya de rapprocher la niche de la clôture pour pouvoir s'y tenir debout et passer par-dessus, mais ce foutu truc ne bougea pas. Agenouillée sur le sol, elle creusa la terre, essayant de dégager la niche, mais elle se rendit compte que celui qui avait construit la clôture solide avait également renforcé la niche. Encore une fois, sans doute parce que le chien était grand et costaud.

De plus en plus désespérée, Finley chercha à nouveau une échappatoire et trouva finalement une porte – à l'avant. Juste à côté de la maison.

Une maison qui brûlait désormais comme pas possible.

Il était hors de question qu'elle s'en approche. Elle ne savait pas à quelle distance elle devait se trouver pour que l'essence sur ses vêtements s'enflamme, et elle n'était pas prête à prendre ce risque.

Au moment même où elle se faisait cette réflexion, sa peau commença à la brûler.

Poussant des cris frénétiques, elle baissa les yeux, s'attendant à trouver son corps en feu, mais en réalité, c'était parce qu'elle commençait à peine à sentir l'essence sur sa peau.

Gémissant, Finley déchira sa chemise, la fit passer par-dessus sa tête et la lança aussi loin qu'elle le put. Elle fit de même avec son pantalon. Elle se sentit un peu mieux après avoir enlevé ses vêtements imbibés d'essence, mais ses cheveux étaient encore trempés.

Reculant dans le coin de la cour, aussi loin que possible de la maison en feu, Finley pria pour que quelqu'un signale l'incendie. La possibilité que la clôture prenne feu était une menace croissante.

— Brock, croassa-t-elle, le regard fixé sur la maison.

Il la rejoindrait aussi vite qu'il le pourrait. Elle n'en doutait pas une seule seconde.

CHAPITRE SEIZE

Brock observa la maison avec horreur tandis qu'ils s'approchaient. C'était l'un des quartiers les plus pauvres de Fallport et il y avait des flammes qui jaillissaient de sous le toit et par les fenêtres de la maison. Il entendit Simon appeler les pompiers avec sa radio, mais tout ce que Brock voyait, c'était la voiture de Finley garée dans l'allée. Les pneus fumaient sous l'effet de la chaleur de l'incendie qui n'était qu'à quelques mètres.

Elle était là. Et si elle était à l'intérieur, il n'y avait absolument aucune chance qu'elle soit encore en vie.

Cela ne l'empêcha pas de bondir hors de la voiture et de courir vers la porte d'entrée.

Il fut brutalement plaqué par-derrière. Tal et Raid lui tinrent les bras tandis qu'il se débattait de toutes ses forces.

— Lâchez-moi ! cria-t-il désespérément.

— Tu ne peux pas aller là-bas ! cria Raid.

— Fin est là-dedans ! hurla Brock à son tour d'une voix brisée.

Ils se figèrent tous lorsque quelques secondes plus tard, le toit du deuxième étage s'effondra.

Brock laissa échapper un cri inhumain alors que tout espoir de sauver la femme qu'il aimait de tout son cœur s'évanouissait. La situation n'allait pas se terminer comme lorsque Caryn avait sauvé Lilly de l'incendie. Il était trop tard.

Il arrivait trop tard.

Au loin, il entendit des sirènes, mais Brock ne put détourner son regard du brasier. Il avait mis trop de temps à réagir lorsque Finley n'était pas rentrée à l'heure à laquelle elle aurait dû. Pour la première fois, il s'était montré négligent avec la sécurité d'un proche – et la seule personne qu'il avait juré d'aimer et de protéger en avait subi les conséquences.

Brock s'éteignit complètement. Son corps entier devint engourdi. Rien ne serait plus jamais pareil. Il devrait quitter Fallport. Comment pourrait-il rester ? Il ne le pouvait pas. Il n'était pas assez fort pour passer devant Le Bec Sucré tout en sachant que sa Fin ne serait plus là. De voir régulièrement Lilly, Elsie et les autres.

Puis une autre pensée lui traversa l'esprit et la douleur lui enserra la poitrine.

Leur enfant.

Non seulement il avait perdu Finley... mais l'opportunité de devenir père avait été littéralement réduite en cendres.

Un bruit qu'il ne reconnut pas retentit, éclipsant le grondement des flammes, et il réalisa, quelques secondes plus tard, que ce bruit émanait de lui. Un mélange de gémissements, de pleurs et de cris désespérés. Il ne pouvait pas s'arrêter. Le désespoir l'envahit. Non seulement il avait laissé tomber Finley, mais aussi leur Petit Chou. Il ne se le pardonnerait jamais.

Tal et Raid s'assirent lentement, conscients qu'il ne

risquait plus de courir vers le bâtiment en feu. Ils savaient tous qu'il était trop tard.

Puis, à travers ce brouillard qui s'était abattu sur Brock, un autre son parvint jusqu'à ses oreilles.

Il pencha la tête, perplexe, essayant d'entendre un peu mieux par-dessus le craquement des flammes qui décoraient le bâtiment ainsi que les sirènes de plus en plus bruyantes. Il se leva brusquement.

Le camion de pompiers tourna dans la rue et il n'entendit plus que les sirènes qui se répercutaient sur les autres maisons, provoquant un son aigu dans ses oreilles. Mais il était déjà en mouvement. Il savait ce qu'il avait entendu.

Son prénom.

Il eut alors un élan d'adrénaline et regarda autour de lui, essayant de déterminer d'où le son pouvait provenir.

Il se mit à courir avant que Tal et Raid ne puissent l'attraper à nouveau. Mais il ne se dirigea pas vers la maison désormais complètement détruite. Non, il courut directement vers le portail en bois sur le côté droit du jardin. Le bois fumait, mais il n'avait pas encore pris feu.

— Brock, qu'est-ce que tu...

Raid n'eut pas le temps de finir sa phrase que Brock tirait déjà frénétiquement sur le bois.

— Aidez-moi ! ordonna-t-il.

Heureusement, ses amis ne posèrent pas de questions. Ils ne lui demandèrent pas ce qu'il fichait, ils se joignirent simplement à lui pour essayer d'ouvrir le portail. Il était manifestement cadenassé de l'intérieur, mais cela n'allait pas arrêter Brock pour autant. Il était certain d'avoir entendu son prénom et pour la première fois depuis qu'il avait trouvé la maison en flammes, il fut plein d'espoir.

Les hommes finirent par donner des coups de pied dans

les planches de bois. Une première planche finit par se briser. Puis une autre. Lorsque Raid en fit tomber une troisième, Brock n'attendit pas plus longtemps. Il se mit à genoux et passa la tête et les épaules par l'ouverture. C'était serré, mais il ne sentit même pas les éraflures du bois dentelé contre son dos lorsqu'il s'enfonça dans le jardin. Il ne sentit pas la chaleur des flammes qui brûlaient à quelques mètres de son visage.

Les herbes étaient hautes, peut-être de trente centimètres, mais comme s'il savait exactement où regarder, Brock repéra une silhouette recroquevillée dans le coin le plus éloigné de la cour.

— Putain de merde ! s'exclama Tal alors qu'il se frayait un chemin par le même trou que Brock venait de quitter.

Brock était déjà en mouvement. Il courut dans le jardin en direction de Finley. Il s'agenouilla devant elle, remarquant immédiatement qu'elle était pratiquement nue, ne portant rien d'autre que son soutien-gorge et sa culotte... et des attaches en plastique autour de ses chevilles. Rien qu'en voyant ces petits bouts de plastique, il eut des frissons.

Ses vêtements et ses chaussures avaient été jetés en tas à quelques mètres de là où elle se trouvait, les genoux repliés devant elle, les serrant dans ses bras.

— Finley ! cria-t-il.

— Ne me touche pas ! lui ordonna-t-elle, clairement paniquée.

Brock se figea.

— Quoi ?

— Je suis couverte d'essence ! Si tu me touches, tu en auras aussi sur toi. Je ne peux pas te regarder mourir, Brock ! Je ne peux pas ! Il suffira d'une étincelle pour que je prenne feu, comme elle !

Il était évident que Finley était en état de choc, mais Brock comprit immédiatement la gravité de la situation. Elle avait les cheveux mouillés et ce ne fut qu'à ce moment-là qu'il sentit l'odeur piquante de l'essence. Il ne pensait pas qu'une étincelle suffirait à la faire prendre feu, mais il ne comptait pas prendre de risques. Il plaça une main sur le genou de Finley – il avait besoin de ce contact – et cria en direction de Raid qui faisait de son mieux pour briser le portail.

— Ramenez un tuyau ici ! hurla-t-il avant de se tourner à nouveau vers Finley sans attendre de voir si Raid l'avait écouté.

Il s'assit à côté d'elle, puis la souleva et la mit sur ses genoux. Elle lutta pendant de longues secondes...Puis finit par se laisser fondre contre lui.

Dès qu'il posa la main sur sa nuque, elle éclata en sanglots. De gros sanglots qui déchirèrent le cœur de Brock. Ses propres yeux se remplirent de larmes et il n'eut pas honte lorsqu'elles roulèrent sur ses joues. Il pensait avoir tout perdu et voilà qu'il tenait dans ses bras une Finley morte de peur, mais bien vivante.

Il voulait lui demander ce qu'il s'était passé. Comment elle avait pu se retrouver couverte d'essence dans le jardin de cette maison délabrée, mais cela pouvait attendre. Contrairement au fait de rassurer sa femme en lui disant que tout allait bien.

— Elle saigne, dit doucement Tal au bout d'un moment. Brock, laisse-moi l'examiner.

Face à ces mots, Finley serra Brock un peu plus fort.

— Elle va bien, dit-il doucement. Tu vas bien, dit-il à Finley. N'est-ce pas ?

Il lui fallut un moment, mais il la sentit prendre une

grande inspiration avant d'acquiescer. Elle releva la tête et regarda Tal, qui était accroupi à côté d'eux.

— Je me suis coupé les bras et les mollets en sortant par la fenêtre.

— Et tes hanches aussi, ajouta Tal.

Finley fronça les sourcils.

— Ah bon ?

— Elle est en état de choc, dit-il en se levant et en jetant un regard noir sur le côté de la maison, comme si cela allait faire apparaître les pompiers par magie.

Mais visiblement, le regard impatient de Tal avait suffi. Raid apparut et pointa du doigt le coin où Brock et Finley étaient assis.

Deux pompiers tirèrent un tuyau d'arrosage jusque dans le jardin.

— Elle est couverte d'essence. Je ne veux pas prendre le risque de l'emmener près de la maison tant qu'on n'aura pas rincé cette merde, expliqua Brock au pompier qui tenait le tuyau d'arrosage.

Il le reconnut. C'était Oscar. Il avait été nommé capitaine des pompiers de Fallport après que l'ancien capitaine et plusieurs de ses amis proches avaient été renvoyés.

— Bien vu, dit-il. Ça risque d'être froid, l'avertit-il.

Brock acquiesça et se tourna vers Finley.

— Retiens ton souffle, lui dit-il.

Elle hocha la tête et Brock fit signe à Oscar de s'exécuter.

Il ouvrit doucement la valve jusqu'à ce qu'un léger jet d'eau sorte du tuyau. Lorsqu'on luttait contre un feu, la pression intense de l'eau qui sortait du tuyau pouvait être dangereuse, mais Oscar veilla à ce qu'elle ne devienne pas incontrôlable.

Brock frissonna lorsque l'eau tomba en cascade sur lui

et Finley. Elle tressaillit dans ses bras lorsque le jet la heurta, mais elle ne tenta pas de s'écarter.

— Rince-lui bien les cheveux, ordonna Tal.

Après quinze secondes de plus, ils éteignirent l'eau.

— Ça devrait suffire pour l'emmener jusqu'à l'ambulance, dit Oscar.

Brock acquiesça.

— Merci.

Il tendit la main vers Tal et son ami la saisit, puis Brock sentit une autre main sur son biceps. C'était Raid, qui se tenait de l'autre côté.

Il se retrouva ensuite debout avec Finley dans ses bras. Il la reposa doucement par terre, examinant son corps et notant ses blessures. Elle frissonnait, sûrement plus à cause du choc que du froid.

Elle leva les yeux vers lui, puis rapidement vers Tal et Raid, et baissa la tête, regardant le sol… tout comme elle le faisait avant qu'ils ne se mettent ensemble. Quand elle croyait qu'il ne voudrait jamais d'elle à cause de son poids.

Brock se tourna vers Raid.

— Ta chemise, ordonna-t-il.

Sans aucune hésitation, Raiden enleva son haut et le tendit à Brock.

— Accroche-toi, chérie. Je vais te couvrir.

Il enfila le tissu par-dessus ses cheveux encore dégoulinants et elle leva immédiatement une main pour trouver l'ouverture pour le bras. Une fois qu'elle fut couverte, elle se mit à vaciller légèrement. Brock jura et enroula un bras autour de sa taille. Ses vêtements étaient trempés et désormais, la chemise sèche le serait aussi, mais il n'hésita pas pour autant.

Jetant un coup d'œil à la maison, il vit que Oscar et deux

autres pompiers se servaient du tuyau pour arroser le côté le plus proche du portail qui était désormais complètement démoli au sol.

Observant le feu et réalisant qu'il était plus important de sortir Finley de ce jardin plutôt que d'attendre qu'une autre issue soit créée, il la poussa vers l'avant.

— Brock, non ! protesta-t-elle.

Il s'arrêta et la fit pivoter vers lui.

— Tu crois que je laisserais quoi que ce soit t'arriver ? Je te jure que j'aurais pu entrer dans cette maison en feu si j'avais pensé qu'il n'y avait ne serait-ce qu'un pour cent de chance que tu sois encore en vie.

Il vit la peur tourbillonner dans ses yeux, mais il perçut également de la confiance. Envers lui.

— OK, dit-elle d'une voix tremblante. Mais si on prend feu, ne rejette pas la faute sur moi.

Putain, qu'est-ce qu'il aimait cette femme. Il ne savait absolument pas ce qu'il avait pu se passer dans cette maison – probablement quelque chose de très grave. Mais d'une manière ou d'une autre, elle avait réussi à s'échapper. Elle saignait, était visiblement traumatisée, mais en vie. Et encore capable de plaisanter.

— Au moins, ça n'est pas arrivé pendant un rencard, répondit-il.

Il n'était pas vraiment d'humeur à blaguer en retour, mais si elle en était capable, alors il suivrait son exemple.

Elle renifla en riant, un bruit qui lui ressemblait tellement que quelque chose en Brock se détendit enfin.

Se plaçant à sa droite, Tal devant eux et Raid dans leur dos, Brock serra Finley contre lui alors qu'ils passaient rapidement devant le côté de la maison qui était maintenant simplement en train de fumer au lieu d'être englouti par les flammes.

Il sentit Finley soupirer de soulagement lorsqu'ils franchirent le portail. Brock la dirigea vers une ambulance qui se trouvait derrière les camions de pompiers.

— Finley, ça va ? demanda Simon en s'approchant.

— Je suis en vie, lui dit-elle avec un faible sourire.

— Je vais avoir besoin de savoir…

— Pas maintenant, l'interrompit Brock. Elle saigne. Et a été aspergée d'essence.

— Merde. OK, acquiesça rapidement Simon. Mais est-ce qu'il y a quelqu'un d'autre dans la maison ? demanda-t-il.

Finley vacilla et Brock eut envie de frapper le chef de la police pour l'avoir contrariée. Il sentit l'amour de sa vie se redresser.

— Hillary. La dernière fois que je l'ai vue, elle était dans la cuisine.

— OK, merci. Je passerai à la clinique pour faire un point une fois que le docteur Snow t'aura examinée.

— On va sûrement aller à Roanoke, l'avertit Brock.

— Non, dit Finley. Je ne veux pas aller à l'hôpital.

— Mais le bébé… ? dit doucement Brock.

— Le bébé ?! s'exclamèrent Raid et Tal en même temps.

— Je suppose que je n'est plus un secret, hein, dit Finley d'un ton sarcastique avant de soupirer. Si le docteur Snow pense que je dois m'y rendre, j'irai, pour le bien du bébé. Mais *moi*, je vais bien.

Sa réponse contenta Brock.

— Très bien. Allez, viens, je vais t'aider à monter à l'arrière, dit-il tandis qu'ils s'approchaient de l'ambulance.

En une minute à peine, elle se retrouva assise sur la civière à l'arrière du camion bien éclairé et les ambulanciers s'affairaient autour d'elle. Brock se tourna vers Tal et Raid et leur dit :

— Merci d'avoir été là.

— C'est normal. Les autres sont en chemin, dit Tal. Ils vont être furieux de ne pas avoir été *là*.

Brock jeta un coup d'œil à sa montre, surpris de voir qu'il ne s'était pas écoulé quinze minutes depuis qu'ils étaient arrivés devant la maison en feu.

— Je n'ai pas eu le temps d'appeler Ethan avant qu'on ait retrouvé Finley, s'excusa Raiden.

— Ce n'est pas grave. Mais tu peux peut-être leur dire qu'on est en chemin pour le cabinet médical ?

— Je m'en occupe, dit Raid.

— Je te dirai ce qu'ils ont retrouvé dans la maison, dit Tal.

— Merci. Je vais garder Finley confinée jusqu'à ce que je sache que toutes les personnes liées de près ou de loin à cette putain de connasse soient derrière les barreaux, dit Brock d'un ton rauque et dur.

— Je te comprends, dit Raiden.

— Tu nous appelleras pour nous raconter ce qu'il s'est passé une fois qu'elle aura parlé à Simon ? demanda Tal.

Brock acquiesça, redoutant d'entendre l'histoire en question. C'était déjà assez difficile comme ça d'imaginer ce qu'elle avait pu vivre. L'entendre en parler directement risquerait de le briser.

Il grimpa à l'arrière de l'ambulance. Il ne laissa pas l'occasion aux ambulanciers de lui dire qu'il n'avait pas le droit d'être ici. Il ne quitterait pas Finley des yeux. Probablement pas avant un long moment.

— Tu leur as dit que tu étais enceinte ? demanda-t-il doucement à Finley tandis qu'un infirmier lui posait une intraveineuse.

— Oui, dit-elle doucement, posant une main protectrice sur son ventre.

— Ne vous inquiétez pas, on va la brancher à un moniteur dans une seconde.

— On peut y aller ? demanda l'autre ambulancier dehors devant le véhicule.

— Oui, allons-y.

Lorsqu'ils ne furent plus que tous les trois à l'arrière de l'ambulance, l'infirmier demanda :

— Ça fait combien de temps ?

— Je ne sais pas trop, mais je dirais huit semaines maximum, dit doucement Finley.

— Ah. Il est peut-être encore trop tôt pour entendre les battements de cœur de votre bébé si ça fait moins de six semaines, mais on va regarder ça.

Brock retint son souffle tandis que l'infirmier levait le haut de Finley et approchait une sonde de son ventre.

Au début, rien ne se produisit tandis qu'il bougeait la sonde. Mais soudain, un léger bruit sourd retentit sur les haut-parleurs derrière lui. *Poum poum, poum.*

Brock se figea. L'idée que Finley soit enceinte avait été excitante. Mais c'était la première fois qu'il le réalisait vraiment. Le cœur qui battait rapidement était celui de son enfant. De *leur* enfant.

Finley ferma les yeux et soupira.

— Fin ? demanda-t-il.

— J'ai eu tellement peur, murmura-t-elle tandis que l'infirmer se tournait pour ranger l'équipement.

— Je suis extrêmement fier de toi, murmura Brock, se penchant vers elle.

Il était assis sur un banc à côté de la civière et lui prit la main.

— Je n'ai rien fait. Tout ce que je pouvais faire, c'était rester assise et prier pour qu'elle ne me tire pas dessus, expliqua Finley d'une voix douloureuse.

— Tu as réussi à t'enfuir, murmura-t-il.

— Seulement parce qu'elle a merdé. Je n'ai rien fait pour protéger notre bébé ! J'aurais dû plus me battre. J'aurais dû sortir de la voiture... j'aurais dû faire *quelque chose* !

— Chhhut, la rassura Brock. Tu es en sécurité. Notre bébé est en sécurité. S'il y a bien quelqu'un à blâmer, c'est moi. Je n'aurais pas dû attendre aussi longtemps. J'ai tout de suite su que quelque chose n'allait pas quand tu as eu quinze minutes de retard, mais j'ai essayé de me convaincre que tu bavardais juste avec ta cliente. Et quand tu ne m'as pas répondu au téléphone, j'aurais dû agir immédiatement.

Finley secoua la tête.

— Non, ce n'était pas de ta faute.

— Et ce n'était pas de la tienne non plus, dit fermement Brock.

Il ne se pardonnerait jamais de ne pas avoir agi plus tôt, mais il ferait tout son possible pour que Finley n'éprouve plus aucune culpabilité ni regret par rapport à ce qu'il s'était passé.

Des larmes coulèrent sur ses joues tandis qu'elle pleurait. Brock posa sa joue contre son ventre et agrippa fermement sa main. Il avait besoin d'être proche d'elle. De leur bébé. Et même si évidemment il ne pouvait pas entendre ni sentir Petit Chou, il se sentait plus proche de lui ou d'elle comme ça.

Le trajet jusqu'au cabinet médical ne fut pas long et avant qu'il ne soit prêt, il fut déjà contraint de se lever et de lâcher la main de Finley. Le docteur Snow les attendait, Dieu merci, et il installa rapidement et efficacement Finley dans l'une des salles de consultation.

Il n'essaya même pas de dire à Brock d'attendre dehors, ce qui était une bonne chose, car il était hors de question qu'il laisse Finley.

Afin de s'assurer que tout allait bien avec le bébé, le docteur fit une échographie endovaginale et les battements de cœur du bébé furent encore plus clairs et forts que dans l'ambulance, retentissant dans la pièce.

— Tout est normal, dit le docteur avec un petit sourire. Votre bébé va bien.

Brock ferma les yeux de soulagement.

— Bon, maintenant, tu veux bien me laisser m'occuper de tes coupures ? demanda-t-il avec un sourire.

Brock acquiesça avant que Finley ne le fasse. Elle avait refusé de le laisser faire quoi que ce soit pour ses entailles tant qu'il n'aurait pas examiné leur bébé. Il y avait trois entailles qui nécessitaient quelques points de suture, notamment celle qu'elle s'était faite au mollet en brisant la fenêtre avec son pied et il les soigna rapidement et sans problème. Elle sentait toujours l'essence mais l'arrosage effectué sur place avait bien rincé sa peau du liquide corrosif.

— Tu pourras te doucher en rentrant à la maison, mais il faut que tu protèges les points de suture. Pose juste un morceau de plastique par-dessus et scotche-le. Enlève ensuite le plastique une fois que tu as terminé pour que les plaies respirent. Vas-y doucement, c'est-à-dire, reste allongée. Je ne pense pas que ton bébé soit en danger, mais tu viens de vivre quelque chose d'extrêmement traumatisant et ta pression sanguine a besoin de temps pour redescendre et le stress ce n'est pas bon pour les mamans enceintes. Ni les papas, ajouta-t-il en lançant un regard à Brock.

— Elle fera attention, lui promit ce dernier.

Finley ne rit pas. Ni ne sourit. Brock ne supportait pas de la voir si bouleversée. Il avait espéré qu'une fois que le docteur lui aurait confirmé que leur bébé allait bien, elle respirerait avec plus de facilité, mais ça n'était pas le cas.

Elle pensait sans doute déjà à son futur entretien avec le chef de la police. Et au fait de devoir raconter tout ce qu'il lui était arrivé.

— Simon est là, dit le docteur Snow. Vous voulez que je le fasse entrer ?

Lorsque Finley se crispa, Brock sut qu'il avait vu juste. Il avait envie de dire au chef de la police d'attendre. Que Finley avait besoin de temps pour accepter tout ce qu'il s'était passé, mais ce n'était pas la bonne solution. Il fallait qu'elle se libère, une fois pour toutes, et qu'ils puissent aller de l'avant. Et si elle avait besoin de voir une psychologue, il s'assurerait qu'elle le fasse. Mais ce n'était pas une bonne chose pour elle d'attendre avant de parler de cette connasse d'Hillary Kendall.

Brock hocha la tête vers le docteur lorsque Finley garda les yeux rivés sur ses mains jointes sur ses genoux. Elle avait échangé la chemise de Raid contre une blouse d'hôpital. Il avait hâte de la ramener à la maison, au lit et vêtue d'un de *ses* tee-shirts.

Le docteur s'en alla et Simon entra. Il tira une chaise à côté du lit de Finley. Brock lui prit la main et la serra fermement.

— Est-ce que tu préfères que je m'en aille ? se força-t-il à lui demander.

Il n'avait pas envie de la laisser. Certainement pas. Mais il ferait tout ce qu'il fallait pour lui faciliter les choses.

— Non ! s'exclama-t-elle presque frénétiquement. Ne t'en va pas.

— Chhhhut, la rassura Brock. Si tu veux que je reste, je reste.

Elle acquiesça fermement.

Brock approcha leurs mains jointes de sa bouche et embrassa ses doigts avec tendresse.

— Commence où tu veux, lui dit Simon en sortant son téléphone avant de le poser sur la petite table à côté du lit où il enregistrait la vidéo et l'audio de Finley, puis appuya sur le bouton de démarrage.

Elle prit une grande inspiration, puis parla.

CHAPITRE DIX-SEPT

— Elle m'a proposé une centaine de dollars pour livrer le gâteau. Elle paraissait si désespérée. Ça ne me dérangeait pas de l'apporter chez elle avant de rentrer chez moi, dit-elle d'une voix faible tandis qu'elle racontait ce qu'il s'était passé. Dès que je me suis garée devant l'adresse qu'elle m'avait donnée, j'ai su que quelque chose clochait. Je me suis dit que j'avais dû mal noter l'adresse ou quoi. J'étais sur le point de repartir quand ma portière s'est ouverte et on a plaqué un pistolet contre ma tempe.

La main de Brock se resserra douloureusement autour de la sienne, mais Finley accueillit la sensation. Ce n'était pas facile de parler de ce qu'il lui était arrivé, mais il fallait le faire. L'étreinte ferme de Brock lui permettait de garder les pieds sur terre et de se sentir en sécurité.

— Je ne savais pas quoi faire. J'aurais dû enclencher la marche arrière et partir.

— Si tu avais essayé de le faire, elle t'aurait immédiatement tiré dessus, lui dit doucement Simon. Qu'est-ce qu'il s'est passé ensuite ?

Finley expliqua ce qu'avait fait Hillary. Elle leur raconta

pour les attaches en plastique – que le docteur Snow avait coupées pour les lui retirer – du discours haineux d'Hillary, de la surprise qu'elle avait ressentie lorsque la femme enragée lui avait jeté de l'essence sur la tête. À quel point elle avait eu peur, persuadée d'être brûlée vive. Lorsque ses mains se mirent à trembler, Brock resserra son étreinte sur ses doigts.

— Je suppose que l'essence qui s'est renversée sur elle a pris feu quand elle a frotté l'allumette. Je me souviens avoir été surprise qu'elle ait une boîte d'allumettes à l'ancienne sur elle d'ailleurs, dit Finley en haussant les épaules. Même si j'imagine que ce qu'elle comptait utiliser pour me brûler n'a pas vraiment d'importance.

— C'était très intelligent de ta part de faire comme si tu avais attaché tes jambes à la chaise, lui dit Simon. Et donc ensuite... tu as couru dans la cuisine ?

Finley acquiesça.

— Oui. J'avais l'impression que l'essence me brûlait la peau, mais je savais que si je ne sortais pas de là, le fait qu'Hillary ne m'ait pas jeté l'allumette dessus ne change-rait rien. J'aurais pris feu aussi facilement qu'elle. J'avais brisé la fenêtre et étais prête à ramper à travers pour sortir quand elle est revenue en titubant dans la cuisine, dit Finley en frissonnant, se mettant à chuchoter. C'était affreux. On aurait dit qu'elle avait le visage qui fondait. Je ne sais même pas comment elle a trouvé la force de marcher. Peut-être qu'elle était juste déterminée à me voir mourir.

Finley sursauta lorsque Brock lui toucha le visage. Elle était tellement occupée à raconter son histoire qu'elle n'avait pas réalisé qu'elle pleurait. Il essuya doucement les larmes de son visage de sa main libre.

Brock prit le relais, expliquant comment il avait découvert où elle se trouvait, comment Tal, Raid et lui s'étaient introduits dans l'arrière-cour et l'avaient retrouvée.

— Tout ça, c'était vraiment parce que j'ai vu ce pick-up noir ? demanda Finley à Simon.

— Oui et non, dit Simon. Après avoir étudié le passé de Pete et Cory et maintenant que je sais qu'Hillary est derrière ce qu'il t'est arrivé... Je peux supposer qu'Hillary Kendall était accro aux analgésiques qu'elle vendait et elle est parvenue à gravir les échelons, passant de simple consommatrice à fournisseuse locale. Elle s'est certainement impliquée dans le trafic uniquement pour avoir accès gratuitement aux cachets... au début. Mais comme c'est souvent le cas, plus on est impliqué dans le commerce de la drogue, plus on devient désespéré et avide de pouvoir. Je suis quasiment certain que tu as vu *son* fournisseur livrer des cachets à un contact ici à Fallport. Ce contact livrait ensuite les cachets à Hillary, qui les emballait et les faisait parvenir à ses clients soit par elle-même soit avec l'aide de petits trafiquants.

— Comme Pete et Cory, dit Brock.

— Oui. Mais d'après ce que tu nous as raconté, dit-il à Finley, tu as manifestement effrayé son fournisseur. Il refusait de rouler jusqu'à Fallport donc c'était à elle de se rendre à Roanoke tout le temps. Après ça, elle n'était quasiment jamais chez elle. Lorsque nous récupérerons les enregistrements de ton téléphone satellite, Brock, je suis certain qu'ils nous mèneront à elle d'une manière ou d'une autre, prouvant que c'est bien elle qui a envoyé Pete et Cory après vous pour qu'ils découvrent ce que tu avais vu et raconté, Finley. Pour elle, si elle parvenait à rassurer son fournisseur en lui affirmant que tu n'avais rien vu – ou que, si c'était le cas, tu étais trop effrayée pour en parler à quiconque – il accepterait de reprendre leur petit arrangement. Mais... ce n'est pas ce qu'il s'est passé.

Finley secoua la tête.

— Certes, j'ai vu le pick-up et j'ai relevé la plaque d'immatriculation, mais si elle n'avait pas envoyé ces types après moi, j'aurais tout oublié.

Simon acquiesça.

— Mais ça, elle ne le savait pas. Quoi qu'il en soit, je pense que la situation s'est dégradée à partir de là et qu'elle s'est retrouvée complètement coupée du monde. Elle avait désespérément besoin de drogue, alors elle s'est tournée vers l'héroïne, comme tu l'as mentionné. Et elle t'a reproché l'effondrement de son petit empire.

— Elle est morte ? demanda Finley d'un ton hésitant.

Simon acquiesça.

— Et sa famille ? Est-ce qu'ils vont s'en sortir ?

Elle entendit Brock émettre un bruit et elle se tourna vers lui.

— Quoi ?

Il se contenta de secouer la tête.

— Je ne suis pas surpris que, même après tout ce qu'il s'est passé, tu t'inquiètes pour la famille d'une trafiquante de drogue.

— Ils sont innocents dans cette histoire. Du moins, j'imagine. Et ça ne va pas être facile pour eux de vivre dans une petite ville où ils vont devoir faire face aux conséquences de ses actions.

— Je garderai un œil sur eux. Je m'assurerai qu'ils vont bien, lui dit Simon.

Finley reposa la tête sur l'oreiller derrière elle et ferma les yeux.

— Merci.

— Rentrez à la maison, leur ordonna gentiment Simon.

Laisse Brock s'occuper de toi. Tu t'es bien débrouillée, Finley. Je suis fier de toi.

Ses mots résonnèrent dans la pièce, mais bizarrement, ils la rendirent triste. Il avait beau être fier d'elle, elle ne l'était pas. Elle aurait dû faire plus pour se sortir de cette situation affreuse. Elle n'avait quasiment rien fait... tout comme elle n'avait rien fait quand Brock et elle avaient été dans les bois. Elle avait attendu qu'*il* agisse.

Peut-être que si elle ne l'avait pas fait, sa vie et celle de son enfant n'auraient pas été menacées. Hillary ne serait pas morte et elle aurait pu obtenir l'aide dont elle avait manifestement besoin.

Finley posa la main sur son ventre. Elle pensa aux deux enfants d'Hillary, au fait qu'ils n'avaient désormais plus de mère. Peut-être que cette femme n'était pas la meilleure maman du monde, mais elle était la seule que ces adolescents avaient... et maintenant, elle n'était plus là.

La culpabilité pesait lourd sur ses épaules et Finley avait juste envie de dormir, de faire abstraction de tout ça.

Simon se leva. Il serra la main de Brock et tapota doucement le mollet de Finley avant de quitter la pièce.

— Tu es prête à rentrer à la maison ? demanda Brock à voix basse.

Finley acquiesça, mais n'ouvrit pas les yeux. Elle était fatiguée. Tellement fatiguée.

* * *

Une semaine plus tard, Brock se tenait dans sa cuisine. Il s'appuya sur le comptoir et regarda l'évier en fronçant les sourcils. Il venait de préparer le petit déjeuner de Finley, et elle n'avait mangé que quelques bouchées de l'omelette en question avant de dire qu'elle n'avait tout simplement pas faim et de repousser l'assiette devant elle.

Elle était là, mais elle n'était pas là. Elle avait à peine quitté le lit depuis l'incendie, et il était clair qu'elle refusait d'affronter ce qu'il s'était passé. Brock avait proposé au docteur Snow de faire venir un psychologue à la maison pour la voir, et ils y travaillaient, mais en attendant, la femme pleine de vie qu'elle avait été avant l'enlèvement n'était plus qu'une coquille vide.

Brock ne savait plus quoi faire pour l'aider, et cela le rongeait de l'intérieur. Toutes les autres filles étaient passées la voir, mais il était évident qu'elle n'était pas prête à parler. Elles n'étaient restées que peu de temps, inquiètes de voir Finley mutique ou refusant carrément de les voir. Chacune d'entre elles s'était promis de revenir, de faire ce qu'elle pouvait pour aider Finley à se sentir mieux.

Mais chaque jour qui passait, Brock sentait la femme qu'il aimait lui glisser entre les doigts. Elle passait le plus de temps possible à dormir, et lorsqu'il essayait de l'inciter à se lever, à rouvrir sa boulangerie, à sortir de la maison, elle répondait qu'elle ne se sentait pas prête à le faire. Qu'elle voulait rester allongée pour le bien du bébé. Il était terrifié à l'idée de trop la forcer.

Brock se sentait impuissant et il détestait cela. La nuit, Finley le serrait presque désespérément contre elle, mais le matin, la plupart du temps, elle ne croisait même pas son regard et se contentait à peine de vivre.

Brock soupira lorsqu'on frappa à la porte d'entrée. Les gens passaient sans cesse depuis l'incendie, et même si cela lui faisait plaisir, son réfrigérateur et son congélateur débordaient déjà de nourriture et il était difficile de tenir une conversation avec quelqu'un lorsque la femme qu'il aimait se renfermait peu à peu sur elle-même.

Brock *devait* agir.

Et il le ferait... dès qu'il se serait débarrassé de la personne qui se trouvait à sa porte.

Lorsqu'il l'ouvrit, Brock fut choqué de voir Khloe Moore devant lui. Du haut de son mètre soixante, elle était plutôt petite... mais là, actuellement, elle semblait prête à partir en guerre.

— Je suis venue voir Finley, annonça-t-elle.

— Elle ne se sent pas en état de recevoir des visites, dit doucement Brock, répétant ce qu'elle lui disait à chaque fois que quelqu'un passait la voir ces derniers jours.

— Pas cool, rétorqua Khloe avant de passer devant Brock pour entrer.

Il resta planté là, choqué pendant un moment, avant de fermer doucement la porte et de suivre Khloe dans son salon.

— Sérieusement, Khloe, elle a du mal à s'en sortir en ce moment et elle ne veut voir personne.

— Je m'en fiche, Brock. Elle va me voir.

Il ne put s'empêcher d'éprouver un certain soulagement. Brock ne savait pas comment allait se passer cette visite, mais peut-être que l'approche de Khloe lui permettrait d'avoir enfin une conversation à cœur ouvert avec Finley. Il fallait qu'elle sorte du lit. Qu'elle se mette à nouveau à vivre. Ce qu'il lui était arrivé était affreux, il se sentirait toujours coupable de ne pas l'avoir trouvée plus vite. De ne pas avoir pris plus au sérieux la menace qui pesait sur elle. De ne pas avoir compris qui était derrière les agissements de Pete et de Cory dans les bois ce jour-là.

Sans attendre qu'il lui dise où se trouvait Finley, Khloe, tourna les talons et marcha d'un pas lourd dans le couloir jusqu'à la chambre, le mouvement étant encore plus prononcé en raison de son léger boitement. Brock hésita à rester. Il voulait s'assurer que Khloe ne contrarie pas sa femme... mais admettait aussi à contrecœur que son approche qui consistait à ne pas insister, à satisfaire son désir de rester au lit toute la journée, avait échoué.

— Je vais aller tondre la pelouse. J'apprécierai tout ce que tu tenteras pour m'aider à retrouver ma Finley... mais si elle est encore plus mal en point quand tu t'en iras, je ne vais pas être content.

Elle se retourna et pour la première fois depuis qu'il l'avait rencontrée, Brock lut une douleur profonde dans ses yeux noisette.

Quel que soit ce que Khloe Moore avait vécu dans sa vie, ça l'avait profondément affectée.

— Je m'occuperai d'elle avec soin...et fermeté, lui promit Khloe avant de se tourner vers la porte de sa chambre.

Brock fixa le couloir du regard, espérant de toutes ses forces que Khloe réussisse là où il avait échoué... qu'elle sorte Finley de la dépression dans laquelle elle avait sombré.

Finley se trouvait dans un état étrange, entre le sommeil et l'éveil, lorsque la porte de la chambre s'ouvrit. Elle roula sur le côté, s'attendant à voir Brock. Peu importe à quel point elle se sentait mal, elle avait *quand même* envie de le voir.

Mais ce n'était pas l'homme qu'elle aimait. Khloe referma la porte derrière elle. Elle se dirigea vers le côté du lit, observa Finley, les mains sur les hanches, et déclara finalement :

— Tu as une sale gueule.

Pendant une seconde, Finley ne put que rester bouche

bée. Puis elle se mit à rire. Un rire un peu rouillé, mais un rire quand même.

— Waouh, pourquoi tu ne me dis pas réellement ce que tu penses, plaisanta-t-elle.

— J'en ai l'intention, l'informa Khloe. Mais pas avant que tu ne bouges tes fesses et que tu n'ailles me faire un roulé à la cannelle.

Finley fronça les sourcils.

— Quoi ?

— J'ai faim et je veux un roulé à la cannelle. Depuis que Le Bec Sucré est fermé, je n'en ai pas mangé un depuis une semaine. Alors, lève-toi, va dans la cuisine et prépare-m'en un.

Finley aurait dû être surprise par ce culot et cette demande – non, cet *ordre* – mais bizarrement, elle ne l'était pas. Elle ne ressentait plus rien.

— Aujourd'hui ce n'est pas le bon jour, dit-elle en haussant les épaules. Désolée.

— Quand est-ce que ce sera le *bon* jour ? rétorqua Khloe. Ça fait une semaine, Finley. Il faut que tu reprennes ta vie.

— Une semaine ? Tu crois que ça suffit pour se remettre du fait d'avoir presque été brûlée vive ? répondit Finley en retour.

— Oui, justement, « *presque* », dit Khloe.

— Je ne peux pas... c'est juste que... je ne *peux pas*, dit Finley sans conviction.

— N'importe quoi. Bien sûr que si tu le peux, tu es simplement en train de te morfondre. Il faut que tu prennes sur toi.

Pour la première fois en une semaine, Finley sentit une émotion se manifester... La colère.

— Tu crois que c'est facile ?

— Ce n'est jamais facile, rétorqua Khloe. C'est très dur.

Peut-être même la chose la plus dure que tu auras jamais à faire. Mais tu es *en vie*, Fin. Ce qui t'est arrivé est horrible. Affreux. Tu as été kidnappée non pas une, mais deux fois. Mais tu as des amis qui t'aiment et te soutiennent, un homme qui est fou amoureux de toi et un commerce à faire tourner.

— Je ne suis pas sûre d'en avoir encore envie, avoua Finley.

— OK. Je comprends. Mais qu'en est-il de Liam ? Et de Davis ? Et des gens qui attendent tes pâtisseries tous les matins ? Liam ferait littéralement n'importe quoi pour toi. Certes, l'argent qu'il gagne a changé la vie de sa famille, mais surtout, il te respecte et t'admire. Et il est tellement reconnaissant que tu lui aies laissé sa chance, contrairement à tant d'autres personnes. Et Davis ? Putain, Finley il va tellement mieux qu'avant. Il aura toujours ses propres démons, mais le fait de sentir qu'on a besoin de lui, qu'il contribue à la société, c'est quelque chose qu'aucun psy n'a réussi à lui faire ressentir depuis qu'il a quitté l'armée. Mais *toi*, si. En l'acceptant simplement comme il est. Et tu vas jeter tout ça à la poubelle ?

Finley eut la nausée.

— Ce n'est pas juste, chuchota-t-elle.

— Je sais. C'est très injuste. Mais je ne culpabilise pas de me servir de Liam et de Davis pour te secouer. Tu as besoin qu'on te botte les fesses et Brock ne le fera pas parce qu'il t'aime trop. Je t'envie, Finley.

Elle ricana.

— Tu m'envies ? Tu plaisantes.

— Pas du tout.

Finley se redressa, toute la rage et la douleur qu'elle avait tenté d'étouffer remontant d'un coup à la surface.

— Je suis restée plantée là en laissant cette folle faire ce qu'elle voulait ! Je n'étais même pas attachée à cette chaise ! Quand elle a versé de l'essence sur moi, j'aurais dû l'attaquer. J'aurais dû faire quelque chose pour essayer de nous protéger mon bébé et moi. Mais je ne l'ai *pas* fait ! Je suis restée assise et je l'ai regardée allumer cette foutue allumette, tout en sachant qu'elle était sur le point de me la jeter dessus et que j'allais prendre feu. J'ai envie d'être forte, comme tout le monde, mais je ne le suis *pas* !

Khloe s'assit sur le bord du lit et posa une main sur le bras de Finley.

— Il n'y a littéralement pas de bonne ou de mauvaise façon d'agir dans une situation désespérée. Si tu t'étais précipitée sur cette connasse, elle aurait pu te tirer dessus. J'ai entendu dire qu'elle avait gardé cette arme pointée sur toi tout le long. Tu as juste cherché à gagner du temps jusqu'à ce que tu puisses vraiment t'enfuir. Est-ce que tu crois que Bristol aurait dû affronter son kidnappeur ? Tu crois qu'il ne se passe pas un seul jour sans qu'elle se demande ce qu'il se serait passé si elle l'avait fait, si elle avait fait plus pour s'échapper, si elle n'était pas restée allongée là docilement en lui faisant croire qu'elle avait envie de rester avec lui ? Et tu crois qu'Elsie ne s'en veut pas d'avoir laissé Tony partir avec son ex quand, au fond, elle savait que son apparition soudaine cachait quelque chose ? Ou que Lilly n'a pas honte de ne pas avoir réalisé que son collègue était un putain de *meurtrier* ? Et si tu crois que moi je ne me sens pas horriblement mal de t'avoir demandé de surveiller ces chatons pendant mon absence, parce que c'est à cause de *moi* que tu as vu ce trafic de drogue, tu es folle. Être forte et courageuse ça ne veut pas dire se mettre en mode kung-fu contre son agresseur. C'est surtout se servir de son cerveau pour savoir quand gagner du temps et quand riposter.

Finley n'avait jamais vu Khloe comme ça, et elle ne put que rester assise en l'écoutant.

— La vie peut être merdique Finley, mais elle peut aussi être pleine de beauté et de bonté tellement, que c'en est parfois douloureux. Comme des gens qui seront tes amis alors que tu ne leur as donné aucune raison de t'aimer. Les fanfares des petites villes où tout le monde rigole et trouve du plaisir en participant à des concours de crachat de pépin de pastèque. Des chatons innocents qui ne savent pas à quel point la vie peut être affreuse et qui t'accueillent avec des ronronnements et des câlins. Je sais que c'est dur de voir tout ça lorsque tu as l'impression que tu portes le poids du monde sur tes épaules, mais c'est toujours là. Il suffit juste d'ouvrir les yeux pour le voir.

Elle avait raison. Évidemment qu'elle avait raison.

Finley ferma les yeux et fit de son mieux pour repousser ses larmes. Mais cela ne servit à rien.

— Encore une dernière chose et après j'ai fini et tu pourras aller prendre une douche – parce que là, ma belle, il faut vraiment que tu te laves les cheveux – et me préparer un roulé à la cannelle. Tu as beaucoup de chance, Finley. Cette Hillary n'est plus là. Elle est morte. Je sais que tu n'oseras jamais être assez grossière pour être soulagée que quelqu'un soit mort, donc je vais l'être pour toi. Et je suis sûre que les habitants de Fallport sont tout aussi affectés par ce qu'il s'est passé. Désormais, ils seront plus vigilants, du moins pendant un moment. Ils feront un peu plus attention à leurs amis et à leurs voisins, et si quelque chose leur paraît étrange, j'imagine qu'ils feront tout leur possible pour en comprendre la raison. Ce qu'il t'est arrivé est affreux... mais c'est fini. *Terminé*. Et je suis tellement jalouse, c'est difficile à expliquer. La personne qui t'a causé autant de douleur et de traumatismes n'est plus une menace envers toi ni ceux que tu aimes.

Finley rouvrit les yeux et regarda Khloe. Réalisant ce qu'elle venait de lui dire...

— La personne qui *toi* t'a fait souffrir et t'a traumatisée est toujours une menace... elle ou lui, d'ailleurs ?

Un voile passa devant les yeux de Khloe, renfermant les émotions que Finley y avait lues.

— Ça n'a pas d'importance.

Si, c'était important. Elle avait le sentiment qu'au contraire, ça l'était beaucoup.

Mais lorsque son amie se leva, Finley réalisa que ce moment de partage était passé. Khloe avait dit ce qu'elle voulait dire.

— Lève-toi, dit-elle d'un ton sec. Va te laver. Lave-toi les cheveux. Je serai dans la cuisine, en train d'attendre mon roulé à la cannelle. Si tu n'es pas là dans dix minutes, je viendrai te chercher. Et crois-moi, tu n'aimeras pas que je revienne.

Finley sourit depuis ce qui lui sembla être une éternité.

— OK.

Elle lut un soulagement immense dans les yeux de Khloe.

— OK, dit-elle un peu plus doucement.

Puis, elle tourna les talons et quitta la pièce.

Finley ne respecta pas le délai de dix minutes que lui avait fixé Khloe, mais vingt minutes plus tard, elle était dans la cuisine de Brock, en train de rassembler les ingrédients nécessaires à la confection de roulés à la cannelle. Elle fut surprise de voir à quel point le réfrigérateur était plein. Elle ne s'était pas doutée que tant de gens avaient apporté de la nourriture.

— Brock a distribué de la nourriture gratuite dans tout Fallport, lui expliqua Khloe.

Elle était assise sur le comptoir, l'observant se déplacer dans la cuisine.

— Le premier endroit où il a apporté de la nourriture, c'était à la caserne de Fallport. Il en a apporté à Davis. Puis à l'hôtel Mangree et Edna a dit qu'elle en donnerait aux locataires permanents.

Finley eut à nouveau envie de pleurer. Elle n'avait même pas demandé à Brock ce qu'il faisait pendant qu'elle était perdue dans ses pensées. Non seulement il avait fait tout ce qu'il pouvait pour elle, mais en plus il avait pris soin de ceux qui en avaient besoin à Fallport. Elle avait été extrêmement égoïste cette dernière semaine. Certes, elle avait besoin de temps pour se remettre de ce qu'il s'était passé, mais elle était allée trop loin. Brock s'était démené de tous les côtés et elle ne lui avait montré aucune reconnaissance. Pire, elle savait qu'il se sentait aussi coupable qu'elle... et elle n'avait rien fait pour le rassurer.

Elle commença à préparer la pâte sans dire un mot. Et Khloe, n'essaya même pas de combler le silence avec des bavardages inutiles. Ce ne fut que lorsqu'elle eut enfourné une plaque de roulés à la cannelle dans le four que Finley se tourna vers son amie.

— J'ai envie de rouvrir Le Bec Sucré, mais j'ai peur, avoua-t-elle.

Khloe descendit du comptoir et s'y appuya.

— Je peux comprendre. Mais pour moi, c'est le moment idéal pour mettre en place quelques changements.

— J'en ai déjà fait tellement, protesta Finley.

— Alors, fais-en plus, dit Khloe en haussant les épaules. De quoi tu as peur exactement ?

— De faire des livraisons.

— Alors, n'en fais pas.

— Ce n'est pas si simple, protesta Finley.

— Pourquoi ? C'est ton commerce, c'est toi qui fixes les règles. Tu peux décider que toutes les commandes soient récupérées avant la fermeture. Ou, comme je sais que tu as un grand cœur, tu pourrais embaucher quelqu'un pour le faire à ta place.

— Je ne voudrais pas que quelqu'un se retrouve dans la même situation que moi, dit Finley en secouant la tête.

— Écoute, tu es propriétaire du Bec Sucré. C'est toi qui décides de ce que tu vas préparer chaque jour, à quelle heure tu ouvres et tu fermes, les services que tu proposes et comment tu dépenses ton argent. Fais ce que tu as envie de faire et qui te met à l'aise. Les habitants de Fallport s'adapteront.

Finley regarda Khloe. Elle avait raison. Et surtout, on aurait dit qu'elle avait de l'expérience. Finley eut envie de lui demander si elle-même appliquait les conseils qu'elle donnait aux autres, mais ce n'était ni le moment ni le lieu.

— Tu as raison, dit-elle à la place.

— Je sais.

Les deux femmes se sourirent.

— Fallport a besoin de toi, dit Khloe au bout d'un moment. La ville a besoin de ta gentillesse. De tes délicieuses pâtisseries. De ta bienveillance. Tu vas rebondir. Je le sais.

— Et moi qui pensais que tu étais une dure à cuire, la taquina Finley. Mais te voilà en train d'être sentimentale.

— Je *suis* une dure à cuire, dit Khloe. Je suis distante et je suis une vraie connasse. Il suffit de demander à n'importe qui.

— Je demanderai peut-être à Raiden, ne put s'empêcher de rétorquer Finley.

Et tout à coup, Khloe se ferma à nouveau.

— Combien de temps encore avant que mon roulé à la cannelle soit prêt ?

Finley regarda sa montre.

— Pas longtemps.

Elle était très curieuse de savoir ce qu'il se passait entre Khloe et Raiden, mais elle ne voulait pas contrarier Khloe. Pas après qu'elle se soit suffisamment souciée d'elle pour venir lui faire entendre raison.

La porte s'ouvrit et Brock entra dans la maison, en sueur et à moitié nu.

— Ça sent délicieusement bon, dit-il en souriant.

Et c'est ainsi que la libido de Finley se remit en marche.

— Non, dit Khloe avec fermeté.

Finley se tourna vers elle.

— Hein ?

— Je suis venue pour déguster un roulé à la cannelle et je ne partirai pas avant de l'avoir obtenu. Toi et ton copain, vous pourrez faire l'amour une fois que je serai partie.

Finley éclata de rire. Khloe était vraiment une petite femme exigeante.

Brock s'approcha et effleura doucement sa joue des doigts.

— Tu es de retour, dit-il doucement.

Elle acquiesça timidement.

— Je suis désolée d'avoir été si égocentrique.

Il secoua la tête.

— Tu n'as pas à être désolée, Fin.

— Mon roulé à la cannelle, leur rappela Khloe.

— C'est tellement bon de te voir sourire et d'entendre ton rire, dit Brock à Finley.

Il se pencha en avant et l'embrassa. Ce ne fut pas un

long baiser, mais pas un petit smack non plus. Lorsqu'il releva la tête, il lui dit :

— Je vais aller prendre une douche.

— Oui. Va-t'en, dit Khloe.

Finley rit à nouveau, heureuse de voir que Brock n'était pas du tout contrarié.

Une fois qu'il fut assez loin pour ne plus pouvoir les entendre, Khloe s'éventa avec la main.

— Waouh ! Cet homme est *sexy* !

Finley gloussa.

— C'est vrai. Et il est tout à moi.

— Bien sûr, dit Khloe. Et il n'a d'yeux que pour toi.

Le temps que Brock ait terminé de se doucher, Finley avait préparé trois roulés à la cannelle qui attendaient sur la table. Ils étaient encore chauds et le glaçage qu'elle avait posé sur le dessus avait déjà fondu en une flaque de sucre.

Khloe ne traîna pas une fois qu'elle eut terminé le sien. Elle se leva et lui dit :

— Il faut que j'y aille. Il y en a qui *travaillent.*

Finley se leva et la serra dans ses bras. Khloe était un peu raide, mais elle lui rendit son étreinte. Puis, ce fut au tour de Brock. Il attira la petite femme dans ses bras et se pencha. Il lui murmura quelque chose à l'oreille que Finley ne put entendre, mais elle vit Khloe rougir et acquiescer. Puis, il s'écarta et regarda longuement Khloe avant de se pencher en avant pour l'embrasser sur le haut de la tête.

Khloe s'en alla, agitant la main en partant.

— Bon allez, je file. Si jamais je croise Davis, je lui dirai de te retrouver à la boulangerie demain matin, dit-elle.

— Pas avant 6 heures. Je change les horaires. On ouvre désormais à 8 heures.

Khloe se retourna et lui fit un grand sourire.

— Tu as bien raison. N'oublie pas d'appeler Liam pour lui dire.

— Ça marche. Eh, Khloe ?

— Oui ?

— Merci. Si tu as à nouveau besoin de me botter les fesses à l'avenir, n'hésite pas.

— Je te prends au mot, dit-elle avant d'ouvrir la porte et de partir.

Avant même qu'elle ne puisse bouger, Brock était déjà devant elle, prenant son visage dans ses mains. Il se pencha et inspira profondément.

— Cannelle, murmura-t-il avant de lui dire : Ça va ?

— Maintenant, oui. Je suis désolée d'avoir été si horrible.

— Tu n'as pas été horrible. Je comprends, tu avais besoin de digérer ce qu'il s'est passé.

Finley acquiesça.

— Et *toi*, ça va ?

— Moi ?

— Oui. Tu t'occupes de moi depuis une semaine. Et apparemment tu as livré la nourriture en trop que les gens ont apportée dans tout Fallport. Tu es allé au travail au moins ?

— Non. Jesus s'occupe du garage.

Finley fronça les sourcils.

— Je suis désolée.

— Pas moi. Je n'aimerais être nulle part ailleurs qu'à tes côtés. J'aurais aimé pouvoir faire quelque chose pour que tu te sentes mieux.

— Tu l'as fait. Tu étais là pour moi.

Voyant qu'il fronçait toujours les sourcils, Finley lui attrapa les poignets.

— C'est *vrai*, insista-t-elle. Si tu m'avais brusquée, je

pense que je me serais renfermée davantage. J'avais besoin de ton inquiétude. Et de ton amour.

— Ça, tu les as. À la pelle, dit Brock avant de s'agenouiller devant elle et de soulever son haut en embrassant son ventre avec respect. Est-ce que je t'ai remercié de prendre soin de notre Petit Chou ? demanda-t-il.

Finley sentit sa gorge se serrer. Mais il ne lui laissa pas l'occasion de répondre.

— Je veux tellement ce bébé, mas je te veux encore plus, dit-il en la regardant, l'amour brillant dans ses yeux. Épouse-moi, Finley. Dès que possible. Sans cérémonie. Pas de grosse fête... même si on pourra en faire une plus tard si tu veux. Il faut que je te fasse mienne. Que ce bébé soit le nôtre.

— Je *suis* à toi, rétorqua-t-elle. Tout comme notre bébé.

Comme il ne disait rien en continuant de la fixer du regard, elle lui demanda :

— Tu es sûr ? Comme je l'ai prouvé cette semaine, je peux être de mauvaise humeur. Et égoïste.

— Tu n'es pas égoïste. Absolument pas. Et ta mauvaise humeur ne me dérange pas. S'il te plaît, épouse-moi Finley. Je t'ai attendue toute ma vie.

Elle hocha la tête.

— Oui ? demanda-t-il.

— Oui, confirma-t-elle.

Finley crut qu'il allait sourire, se lever, l'embrasser et peut-être même la porter jusqu'au lit pour lui faire l'amour longuement, lentement et tendrement. Cela faisait une semaine qu'ils n'avaient pas couché ensemble. Et les entailles sur ses bras et ses hanches guérissaient bien. Elle ne les sentait même plus.

Mais au lieu de ça, lorsqu'il se leva, Brock se détourna immédiatement d'elle et récupéra son téléphone sur le comptoir, là où il l'avait posé en revenant après avoir tondu la pelouse.

— Brock ? demanda-t-elle, perplexe.

— Oui ? dit-il, distrait par ce qu'il cherchait sur son téléphone.

— Hmm... j'espérais qu'on puisse fêter ça. Tu sais, maintenant que je suis redevenue moi-même.

— Oh, mais on va fêter ça, la rassura Brock sans lever les yeux. J'ai passé la semaine à espérer que tu sortes du lit et pourtant, je suis sur le point de t'y ramener sans hésiter. Et je serai là, avec toi, pour te montrer à quel point je vous aime, toi et Petit Chou. Tu ferais mieux d'appeler Liam, parce que tu ne pourras bientôt plus le faire.

Finley sourit. Cette idée lui plaisait. Tout lui plaisait.

— Alors qu'est-ce que tu *fais* ?

Brock releva la tête.

— Je cherche des informations sur les contrats de mariage en Virginie et pour savoir combien de temps encore il faudra attendre.

Des picotements la parcourent de la tête aux pieds. Brock ne plaisantait pas. Il voulait vraiment l'épouser le plus vite possible. Elle le regarda lire quelque chose sur son téléphone. L'amour qu'elle éprouvait pour cet homme la bouleversait. Cette dernière semaine, il lui avait prouvé à quel point il tenait à elle.

Elle ne pouvait imaginer que quelqu'un d'autre puisse la supporter comme il le faisait. Certes, elle avait vécu un événement traumatisant, mais lui aussi. Il lui avait dit plus d'une fois à quel point il avait été terrifié lorsqu'il s'était rendu compte qu'elle avait disparu et que quelque chose n'allait pas.

Brock releva la tête et la regarda d'un drôle d'air.

— Qu'est-ce qu'il y a ?

— Il n'y a pas de délai particulier à respecter, dit-il.

— Pour quoi ?

— Pour se marier. On peut obtenir un contrat de mariage auprès de n'importe quelle mairie de Virginie et il n'y a pas de délai d'attente pour la cérémonie. Qu'est-ce que tu veux porter pour te marier avec moi ?

Finley étudia sa tenue du regard et rit.

— Hmm, un pantalon large et un de tes tee-shirts ? Non.

— Alors tu ferais mieux d'aller te changer, bébé.

— Attends, tu veux y aller *tout de suite* ?

— Oui.

Brock reposa son téléphone sur le comptoir et s'avança vers elle. Il l'attrapa par la taille et l'attira plus près.

— Je veux que tu sois madame Finley Mabrey, plus que tout.

Finley se mit sur la pointe des pieds et l'embrassa. Avec force. Brock lui rendit son baiser presque désespérément. Très rapidement, elle se retrouva allongée sur le dos sur le canapé et Brock baissa son pantalon.

— Je croyais qu'on devait se marier, gloussa-t-elle.

— J'ai envie de toi, grogna-t-il.

Haussant mentalement les épaules, Finley soupira.

— Moi aussi. Je te veux en moi, Brock. Tout de suite.

Mais au lieu de s'exécuter, il baissa la tête entre ses cuisses et commença à lui faire perdre la tête.

Plus tard – bien plus tard – ils étaient allongés dans le lit, complètement engourdis. Brock avait été prudent avec ses entailles presque cicatrisées, mais il ne s'était pas retenu pour autant. Il avait été insatiable, tout comme elle.

— Demain, on se mariera, marmonna-t-il contre sa poitrine.

Il ne s'était pas rasé ce matin, et sa barbe grattait la peau sensible de ses seins.

— Il faut que je retourne au travail, lui dit-elle doucement. Tout comme toi. Jesus est super, mais ce n'est pas juste de le laisser tout faire au garage.

Brock gronda contre elle et il s'appuya sur ses coudes pour se redresser. Ses biceps, qu'elle adorait, se contractèrent tandis qu'il bougeait. Finley ne pouvait pas s'empêcher de le toucher. Elle caressa ses énormes bras de haut en bas tout en souriant.

— Très bien. Vendredi après-midi. On se marie.

— OK.

Ses muscles se détendirent et pour la première fois, Finley réalisa à quel point il avait été tendu.

— Je t'aime, Finley.

— Je t'aime aussi.

— Je suis fier de toi. Tu m'impressionnes. Je t'admire.

— Moi aussi, je ressens la même chose pour toi, dit-elle avec tendresse.

— Je savais que tu valais la peine d'attendre, lui dit-il avec un petit sourire. Tu étais tellement timide et mal à l'aise avec moi, ça m'a donné encore plus envie de toi.

— Tu es bizarre, lui dit Finley.

Il lui sourit avant de se pencher vers elle. Cinq minutes plus tôt, Finley lui aurait dit qu'elle était trop fatiguée pour faire autre chose que dormir. Mais il lui suffit du contact de ses lèvres sur les siennes pour être prête à recommencer. Elle ne se lasserait jamais de cet homme. Elle avait été à lui dès la seconde où elle l'avait vu, mais elle n'aurait jamais pensé avoir un jour la chance d'être à ses côtés, comme elle l'était aujourd'hui.

Et de bientôt devenir sa femme. Et elle était enceinte de lui.

Khloe avait raison... parfois, la vie était dure, mais les bons moments compensaient largement les mauvais.

ÉPILOGUE

Le vent fouettait les arbres tandis que Talon marchait à travers la forêt. Il n'était pas sur le sentier, car ce n'était pas là qu'il trouverait ce qu'il cherchait.

Il ne comprenait pas pourquoi il était si obsédé par cette femme mystérieuse qui avait sauvé Brock et Finley. Il avait entendu l'histoire plus d'une fois. Elle était sortie de nulle part, comme une apparition. Elle avait jeté de la terre au connard qui menaçait Finley et avait laissé le temps à Brock de les éloigner du danger.

Mais les observations de Brock lui restaient en mémoire.

Sa robe déchirée et sale. Ses cheveux emmêlés. Ses pieds nus.

C'était ce dernier détail qui le hantait.

Remontant le col de sa chemise, Tal frissonna. Si lui avait froid actuellement, qu'est-ce qu'*elle* devait ressentir ?

Il ne savait absolument pas si cette femme était la petite Heather Brown qui avait disparu à l'époque. En soi, cela n'avait pas vraiment d'importance. Mais si c'était effectivement le cas, comment avait-elle vécu ces deux dernières décennies ? Pourquoi ne s'était-elle pas encore manifestée ?

Il avait plus de questions que de réponses et il y avait quelque chose en lui qui refusait d'abandonner les recherches.

Elle était là, quelque part et Tal voulait désespérément l'aider.

Quelque chose dans sa situation l'interpelait. Il avait retrouvé une vieille photo d'Heather Brown à l'époque où elle avait été enlevée et cette lueur espiègle dans ses yeux bleu-vert l'avait rendu extrêmement triste. Les portraits-robots publiés ensuite en fonction de l'évolution de son âge l'avaient intrigué tout autant. C'était une très belle femme... ou ça aurait été une très belle femme, si elle était toujours en vie.

Tal s'arrêta et resta immobile, tendant l'oreille. Cherchant à entendre quelque chose de différent. N'importe quel son qui lui semblerait étrange. Mais tout ce qu'il entendit fut le vent et quelques oiseaux.

Conscient que ce qu'il faisait ne servait peut-être à rien, il enleva son sac à dos. Il avait choisi cette partie de la forêt pour une raison bien précise... car c'était là qu'elle avait été vue pour la dernière fois. Près de l'endroit où Finley et Brock avaient été attaqués et où cette fille était sortie de nulle part pour venir les aider.

Il fouilla dans son sac et en sortit un peu plus petit qu'il avait préparé plus tôt. Ce dernier contenait deux paires de chaussettes en laine, un silex, quelques repas lyophilisés, un vieux sweat-shirt à lui, une barre de chocolat, un legging, et un mot expliquant qui il était... et qu'il voulait l'aider si elle le laissait faire.

C'était le meilleur endroit pour laisser les provisions.

Mais tout à coup, Tal ne put se défaire du sentiment qu'on l'observait.

Il espéra et pria pour que ce soit elle. Il voulait sans

doute un peu trop que ses rêves deviennent réalité, mais... Tal avait été un membre des forces spéciales maritimes au Royaume-Uni. Il s'agissait de forces spéciales, tout comme les Navy Seals aux États-Unis. Il était très doué pour entrer et sortir d'un lieu sans être vu et sentir lorsque l'ennemi n'était pas loin.

Cette femme mystérieuse n'était pas un danger pour lui. Il en était persuadé.

Les montagnes des Appalaches étaient très vastes et il y avait de grandes chances que cette fille ne trouve jamais ses provisions. Que des animaux tombent sur le sac et le déchiquettent en mille morceaux pour récupérer la nourriture. Mais vu la façon dont sa nuque le picotait, elle n'était sans doute pas loin. Et comme il ne voulait pas l'effrayer, Talon se força à s'éloigner des provisions qu'il avait laissées contre l'arbre et remit son sac sur ses épaules, avant de repartir en direction du départ de sentier.

Il lutta pour ne pas regarder derrière lui. Il voulait obtenir la confiance de cette femme. Il en avait besoin. Et si pour cela il devait la considérer comme un animal sauvage jusqu'à ce qu'il gagne sa confiance, il le ferait. Cela lui semblait mal de la laisser ici dans le froid. Mais manifestement, elle se débrouillait toute seule depuis longtemps maintenant et elle continuerait d'en faire autant... mais peut-être que les choses qu'il lui avait apportées lui rendraient la vie un peu plus facile.

* * *

Sunset Meadowblossom resta accroupie derrière un arbre bien après que l'homme fut parti. Il la rendait extrêmement nerveuse. Elle l'avait déjà vu auparavant. Lui et d'autres hommes. Ils venaient dans les bois lorsque des gens se perdaient. Elle les avait tous suivis plus d'une fois, les observant avec curiosité. Mais depuis qu'elle avait pris le risque d'aider cette femme avec le couteau sous la gorge, cet homme était revenu bien trop souvent pour qu'elle se sente tranquille.

Elle ne savait pas ce qu'il voulait, mais elle était assez certaine qu'il *la* cherchait. Cela la troublait. Elle n'aimait pas les hommes. Tout ce qu'ils faisaient c'était faire du mal. D'aussi loin qu'elle se souvienne, les hommes l'avaient toujours fait souffrir.

Pourtant... elle ne pouvait pas s'empêcher de se souvenir de cet homme qui avait été avec cette femme. Elle les avait suivis de loin une fois qu'ils avaient réussi à échapper au méchant avec un couteau, les observant de près. Il ne l'avait pas frappée. Il n'avait rien fait qui puisse la faire souffrir d'une manière ou d'une autre.

Lorsqu'ils avaient rampé sous le gros rocher, Sunset avait désespérément voulu faire quelque chose pour protéger la femme. Pour empêcher l'homme de lui grimper dessus et de la blesser.

Mais à sa grande surprise, l'homme n'avait pas fait ce à quoi elle s'attendait. Il s'était simplement placé entre la femme et la forêt et l'avait prise dans ses bras.

Sunset avait observé le couple jusqu'à ce que ses pieds s'engourdissent et qu'elle soit trempée jusqu'aux os à cause de la pluie qui tombait légèrement.

Elle était habituée au froid. Et à la chaleur. Les femmes n'avaient droit à aucune forme de gentillesse dans la Communauté. Elles étaient nourries en dernier, travaillaient du lever au coucher du soleil et n'avaient le droit de parler que lorsqu'on leur adressait la parole. Elles faisaient toutes la cuisine et le ménage, et ne manquaient *jamais* de respect aux hommes.

Enfin... la plupart des femmes ne le faisaient pas en tout cas.

Évidemment, depuis qu'elle avait été abandonnée, elle était désormais libre de manger n'importe quelle portion de l'animal qu'elle avait chassé. Elle n'était plus obligée de donner les meilleurs morceaux de viande aux hommes du groupe. On ne la battait plus, ne la rabaissait plus... elle n'était plus obligée de se coucher sous Arrow et de faire semblant d'aimer tout ce qu'il faisait à son corps.

Secouant la tête pour chasser les mauvais souvenirs de son esprit, Sunset continua à suivre l'homme qui avait laissé le sac dans la forêt jusqu'à ce qu'il atteigne le sentier et retourne vers le parking. Elle ne s'approchait jamais des endroits où les gens se rassemblaient. Les inconnus étaient dangereux. Toute sa vie, elle avait entendu des histoires horribles sur ce qu'ils feraient si jamais ils la trouvaient. Ils la jetteraient en prison pour avoir enfreint la loi.

Quelle loi, ça, elle n'en savait rien, mais si Arrow Goodson disait que c'était vrai, ça l'était. Personne ne remettait jamais ses propos en question.

Depuis la dissolution de la Communauté, Sunset avait parfois sérieusement envisagé d'approcher l'une des nombreuses personnes qu'elle avait vues dans ses bois. Mais les avertissements de ses congénères résonnaient alors dans son esprit, l'empêchant toujours de le faire.

Prise d'un frisson qui n'avait rien à voir avec le froid, Sunset repensa à sa famille de la Communauté. Arrow était mort et son fils avait pris la relève. Cypress Goodson était dix fois plus strict que son père. Et plus méchant.

Le simple fait de repenser à Cypress lui donna la nausée. Il était horrible. Toutes les femmes avaient été obligées de suivre ses ordres sans aucune hésitation. Sunset avait toujours eu la protection de Arrow, mais lorsqu'il mourut, cette protection disparut avec lui.

Cypress n'avait pas hésité à prendre ce qu'il voulait. Ce que seul son père avait possédé avant.

Elle.

Repoussant à nouveau ces pensées, avec plus de force cette fois-ci, Sunset se faufila à travers les bois et s'avança vers le sac que l'homme avait laissé. Elle savait qu'il ne valait mieux pas qu'elle s'en approche. Que c'était probablement un piège. Mais elle ne pouvait pas résister. La curiosité était l'un des traits de caractère chez elle que Arrow avait tenté d'éradiquer, mais sans succès.

Une fois qu'elle fut assez proche, Sunset sortit de sa cachette et courut aussi vite qu'une gazelle vers le sac. Elle ne ralentit pas lorsqu'elle l'attrapa et disparut à nouveau dans sa maison qu'était la forêt. Elle portait des chaussures en peau de lapin et ne laissait donc aucune trace derrière elle.

Sunset courut pendant des kilomètres jusqu'à la grotte où elle avait élu domicile pour l'hiver. Elle déménagerait lorsqu'il ferait plus chaud, mais pour l'instant, c'était l'endroit le plus sûr qu'elle avait pu trouver. En rampant dans la grotte, elle remua les braises du feu qu'elle avait allumé un peu plus tôt. Dès qu'elle posa une petite bûche sur les braises fumantes, celles-ci s'enflammèrent, offrant assez de lumière pour qu'elle puisse voir ce qui se trouvait dans le sac et pour réchauffer sa peau frigorifiée.

Croisant les jambes, Sunset enroula sa robe sale autour de ses cuisses. Elle n'avait jamais rien porté d'autre que les robes que les femmes étaient obligées de mettre au sein de la Communauté.

Elle sortit les objets du sac un à un.

Les chaussettes étaient un peu rêches, mais lorsqu'elle

enleva les peaux de lapin et les enfila sur ses pieds, Sunset soupira de plaisir. Elles étaient si chaudes ! Elle observa le legging un long moment, hésitante. Elle n'avait jamais eu le droit de couvrir ses jambes, tout comme les autres femmes. Mais Arrow n'était plus là désormais...

Levant le menton d'un air plein de défi, elle enroula le legging aussi doux que du beurre sur ses jambes froides et sourit avec joie lorsqu'elle vit qu'il lui allait et qu'il était aussi chaud que les chaussettes.

Vint ensuite le sweat-shirt. N'hésitant désormais plus du tout, Sunset l'enfila par-dessus sa tête. Il était bien trop grand, l'engloutissant presque tout entière, mais il sentait si bon. Il sentait le propre.

Elle ne se souvenait pas de la dernière fois qu'elle avait senti quelque chose d'aussi bon. Elle baissa la tête, approcha le tissu de son visage et inspira profondément.

Souriant avec excitation, elle fouilla à nouveau dans le sac. Elle n'arrivait pas à comprendre ce qu'étaient les petits paquets scellés et décida de les mettre de côté pour les examiner le lendemain matin, lorsqu'elle aurait plus de lumière. Elle savait lire. Pas très bien, et elle s'était toujours assurée de ne jamais laisser Arrow ou Cypress savoir à quel point elle en était capable, mais elle pouvait généralement comprendre le sens de la plupart des mots.

La barre chocolatée attira son attention, et un vague souvenir de sa vie d'avant lui revint en mémoire, mais Sunset le repoussa. Elle ne voulait pas se souvenir de cette époque, lorsqu'elle était enfant. Elle savait que ces souvenirs lui feraient tellement mal qu'elle ne s'en remettrait peut-être jamais.

À la place, elle arracha l'emballage et renifla la friandise. Puis elle prit une énorme bouchée.

La saveur éclata sur sa langue et elle ferma les yeux face à ce délice absolu.

Elle avait déjà mangé du chocolat. Une seule fois. Après la mort d'Arrow, Cypress avait apporté une boîte à la Communauté qui provenait de la ville et récompensait les femmes avec de petits morceaux quand elles lui faisaient plaisir. Une nuit, après que Cypress l'avait forcée à le rejoindre dans sa tente, et qu'il l'avait prise, passant par cet endroit interdit, pendant qu'elle était à quatre pattes, il avait été suffisamment satisfait pour lui donner un morceau de chocolat.

La friandise n'avait pas fait disparaître la douleur, mais elle l'avait quand même appréciée.

Le souvenir terrible menaça de la bouleverser, mais Sunset refusa de le laisser faire. Cypress n'était plus là. Tout comme Arrow. En tant que nouveau chef, Cypress avait décidé qu'il en avait assez du froid et avait emmené tout le monde en Floride. Sunset avait refusé de quitter les montagnes et encore moins pour suivre Cypress.

Il avait voulu qu'elle devienne sa première femme et après avoir vu comment il avait traité ses autres femmes et comment il l'avait déjà traitée *elle*, Sunset ne voulait plus rien avoir à faire avec lui.

Elle s'était cachée dans la forêt quand le moment était venu de partir. C'était un peu effrayant de se retrouver sans la légère protection de la Communauté, mais elle s'en sortait très bien.

La dernière chose qu'il restait dans le sac était un morceau de papier blanc et Sunset le sortit. C'était un mot. L'écriture était irrégulière, mais lisible.

.   .   .

Bonjour. Je m'appelle Talon. Mes amis m'appellent Tal. Tu peux me faire confiance. Tu n'as pas à craindre de me parler. Je te jure que je ne te ferai jamais de mal. Si jamais tu me vois dans les bois, n'hésite pas à venir me dire bonjour. Je me suis dit que toutes ces petites choses te feraient plaisir. Si tu as besoin de quoi que ce soit en particulier, dis-le-moi. Laisse-moi un mot là où tu as trouvé ce sac. Je le retrouverai et t'apporterai ce dont tu as besoin.

Ton ami, Tal.

Il y avait certains mots que Sunset ne connaissait pas, mais elle comprit l'essentiel.

Talon. Comme la griffe d'un oiseau de proie[1]. C'était un prénom fort. Mais elle avait connu beaucoup d'hommes avec des prénoms forts qui n'étaient pas gentils.

Elle se lécha les lèvres, goûtant le chocolat qu'il restait. Talon ne lui avait rien demandé. Il n'avait pas exigé qu'elle fasse quoi que ce soit. Il lui avait simplement demandé de lui faire confiance.

Mais elle ne faisait confiance à personne. Surtout pas aux hommes. Sunset ne pouvait pas nier que les cadeaux qu'il lui avait laissés étaient merveilleux. Elle aurait bien besoin du silex, et elle n'avait jamais eu aussi au chaud qu'actuellement, avec les chaussettes, le legging et le sweat-shirt. Pourtant, ce ne serait pas prudent de lui répondre et il valait mieux qu'elle reste loin de cet homme qui était trop curieux et intrigué par elle.

Mais alors qu'elle s'allongeait pour la nuit, le mot de Talon serré dans sa main, Sunset ne put s'empêcher de penser que s'il y avait bien un inconnu en qui elle *pouvait* avoir confiance... c'était lui. Elle ne l'avait jamais vu crier sur ses amis. Il n'avait jamais frappé les âmes perdues qu'il retrouvait dans les bois, même lorsque les gens étaient très grossiers avec lui. Et même si elle voyait bien qu'il était frustré de ne pas l'avoir retrouvée elle, il lui laissait quand même des cadeaux.

Elle n'était pas encore prête à se montrer à un inconnu…, mais peut-être que si elle le remerciait, il lui laisserait d'autres cadeaux. Sunset n'avait aucun ustensile avec lequel écrire et elle n'en avait pas eu besoin ni n'avait été autorisée à en avoir à l'époque où la Communauté était encore active, mais elle pourrait trouver un bâton et utiliser de la boue pour le remercier pour ses offrandes.

Au fond, elle savait qu'un cadeau n'était jamais sans contrepartie, mais avec le goût du chocolat sur sa langue, elle ne put s'empêcher de se demander ce qu'il pourrait lui apporter d'autre. Il l'intriguait et l'effrayait à la fois.

Sunset prit la décision de le remercier… et pour la suite, elle n'aurait qu'à attendre de voir.

* * *

Qui est cette femme mystérieuse ? S'appelle-t-elle vraiment Sunset ? Non seulement Tal doit le découvrir, mais il doit également faire en sorte de gagner sa confiance… ce qui risque d'être la plus difficile des deux tâches.
Découvrez comment il y parviendra dans *Un Sauveteur pour Heather*.

NOTES

Chapitre Six

1. Rapidement, en espagnol
2. Terme anglais qui désigne un homme qui entretient financièrement une autre personne

Chapitre Quatorze

1. Paradis, en anglais

Épilogue

1. Talon, en anglais, signifie « serre » en français.

DU MÊME AUTEUR

Pour la confiance de Cassidy (1 Mars 2024)

<u>Delta Force Deux</u>

Un refuge pour Gillian

Un refuge pour Kinley

Un refuge pour Aspen

Un refuge pour Jayme

Un refuge pour Riley

Un refuge pour Devyn

Un refuge pour Ember

Un refuge pour Sierra

<u>*Hawaï : Soldats d'élite*</u>

Un paradis pour Élodie

Un paradis pour Lexie

Un paradis pour Kenna

Un paradis pour Monica

Un paradis pour Carly

Un paradis pour Ashlyn

Un paradis pour Jodelle

<u>Mercenaires Rebelles</u>

Un Défenseur pour Allye

Un Défenseur pour Chloé

Un Défenseur pour Morgan

Un Défenseur pour Harlow

Un Défenseur pour Everly

Un Défenseur pour Zara

Un Défenseur pour Raven

Ace Sécurité

Au Secours de Grace

Au Secours d'Alexis

Au Secours de Bailey

Au Secours de Felicity

Au Secours de Sarah

Forces Très Spéciales Series

Un Protecteur Pour Caroline

Un Protecteur Pour Alabama

Un Protecteur Pour Fiona

Un Mari Pour Caroline

Un Protecteur Pour Summer

Un Protecteur Pour Cheyenne

Un Protecteur Pour Jessyka

Un Protecteur Pour Julie

Un Protecteur Pour Melody

Un Protecteur pour l'avenir

Un Protecteur Pour Les Enfants de Alabama

Un Protecteur Pour Kiera

Un Protecteur Pour Dakota

Forces Très Spéciales : L'Héritage

Un Sanctuaire pour Caite

Un Sanctuaire pour Brenae

Un Sanctuaire pour Sidney

Un Sanctuaire pour Piper

Un Sanctuaire pour Zoey

Un Sanctuaire pour Avery

Un Sanctuaire pour Kalee

Un Sanctuaire pour Jane

Delta Force Heroes Series

Un héros pour Rayne

Un héros pour Emily

Un héros pour Harley

Un mari pour Emily

Un héros pour Kassie

Un héros pour Bryn

Un héros pour Casey

Un héros pour Wendy

Un héros pour Mary

Un héros pour Macie

Un héros pour Sadie

Un héros pour Annie

Autre

Un moment suspendu : Recueil de nouvelles

AUDIO

Un paradis pour Élodie

À PROPOS DE L'AUTEUR

Susan Stoker est une auteure de best-sellers aux classements du New York Times, de USA Today et du Wall Street Journal. Elle a notamment écrit les séries Badge of Honor: Texas Heroes, SEAL of Protection et Delta Force Heroes. Mariée à un sous-officier de l'armée américaine à la retraite, Susan a vécu dans tous les États-Unis, du Missouri jusqu'en Californie en passant par le Colorado, et elle habite actuellement sous le vaste ciel du Tennessee. Fervente adepte des fins heureuses, Susan aime écrire des romans où les sentiments laissent place au grand amour.

http://www.StokerAces.com

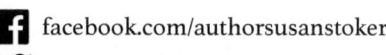 facebook.com/authorsusanstoker

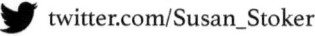 twitter.com/Susan_Stoker

 instagram.com/authorsusanstoker

goodreads.com/SusanStoker